DU MÊME AUTEUR

Romans

LA CLIENTE, Gallimard, 1998 (prix Wizo, Goncourt des Polonais), « Folio » n° 3347.

DOUBLE VIE, Gallimard, 2001 (prix des Libraires), « Folio » n° 3709.

ÉTAT LIMITE, Gallimard, 2003, « Folio » n° 4129.

LUTETIA, Gallimard, 2005 (prix des Maisons de la presse), « Folio » n° 4398.

LE PORTRAIT, Gallimard, 2007 (prix de la Langue française), « Folio » n° 4897.

LES INVITÉS, Gallimard, 2008, « Folio » n° 5085.

VIES DE JOB, Gallimard, 2011, « Folio » n° 5473 (prix de la Fondation Prince Pierre de Monaco, prix Méditerranée, prix Ulysse).

UNE QUESTION D'ORGUEIL, Gallimard, 2012, « Folio » n° 5843.

SIGMARINGEN, Gallimard, 2014, « Folio » n° 6007.

GOLEM, Gallimard, 2016, « Folio » n° 6327.

Biographies

MONSIEUR DASSAULT, Balland, 1983.

GASTON GALLIMARD, Balland, 1984, et « Points-Seuil » (Grand Prix des lectrices de *Elle*), « Folio » n° 4353.

UNE ÉMINENCE GRISE, JEAN JARDIN, Balland, 1986, « Folio » n° 1921.

L'HOMME DE L'ART D.H. KAHNWEILER, Balland, 1987, « Folio » n° 2018.

ALBERT LONDRES, VIE ET MORT D'UN GRAND REPORTER, Balland, 1989 (prix de l'Essai de l'Académie française), « Folio » n° 2143.

SIMENON, Julliard, 1992, « Folio » n° 2797. Édition revue et augmentée en 2003.

HERGÉ, Plon, 1996, « Folio » n° 3064.

LE DERNIER DES CAMONDO, Gallimard, 1997, « Folio » n° 3268.

CARTIER-BRESSON, L'ŒIL DU SIÈCLE, Plon, 1999, « Folio » n° 3455.

PAUL DURAND-RUEL, LE MARCHAND DES IMPRESSIONNISTES, Plon, 2002, « Folio » n° 3999.

ROSEBUD. ÉCLATS DE BIOGRAPHIES, Gallimard, 2006, « Folio » n° 4675.

Suite des œuvres de Pierre Assouline en fin de volume

RETOUR À SÉFARAD

PIERRE ASSOULINE
de l'Académie Goncourt

RETOUR
À SÉFARAD

roman

GALLIMARD

À Romy, Noa et Emma

Il grandira, il grandira, il grandira car il est
espagnol, gnol, gnol, gnol...
Il grandira, il grandira, il grandira car il est
espagnoooooool !

JACQUES OFFENBACH
La Périchole

L'APPEL D'UN ROI

Lecteur oisif, que faisais-tu ce jour-là, où et avec qui ? Inutile de te précipiter sur ton agenda sagement rangé dans un tiroir. Ces choses-là ne s'oublient pas. On se souvient toujours du contexte de la réception d'un grand événement. Je ne parle pas du 11 septembre 2001. Ni même de la nuit du Bataclan ou de celle de la Promenade des Anglais. Pas davantage du « 23-F » comme on dit en Espagne pour évoquer la tentative de coup d'État du 23 février 1981. C'est de bien autre chose qu'il s'agit et je n'imagine pas qu'une mince pellicule de poussière ait déjà recouvert cette mémorable journée. Il s'agit du discours d'un roi.

Pas l'Anglais qui bégayait, un autre. Pas non plus Juan Carlos, l'artiste de la Transition démocratique, le Machiavel du putsch manqué, après ça s'est gâté, l'homme couvert de femmes, le tueur d'éléphants, le renonciateur de couronne cerné par tant de tabous sur sa personne que cela décourage d'écrire son nom, le roi émérite comme l'appellent les gazettes. Non, pas lui, encore qu'il ne manquât pas de panache et revêtît une réelle importance dans l'affaire qui nous occupe. L'âge venant, on sent chez lui une certaine gêne à habiter son corps, comme souvent chez les grands. N'empêche que sans le discours historique du père, Juan Carlos, il n'y aurait pas eu celui du fils, Felipe VI, aussi dois-je en toucher un mot car tout a failli échouer pour une simple histoire de chapeau, vraiment.

C'était peu avant 1992 après J.-C. L'Espagne était très occupée car elle s'apprêtait à organiser la même année l'Exposition universelle de Séville ainsi que les jeux Olympiques de Barcelone, et à célébrer le cinquième centenaire du voyage inaugural de Christophe Colomb, la chute à Grenade du dernier bastion de résistance musulmane face à la Reconquista, laquelle avait sonné le glas de huit siècles de présence de l'islam arabe dans l'histoire espagnole, et l'expulsion des Juifs, excusez du peu. Pour cette dernière, la Fédération des communautés juives d'Espagne avait confié la chose à des jeunes gens, dont Mauricio Toledano et Isaac Querub Caro. Une réunion fut organisée au palais de la Zarzuela, la résidence du roi dans la banlieue de Madrid.

« Et vous, vous êtes d'où ? demanda-t-il afin de détendre un peu l'atmosphère.

— Majesté, je suis de Tanger, répondit Querub.

— Oh, Tanger ! Vous connaissez le docteur Amsellem ?

— J'ai toujours entendu parler de lui, il doit être plus âgé que mes parents.

— Contactez-le et dites-lui que je le salue. Ce médecin juif m'a sauvé la vie quand j'étais jeune : je me trouvais là-bas, j'ai eu une péritonite et il m'a opéré en urgence. »

L'entrevue avec le survivant se déroulant donc au

mieux, les jeunes gens invitèrent le roi à se rendre à la synagogue Beth Yaacov à Madrid pour le 31 mars 1992.

Quelque six cents invités au premier rang desquels le président de l'État d'Israël, Chaïm Herzog, et trois cents journalistes donnèrent un très large écho à cette visite historique. Mais un problème demeurait qui semblait insoluble : comment le roi allait-il s'habiller ? Ce n'était pas une question de couleur de cravate mais de kippa. Il est vrai que quelques semaines avant, voyageant en Israël, Felipe González, président du gouvernement, avait imité Helmut Schmidt, le chancelier fédéral d'Allemagne, qui avait porté une casquette de marin en semblables circonstances. La kippa leur paraissait exprimer une identification avec le nationalisme juif. Après avoir phosphoré un certain temps, les responsables du protocole à la Zarzuela crurent trouver la solution :

« Sa Majesté viendra en tenue militaire. Ainsi aura-t-elle de toute façon la tête couverte.

— Pardonnez-nous mais vous oubliez que nous sommes aussi espagnols et pour nous, en cette qualité, cette image du roi en uniforme, reprise par tous les médias, rappellera fâcheusement celle d'un certain général. Dans d'autres circonstances, quand c'est inévitable, cela se comprend, mais à la synagogue ! »

Finalement, don Juan Carlos, héritier des dix-sept rois qui descendaient d'Isabelle la Catholique et de Ferdinand d'Aragon, vint en civil le chef coiffé d'une kippa blanche, fort seyante d'ailleurs. Cela devait manquer à son vécu des religions, lui qui avait fini par obtenir de

Jean XXIII l'autorisation exceptionnelle de faire célébrer son mariage avec Sophie de Grèce selon la double liturgie catholique et orthodoxe.

On le sentait ému entre les rabbins Gaon et Benasuly, un peu emprunté dans son beau costume bleu électrique, comme s'il allait faire sa bar-mitsva. Peut-être craignait-il qu'on lui réclame des comptes sur son emploi du temps en cette funeste journée du 31 mars 1492 où la décision fut prise de jeter hors du royaume les Juifs qui voulaient le rester. Il y a des gens pour s'imaginer qu'il se passe des choses étranges à l'intérieur d'une synagogue, des sacrifices rituels, qui sait. Pourtant c'est ouvert à tous. N'importe qui, dès lors qu'il s'est couvert la tête, peut entrer, s'emparer d'un livre, s'asseoir, prier ou s'en abstenir, nul ne lui demandera rien.

La prise de parole du roi fut un grand moment, cinq siècles après. Il souhaita la bienvenue aux « Hispano-Juifs » à maintes reprises, mais je suppose qu'il faut être un peu bizarre pour s'arrêter à cela. Les journaux, eux, retinrent surtout une formule : « Séfarad n'est plus une nostalgie mais un foyer », qui a dû faire tiquer au moins l'un des éminents participants, le président d'Israël. Celui-ci, intervenant à son tour, parla de « réconciliation » plutôt que de « réparation » (mais était-on fâché ?) quand le roi avait préféré utiliser le mot « rencontre », distinction qui n'échappa pas aux journalistes. Mais ni pardon, ni excuse, ni repentance. Laissons cela à la France. L'Espagne a peut-être un problème d'estime de soi mais elle n'est pas dans l'autoflagellation. Il s'agissait d'abord de refermer une blessure.

1. D'une petite phrase forte et si juste par laquelle le roi Felipe VI bouleversa le cours de mon existence

N'empêche, la date gravée en moi n'est pas celle de cette rencontre de 1992 mais celle du 30 novembre 2015. Pourtant, mon agenda Pléiade n'indique rien d'extraordinaire à cette date : le matin, conférence de rédaction au journal, pas de déjeuner, deux ou trois rendez-vous l'après-midi, dîner à la maison avec deux amis, terminer la lecture de deux livres pour la réunion Goncourt du lendemain, ne pas oublier de payer la note du pharmacien. Nulle mention du discours du roi.

L'immense don Felipe, lui, n'a pas eu à connaître de problème de chapeau. Il a prononcé son discours chez lui. Non pas à la maison, en son palais de la Zarzuela, mais à son bureau, dans l'une des quelque trois mille pièces du palais royal dévolu aux tralalas protocolaires.

Ce jour-là, un peu plus d'un an après son accession au trône, avec une célérité remarquable à l'aune des plus longs règnes mais relative si l'on se souvient qu'il recevait les lesbiennes, gays, bisexuels et trans dans la première semaine de son exercice, Sa Majesté catholique Felipe VI, roi d'Espagne, de Castille, de Léon, d'Aragon, des Deux-Siciles, de Jérusalem, de Navarre, de Grenade, de Tolède, de Valence, de Galice, de Majorque, de Minorque, de Séville, de Sardaigne, de Cordoue, de Corse, de Murcie, de Jaén, des Algarves, d'Algésiras, de Gibraltar, des îles Canaries, des Indes orientales et occidentales, de l'Inde et du continent océanien, de la terre ferme et des îles des mers océanes, archiduc d'Autriche, duc de Bourgogne, de Brabant, du Milan, d'Athènes et de Néopatras, comte de Habsbourg, des Flandres, du Tyrol, du Roussillon et de Barcelone, seigneur de Biscaye et de Molina, marquis d'Oristan et de Gozianos, capitaine général et chef suprême des Forces armées royales, souverain grand maître de l'ordre de la Toison d'or et des ordres dépendants de l'État espagnol, reçut les séfarades.

Ça s'est fait en toute simplicité dans la salle à manger de gala, devant une tapisserie ancienne, derrière un pupitre transparent, à côté du drapeau national. Il prononça un bref discours qui m'alla droit au cœur tant il coïncidait avec mon fantasme hispaniste. Seuls les mauvais esprits verront de la démagogie là où il n'y avait que délicatesse à confier à son auditoire qu'ils étaient, eux et lui, ce jour-là, en train d'écrire une page d'histoire. Même si ce n'est pas souvent vrai, ça fait toujours plaisir ; mais en plus, c'était vrai. Il a parlé des clés transmises de père en fils dans certaines familles juives pour le jour du grand retour, et de la clé législative offerte désormais aux fils de Séfarad pour rentrer au pays ; il a fait de « Séfarad » un synonyme d'« Espagne ». Puis il nous a dit merci. Quatre fois plutôt qu'une.

Merci d'avoir conservé comme un précieux trésor votre langue et vos coutumes qui sont aussi les nôtres. Merci aussi d'avoir fait en sorte que l'amour l'emporte sur la rancœur. Merci d'avoir transmis à vos enfants l'amour de cette patrie espagnole. Merci à vous tous, vous les descendants de ces Juifs séfarades déportés, expulsés, assassinés... Mais surtout il a conclu en des termes pathétiques dont il n'avait peut-être pas mesuré tout le retentissement politique, toute la puissance symbolique, bien qu'il ait pris garde de les placer aussitôt en regard de l'Histoire et des siècles échus, en prenant bien soin d'isoler cette phrase du reste du discours pour lui accorder plus de relief encore :

« Comme vous nous avez manqué ! »

Ces mots-là, si intimes, personnels, poignants et fervents, je les ai pris pour moi à l'instant même où il les a prononcés. Pour moi, pour les miens, pour tous ceux qui me sont chers et qui ne rougiraient pas de cette émotion. Je n'y étais pas mais c'est comme si j'y avais été. Du moins il me plaît de l'imaginer, de le croire et de le décréter ainsi à la manière de ces gaullistes purs et durs qui ont fini par se convaincre d'avoir écouté à la radio l'appel du 18 Juin, qui peuvent même en décrire les conditions exactes (en famille, religieusement, groupés autour de la TSF dans le salon) jusqu'à la météorologie du jour, à défaut de l'avoir vraiment entendu. Il me va, ce dicton : « Ceux qui ont entendu l'appel du 18 Juin ne l'ont pas compris et ceux qui l'avaient déjà compris ne l'ont pas entendu. » Mon cas probablement s'agissant du discours de Felipe, mon roi, si je puis dire, prononcé quelques mois à peine après que les députés eurent adopté une loi permettant aux descendants des séfarades expulsés d'obtenir facilement la nationalité espagnole en réparation d'une « erreur historique », comme il fut dit aux Cortes.

Vous aussi, Majesté, comme vous nous avez manqué... Tant pis si cela relève de l'autosuggestion. Seul importe le fond de l'affaire : pour un séfarade, redevenir espagnol est désormais une option. Ma décision est prise :

je rentre au pays, même si, je l'avoue, cinq siècles après, une légère hésitation subsiste.

Nous l'avions quitté dans une telle précipitation, à peine le temps de prendre la mesure de l'incroyable nouvelle, de se faire à l'idée, réaliser la vente de nos biens et faire les malles. Difficile d'oublier la catastrophe. On avait donné trois mois à quelque deux cent mille juifs pour se décider : la valise, le cercueil ou le Christ. Trois mois, mon Dieu, pour évacuer une terre où ils vivaient enracinés depuis des siècles et des siècles, un pays qui était charnellement le leur, une langue qu'ils habitaient depuis toujours, sans compter l'abandon des leurs dans des cimetières promis à devenir des échoppes et un jour, qui sait, des supermarchés, leurs synagogues qui n'échapperaient pas à la prompte métamorphose en église consacrée, un temple est un temple après tout, Dieu y reconnaîtra les siens, c'est vite dit.

Le roi me propose de rentrer. Cela n'arrive pas souvent dans une vie d'homme. Pas de quoi faire oublier l'Inquisition mais c'est gentil quand même. L'important est de ne pas élever d'obstacle entre l'occasion et moi. Nul doute que cette main tendue part d'un bon sentiment. Bien le moins pour que le souvenir de ces événements traumatisants se résorbe en chacun de nous dans la continuité de nos existences et l'ininterrompue réparation de nos vies. On court toujours un risque à laisser affleurer les nervures de son passé. Hors de question pour autant de déballer mon moi dans un délire d'autofiction mâtiné d'exofiction. La voix, tout près, de Nathalie, ma compagne, résonnant d'échos ironiques, m'en conjure déjà : « Holà, Argan, gare au narcissisme ! Ne va pas nous détailler tes entrailles comme dans le soliloque d'ouverture du *Malade imaginaire*, sinon tu finiras divisé avec ton image. »

Qui expose s'expose, c'est le risque, surtout pour qui prétend sortir l'autobiographie de l'espace des vanités. Borges n'avait pas tort de reprocher aux écrivains français un excès de conscience de soi, de les juger trop attentifs à leur personne au point de souvent commencer par se définir avant de savoir ce qu'ils allaient écrire.

N'est-il pas naturel de vouloir rentrer chez soi ? C'est bien le mot qui convient car il en dit tant. Le grand Cervantès, dont on ne saurait rien contester sauf à passer pour un mauvais Espagnol, le soutient dans « Le jaloux d'Estrémadure », l'une de ses douze *Nouvelles exemplaires* : succombant au désir « naturel » qu'a tout homme de retourner dans sa patrie, l'ancien soldat Filipo de Carrizales s'installa à Séville après avoir fait fortune aux Amériques... Mon cas à quelques nuances près mais c'est une autre histoire.

Mon histoire sera celle d'un pérégrin, un homme qui marche, pas à pas, en s'obligeant à ne pas comprendre pour être mieux surpris, moins par l'événement que par son ombre portée. Un seul pays suffira à mon Grand Tour et ce pays sera l'Espagne. Je crains de ne pas la reconnaître. Dans quel état vais-je la retrouver ? Il a dû s'en passer des choses depuis le 31 juillet 1492. Inutile de partir en quête de la maison familiale ni même du cimetière, encore moins des archives, cet excitant de l'imagination selon Michelet. Il me suffit de savoir que notre mémoire précède notre naissance. De mon expédition dans ce passé-là, où je suis parti retrouver des paroles, des voix, un souffle gelés dans l'hiver des livres, je n'espère pas rapporter des vérités mais tout au plus des effets de vérité. Non des preuves mais des traces puisque, comme le dit René Char je crois, seules les traces font rêver. Et tant mieux si ce que je trouve m'apprend ce que je cherche. Ne dit-on pas que le souvenir inconscient est la force motrice de l'imagination ? J'ignore ce qui fait qu'un individu renonce à étudier la vie tranquille des choses pour en examiner plutôt le cours étrange, ce qui fait qu'il éprouve à un moment particulier de son existence le désir confus, bientôt mué en impérieuse nécessité, de fouiller son écheveau inextricable, de démêler l'entrelacs de ses contradictions, d'interroger ses identités pour se déplier enfin.

Curieux tout de même de vouloir rentrer en Espagne un peu plus de cinq siècles après, au moment où de plus en plus de Juifs en France se demandent s'ils doivent retourner en Israël un peu plus de deux mille ans après. Étrange de tout faire pour y rentrer quand des Catalans font tout pour en sortir, quitte à réveiller de vieux démons indépendantistes au Pays basque, en Galice ou dans les îles Baléares. Mettons cela sur le compte de l'esprit de contradiction. L'Espagne, si je n'y vais pas, je vais finir par la fantasmer au zinc dans une rivière de rioja comme Gabriel Fouquet, le toreromobile d'*Un singe en hiver*, le livre autant que le film, non sur l'alcoolisme mais sur l'ivresse. De quoi devenir alors pour moi-même un problème.

Don Felipe me plaît. Un roi selon mon goût. Tout lui réussit. Je pourrais lui lancer, tel Boileau, historiographe de Louis XIV, épuisé de le suivre : « Grand roi, cesse de vaincre ou je cesse d'écrire. » Sauf que lui, tout descendant qu'il est, en ligne agnatique, de Louis le Grand et de son petit-fils Philippe V, encourage en moi le scribe accroupi. Vous nous avez manqué... Mais était-ce un nous de majesté ou le nous collectif du peuple espagnol ? On verra bien.

Majesté, Vous m'avez appelé, aussi ne soyez pas étonnée si ma réponse vous en remémore une autre, un peu plus ancienne mais tout aussi glorieuse : « Me voici ! » Depuis que je vous ai entendue, écoutée, lue jusqu'à m'en imprégner intimement, je me sens en permanence en état de vigilance hispanique. Peut-être ai-je été victime d'une vrille, cette chose vécue aussitôt que vue, spirale insensée qui vous attrape et vous emmène dans tous les sens. Qu'importe au fond puisque, lecteur inoccupé, rien ne me rend plus heureux que de te raconter l'histoire qui m'est tombée dessus lorsque, petit Français tranquille qui ne demandait pas grand-chose et à qui il n'arrivait jamais rien, pris par cette ardente obligation qui a le charme nerveux des défis, et dédaigneux du chemin de croix qui serait le mien dans la quête d'un passeport tout neuf pour représenter mon identité toute vieille, je me suis mis en tête cette folie de redevenir espagnol.

AU CONSULAT

On croit connaître le boulevard Malesherbes en vieux piéton de Paris, mais c'est une illusion : nul ne le connaît vraiment tant qu'il n'y a pas cherché le consulat général d'Espagne au numéro 165. Bien signalé à distance pourtant avec ses barrières métalliques et son drapeau rouge et or au-dessus de la grande porte. Mais c'est ainsi : m'étant fait une montagne de mon grand jour, rendez-vous pris par Internet, tout ce qui le concerne s'en trouve hypertrophié. À l'entrée, le garde de sécurité a des doutes. Il vérifie sur sa liste de noms.

« Désolé, mais vous n'y êtes pas...

— Mais si, cherchez bien.

— Pardon mais j'ai là tous les rendez-vous de la journée et pas vous, répète-t-il en faisant glisser son doigt de bas en haut et de gauche à droite. À moins que... As-Suleiman ?

— Assouline.

— *No señor.* »

J'insiste, je lâche le nom du seul employé du consulat que je connaisse. Il me fait tout de même entrer, mais à regret. Cela s'annonce mal.

Une dizaine de personnes bavardent dans la queue où je prends place, et il y en a deux fois plus qui attendent assises contre les murs. L'impatience me gagne déjà. Il est 11 h 29, le rendez-vous est à 11 h 30 et le formulaire en ligne précise bien qu'il faut être d'une « ponctualité maximale » eu égard à l'affluence. On rate son tour, on recommence tout. Si seulement les fonctionnaires acceptaient de bousculer leur routine pour une fois, mais non, pas cette fois. Je pourrais toujours commettre une folie qui consisterait à m'extraire de la foule en raison de la flamme hispanophile qui danse dans mes yeux et me jeter sur le guichet, mais ce serait effectivement une folie.

Hors de question de rater ce rendez-vous. On m'avait dit : « L'homme-clé pour ton histoire, c'est lui et nul autre, le responsable de l'état civil au consulat. » Un certain Alfonso Iglesias Núñez. Plus difficile à joindre que le consul, l'ambassadeur, le roi ! Il est vrai que chaque fois que j'ai appelé son bureau, j'ai demandé à parler à Adolfo, allez savoir pourquoi. Différentes voix m'ont assuré à plusieurs reprises qu'il n'y avait pas d'Adolfo à ce numéro. J'ai trouvé des ressources d'énergie le jour où une secrétaire m'a répondu qu'Adolfo venait de sortir et qu'il n'allait pas tarder à revenir, ce qui, avec le recul, ne fait qu'augmenter sa légende. Finalement, un texto mien l'a atteint par miracle. Il m'a fixé un rendez-vous pour le mardi à 11 h 30. J'y suis et j'attends, mais comme l'heure tourne et que l'angoisse monte, je me permets de l'appeler.

« Mais enfin, où êtes-vous ? répond la voix.

— En bas, comme tout le monde, j'attends M. Adol. Alfonso !

— Vraiment, vous faites la queue en bas ?

— Je crois dans les institutions et le savoir-vivre. »

L'instant d'après, il me cueille au rez-de-chaussée du bâtiment en me dévisageant l'air intrigué :

« Vous êtes ponctuel pour un mercredi. Sauf qu'on vous attendait hier », dit-il avec le léger sourire de compassion et le regard qui jauge de celui qui se demande s'il a affaire à un allumé ou à un abruti.

Un cas d'école dans le registre de l'acte manqué. Après que j'ai précipité mes excuses à ses pieds, il me fait monter au premier étage puis me propose une chaise dans une antichambre qui paraît servir de salle d'attente à plusieurs bureaux distincts. Pas un mot, juste un geste et une moue, ce qu'il faut d'éloquence muette pour me faire comprendre que, étant donné mon erreur, il m'est suggéré de patienter là le temps nécessaire et sans broncher.

Impressionnante, une immense tapisserie fait rutiler les armoiries du royaume d'Espagne ainsi blasonnées : « Écartelé, au 1 de Castille ; au 2 de Léon ; au 3 d'Aragon ; au 4 de Navarre ; enté en pointe de Grenade ; sur-le-tout de Bourbon-Anjou », encadrées par deux colonnes d'Hercule ceintes de la devise de Charles Quint : « Plus ultra ». En France, on a perdu l'habitude de ces choses-là et c'est regrettable. Plus loin, une photo du roi et de la reine. Les miens, bientôt. Au centre, une table ronde, des chaises, des canapés en cuir noir et sur un guéridon une cruche verte « en faïence d'Úbeda », me murmure-t-on avec une certaine admiration, mais ce doit être un patriote de la région de Jaén.

Des journaux espagnols empilés sur la table me tendent leurs colonnes. Il n'y est question que de scandales financiers, d'évasion fiscale, de blanchiment et au plus haut niveau. On se croirait dans une république bananière et les rubriques people n'arrangent rien. Édouard Herriot aurait été dépassé, qui usa de ce bon mot pour qualifier la politique : « Qu'elle soit comme l'andouillette, à sentir la merde mais pas trop. »

Cette femme en face de moi, qui attend depuis longtemps mais sans ciller, j'en ferais bien un ready-made : par mon simple choix, par ma décision d'artiste, elle passerait du statut d'objet ordinaire à la dignité d'un objet d'art. En face d'elle, celui-là est tellement âgé que même assis il ne tient plus debout. À son arrivée déjà je l'avais remarqué à son pas traînant de désabusé. Une tête d'enterrement ornée paradoxalement d'un sourire en coin. Un visage peut faire hiatus à ce point ? En attendant on fait des connaissances. Certains sont concernés par une autre loi que la mienne, la loi sur la mémoire historique qui offre la double nationalité aux descendants des exilés républicains de la guerre civile. Ma présence intrigue.

« Et vous, les séfarades, vous êtes nombreux ? me demande la dame qui s'est approchée pour se saisir d'un magazine, mais le ton qu'elle emploie me fait irrésistiblement penser à une scène à la Beckett, un malade s'accrochant à la grille du jardin de l'hôpital psychiatrique et interpellant un passant dans la rue pour lui demander : "Vous êtes nombreux là-dedans ?"

— Difficile à dire, vous savez, ils sont partout, même au Zimbabwe !

— Même au Zimbabwe..., reprend-elle d'un air songeur, imaginant ces drôles d'Espagnols probablement négroïdes sur les bords, qui s'expriment dans un castillan archaïque, crapahutant dans la brousse de liane en liane avec une kippa sur la tête, même au Zimbabwe, répète-t-elle incrédule.

— Ils venaient de Rhodes lorsqu'ils sont arrivés au début des années 1930, c'est loin tout ça. »

Un autre se mêle à la conversation naissante :

« Mais *señor*, vous êtes espagnol ? »

Si j'avais la présence d'esprit d'adapter le sarcasme que Gide adressa à l'auteur des *Déracinés*, je lui enverrais bien entre les dents un : « Né à Paris d'un père uzétien et d'une mère normande, où voulez-vous, monsieur Barrès, que je m'enracine ? », ça sort malgré moi. Pourtant, je ne cherche pas les ennuis. Ce serait inopportun de réveiller dès maintenant, depuis ce morceau de territoire échappé d'Ibérie et échoué en terre étrangère, le vieil antagonisme entre l'Espagne traditionnelle, légèrement archaïque, autocentrée, et l'Espagne qui a toujours eu des yeux de velours pour l'Europe des Lumières.

Peut-être serait-il plus adéquat de reprendre à mon compte la confidence de Romain Gary sur sa qualité de Français, à la virgule près mais tout en l'adaptant à ma manière : « Je n'ai pas une goutte de sang espagnol mais l'Espagne coule dans mes veines. » Ce que je fais mais j'hésite à donner ma source car le détournement a des limites, l'appropriation c'est le vol, ce serait perçu comme prétentieux et l'embarrasserait certainement, Romain qui ?, comment faire autrement car c'est là un réflexe naturel acquis à force de se sentir un collage de citations tant je suis imprégné de mes lectures et qu'elles sont déposées en moi comme du vin dans une cave attendant patiemment le bon moment pour revenir à la surface.

« *Señor,* vous êtes bibliothécaire ? s'enquiert un jeune homme qui doit finir ses études.

— Moi ? Non, quelle idée !

— C'est parce que vous citez tout le temps des écrivains. »

Mon regard se perd alors dans les armoiries qui me font face. Si je n'avais pas révisé avant, je serais incapable de distinguer celles du roi de celles du royaume.

Le texto d'un ami m'interrompt dans ma contemplation. Il s'inquiète de ma réaction si Mélenchon ou Le Pen se retrouvait au second tour de l'élection :

« Je quitte la France.

— Et tu vas où ?

— Je rentre chez moi, au pays.

— Au Maroc…

— Mais non, chez moi, en Espagne. Je rentre !

— J'ignorais. Mais quand l'as-tu quitté ?

— En 1492, mais à l'insu de mon plein gré. »

Je perçois à l'oreille un léger mouvement de recul, je l'imagine cherchant parmi ses émoticônes celle qui représentera le mieux son regard éberlué, se demandant si c'est du lard ou du cochon, ce qui serait approprié si je descendais de marranes, un regard qui nourrit des doutes sur ma santé mentale. Autour de moi, dans les conversations préélectorales, il n'est question que de cela : partir en cas de victoire des extrêmes. « Toi au moins tu pourras te réfugier dans ton nouveau chez-toi, de l'autre côté des Pyrénées. Mais nous ? » Je promets une chambre d'amis, une place au grenier, voire une armoire comme au temps de l'Occupation.

Plus loin un jeune couple de futurs migrants qui se ressemblent et s'assemblent tellement bien, manifestement, qu'ils ont dû se rencontrer sur harissa.com, le site où les Juifs tunisiens s'échangent des recettes de cuisine, des adresses, des photos de mariage. L'heure tourne mais mon retard est coupable et ma patience infinie. De toute façon, j'emporte toujours de quoi tenir pendant un siège. Ni cigarettes, ni barres protéinées. Juste un livre d'une certaine épaisseur. De quoi envisager sereinement une prise d'otages.

Ici, dans cette pièce du consulat, ils ignorent tout de moi sauf ma qualité de candidat au départ, et ce n'est pas plus mal.

« Vous êtes un Espagnol ? me demande le vieux désenchanté.

— Et même un très ancien Espagnol. Ça se voit, non ?

— Ah… à quoi ?

— Les yeux.

— Qu'est-ce qu'ils ont, vos yeux ?

— Bleus. Toujours un par génération chez nous depuis très longtemps. Bleu, *azul* comme *assou*line, vous voyez ? »

Il ne voyait rien. Ce peuple est parfois désespérant. À défaut de changer de contemporains, changer de compatriotes, c'est possible. Être enfin délivré des « pasd'souci » et des « c'estclair ». Puissé-je n'être jamais pris en flagrant délit d'user inconsciemment de leurs équivalents dans la langue de Cervantès.

Il faut que j'arrête de considérer cette antichambre comme une salle d'attente. Après tout, nul n'a rendez-vous avec un médecin même si mon interlocuteur est du genre à avoir eu longtemps une mauvaise santé de fer. Il a vraiment l'air malade, ce qui est confirmé par le bruit quand il fait les cent pas dans le couloir : on entend les cachets bouger dans son corps.

Désormais, c'est moi qui prends la main :

« Je veux être espagnol, et vous ?

— *Señor,* on ne devient pas espagnol.

— Vous avez raison : je veux le redevenir.

— Comment ça ?

— Je reviens.

— Vous revenez ? »

Ça part en spirale comme du Guitry ou du Feydeau mais je ne lâcherai pas le morceau. Qu'importe si ça se poursuit en espagnol hérissé de français.

« *Retornar* ? Vous voulez rentrer, revenir ou retourner ? »

Il est vrai que « retourner » ayant aussi le sens de « rétrocéder », on ne va pas en sortir facilement. Je tente une ouverture inédite du côté de « remonter » bien que l'Espagne se trouve sous la France et non au-dessus, mais le débat tourne court dans les rires :

« La *remontada,* c'est quand Barcelone remonte miraculeusement au score et écrase le PSG après avoir été battu en match aller ! Alors vous...

— *Vuelvo,* quoi ! Je reviens !

— En Espagne ?

— Mais oui ! Je peux, les séfarades y sont désormais les bienvenus et le temps n'est plus où l'on garrottait les *afrancesados.*

— Ah oui, *vuelvo* de *Volver* comme chez Pedro Almodóvar, c'est ça ? »

Le cinéaste me poursuit car où que je sois, ici comme là-bas, dès que je confie le titre provisoire de mon roman à venir, il s'insinue dans la conversation. Il n'est pourtant pas le préféré des Espagnols qui le trouvent peu représentatif tant il les caricature, un peu comme les Américains Woody Allen. L'un et l'autre tenus pour des produits d'exportation. Pourtant quel autre artiste a autant fait que lui pour abattre la légende noire qui plombe l'Espagne, même si ses folles, ses femmes et sa présence des morts sont plus Mancha que de raison ?

Si *Vuelvo* était un bon titre de travail, il devra s'effacer devant *Retour à Séfarad*. Le Pedro, je l'avais croisé à Cannes après que le public du Festival l'eut ovationné pour sa poignante *Julieta*. L'envie m'a pris d'aller lui parler un jour que nous nous trouvions dans la même cantine VIP (rassurez-vous, c'était la première fois et ça ne s'est jamais reproduit). Après tout, lui *Volver*, moi *Vuelvo*, nous sommes tous les deux dans la mélancolie du retour. En paraphrasant un mot de Paul Morand, on pourrait dire que plus beau que l'Espagne, il y a la nostalgie de l'Espagne. Sauf que ce n'est pas la même. Alors non.

« Bien sûr, comme Almodóvar mais surtout comme la chanson de Carlos Gardel qui est d'ailleurs dans le film, non plus en tango mais en flamenco, et elle dit aussi bien tout le spleen de l'émigré loin de sa terre.

— Mais oui, comme *Volver* de Julio Iglesias.

— Enfin, plutôt comme Penélope Cruz avec la voix d'Estrella Morente, tout de même, je vous en prie... »

Ici je me sens déjà en Espagne. Dans un coin, une jeune femme ne quitte pas des yeux son téléphone portable depuis que je suis arrivé. Elle ne lit rien d'autre et l'on jurerait qu'elle ne veut rien lire d'autre. Je me retiens de rechercher sur le mien un dessin paru dans *El País* sur lequel on voit un homme dans une salle d'attente exactement dans la même situation qu'elle et qui, sans lever les yeux de son téléphone, commente dans une bulle : « Que des mensonges... Mais c'est gratuit ! »

La planète compte aujourd'hui 65,3 millions de déracinés qui ont dû quitter leur pays en raison des guerres et des persécutions, puisqu'on n'expulse plus. Je tiens le chiffre du Haut-Commissariat de l'ONU pour les réfugiés, c'est donc du sérieux. Inutile d'ajouter mon problème personnel au malheur du monde, raison de plus pour m'enraciner doublement ici et là-bas. Si j'osais, je leur lirais « Pèlerin » recopié sur mon téléphone, un poème qui me hante depuis que je l'ai découvert, car Luis Cernuda a su trouver les mots pour dire la solitude dans le déracinement, lui qui avait abandonné l'Espagne à jamais en 1938 :

> *Revenir ? Revient celui qui sent,*
> *après de longues années, après un long voyage,*
> *la fatigue du chemin et la soif*
> *de sa terre, de sa maison, de ses amis,*
> *de l'amour fidèle qui l'attendra au retour.*
>
> *Mais toi ? Revenir ? Ne pense pas rentrer,*
> *mais rester libre désormais,*
> *disponible pour toujours, jeune ou vieux,*
> *sans fils qui te cherche, comme Ulysse,*
> *sans Ithaque qui attende et sans Pénélope.*

Continue, continue devant toi et ne rentre pas,
fidèle jusqu'au bout du chemin et de ta vie,
ne regrette pas un destin plus facile,
tes pieds sur la terre jamais foulée,
tes yeux devant ce qui n'a jamais été vu.

Manifestement, j'ai le temps de me rendre à l'étage pour y chercher un café. Une madame Pinto bien de sa personne s'énerve contre le dysfonctionnement de la machine après être sortie des bureaux la mine légèrement encolérée. La procédure de naturalisation offusque son orgueil. Ma pratique de ce genre de machine (un peu de patience + un peu de doigté + un coup d'épaule) me permet de lui récupérer sa monnaie et d'engager la conversation.

« Vous connaissez Erri De Luca ? » lui dis-je de ma voix la plus douce, histoire de calmer l'ambiance qui menace de s'électriser. Elle avoue ne pas connaître l'écrivain italien, un ancien militant révolutionnaire napolitain qui a réinvesti sa foi et son ardeur qui sont grandes dans l'alpinisme et l'étude des grands textes du judaïsme alors qu'il n'est pas juif et qu'il s'est mis exprès à l'étude de l'hébreu biblique...

« Il a pris de l'altitude, il tutoie les cimes, mais quel rapport avec mon dossier ?

— Luca aime à raconter cette histoire qu'il tient d'un sage. Un roi demande à un tailleur de lui confectionner un habit. Le tailleur met tout son soin à choisir le tissu, le couper, le coudre. Le vêtement terminé, il le présente au roi, qui se montre très mécontent et menace de lui couper la tête s'il ne revient pas avec un plus bel ouvrage.

Le tailleur est décontenancé, demande conseil autour de lui. Un inconnu lui dit : "Rentre chez toi, découds l'habit, toutes les coutures, point par point, puis remonte-le exactement à l'identique." Le tailleur n'est pas très convaincu, mais s'exécute. Il apporte l'habit au roi, qui est ravi. L'artisan est heureux, mais ne comprend pas. Il retrouve l'inconnu dans la rue. "Le roi a été satisfait, alors que je lui ai donné le même habit ! — Ce n'était pas le même habit. Le premier, tu l'as fait avec orgueil, et le second, tu l'as fait en tremblant."

— Je retiens, je retiens..., fait-elle en secouant la tête de haut en bas, comme si la philosophie de l'histoire avait été bien reçue. Et vous, vous vous appelez comment ?

— Assouline.

— Comme l'éditeur ?

— Un ami. Pas la même famille mais la même tribu.

— Ne vous en faites pas pour l'interrogatoire, me rassure-t-elle, en habituée des lieux. Pas de quoi paniquer, ils ne vont pas vous demander de mourir à vous-même, d'effacer votre passé de Français, de vous nier, c'est clair.

— Oui, c'est... comme vous dites.

— Un conseil : si on vous demande de prouver que vous êtes juif, évitez le Consistoire israélite à Paris ; il y a là-bas un lobby ashkénaze, ils ne nous aiment vraiment pas, alors ils bloquent tout, c'est d'autant plus bête qu'ils savent pertinemment que dans les certificats de mariage de nos grands-parents au Maroc, et de tous nos aïeux, à la fin il est fait mention de la catégorie d'"exilé de Séfarad". »

Je ne dois pas avoir l'air convaincu, peut-être en raison de son ton trop radical et systématique, question de tempérament. Aussi en remet-elle une couche :

« Vous verrez qu'en plus ils vous diront : "Mais quelle idée de retourner en Espagne alors qu'en Israël, c'est mieux..." Ils m'ont fait le coup. »

Ils ne sont pas les seuls. Un tel réflexe est largement partagé si j'en juge par les réactions de mes amis. Et pourquoi n'y aurait-il pas la place pour deux lois du retour ? Impossible, ce n'est pas prévu par le règlement.

À la limite, que je ne fasse pas mon alya les dérange moins que l'idée que je puisse la faire ailleurs qu'en Israël. Comme si l'autre, l'espagnole, représentait une intolérable concurrence dans les âmes déboussolées.

Or celle-ci est purement spirituelle et symbolique alors que l'israélienne est spirituelle et matérielle. On voit par là que l'affaire n'est pas simple. Et puis j'ai déjà tant de mal à retrouver la trace de mes aïeux en Espagne il y a cinq siècles, comment voudrait-on que je retrouve celle de mes ancêtres dans le royaume de Judée il y a trois mille ans ? L'idée de se considérer comme un descendant charnel des patriarches m'a toujours paru légèrement prétentieuse. N'empêche que j'entends encore résonner les mots de mon ami Ralph qui lui a fait l'autre choix : « Cette loi du retour est une négation cryptée de la nécessité d'Israël. » Sous-entendu : la vraie patrie des Juifs est là où l'exil les a fait vivre au cours de l'histoire.

On voit bien l'intérêt de l'Espagne dans ces assauts de philoséfardisme qui ont commencé à la fin du XIXᵉ siècle et trouvent leur apothéose dans le vote de la loi. L'autre jour, avec Abraham Bengio rencontré par hasard à Madrid, on a dressé de chic l'inventaire des motifs :

une volonté de reconnaissance, la nécessité de donner à l'étranger une image d'ouverture et de tolérance, le désir d'être une passerelle entre Juifs et Arabes, un calcul politique et économique eu égard à la crise que traverse l'Espagne et à la réputation financière, bancaire et commerciale dont jouissent et pâtissent les Juifs... Reste à jauger la franchise du gouvernement espagnol. Et cette donnée essentielle, on l'avait oubliée. La réponse d'Abraham à mon texto fuse aussitôt : « S'ils ne sont pas sincères, alors c'est très bien imité. »

J'ai révisé avant de me rendre au consulat. Rien n'agace tant un responsable que l'amateurisme d'un candidat. Cette nouvelle loi, je l'ai explorée de fond en comble. Elle permet simplement à tout séfarade, descendant de Juifs expulsés d'Espagne il y a cinq siècles, d'acquérir la citoyenneté espagnole avec passeport à la clé sans avoir à renoncer à sa propre nationalité et sans même avoir à résider dans le pays. Enfin, « simplement » n'est peut-être pas le terme adéquat. Un parcours du combattant d'une certaine manière. La preuve, c'est que bon nombre abandonnent en route. Mais cette loi marque tout de même un progrès, reflète une vraie bonne volonté : avant, les séfarades ne devaient pas seulement abandonner leur ancien passeport, il leur fallait également résider au moins deux ans en Espagne, tout comme les Latino-Américains, les Portugais et les Philippins, ou attester de « circonstances exceptionnelles » en fonction de critères laissés à la discrétion du Conseil des ministres, plaidés au cas par cas et pas vraiment prévus par l'article 23 du Code civil.

Ne jamais négliger le flou du droit, toujours compter sur cette zone grise, cela va bien un temps.

Ma tête n'est pas de celles auxquelles on donnerait le bon Dieu sans confession. Mais une fois éliminées toutes les hypothèses, et sachant que je n'ai pas besoin d'un passeport européen, le possédant déjà, et encore moins d'une porte d'entrée vers l'univers sans frontières des pays de la zone Schengen, il faut se résoudre à l'idée que l'on peut effectuer une telle démarche en n'étant travaillé par d'autre motivation que symbolique, sentimentale, romantique même. Nul désir de devenir un Espagnol administratif animé par la raison nationale. Plutôt le romantisme du retour à la terre d'avant la terre natale. Je croyais avoir fait le tour quand un courriel d'Oro Anahory-Librowicz, une universitaire séfarade de Montréal, qui a elle aussi déposé une demande de retour, me rafraîchit la mémoire : « Les Juifs ont intérêt à avoir plusieurs passeports. On ne sait jamais ce que le sort nous réserve. »

2. Où je m'entretiens avec le fameux personnage-clé qui m'ouvrira enfin les portes du paradis administratif

La porte du bureau de l'état civil s'ouvre enfin et M. Iglesias Núñez me fait signe d'entrer. La fausse indolence d'un Méditerranéen écrasé par la chaleur, un quadragénaire, grand, un peu enrobé, artistiquement barbu, courtois, urbain, il est là enfin, l'homme-clé. Son français est meilleur que mon espagnol, mais par courtoisie, chacun voulant mettre l'autre à l'aise en s'exprimant dans sa langue, les deux se mêlent et c'est très bien ainsi.

« Alors cher monsieur, fait-il en s'emparant de mon dossier, qu'est-ce qui vous amène ici ?

— J'ai été appelé.

— Par quelqu'un de nos services ?

— Par Sa Majesté.

— Je vois, fait-il en se grattant le lobe de l'oreille. Commençons par les formalités si vous le voulez bien. Vous êtes né en quelle année ? »

J'aimerais lui répondre que ça s'est passé exactement quatre cent soixante et une années après l'expulsion des Juifs d'Espagne, mais il pourrait mal le prendre, or on se connaît à peine. Il lève les yeux de sa feuille, sent mon hésitation, devine mes difficultés, cherche à m'aider :

« Mais vous avez quel âge ? »

Je me retiens de répondre que dans trois ans j'aurai l'âge de mon père à l'instant de sa mort, mais là aussi, ce serait déplacé, et je ne suis pas venu ici semer la perturbation dans les esprits, bien au contraire. Pas convaincu, je l'observe tandis qu'une collaboratrice lui tend quelque paperasse à parapher. Alors qu'il s'exécute, j'observe sa main courir sur le papier. Sa bague m'intrigue mais je n'ai pas le temps de déchiffrer l'inscription.

Bien que nous ne soyons pas installés dans un rapport de force, comme c'est souvent le cas lorsqu'on se sent emporté par les rouages de l'horreur administrative, je serais tenté d'exploiter le potentiel de la situation à la manière d'un général chinois, sans idée préconçue sur la bataille à mener dans cette nouvelle étape de ma vie. Mon portable grésille : un texto de Mercedes, critique littéraire à Madrid, qui me souhaite « le meilleur pour cette réincarnation », m'offre le mot qui manque. Un autre, mais de Paris, m'écrit : « Qu'est-ce qui te prend ? Elle est finie la Movida ! À part le foot, c'est la misère là-bas. Reste avec nous ! »

Il m'observe, assez diplomate pour ne pas me brusquer mais assez responsable pour ne pas consacrer son après-midi à un cas.

« Alors racontez-moi. Le nom d'abord... »

C'est quelque chose de puissant, le nom et le prénom. Il faut une révolution intérieure, des événements graves, une vraie crise, tout ce qui peut s'apparenter à une guerre pour envisager d'en changer, du moins pour un Juif. En société, ils sont notre ambassadeur, le chevau-léger de ce qui nous fonde.

« Côté paternel, Assouline est de la famille des Aït Tizgui N'Opasouline, de la tribu des Glaoua, dans l'Atlas. Dans la langue berbère, *as-souline* signifie "le rocher"... »

Alors, comme on dit, je déroule. Mon arrière-grand-mère Freha Illouz venait d'Iloz, un bled du royaume de Navarre, vers Pampelune je crois. Dans le procès du Saint-Office contre le nommé Juan de Cáceres en 1486, l'inquisiteur mentionne le nom de ma grand-mère Sebban, mais tout cela est si loin. Possible que mes aïeux viennent de Debdou. Une colonie de juifs de Séville s'y était installée après avoir été expulsée d'Espagne en 1391. Pourquoi Debdou ? Parce que la ville dépendait alors de l'Algérie qui passait pour plus tolérante que le Maroc (la dynastie des Almohades avait laissé un souvenir cuisant dans l'Espagne musulmane).

Debdou, mon grand-père m'en parlait souvent, de manière allusive. Ne manquait que la circonstance pour qu'il s'y attarde. Je passais souvent chez mes grands-parents à la sortie du lycée, trois étages au-dessous de chez nous. Un jour, je lui ai apporté un album de cartes postales sur la vie quotidienne des juifs d'Afrique du Nord. Déjà en pyjama, il a indiqué d'un mouvement de menton à ma grand-mère de faire patienter la *tchoukchouka*, sa ratatouille de poivrons et de piments, dès les premières pages tournées. Au vrai, je l'avais rarement vu aussi passionné face à un livre, lui qui ne lisait que *L'Aurore* et *Minute* par antigaullisme viscéral depuis que l'Algérie n'était plus française, sa manière de faire payer le Général. Lorsque des images de Figuig sont apparues sous ses doigts, il a accusé le coup, laissant poindre une certaine émotion. Les retrouvailles avec la ville natale. Mais lorsqu'un peu plus loin des cartes de Debdou sont apparues, il a rendu les armes, lui d'ordinaire si impérial dans sa forteresse. Il a posé l'index sur une maison en pisé, des ruelles en terre battue, des gamins qui couraient pieds nus, et a répété tout doucement : « Avant Figuig, mes grands-parents venaient de là et leurs grands-parents avant, j'ai vécu dans cette maison en argile ou celle-là… » L'émotion lui a noué la gorge puis, par réaction de défense probablement, il s'en est amusé.

Je dois à l'amitié d'Albert Bensoussan de m'avoir ramené par l'esprit dans ce village que j'avais fini par gommer de ma mémoire. Quand vous lisez en français un roman de Vargas Llosa, Cabrera Infante, Bryce Echenique, Donoso et de tant d'autres, ce sont ses mots à lui que vous lisez, pas les leurs. Un jour, dans un conclave de traducteurs près de Paris où je devais prendre la parole, je l'ai écouté raconter qu'il poussait l'empathie jusqu'à manger avec « ses » auteurs et dormir à côté d'eux pour mieux les comprendre et saisir ce qui n'est pas dans les mots mais à côté des mots. Puis pendant la pause, il m'a interrogé sur mes origines ; après m'avoir cuisiné sur les prénoms de mes aïeux en puisant dans ses trésors d'érudition onomastique, il m'a gratifié d'un *fuerte abrazo* et d'un définitif : « On est cousins ! » Debdou, les siens aussi. Il m'avait fallu aller jusqu'à Gif-sur-Yvette par un dimanche pluvieux pour éclairer un peu mieux mon archaïque Maroc intérieur.

« Et côté maternel ? s'enquiert M. Iglesias Núñez.

— Des Zerbib de Bône originaires de Livourne en Italie, et des Sarfati d'Oran venus de Tétouan, l'ancienne capitale du protectorat espagnol du Maroc, mais vous savez tout cela.

— Et l'illustration de la famille ?

— Rien de prestigieux dans notre lointaine ascendance. Que des commerçants. Ce n'est pas nous qui avons écrit les traités savants, je le confirme. Encore que nous avons peut-être péché par humilité ; car si notre tradition orale ne rapporte rien de remarquable, la somme onomastique d'Abraham Laredo fait état d'un Yahya Asulin, c'est pareil, de même Assulen, rabbin-notaire à Debdou en 1730, ça fait rêver non ?... Non, vous avez raison, à côté des autres, c'est très moyen... »

Son stylo en suspens laisse à penser qu'il espère quelque chose, une réminiscence qui lustrerait mon dossier et anoblirait ma candidature, ce qui ne peut pas faire de mal.

« Oh, je concède, on peut toujours se raconter que Joseph Hazarfati, le fameux enlumineur français de ladite « Bible de Cervera », était de la famille, de toute façon on n'en saura jamais rien, ce qui n'est pas plus mal, inutile de réactiver la réserve d'orgueil de la tribu. »

En fait, pour tout dire, afin de régler un simple problème administratif, je me consacre aussi actuellement à prouver ma qualité de Français au Pôle de la nationalité, rue du Château-des-Rentiers à Paris, moi qui suis né français de parents nés français. Or pour y parvenir et obtenir le sésame, un indispensable certificat de nationalité, mon acte de naissance ne suffit pas au motif qu'est précisée sur ce parchemin que je chéris tant, au-dessus de « République française », la mention « Protectorat du Maroc »… Ce qui change tout. Des mois que je suis lancé dans des recherches entre Paris et Nantes pour retrouver les papiers de famille. J'ai presque touché au but lorsque le fonctionnaire de l'état civil, me recevant enfin, m'assène le coup de grâce : « Il manque les papiers militaires de votre arrière-grand-père ! — Mais vous plaisantez… Il est né "vers 1880 dans le Tafilalet", et croyez-moi, c'est grand là-bas. Vous voulez que j'aille creuser dans les dunes ? Sa ville… » Je n'ai osé dire qu'en vérité, sa ville, c'était le bled, vraiment. Il s'en est fallu de peu pour qu'en remplissant ma propre fiche je n'inscrive : « né dans les années 1950 en Afrique ».

Le cas de conscience s'intensifie à mesure qu'augmente le nombre de textos sur mon portable, quelques personnes me sachant aujourd'hui au consulat général d'Espagne, notamment ma fille aînée Meryl : « Et pourquoi pas la nationalité marocaine tant que tu y es ? Après tout, un roi ou un autre… », suivi d'une émoticône souriante, adressant un clin d'œil et un petit cœur. On serait attendri à moins. Mon cas. M. Iglesias, lui, s'impatiente, veut m'aider, se demande comment plaider en ma faveur avec ce nom paternel plus connoté berbère qu'espagnol. Je ne vais tout de même pas lui faire le coup des yeux bleus. Si, un peu, quand même. Ça ne suffira pas.

« Donc, vous êtes bien séfarade des deux côtés ? Ça faciliterait les choses pour votre dossier, reprend-il.

— Eh oui, comme Jésus, me suis-je permis tant le courant passe bien entre nous.

— Le Christ ? Séfarade ?

— Non, mais il avait tout bon des deux côtés : il n'était pas seulement le fils de Dieu, mais également d'une excellente famille du côté de sa mère », lui dis-je en souriant mais c'était probablement un peu tôt.

3. Du pouvoir envoûtant des noms et du vertige suscité par leur énumération sur des listes qui font illusion

Pour faire avancer ma demande, je pourrais essayer de lui parler de la liste de noms séfarades récemment publiée sur la Toile puisque le mien s'y trouve. Sait-on jamais, bien qu'Abraham Laredo, le plus éminent expert en onomastique séfarade, ait prévenu : le nom n'est pas un critère absolu, pour ne rien dire des dangers d'essentialisation et de la difficulté qu'il y a à ramener un individu à son origine sans l'y réduire. M. Iglesias balaie l'idée d'un revers de main qui signifie en toutes les langues : ça ne vaut rien. Rien ? Et de m'expliquer que contrairement à ce que prétend la rumeur, l'actuel gouvernement espagnol n'a commandité aucune liste de ce type. La plus crédible semble remonter aux années d'avant-guerre, conçue avec de bonnes intentions pourtant par les services du dictateur Primo de Rivera, et utilisée pendant la guerre par les diplomates désireux d'aider des Juifs à échapper à la déportation. À moins que ce ne soit la récente compilation de plusieurs listes fondues en une seule. Elle comporte 5 220 noms. Le mien y figure entre Assor et Assumpção. Mais en en lisant d'autres, on a l'impression que toute l'Espagne est séfarade sauf nous. Il y a même des Klein et des Millet mais Assouline a disparu. Un comble !

Qu'importe après tout. Le spectre d'une rafle plane sur toute liste de noms.

Quand on pense que certains paient des écrivains pour que l'un des personnages de leur prochain roman porte leur nom... Incroyable ce que les gens fantasment sur les noms bien qu'ils s'en défendent. Les Juifs plus encore que les autres. Parlez du Caudillo à un séfarade hors d'Espagne et vous avez de fortes chances qu'il vous interrompe : « Mais Franco y Bahamonde, c'est doublement juif, non ? » Et doublement catholique aussi. Mais lorsqu'il est juif, ce patronyme est originaire soit de la ville de Franco (province d'Oviedo), soit de celle de Franco (province de Burgos), ou encore de Franco (province de Lugo), voire de Franco (province de La Corogne).

Des noms, des noms, des noms ! De les prononcer les uns après les autres a un pouvoir si vertigineux, l'énumération peut être si envoûtante pour le lecteur que cela a été conceptualisé comme hypnoénumératif. Il fallait y penser. Avec les Toledano, l'aristocratie du genre, c'est simple : leur séfardité est marquée dessus. En plus ils sont nombreux. Ce sera la consécration lorsque le nom propre se métamorphosera en nom commun ; alors on ne dira plus « un séfarade » mais « un Toledano ». Avec les Soriano, ce devrait être aussi simple, même si c'est plus compliqué : c'est marqué dessus aussi, mais tout le monde ne se doute pas qu'ils viennent de Soria. Comme les Laredo qui viennent de Laredo, encore faut-il savoir qu'une commune porte ce nom en Cantabrie. Avec les autres, il faut un certificat. Pour ne rien dire des noms de régions, de métiers, de plantes.

Si le nom est important dès lors que l'on a conscience de la transmission, de l'héritage, de l'origine, du passage du témoin, le prénom l'est tout autant. L'un comme l'autre nous déterminent, fût-ce inconsciemment. Des historiens piqués de statistiques ont même réussi à dresser la liste des prénoms les plus courants parmi les victimes de l'Inquisition : chez les hommes, Dionis, Domingo et Tomás arrivent largement en tête, suivis par un peloton dans lequel se tiennent au coude à coude Álvaro, Lope, Rodrigo, Vicent. Du côté des femmes, innombrables sont les Isabel, Violant, Eleonor, Angela. Il est vrai que nombre de ces victimes étaient des juifs convertis, baptisés et rebaptisés dans l'air du temps.

Dans *Si rude soit le début*, le romancier Javier Marías observe que dans bien des pays, et notamment en France, on voit comme une consécration de n'être plus désigné que par son seul nom, mais lui voit plutôt une défaite dans cette dépersonnalisation qui a tout d'une décoration bon marché à visée commerciale ; alors qu'en Espagne, il est nettement plus prestigieux de n'être connu que par son seul prénom, rare privilège que se partagent Federico (García Lorca), Rubén (Darío), Juan Ramón (Jiménez, le Nobel), Ramón (Gómez de la Serna), Mossèn Cinto (Verdaguer), Garcilaso (de la Vega), auxquels il convient d'ajouter selon la direction du vent quelques aléatoires gloriettes médiatiques.

Le général chinois en moi reprend le dessus :

« Et vous-même, votre nom, monsieur Iglesias ?

— Non, fait-il dans un sourire.

— Marrane ? Nouveau chrétien ? Converti ? Allez, vos ancêtres étaient juifs pour avoir eu besoin de clamer le contraire dans leur nom, non ?

— Désolé mais non. »

Il tourne quelques pages de mon dossier et en retire une :

« Vous serez testé sur votre niveau de langue. Très important, la pratique de l'espagnol. Rédhibitoire même, dans le processus d'acquisition de la nationalité. Ça va aller pour vous ?

— Je compte m'inscrire aux cours de l'Instituto Cervantes pour me perfectionner.

— Jusqu'à quel stade ? s'inquiète-t-il de crainte que je n'y passe mes cinq prochaines années.

— Il y a une pièce de Ionesco dans laquelle un type raconte son décès : "Ça s'est bien trépassé..." Lorsque je serai capable de raconter ça en espagnol, et avec un certain naturel, ça ira. »

Et quand bien même, j'y passerai le temps nécessaire. Après tout, alors qu'il y avait 2 615 postes à pourvoir, le ministère espagnol de l'Intérieur a récemment annulé l'examen d'orthographe pour devenir policier. Il s'y est résolu après une épreuve (déterminer l'orthographe correcte ou non de cent mots en huit minutes) de peur de ne pas réussir à trouver assez de candidats aptes à la fonction tant ceux-ci ont été déstabilisés par des archaïsmes et des latino-américanismes. Passe encore pour un mot rare comme *apotegma*, mais que dire de *bacalao* qui s'emploie dans la vie de tous les jours ? Si on me cherche des poux de ce côté-là, je renverrai à ce recul de la police.

De toute façon, on n'imagine pas que ce soit le principal obstacle des séfarades, même si certains d'entre eux doivent se défaire du judéo-espagnol, ce castillan du XVe siècle fleuri de mots d'arabe ou de turc selon leur exil, pour adopter un castillan plus moderne. C'est peut-être ce qui intrigue et fascine le plus tous ceux qui se sont penchés sur leur histoire : la fidélité à travers les siècles à une langue qui fut certes celle de leurs ancêtres mais aussi celle de leurs bourreaux.

Les candidats au retour, qui sont de condition plutôt élevée et dont la démarche est souvent nourrie par une réflexion intellectuelle, sont très attachés à l'hispanité. Encore doivent-ils le prouver, exciper de ce lien dans un texte de quelques pages qu'on leur demande d'écrire à cette intention. Ce qui est assez vexant pour des historiens, des philosophes, des écrivains qui ont parfois publié des livres sur le sujet. Oro Anahory-Librowicz en a fait l'amère expérience : née à Tétouan, l'espagnol est sa langue maternelle, elle se sent chez elle en Espagne ; sans compter un Ph.D. de littérature espagnole à l'université de Columbia et des recherches poussées sur la langue archaïsante des chansons judéo-espagnoles transmises de génération en génération depuis le Moyen Âge, toutes choses qu'elle enseigne dans les universités à Montréal, ce qui lui a valu de recevoir une médaille du roi pour sa contribution au rayonnement du génie espagnol, et on lui demande de se soumettre à un test de langue, et un autre de culture, et d'exciper de son intérêt pour le passé séfarade en écrivant un texte tout exprès, elle qui a consacré sa vie d'enseignante à faire passer des tests aux étudiants en civilisation espagnole ! Humiliant, non ? On comprend son désenchantement, ce qui ne la décourage pas. Pour le symbole.

Edgar Morin, lui, a renoncé. Le sociologue, fils unique de Vidal et Luna Nahoum, séfarades établis à Salonique, avait fait une demande de nationalité espagnole via son ami le député et ministre socialiste Enrique Barón Crespo, pour passer outre tous les obstacles administratifs et la procédure habituelle. Sa célébrité assortie à sa qualité d'intellectuel, ses nombreux titres devaient lui permettre d'obtenir un passeport automatiquement. Ce qui lui fut refusé mais incita les responsables à étudier l'éventualité d'exceptions, d'autant que, cela allait de soi, il n'allait pas s'installer en Espagne et sa démarche avait surtout valeur de symbole, pour lui aussi.

Il faut une vie pour maîtriser une langue. Une vie au moins dans mon cas. N'empêche que cette langue, je l'ai au creux de l'oreille depuis ma naissance. Pour en convaincre M. Iglesias, je suis prêt à tout.

« Si vous voulez je peux vous chanter la chanson que ma mère me chantait pour m'endormir, lui dis-je avant d'enchaîner, porté par mon élan nostalgique, sans même attendre son approbation : *Qué bonitos ojos tienes... Debajo de esas dos cejas...* »

— Non, ça va, ce n'est pas la peine.

— Incroyable comme on n'oublie pas ces choses-là...

Joselito, le petit chanteur à la voix d'or comme on l'appelait, c'est lui qui chantait cela. Vous n'imaginez pas comme cela m'émeut, j'ai l'impression que maman est assise au bord du lit... *"Ellos me quieren mirar... Pero si tú no los dejas... Ni siquiera parpadear... Ma..."*

— Je la connais, la *Malagueña salerosa*, qui ne la connaît pas !

— Mais elle, elle disait que j'avais vraiment de beaux yeux, vous savez, les mères juives...

— On a tous eu de beaux yeux et tous des mères juives pour nous le rappeler.

— Ah, vous aussi...

— Ce n'est pas ce que je voulais dire. »

Pour bien faire les choses, M. Iglesias remplit toutes les cases pour moi. Comme je dois tout de même préciser deux ou trois points de ma propre main, il retourne les documents et me tend son stylo par-dessus le bureau. Tout cela me trouble car j'ai vraiment le sentiment de me projeter loin, très loin, ce qui justifie une certaine réflexion.

« Quelque chose ne va pas ? s'impatiente-t-il.

— Je pense à Fray Luis de León.

— Ah... vous parlez bien du moine augustin, le poète du Siècle d'or ?

— Vous connaissez, bien sûr...

— Bien sûr mais je ne vois pas trop le rapport.

— Il descendait de juifs convertis au christianisme par sa mère. Il a passé cinq ans en prison, dans l'attente de son procès sur ordre de l'Inquisition, pour avoir traduit le Cantique des cantiques en castillan et avoir osé douter de la valeur de la Vulgate. Lorsqu'il a repris ses cours à l'université de Salamanque cinq ans après, il a commencé par ces mots : "Comme je vous le disais hier..." Alors cinq ans ou cinq siècles, une aussi longue absence, cela vaut bien quelques instants de réflexion avant de signer comme si c'était hier, non ? »

Il ne peut réprimer un sourire. La conversation se poursuit, fait d'autres embardées, élargit le champ, digresse. En réalité, l'homme-clé de l'état civil au consulat, l'expert de l'émigration séfarade, est bien plus que cela. Il est là par défaut, cet ancien professeur d'espagnol qui a fait les frais d'une réduction de poste dans son lycée à Paris. C'est avant tout un passionné de langues anciennes, qui a suivi des études poussées en philologie (comme on ne dit plus en France, hélas, mais ailleurs en Europe) hébraïque et araméenne, en grec et en latin. Je n'irai pas jusqu'à lui demander dans quel état se trouve désormais sa foi ; trop intime. À quoi croit-il alors ?

« À la Méditerranée ! »

Pas facile de dissimuler mon impatience. Elle est d'autant plus absurde que ce nouveau passeport ne changera rien à ma vie. N'empêche que j'ai hâte et que je vais peut-être plus vite que la musique. Ce qui n'échappe pas à mon officier traitant, lequel étale mon dossier sur le bureau.

« Récapitulons ! Vous aurez donc besoin d'un certificat de judaïté et de séfardité, sinon n'importe qui se présenterait, anticipe-t-il tout en se gardant bien de m'envoyer du côté du Consistoire à Paris. Seule la Fédération des communautés juives à Madrid est habilitée à vous le délivrer à condition que vous lui fournissiez un certain nombre de renseignements, à commencer par le certificat de mariage religieux de vos parents...

— Il est accroché chez eux à un mur du salon.

— Il faudra également un extrait de casier judiciaire vierge...

— Je l'ai déjà !

— ... datant de moins de trois mois...

— Je referai une demande.

— ... traduit en espagnol...

— Ma compagne a une licence d'espagnol ou quelque chose comme ça.

— ... par un traducteur assermenté...

— ¡ *Vale* ! On m'en procurera un. C'est tout ?

— ... et un certificat de langue espagnole de l'Instituto Cervantes...

— Je prendrai des cours pour me remettre à niveau !

— ... un autre du même institut mais de culture et civilisation espagnoles...

— Je vais réviser !

— ... un texte de vous dans lequel vous justifiez en quelques pages votre attachement à l'Espagne...

— Je devrais y arriver en faisant un effort.

— ... bref, des preuves de votre lien séculaire avec l'Espagne, la démonstration d'une descendance directe, ou d'un lien de parenté collatéral, avec des séfarades auxquels la nationalité espagnole a déjà été accordée...

— On en trouvera bien.

— ... et aussi, ça ne peut pas faire de mal, quelques lettres de recommandation de personnes ou de personnalités espagnoles témoignant de vos qualités morales, humaines, professionnelles, que sais-je encore...

— Il me reste quelques amis qui me font encore confiance. C'est tout ? Vous savez, lorsque la loi est sortie, un avocat madrilène très concerné quoique non juif s'est rendu à Jérusalem pour exposer la chose. Quelque cinq cents personnes enthousiastes et curieuses sont allées l'écouter dans les locaux du Centre mondial du judaïsme d'Afrique du Nord. Les parents s'étaient déplacés pour des raisons symboliques, leurs enfants pour des raisons pratiques, ils voulaient étudier en Europe. Mais, à la fin, lorsque l'avocat a dressé la liste des conditions, ça a jeté un froid. Quelqu'un s'est levé dans la salle et a dit : "Quand on nous a expulsés, il n'y a pas eu d'enquête pour vérifier qu'on était bien juifs ! Ça n'a pas pris trois semaines. Pourquoi tant de difficultés pour revenir ?" Ça se conçoit, non ?

— Oui, mais il faut comprendre aussi les précautions de l'administration, de la bureaucratie, la crainte de voir arriver des dizaines de milliers de demandes d'un coup… À propos, je n'avais pas terminé…

— Non !

— … quand vous aurez réuni toutes ces pièces, et que vous les aurez adressées au ministère de la Justice, il faudra vous rendre à Madrid chez un notaire commis par le ministère à partir d'une liste aléatoire, et il devra, comment dire, mettre à l'épreuve votre détermination à devenir espagnol.

— C'est n'importe quoi ! dis-je en m'efforçant de ne pas perdre mon calme. Pardonnez-moi mais quelle est sa qualité pour en juger ?

— C'est la loi », fait-il dans un soupir assez diplomatique.

Toute l'ambivalence de l'Espagne concentrée dans cette procédure. Voilà un pays qui vous tend la main mais dresse tellement d'obstacles jusqu'à la vôtre qu'il vous faudra redoubler d'efforts, puiser dans vos réserves de ténacité, mobiliser du temps et un peu d'argent tout de même pour qu'elle puisse la saisir. Dans un documentaire de Miguel Ángel Nieto intitulé *Le Dernier Séfarade*, un vieil habitant de Sarajevo raconte que lorsqu'il a demandé à Juan Carlos à obtenir la nationalité espagnole, le cabinet royal lui a répondu qu'il lui fallait vivre deux ans au moins en Espagne. « Mais c'est juste pour rentrer symboliquement dans ma vraie patrie !... » Il ne pouvait se résoudre à quitter le coin de Bosnie qui l'avait vu naître. L'administration s'est montrée inflexible. « Alors un an suffira dans votre cas car vous êtes fils de l'Espagne... » C'était en 2004, donc bien avant la loi. Entretemps, cet homme a dû mourir. Si l'on a respecté ses volontés, et il n'y a guère de raison pour que ce ne fût pas le cas, sur sa tombe, on doit pouvoir lire sous « Mauricio Albahari » cette inscription : « Ici repose un Juif séfarade qui fut un citoyen espagnol. » Tant pis pour le passeport.

Si je retourne un jour à Sarajevo et que je trouve cette tombe, plutôt que des fleurs, j'aimerais y déposer des vers :

> *Les jours de la vie sont*
> *Amers à qui, à force*
> *De souvenirs, ne vit*
> *Qu'une très longue attente*

On les trouve dans le poème de Luis Cernuda « Un Espagnol parle de sa terre ». C'est bien notre terre mais avons-nous jamais été espagnols ? Séfarades, sans aucun doute, d'ailleurs nous le sommes toujours, mais espagnols ?

4. *Qui traite d'une inattendue inscription hébraïque aperçue sur la bague de mon interlocuteur*

Adol... Alfonso (désormais, on se donne du prénom, le courant est passé, il a dû sentir que je me battrais à mort) me raccompagne à la porte. On se promet de se revoir. Mon projet semble bien parti. Après tout, ils ont besoin de nous, ne serait-ce que parce que le pays se dépeuple. Plus de morts que de naissances, moins de mariages, moins d'immigrés, plus d'émigrés, à telle enseigne qu'une démographe a affolé ses lecteurs en se demandant dans le titre de sa tribune au vitriol si les Espagnols n'étaient pas un peuple en voie d'extinction. Ce qui n'a pas plu. Il leur faut inverser la tendance. Quelle ironie de l'Histoire si les séfarades les y aidaient, fût-ce en nombre infinitésimal ! Tout cela est de toute façon symbolique pour eux aussi. Il serait temps que l'Espagne montre un autre visage. L'historien Henry Kamen remarque que le pays s'est construit sur l'expulsion, l'exode, l'exclusion des siens et non sur l'accueil des autres ; il s'est fait comme un pays de départs permanents, ils ont pu en témoigner les Juifs en 1492, les musulmans en 1609, les libéraux en 1813, les écrivains en 1936, les républicains en 1939... À ceci près que le cas des Juifs est un peu particulier (c'est une habitude, ils ne font jamais rien comme les autres) : l'exil est consubstantiel à l'être juif depuis la destruction du

Temple de Jérusalem et même avant, le no man's land a été leur pays puisque l'Histoire les a poussés à tenter d'être partout chez eux, donc nulle part. Qu'il est doux de rencontrer quelqu'un avec qui partager le sentiment de l'exil... On en viendrait presque à plaindre ceux qui n'ont jamais connu le romantisme de son évocation. La distance est stimulante. Il n'y a rien de tel que cette émotion, souvent triste, mélancolique, noire, voire tragique, pour exalter un monde perdu. Falla, Rodrigo et d'autres n'ont jamais été aussi musiciens et aussi espagnols qu'en exil. L'auraient-ils autant été s'ils étaient restés au pays ? Le sentiment de l'exil, c'est ce que les séfarades ont en commun avec tant d'Espagnols qui n'ont rien de juif.

Il y a une phrase inoubliable dans les *Mémoires de Barry Lyndon du royaume d'Irlande* de W. M. Thackeray et, partant, dans le *Barry Lyndon* de Stanley Kubrick dont c'est l'une des scènes les moins spectaculaires mais l'une de celles qui m'a le plus marqué par sa simplicité même. C'est au moment où l'aventurier Redmond Barry étant démasqué par le chevalier de Balibari, les deux Irlandais s'étreignent avec une intense émotion : « Nul ne saurait dire le bonheur d'entendre parler sa langue par une voix amie pour qui se retrouve étranger, isolé, perdu en exil. »

Quelque chose me dit que c'est pratiquement fait, du moins jusqu'à ce que je remarque une hésitation à peine perceptible dans le regard d'Alfonso. Une expression typique du *Quijote* s'y inscrit en toutes lettres : « Où vas-tu, innocent crédule ? » Il me tend la main et d'une poignée qui dit toute sa franchise, sa sincérité, sa bienveillance, me salue en espagnol, en compatriote, déjà. Cette fois, j'ai le temps de voir sa bague argentée de plus près. À ma grande stupéfaction, des lettres hébraïques y sont gravées. Je lui saisis la main :

« Vous permettez ? *Adonaï ehad*... L'Éternel est un... Mais alors...

— Je vous l'ai dit, je n'en suis pas. Je l'ai achetée en Israël mais... c'est une autre histoire. Allez, bonne chance, mais accrochez-vous ! Sachez que je vous comprends...

— Mais alors...

— Non, mais il se trouve que je demande actuellement la nationalité française. Je sais, je sais, cela doit vous faire bizarre pour quelqu'un qui travaille au consulat général d'Espagne mais c'est ainsi. Je vis en France depuis 1998, je me sens bien ici même si je n'en demeure pas moins profondément espagnol.

— Et vous êtes allé à la préfecture de police ?...

— À l'antenne du service de la nationalité, rue des Ursins, et j'ai fait la queue pendant des heures comme tout le monde, le seul Blanc de la salle d'attente. Une madame Koulibaly m'a finalement reçu dans son bureau et des madames Koulibaly, j'en reçois tout le temps au consulat. Je lui ai demandé si elle était d'origine sénégalaise. Elle m'a répondu : "Ici, c'est moi qui pose les questions et d'abord pourquoi voulez-vous devenir français ? — Par affection et par gratitude", lui ai-je répondu. Et vous savez ce qu'elle m'a dit ? "Moi aussi !" »

C'est alors que je lâche prise car je suis perdu. La seule chose qui m'apparaît à peu près clairement, c'est que je viens de rencontrer mon double.

Le garde du consulat me salue. Peut-être reconnaît-il déjà une sorte d'Espagnol en moi. Un Espagnol du troisième type. Une espèce protégée récemment sortie de sa réserve. Le reste de la journée s'annonce soudainement mieux qu'elle n'a commencé. En lui rendant son salut, un murmure m'échappe : « Le jour heureux, mets-le chez toi », qui a le goût et la couleur de l'adage mais me laisse insatisfait jusqu'à ce que par réflexe cervantin, ou simple imprégnation des *Nouvelles exemplaires*, je m'autorise du bout des lèvres « *Al buen día, métele en casa* », qui sonne tellement plus juste, preuve que je suis vraiment en chemin.

En quittant le consulat pour être happé par le tourbillon de la vie, la chaleur humide du boulevard Malesherbes me tombe dessus. D'autres parleraient de canicule, mais pour relativiser il me suffit de penser à mes grands-parents à Figuig, comme ils ont dû avoir chaud dans leur bled à l'orée du Sahara, avec 40 degrés à l'ombre et la Torah pour seul climatiseur, autant que leurs aïeux l'été du côté de Séville dans la vaste plaine du Guadalquivir, mais animés de leur foi, je les crois capables d'avoir transformé la chaleur en brise de rosée.

Reste à résoudre un dilemme : étant donné que les Espagnols nourrissent un double complexe vis-à-vis de leurs voisins, qu'ils se croient supérieurs aux Portugais mais inférieurs aux Français, et qu'ils se tiennent entre les deux, ce qui est parfois étrange dans la vie de tous les jours, comment vais-je m'en sortir ?

En quittant le boulevard Malesherbes, je ressens comme un violent désir d'ancêtres. Un mot m'embue l'esprit, celui que j'aurais dû prononcer peu avant mais c'était de l'hébreu et dans un tel lieu, en de telles circonstances, c'eût été mal pris. Un employé aurait laissé traîner l'oreille, une secrétaire l'aurait répété, un diplomate en aurait eu vent, une mauvaise interprétation en aurait résulté, des malentendus provoqués... Des guerres ont éclaté pour moins que cela.

Zakhor ! L'injonction biblique est double : souviens-toi, n'oublie pas. On trouve cela dans le Deutéronome et chez les prophètes. Rien n'interdit de l'entendre résonner comme un commandement absolu.

Dans le métro parisien, je suis assis face à des touristes espagnols si j'en juge par les bribes de conversation. Elle fait du coude à son compagnon, puis joue du menton dans ma direction. Un sourire sur leurs lèvres. Que peuvent-ils bien penser de moi, ce type en face d'eux absorbé dans la lecture de *La Realidad tras el espejo. Ascenso social y limpieza de sangre en la España de Felipe II*, un crayon à la main. Je me demande comment ils s'appellent. Martínez peut-être. Ou Álvarez, Sánchez, Lopez, n'en jetez plus ! J'ai bien envie de... Vous vous appelez Martínez ? Vous savez que c'est juif, enfin de lointaine origine.

Le soir même, des amis dînent à la maison. On sent le doute dans les regards, le scepticisme à la commissure des lèvres. Il en faudrait si peu pour les pousser à l'exprimer. Juste un petit effort. Le plus souvent des gens qui n'acceptent pas l'idée d'une rivalité dans la loi du retour. Il ne saurait y en avoir qu'une. Toute autre ne saurait être que de l'ordre du fantasme.

« Mais vous avez des preuves de la présence de votre famille en Espagne il y a... combien déjà... cinq siècles ?

— Vous en avez de la présence de la vôtre dans le royaume de Judée il y a trois mille ans ? »

Une amie ashkénaze (mais oui, c'est possible) qui travaille au Mémorial de la Shoah s'étonne de mon désir de retour au pays. Il est vrai qu'on a peu de chances de rencontrer en France un juif originaire de Pologne qui exprime le souhait de rentrer vivre à Cracovie ou à Łódź. Alors que ceux du Maroc ou de Tunisie n'ont de cesse d'y retourner, en vacances tout au moins. Elle insiste, fait la moue, réticente à se laisser convaincre, puis lâche enfin :

« Tout de même, vous n'êtes pas rancunier...

— Vous non plus : vous vivez encore en France après ce qu'elle vous a fait sous l'Occupation ? Et encore, l'Espagne, c'était il y a des siècles tandis que vous, c'était hier... »

C'est alors qu'on a opportunément fait circuler le plateau de couscous végétarien et qu'on est passés à autre chose.

Voilà que je me surprends à me réveiller en pleine nuit à seule fin de regarder sur Arte un documentaire sur « Le cheval andalou, monture royale », ce qui ne me serait jamais venu à l'esprit avant. Mais avant quoi au juste ?

5. De deux hommes remarquables à l'origine de la fameuse loi du retour des séfarades dans ce qui fut naguère leur pays

Dès ma première escapade à Madrid, je me suis promis d'aller à la rencontre de deux hommes. Les deux personnages-clés de cette fameuse loi du retour. Ceux sans l'action conjointe desquels l'impulsion première serait restée lettre morte. Chacun d'eux en a parlé au roi. Je ne voulais pas m'engager plus avant sans savoir le pourquoi et le comment.

Le premier, Isaac Querub, est le président de la Fédération des communautés juives d'Espagne. Un ambassadeur dans l'âme, doué pour la négociation comme pour la représentation. Pas une cérémonie officielle sans qu'il en soit. Dans le salon de sa résidence où il me reçoit, il raconte volontiers, avec une netteté dans la voix, une détermination dans la volonté, une précision dans les détails qui éloignent d'emblée le spectre tant redouté de la langue de bois. Originaire de Tanger, sa famille est établie en Espagne depuis 1966. Après des études au lycée français et dans un HEC jésuite où il se présente en « Juif comme Loyola », jeune militant sioniste, de passeport marocain et de langue française, il fait brillamment carrière dans l'industrie du pétrole et des matières premières. Lorsqu'il est allé voir le roi Juan Carlos pour lui exposer le projet et solliciter son soutien au processus, Sa Majesté lui a répondu : « Nous allons aider dans la mesure du possible, mais Isaac, cherche d'abord le consensus de tous les partis politiques. Ce sera très difficile, tu n'auras jamais d'emblée le soutien de la gauche et de l'extrême gauche. On n'a pas de contacts avec eux, on ne peut pas t'introduire. Il te faudra donc te débrouiller... »

Après quoi, avec son ami Mauricio Toledano, le secrétaire général de la fédération, ils ont rendu visite au second homme-clé de cette loi : Alberto Ruiz-Gallardón, avocat de formation devenu ministre de la Justice. Un homme de droite, très intelligent, cultivé, respecté et sévère, un peu distant mais avec qui on peut discuter malgré sa hauteur intellectuelle.

« Monsieur le ministre, nous venons vous voir comme Juifs et comme Espagnols. Il reste une blessure qui n'est pas cicatrisée. Ce serait bien pour les Espagnols et pas seulement pour les Juifs, d'un point de vue éthique et moral, que l'Espagne affronte ce passé, reconnaisse son erreur et rectifie. C'est d'autant plus urgent que, d'après des informations confidentielles, nos frères juifs sont en danger dans la Turquie d'Erdoğan et dans le Venezuela de Chávez. Pouvons-nous espérer que l'Espagne défende à nouveau les Juifs, à tout le moins les séfarades ?

— Préparez un texte et on l'examinera. »

Trois mois plus tard, il était prêt. La loi devait être annoncée le 22 novembre 2002 au Centre séfarade. Mais la veille, Isaac Querub recevait un appel des services concernés :

« Il y a un problème. La loi ne sera pas présentée comme prévu, il faut encore en parler.

— Mais cette loi est faite !

— Oui mais pas assez élaborée... Il faudrait par exemple préciser que cette offre est limitée dans le temps, aux trois prochaines années.

— Dans ce cas-là, nous n'irons pas car ce n'est pas ce qui était convenu », tranche-t-il car lui et son ami avaient bien demandé que la nationalité soit accordée sans conditions suspensives.

Cette reculade est aussi interprétée comme une frilosité du gouvernement Rajoy, soucieux de ménager les Arabes, lesquels leur reprocheraient d'être trop généreux avec les Juifs. Encore le principe de précaution dans l'espoir de désamorcer toute pression redoutée. De plus, un problème constitutionnel subsistait, une loi ne pouvant établir une distinction entre Espagnols en fonction de leur religion. Sans compter la crainte légèrement apocalyptique d'un soudain déferlement séfarade sur l'Espagne : les services estimaient leur nombre entre quatre-vingt mille et deux cent cinquante mille répartis dans le monde, se fondant sur la quantité supposée de locuteurs du judéo-espagnol, alors que jamais la communauté n'avait avancé le moindre chiffre et qu'elle était bien incapable de connaître leurs intentions, et comment aurait-elle pu, aucun sondage d'opinion n'ayant été réalisé sur la question. L'effroi les prenait aussi à la pensée de millions de Latino-Américains qui allaient s'inventer une conscience séfarade pour l'occasion. Un déferlement de migrants à l'horizon. Alors trois ans. Vers minuit, l'ambassadeur d'Israël en Espagne téléphona à Querub :

« J'ai reçu un appel des Affaires étrangères... Vous n'allez pas demain au Centre séfarade ?

— Si vous me le demandez, j'irai », lui répond-il non sans avoir auparavant expliqué sa position.

Malgré un arrière-goût amer, il y alla. La loi repose sur deux piliers fondamentaux : la nécessité de démontrer un héritage séfarade et un véritable attachement à l'Espagne. Mais pourquoi demander à des notaires d'apprécier cela alors qu'ils n'ont pas autorité pour le faire ? Voudrait-on freiner le mouvement qu'on a soi-même lancé de peur qu'il ne s'emballe que l'on ne s'y prendrait pas autrement.

Aucun parti politique ne s'est opposé à la proposition de loi au moment du vote, même si lors de discussions du projet, certains parlementaires ont pu exprimer des réticences. Reçu plus tard à Bilbao, Isaac Querub aura même la surprise d'être remercié en hébreu par le représentant du Grupo mixto qui rassemble des orphelins de partis, parmi lesquels d'anciens membres de l'ETA. Quant à l'Église espagnole, on ne sache pas qu'elle s'y soit opposée en dépit de sa tendance conservatrice. Si l'Espagne l'a fait, c'est à la suite d'une prise de conscience.

Querub rendit ensuite visite au secrétaire d'État aux Finances avec, dans sa serviette, une étude commandée au plus grand cabinet d'avocats du pays : rien de moins qu'une option légale relative à un statut fiscal de non-domicilié, spécialement pour les séfarades de retour au pays, notamment ceux venus de France, inspiré de ce que les Anglais appellent un « Non Dom ». La proposition a été bien reçue, discutée mais recalée car il n'était pas possible de faire une exception pour eux et pas pour d'autres émigrés. Sans compter que, même si les juristes avaient bien pris soin de ne pas faire figurer le mot « juif » dans le texte, associer les juifs et l'argent eût été malvenu.

C'était moral et non financier. Cela dit, le bilan de la loi était nettement positif. Le négatif ? Les difficultés. Grâce à cette loi, 3 402 passeports qui se trouvaient dans les tuyaux depuis 2002 furent octroyés automatiquement. Dès lors, les deux parties ne cesseront de négocier afin de supprimer les conditions jugées comme autant d'obstacles.

Lorsque Alberto Ruiz-Gallardón m'a accordé un long entretien dans un bureau du Centre séfarade, je n'ai pas été déçu. Non seulement les versions des deux hommes-clés de la loi coïncidaient mais le désormais ancien ministre, redevenu avocat, était fidèle au portrait qui m'en avait été fait. Affable et rigoureux, doté d'une mémoire sans faille, humaniste respecté, il m'a déroulé son récit avec un grand luxe de détails sans que jamais ce ne fût gratuit.

« Il s'agissait de préparer une procédure pour des retrouvailles. La condition de séfarade est en elle-même une circonstance exceptionnelle. »

Quand je lui demande d'où lui vient cette conviction, à lui qui a reçu une éducation traditionnelle voire traditionaliste, et qui se revendique catholique pratiquant, il répond :

« En 2003, lorsque j'ai présenté ma candidature à la mairie de Madrid, j'ai beaucoup lu et beaucoup appris sur l'histoire des Juifs. On se demandait comment donner de la visibilité à cette communauté et on s'y est employés en s'associant à la Journée de l'Holocauste, à la fête de Hanoukka... J'ai fait trois voyages merveilleux en Israël. Reçu par Shimon Peres, je n'ai pu m'empêcher de lui dire : "Je suis fier de découvrir que le président d'Israël est un séfarade, un Juif d'Espagne. — Désolé ! a-t-il souri, mais je ne suis qu'un pauvre Juif ashkénaze..." J'avais prononcé "Peresss" à l'espagnole ! »

Lorsque Rajoy, devenu chef du gouvernement en 2011, lui a proposé le portefeuille de la Justice, Ruiz-Gallardón s'est aussitôt juré de faire préparer une loi pour accorder la nationalité epagnole aux descendants des séfarades expulsés.

« Tout de même, vous n'aviez pas d'autres urgences ?

— Ce projet en faisait partie.

— Mais pourquoi ? insistai-je.

— Pour réparer une erreur historique. Vous savez où

j'ai trouvé l'énergie ? Dans le fait que depuis cinq siècles, les séfarades ont continué à parler castillan, malgré tout, après tant de massacres et de malheurs. J'en suis encore stupéfait. Alors voilà, il fallait leur rendre justice. »

La tâche ne fut pas aisée. Immanquablement, ça grinça à gauche et à l'extrême gauche. Un député d'Izquierda Unida tergiversa de manière assez perverse, sans s'opposer frontalement au projet mais en réclamant un élargissement de cette loi également aux descendants des musulmans expulsés, tous les musulmans et pas seulement les morisques. En voilà un qui n'avait manifestement pas lu les travaux de Henry Kamen, historien des déshérités et des expulsés d'Espagne : à ses yeux, s'agissant des musulmans, le terme de « retour » est inapproprié, il lui préfère celui d'« immigration », mais on ne les imagine pas faire jouer un autre texte, la « loi de la mémoire historique », qui permet aux exilés de la guerre civile et à leurs enfants de récupérer leur nationalité espagnole. Cela paraît relever du bon sens. L'écrivain Mathias Enard, lui-même arabisant, à qui j'expose mon projet tout en marchant une nuit dans les rues de Belgrade, part dans un grand éclat de rire : « Tu remarqueras qu'ils n'ont pas fait la même proposition de loi généreuse aux morisques ! » Certes, mais y a-t-il jamais eu chez eux un culte inaltéré de « leur » Espagne comme c'est le cas chez les séfarades ? En ont-ils obstinément conservé la langue au fil des siècles ? Ont-ils jamais réclamé d'y retourner ? Et pour cause : c'est une terre que leurs aïeux ont conquise par la force, occupée, soumise. Ils y étaient des occupants perçus comme tels, nonobstant les arrangements et le pragmatisme de la *convivencia*.

D'ailleurs, interpellé aux Cortes à ce sujet, le ministre Ruiz-Gallardón avait répondu : « Dites-moi d'abord où dans le monde arabe vous avez observé un tel attachement à l'Espagne, ou même à al-Andalus, par-delà les siècles ? Où avez-vous observé une telle revendication ? Où avez-vous enregistré une telle nostalgie entretenue par des cercles d'études, des rencontres ? Et comment pouvez-vous les mettre sur le même plan alors que les Arabo-musulmans ont mené ici une guerre de conquête, qu'ils ont dirigé le pays avant d'en être effectivement expulsés ? » Était-ce Alberto Garzón ou Gaspar Llamazares, tous deux communistes d'Izquierda Unida ? Toujours est-il que le député resta sans voix et la tentative de modification disparut *de facto*. Tous les autres partis sans exception et sans condition appuyèrent le projet de loi. Les discussions portaient uniquement sur la quantité de séfarades qui allaient faire la demande. Des chiffres extravagants furent brandis à seule fin d'effrayer.

« Comprenez bien que cette loi, c'est notre demande de pardon. Aucune raison économique ! sourit-il en levant les sourcils. Que des raisons morales : institutionnaliser la réparation. »

En nous séparant, cet homme de haute stature, à tous points de vue, auquel je n'osais pas demander si comme tant d'Espagnols irréprochablement chrétiens il n'aurait pas, lui aussi, des origines un peu… autres qui expliqueraient un tel intérêt, secoue la tête de gauche à droite en se fendant d'un large sourire, comme si le mélomane en lui reprenait le dessus sur le politique, et ajoute sur le pas de la porte :

« Quand vous rentrerez à Paris, saluez ma cousine Cécilia si vous la croisez un jour, sait-on jamais.

— Euh...

— Cécilia Attias ex-Sarkozy. Nous sommes liés du côté maternel au compositeur Albéniz, son arrière-grand-père et mon grand-oncle.

— Et lui-même, Albéniz, vous croyez que...

— Ça a souvent été dit et tout aussi souvent démenti. Il s'appelait Isaac et l'une de ses sœurs Sarah. Tirez-en les conclusions que vous voulez ! »

Il est vrai qu'en Espagne, les séfarades ont un peu tendance à croire que leur centre est partout et leur circonférence nulle part. Il m'a fallu y revenir, y retourner, y rentrer, y aller quoi !, pour m'en rendre compte, pour le meilleur et pour le pire.

DES ŒUFS AU LARD

En fait, mon retour dans la Péninsule commence vraiment un soir où il pleut sur Nantes. Bizarrement, j'y suis rattrapé par une histoire d'œufs au lard que je n'arrive toujours pas à avaler. À la veille de fréquenter intensément mon nouveau pays, une sympathique proposition me parvient, du genre de celles qu'on ne peut refuser. L'Espagne est cette année l'invitée d'honneur des 12ᵉˢ Rencontres littéraires européennes. J'y vois comme un coup de main des dieux. À croire que les organisateurs ont deviné, à moins qu'ils ne soient bien renseignés. Ils m'offrent d'être leur « lecteur éclairé » à une soirée de traducteurs consacrée au *Quijote*. Tant mon héros que mon grand homme, mon guide et mon parrain.

6. Qui traite des aventures de mon maître Don Quichotte, marrane improbable et séfarade approximatif, et de son grand art de la dissimulation

Je prends effectivement la chose comme un cadeau car je connais plusieurs de ses traducteurs, je ne leur ai jamais marchandé mon admiration et la perspective de débattre avec eux du génie de Cervantès et des difficultés à le faire passer en français me comble. Il ne me reste plus qu'à espérer que ma ferveur inentamée pour le roman compensera la faiblesse de mes lumières. La voie ferrée de Paris à Nantes m'y a bien préparé à partir d'Angers avec ce paysage d'éoliennes ; certains rêvent que de nouveaux hidalgos viennent les défoncer de leur lance à l'égal du Chevalier à la Triste Figure. Cervantès a créé son poncif et celui-ci le poursuit via les technologies. Peut-être après tout n'étaient-ce ni des éoliennes, ni même des moulins à vent. Juste des géants.

Le Grand T, comme les Nantais appellent le théâtre de Loire-Atlantique, est déjà chauffé à blanc par le débat précédant le nôtre. Même pas besoin de l'éternelle question sur les origines juives ou marranes de Cervantès, qui a le don de mettre l'assemblée en émoi. D'autant qu'au fond on n'en sait rien. Après des milliers d'articles savants, de livres érudits, de colloques, on continue à tourner autour comme autant de mouches spéculatives sans avoir guère avancé.

Pour la mise en jambes, on papote avec humour, détachement, désinvolture, comme un certain esprit français s'y entend souvent, à la Alphonse Allais qui remarquait : « Pourquoi écrit-on par exemple "M. Barthou perdit son sang-froid" alors qu'on écrit "Don Quichotte perdit son Sancho" ? » C'est vrai, au fond, pourquoi ? L'envie me prend plutôt de dire tout ce que nous devons, tous, au manchot de Lépante.

Le problème, c'est que chez nous, les écrivains ont du mal à dire merci. Comme si les auteurs français rechignaient au « Ce que je dois », perçu comme une manière de s'abaisser en rendant les armes, quand la gratitude est plus naturelle sous d'autres cieux. Ils s'y mettront probablement lorsqu'ils comprendront que loin d'être un aveu d'impuissance, l'exercice tire vers le haut ceux qui s'y prêtent. On n'admire jamais assez. Pour rien, ou presque. Car rien ne vaut l'admiration gratuite, que l'on n'ose dire désintéressée tant elle manifeste parfois de gratitude. Outre-France, les écrivains paient volontiers leurs dettes. Chez nous, il faut les torturer pour qu'ils avouent ce qu'ils doivent à Simenon, Claude Simon ou Virginia Woolf. Même s'il s'agit d'un écrivain pour écrivains tel que Faulkner, ils ont du mal. Rares sont les Pierre Michon capables de consacrer tout un livre à lui dire merci. Pourtant tout écrivain est d'abord un grand lecteur, non ? En tout cas, il l'a d'abord été. À croire que s'ils n'ont pas oublié qui leur a appris à lire, ils ont du mal à se souvenir de qui leur a appris à écrire. Encore ne s'agit-il que de rendre hommage à de glorieux aînés du siècle passé ; inutile d'espérer remonter plus avant et remercier Cervantès et Mme de Lafayette pour nous avoir donné la matrice du roman moderne. Carlos Fuentes a usé du néologisme « cervantiser ». Synonyme de « métisser, islamiser, judaïser, dépasser le maléfice de l'exclusion ». Notre époque a cruellement besoin d'antihéros de cette trempe et de cette qualité d'utopie, de rêve.

Il n'est certes pas le premier à nous amener à la conscience de soi, mais Cervantès est le seul à l'avoir fait avec cette puissance comique dans une odyssée sous forme de parodie, à moins qu'il ne s'agisse d'une parodie sous forme d'odyssée. Ce que j'en retiens pour ma part, c'est tout cela, l'ironie dévastatrice, la distance, et même la morale de l'échec car elle a quelque chose de fécond, mais avant tout la leçon de liberté que donne encore Cervantès aux écrivains. Il est celui qui ose et qui ne s'autorise que de lui-même quand nous sommes si corsetés, coincés dans nos canons, nos citations et nos critères, il est celui qui nous dit d'y aller et on y va même si le donquichottisme est devenu une auberge espagnole. Je l'avoue, je me flatte de le lire et de le relire (impossible d'oublier l'orgueil de Borges : « Que d'autres se flattent des livres qu'ils ont écrits, moi je suis fier de ceux que j'ai lus ») car c'est un classique sans naphtaline, une œuvre qui n'a jamais fini de nous dire ce qu'elle a à nous dire. *Don Quichotte* nous parle encore et pour ce plaisir permanent et renouvelé, notre gratitude est éternelle. Pourtant, en espagnol le suffixe « te » sonne moqueur. Pauvre *Quijote* ! Mais en français c'est pire : Quichotte sonne comme « chochotte ». Las ! De ce nom propre devenu commun, les Français ont fait un synonyme de chevalier errant, extravagant, voire givré.

Difficile d'être quichottien aujourd'hui à une époque d'allergie à la grandeur, où l'on n'ose pas être plus grand que soi-même.

Cela dit, sans pour autant lever le soupçon sur la qualité de nouveau chrétien de notre héros, on ne peut ignorer la présence d'un certain Cervantès sur la liste officielle des noms séfarades dont les porteurs sont invités à rentrer au pays cinq siècles après ; mais promis, on n'en parlera pas bien que j'en brûle d'envie, ne serait-ce que pour la volupté de jeter encore un peu plus d'huile sur le feu, surtout qu'en plein débat j'ai expédié un texto à mon amie Patricia à Madrid pour avoir son avis et qu'elle m'a aussitôt répondu : « Si Cervantès n'avait pas eu de racines juives, il aurait eu la faveur du roi et aurait obtenu le poste de fonctionnaire que tout le monde obtenait », mais une voix intérieure m'a intimé d'en rester là pour ce soir.

James Joyce disait qu'avec son *Ulysse* il allait donner du travail aux universitaires pour un bon siècle. Notre Cervantès n'a pas eu cette vision des choses mais il les occupe depuis cinq siècles et gageons que ce n'est pas fini, n'est-ce pas ? J'en étais là de ma réflexion lorsque le conclave entra dans le vif du sujet : comment transporter ses mots dans sa propre langue jusque dans notre langue avec nos mots sans en faire trop tomber en route ?

Ceux qui me connaissent de longue date m'ont toujours considéré comme un provocateur et je veux croire que c'est dans le bon sens du terme ; au lycée déjà, dans les intenses débats politiques de l'après-68, on dit que je n'avais pas mon pareil pour lancer le premier une boule puante idéologique, la question qui fâche, enflamme l'assemblée et hystérise la discussion ; et de fait, depuis cette époque, hanté par le spectre menaçant de l'ennui, je n'ai jamais cessé par crainte d'avoir à supporter le ronron de réunions, de meetings, de conférences, de repas où rien ne se passe, d'où rien n'émerge, et d'en repartir l'esprit aussi vide qu'à mon arrivée. Je me suis un peu retrouvé dans *Trois tristes tigres*, ce roman où le Cubain Guillermo Cabrera Infante évoque les Contradictoires, une caste au sein d'une tribu, grands emmerdeurs et semeurs de merde qui font toujours le contraire de ce qu'on attend d'eux. Ils ne saluent personne, pas même les autres Contradictoires. Parmi les Français, il est dit que Baudelaire était le dernier d'entre eux, Breton ayant échoué à le devenir malgré ses efforts ou à cause d'eux, justement, car toute entreprise littéraire qui sent trop l'effort est plus ou moins vouée à l'échec ; elle peut produire son petit effet dans l'instant, sur le court terme et à l'échelle d'un milieu, mais pas sur la durée. Deux langues de bois excellent à plomber les rencontres : celle des politiques et celle des universitaires. Ce soir-là à Nantes, il n'y a pas de politiques, Dieu merci. Des universitaires de qualité doublés de remarquables traducteurs, mais sait-on jamais. Aussi, pour ne pas prendre de risques, après m'être emparé de la toute première page du roman, j'interromps la discussion :

« J'aimerais comprendre : pour vous, madame Schulman, ces mystérieux "*duelos y quebrantos*", ce sont des œufs au lard. Pour vous, monsieur Fanlo, ce sont des deuils-en-peine, mais qui va comprendre ? Pour M. Canavaggio, ce sont des œufs frits au lard. M. Bensoussan, lui, appelle cela des deuils et brisures, ce qui va creuser l'énigme bien plus encore. Imaginez le pauvre lecteur ainsi plongé dans l'angoisse dès la première page. Mais vous parlez bien tous de la même chose en principe ! Alors : c'est du lard ou du cochon ? »

C'est parti et les voilà qui s'affrontent autour de ce plat du samedi dans la Castille d'autrefois. Linguistiquement et culinairement, c'est passionnant, nul ne se hissant sur sa bibliothèque, tous craignant davantage la certitude que le doute. Jusqu'à ce que l'on retombe sur « la » chose en se demandant si après tout, cet affichage, cette ostentation, cette théâtralisation dans le goût du cochon ne participe pas d'une surenchère typique de ces nouveaux chrétiens qui ne voulaient surtout pas être soupçonnés de judaïser en secret, suivez mon regard. Car enfin, la table du chabbat est ici présentée comme le deuil du banquet sabbatique traditionnel et comme une brisure de la Loi juive. Et pourquoi ? Justement parce que les *conversos* (« convertis ») se voyaient contraints *motu proprio*, pour ne pas soulever la suspicion des autres, de manger du lard, note M. Bensoussan. Comme quoi on n'en sort pas. Et Louis Viardot, le traducteur de la vieille version, si ancienne qu'elle est désormais dans le domaine public en libre accès en ligne, qu'en disait-il ? Il n'est plus là pour en disputer, mais enfin, il a laissé son mot sur la question, son fantôme insiste pour le rappeler : selon lui, il était d'usage dans les bourgs de la Manche que les bergers viennent rendre compte à leurs maîtres de l'état de leurs troupeaux. Ils apportaient les pièces de bétail mortes dans l'intervalle, et dont la chair désossée était employée en salaisons. Des abattis et des os brisés en pot-au-feu les samedis, seule viande dont l'usage fût permis ce jour-là, par dispense, dans le royaume de Castille, depuis la bataille de Las Navas de Tolosa (1212), décisive dans la Reconquista, voilà tout. Inutile de préciser que pour ses successeurs, le vieux Viardot peut aller se rhabiller tant la recherche a progressé sur la question depuis le milieu du XIXe siècle.

Au lieu d'en rajouter dans la polémique, je suis obsédé par la vue d'une femme dans le public, au premier rang juste face à moi. Non par sa beauté, son charme, son magnétisme, son regard, la couleur de sa robe, mais par ce qui l'éloigne du genre humain pour la rapprocher des ruminants : sa capacité à mastiquer un chewing-gum depuis le début, avec conviction, parfois la bouche ouverte bien au-delà du licite, en faisant claquer la chose entre ses mandibules, émettant chaque fois un son aigu avec une perversité calculée car elle sait, elle devine ma souffrance à l'épreuve. Si nul n'intervient, je fais taire le débat avec l'autorité du chef William Christie reposant ostensiblement sa baguette quand a sonné un téléphone portable à l'Auditorio Nacional de Madrid juste pendant le merveilleux « He was despised » du *Messie* de Haendel et, tourné vers le public, hurlant à plusieurs reprises « Dehors ! Dehors ! » au goujat (jamais une femme, non). La dame a dû croiser mon regard assassin car elle s'interrompt enfin. Qu'elle l'avale et s'étouffe avec !

C'est un problème mais dans l'instant j'en redoute un autre bien plus angoissant : et si quelqu'un dans le public me demandait mon avis sur la querelle des *duelos y quebrantos* et autres « deuils et brisures » ? J'en resterais paralysé, sans voix, incapable de prendre position et honteux de ne pouvoir en révéler la véritable raison, laquelle ne relève ni de la traduction ni de la langue, mais d'une impossibilité ontologique : la haine du cochon.

7. Où l'on voit la perspective du porc hanter un candidat à la nationalité espagnole au-delà du raisonnable

La seule idée que des hommes aient le goût de se nourrir de celui qui se nourrit de ses excréments, jouit des bains de boue et se roule dans sa fange me plonge dans des abîmes de perplexité et m'engage dans une réflexion sans fin sur la nature humaine.

Juifs, musulmans et rastafariens l'abominent. Ces trois-là réunis, une fois n'est pas coutume, ne doivent pas être si nombreux puisque le porc reste la viande la plus consommée au monde. Il a bien l'ongle divisé, fendu, mais il est impur, a dit l'Éternel à Moïse et Aaron, car il ne rumine pas (Lévitique 11,7). Et que m'importe qu'il soit le plus intelligent parmi les quadrupèdes ! Il ne s'agit pas de lui faire la conversation et sa capacité d'empathie indiffère ses amateurs. Quant à sa couleur, qui fait paraît-il trembler de plaisir la cochonsphère, sa seule évocation me renvoie à une irrésistible anecdote de tournage du *Nom de la rose* : comme il fallait mettre en scène des porcs noirs, puisqu'ils l'étaient en 1327 dans le nord de l'Italie, on les a repeints, ce qui n'alla pas sans problème car la peinture ne tenait pas tant ils se frottaient entre eux...

Quand je pense que l'on use aujourd'hui encore et partout, à l'écrit comme à l'oral, dans les revues savantes comme dans la conversation la plus banale, de l'adjectif *marrano* (« marrane ») pour désigner les convertis du judaïsme au christianisme alors que le mot était une insulte, et la pire qui soit pour les intéressés, puisqu'il signifie « porc » ! Le grand historien Yitzhak Baer, l'un des meilleurs spécialistes de la question, fait d'ailleurs remarquer que le terme n'était généralement pas employé dans la littérature du Moyen Âge, non plus que dans les archives. Il n'y a pas plus méprisant, plus humiliant, plus péjoratif que ce mot et il faut vraiment se forcer pour y apercevoir une dimension romantique liée à l'exil perpétuel. Ne pourrait-on se résoudre à user, en lieu et place une fois pour toutes, de « converti », de « nouveau chrétien » ou de « crypto-juif » ? Ce serait une belle cause. Difficile en France, j'en suis convaincu depuis que mes camarades de l'Académie Goncourt m'ont durablement chambré lorsque je leur ai avoué mon profond dégoût à la lecture du roman (brillant, certes) *Règne animal* de Jean-Baptiste Del Amo. Indéfendable en Espagne, plus gros consommateur de porc de toute l'Europe : 67,9 kg équivalent carcasse par an et par habitant contre 36,3 kg en France, selon un récent baromètre porc de l'IFIP (Institut du porc). Que de cauchemars je lui dois à la filière porcine, entre modernité et tradition, ses hachés et ses morceaux marinés ! Les Espagnols en sont si épris qu'ils ont même inventé une Ruta del jamón ibérico, comme nous avons en France une Route des vins. Et dire que je m'évertue à retourner sur la terre de mes ancêtres... De toute façon, un pays qui a produit et fêté un film comme *Jamón, jamón* (*Jambon, jambon*) de Bigas Luna est, sur ce plan-là, irrécupérable. Albert Bensoussan y voit « un délire marrane » mais il a de l'imagination. Cette comédie dramatique autour de Silvia, une femme écartelée entre deux hommes que tout oppose, se veut une allégorie des deux Espagne, la traditionnelle et la moderne. Inévitablement, cette rivalité amoureuse s'achève par combat à mort entre les deux hommes. Un duel à coups de jambons séchés car l'un d'eux, qui en est passionné, en possède un grand nombre. Dans une scène, il est vrai mémorable, l'un des deux lèche et suce les seins magnifiques de Silvia (Penélope Cruz à ses débuts, tout de même) ; et quand elle lui demande quel goût ils ont, il ose répondre : « Si l'un avait le goût d'omelette et l'autre celui du jambon, ce serait trop demander », pesante métaphore de la réconciliation des deux Espagne par la grâce de la *tortilla de jamón*. Un sommet de muflerie est atteint quand l'un des deux amoureux, à plusieurs reprises, appelle Silvia (Penélope Cruz dans sa jeunesse, faut-il le rappeler) non Ramona mais Jamona (« Jambonnette »), risquant ainsi un jeu de mots écœurant. C'était en 1992 mais je m'en souviens encore, d'autant que le jury de la Mostra de Venise avait poussé le vice jusqu'à lui décerner son Lion d'argent.

Il pleut toujours sur Nantes mais cela n'altère en rien l'ambiance. Même après la *disputatio* entre les traducteurs sur les œufs au lard, au souper, dans le décor en mosaïque de La Cigale, alors que des filets mignons dominent le menu (c'est un complot). Le vin aidant, les langues se délient. Pris d'un accès de prudence, j'aimerais dire à ceux que je rencontre : « Attention, tout ce que vous direz devant moi pourra être retenu contre vous. » D'ailleurs, je le leur dis. Ce qui ne change rien. Nul ne m'a jamais demandé de relire ses propos volés pour avoir été attrapés au vol. Profitant de cette bonne humeur générale, l'esprit porté à la fête, l'âme plus franco-espagnole que jamais, l'air de rien je lance en pâture le sujet qui m'intéresse, le point d'angoisse de mes nuits, mon problème : la forme que prendra mon livre. Un roman, mais encore ? Peut-être est-ce dû par association d'idées au fait que nous nous trouvions à Nantes, objet de toute la réflexion de Julien Gracq dans *La Forme d'une ville*, toujours est-il que je pose la chose en ces termes : « La forme d'un roman », quitte à adapter à ma main les vers du « Cygne » de Baudelaire : « La forme d'un roman / Change plus vite, hélas ! que le cœur d'un mortel. » Celle du mien est en révolution permanente. Tant qu'elle ne s'arrêtera pas de tourner, je ne pourrai vraiment écrire. Chercher, voyager, enquêter, discuter, interroger, écouter mais pas écrire. De quoi croyez-vous que deux écrivains s'entretiennent lorsqu'ils se retrouvent ? De leur livre en cours. Et quel est l'unique objet de leur tourment ? Le point de vue, la qualité du narrateur, la forme. Ils parlent boutique, cuisine, technique. Or depuis peu, je crois avoir trouvé. Reste à mettre la chose à l'épreuve en la jetant au feu de la critique. L'accueil est enthousiaste. De l'autre côté de la longue table, mon ami Juan Manuel Bonet, alors directeur de l'Instituto Cervantes à Paris, a le mot juste : « Tu pourras y mettre tout ce que tu veux à condition que le rythme y soit. » En face de moi, l'écrivain majorquin José Carlos Llop approuve, commente, nuance et, revenant à l'étymologie de mon nom, m'offre, car c'est un cadeau, d'aller voir ailleurs, du côté d'*Azul*, recueil de poèmes de Rubén Darío exaltant non le bleu du ciel mais les bleus à l'âme. Il y a comme ça des rencontres, un soir de pluie à Nantes. D'autant qu'à l'issue du souper, sur le seuil du restaurant et malgré l'heure avancée, des spectateurs de notre débat au grand théâtre m'interpellent et m'invitent à prolonger la conversation à Livresse, un bar plein de livres, rue de l'Hôtel-de-Ville. Et là, nous « quichottons » sans regarder la montre autour d'une puis de deux bouteilles de fiefs-vendéens-pissotte. Il n'y a pas à en sortir : le mystère des origines reprend le dessus, l'énigme les taraude.

« J'ai tout lu sur le sujet, lance un garçon à l'étrange silhouette, échalas si haut qu'on le croit debout quand il n'est encore qu'assis, boucles brunes et nez en trompette, qui doit certainement achever une thèse hispanisante. Cervantès est un *converso*, un juif converti probablement marrane. Toute son œuvre est un art de la dissimulation. Un jour, on trouvera les preuves...

— De nouvelles preuves plus de cinq siècles après ? Comme vous y allez !

— Vous verrez...

— On le comprendra mieux, renchérit son amie à ses côtés, mais de toute façon, ça ne donnera pas la clé de sa création.

— Tout ce qu'on sait pour l'instant, c'est qu'il a exercé trois métiers, qu'il a erré dans toute l'Espagne, qu'il a connu des destins successifs, toutes choses communes à bien des nouveaux chrétiens...

— Et qu'il a produit de nombreux témoignages de sa pureté de sang ! » lance un autre.

Je les écoute s'engueuler chaleureusement sur cette énigme sans fin et des idées, des phrases, des répliques m'assaillent, que je note aussitôt. Mais c'est à Barcelone que le déclic est venu.

8. De ce que je dois à l'écrivain Javier Cercas dans la préparation de mon pot-au-feu littéraire

Comme je dois rencontrer Javier Cercas à l'occasion de la parution de deux de ses livres en français, nous passons une partie de la journée ensemble dans son bureau à parler. Puis nous continuons à marcher dans Barcelone jusqu'à ce que nos pas nous mènent dans une librairie, puis à déambuler encore et à dîner enfin au restaurant. L'interview s'y prolonge car j'admire sa méthode, sa manière de roman sans fiction devenue sa signature, depuis *Les Soldats de Salamine*, *Anatomie d'un instant*, *L'Imposteur*... :

« Et toi, tu écris quoi en ce moment ?

— En fait, je n'ai pas entendu des voix, non, mais j'ai été comme appelé par le roi... »

Et de lui raconter mon histoire depuis le début :

« Formidable ! Mais ce sera quel genre, ce livre ? »

La question qui tue sauf si elle est posée par un écrivain. Le plus souvent, elle m'attend au coin du bois, dans les banquets qui suivent une conférence dans une ville de province. On me place toujours à la table d'honneur entre l'épouse du préfet et celle de l'ancien ministre. Et là, indifférentes à l'extrême fatigue qu'entraîne toujours un monologue de quelque quatre-vingt-dix minutes suivi de questions du public puis de dédicaces, elles me demandent le plus souvent : « Mais quel genre d'écrivain êtes-vous ? » J'ai longtemps répondu : « Voyez-vous, je suis un écrivain dans le genre de Balzac... », et, après une pause calculée, je reprends : « ... je bois beaucoup de café. » Mais comme le risque est grand que l'hôtesse appelle un garçon pour me servir un fort arabica, j'ai changé mon fusil d'épaule. Désormais, je réponds : « Je suis un écrivain dans le genre de Marguerite Duras... », et, après une pause calculée, je reprends : « ... je ne peux pas écrire sans avoir fait mon lit et ma vaisselle. » Comme ça, je ne cours pas le risque qu'on m'envoie faire la plonge. Allez savoir pourquoi ma réponse est mal prise. Mais avec un écrivain, c'est tout autre chose.

« Eh bien, lui dis-je, ce n'est pas tout à fait un roman car il sera documenté et non dénué de fiction pour autant, mais une fiction qui s'épanouirait de préférence dans les zones d'ombre de l'Histoire, car l'exactitude est une passion sèche, avec ce qu'il faut parfois de poèmes, de portraits, de conversations, de récit, de scénario, d'enquête journalistique, d'interviews.

— Mais c'est un *cocido* ton truc !

— Un *cocido madrileño* ? je tente à bas bruit en regardant alentour à la dérobée au cas où le restaurant aurait été infesté de séparatistes catalans.

— Mais toute l'Espagne le cuisine ! Pas uniquement Madrid... »

Et d'en dresser l'inventaire, aidé par le maître d'hôtel appelé à la rescousse car il y a du monde dans la recette : d'abord le bouillon avec de fins vermicelles de blé, puis le chou cuit à part et servi dans une sauce tomate préparée avec le bouillon, bientôt rejoints par les autres légumes (carottes, navets, pois chiches, pommes de terre), les viandes (poulet, bœuf, porc, boudin), les os à moelle et le lard, évidemment, puisque l'animal est partout ici, savouré sur des tartines de pain de campagne grillé, si je me souviens bien. À apporter en trois fois dans trois plats selon un ordre variable propre à chaque région. Si on veut se suicider, on se le fait servir complet mais en guise de hors-d'œuvre. Si seulement mon pot-au-feu littéraire pouvait connaître l'increvable popularité nationale du *cocido*, je dormirais mieux. La clé, je la trouve le lendemain en quittant Barcelone pour regagner justement

Madrid et la Librería Central où Chloé, l'une des responsables, organise régulièrement des ateliers de lecture francophone. Elle m'y a invité à parler de mes livres dans un sous-sol qui ferait un joli bunker vintage pour la prochaine guerre civile. Mais l'auditoire me presse de parler du prochain. Ce qui me plonge dans un certain embarras car j'en suis encore à chercher le moyen d'accorder la vieille naïveté de la narration romanesque à la forme labyrinthique de toute enquête, ainsi que Robert Musil, écrivain de tant de qualités, y engageait. Comme je leur présente finalement mon projet de *cocido* littéraire brut de décoffrage, l'une des lectrices attend la fin de la soirée et le moment des dédicaces pour venir me murmurer à l'oreille, la bonne, d'une voix douce et si sensuellement culinaire : « N'oubliez pas de dire que vous l'avez fait mijoter pendant cinq siècles… »

SÉFARAD

Que faisions-nous au juste le 31 juillet 1492, dernier jour de la présence juive en Espagne ? Mon agenda est muet. Mais puisque la procédure d'acquisition de la nationalité exige que l'on plaide sa cause, il me faut faire la lumière sur cette zone d'ombre. Je ne suis pas venu là me passionner pour le surgissement de l'Histoire. Juste pour savoir ce qui s'est passé. Puisque je me prétends séfarade, il me faut réapprendre de quoi il retourne, réviser mes classiques, bousculer mes fondamentaux, faire le point de la recherche sur la question (les études sur la vie des Juifs d'Espagne au Moyen Âge, l'expulsion et l'Inquisition se sont considérablement accrues, une impressionnante bibliographie en témoigne, qui finira par dépasser celle du *Quijote*).

Rien n'est stérilisant comme de rester figé sur ses acquis, surtout s'il s'agit d'un roman familial appelé à être sans cesse réactivé. D'autant que moi aussi, j'ai plus de souvenirs que si j'avais mille ans. Il y a comme ça des gens dont la mémoire précède la naissance. Une très ancienne sagesse le raconte et il faut la croire puisque la force nous vient des ancêtres. Encore faut-il les connaître.

On n'a même pas besoin de mettre en intrigue l'histoire de l'Espagne comme Michelet s'y employait avec l'histoire de France : elle le fait elle-même avec naturel, en cela puissamment aidée par sa dimension séfarade.

Des Juifs vivaient sur cette terre avant que la péninsule Ibérique ne devienne l'Espagne, et avant les Espagnols, entre la fin de l'Hispanie romaine et les débuts du royaume wisigoth. Ils sont en fait les plus anciens habitants de ce pays. Les archéologues ont retrouvé, récemment encore, des indices dans plusieurs communes d'Andalousie. « Des indices probants », me confirme Laurent Callegarin, le directeur des études anciennes et médiévales à la Casa de Velázquez à Madrid. Trois fragments distincts de lampe, avec le dessin d'une menorah, à Cástulo (près de Linares) ; une inscription funéraire trilingue (hébreu, grec, latin) découverte à Adra (province d'Almería) dont le texte, une fois retranscrit, signifie : « Annia Salomonula, d'un an, trois mois et un jour, juive » ; plusieurs canons du concile d'Elvira (nom wisigoth de Grenade) dont quatre concernent la manière d'endiguer la progression de la communauté juive d'Occident, et très probablement d'Hispanie, preuve de son implantation. Autant de traces remontant aux IIIe et IVe siècles de l'ère vulgaire. On sait également que lorsque les souverains wisigoths régnaient sur la Péninsule, ils convertissaient les Juifs de force avant de les réduire en esclavage.

9. Où il est fait état une seule fois de l'importance du pays nommé Séfarad dans les Écritures et comment les Juifs d'Hispanie l'ont pris pour eux

Au commencement était une ligne dans la Bible. Plus précisément du côté de chez Ovadia, quatrième des douze petits prophètes : « ... et les exilés de Jérusalem qui sont à Séfarad posséderont les villes du midi... » (1, 20). Les exilés en question sont ceux de la destruction du premier Temple de Jérusalem par Nabuchodonosor II il y a bien longtemps. Le grand Maïmonide dit que depuis, la tradition orale n'a cessé de transmettre cette fameuse phrase tel un sésame de père en fils. Cet hapax, puisque c'est là la seule et unique occurrence de « Séfarad » dans toute la Bible, suffit à conférer aux Juifs d'Espagne une ascendance noble, tels des échappés de la classe dirigeante de Jérusalem.

Séfarad a été assimilé à l'actuel territoire de l'Espagne mais rien n'est plus arbitraire. Que ce soit une erreur, une interprétation abusive, une licence dans la traduction de l'hébreu, ou plutôt une adaptation délibérée comme c'est le cas avec l'ensemble de la traduction des deux Testaments, il s'avère que le pays évoqué par les Écritures se situait probablement ailleurs. Peut-être à Sardis, ville disparue d'Asie Mineure. Sardis dite « Sfard » lorsqu'elle était la capitale du royaume de Lydie. On imagine que, dans l'esprit du traducteur, l'Ibérie était le territoire le plus éloigné de Jérusalem et le plus lointain de ceux vers lesquels les Romains avaient déporté les Juifs. Ce qui n'a pas empêché que dès le Moyen Âge les écrits juifs assimilent l'Ibérie à Séfarad. On comprend qu'ils aient trouvé un intérêt immédiat à se croire des descendants de l'exil à Babylone (à partir de 597 avant J.-C.), le plus reculé et donc le plus proche du prophète Ovadia et le plus éloigné de la crucifixion de Jésus, se dégageant ainsi de toute responsabilité. C'est même le mythe d'origine perpétué par les sages, rabbins, philosophes, poètes dans leurs écrits. Cela dit, il faudra attendre l'expulsion de 1492 pour que le terme devienne un élément identitaire.

À l'origine, les premiers séfarades avaient une certaine conscience de ce qu'ils étaient, de ce qu'ils représentaient et de ce qu'ils s'imaginaient être. Autant dire qu'ils ne devaient pas vraiment être animés par la haine de soi. À croire que l'Éternel leur avait personnellement confié la mission de créer une nouvelle patrie pour les Juifs à l'autre bout de la Méditerranée après la destruction du royaume de Judée. D'où leur snobisme. Quels Juifs étaient les exilés de cette communauté nouvelle réapparue dans la péninsule Ibérique du milieu du Xe siècle dominée par le califat de Cordoue ? Disciples de Moïse ou descendants d'Abraham ? Dépositaires d'un enseignement ou fils biologiques ? On sait qu'ils sont en nombre réduit, qu'ils viennent probablement d'Irak tout en étant convaincus de descendre des exilés de Jérusalem.

C'était dans l'Espagne d'avant l'Espagne, lorsqu'elle n'était encore qu'Ibérie, il y a très longtemps, mais il en reste encore quelque chose. Les séfarades qui se revendiquent comme tels au point de vouloir aujourd'hui réintégrer leur nationalité et leur terre ne dissimulent pas une certaine fierté. Il n'y a plus qu'en Israël que « séfarade » est une insulte, du moins dans certains milieux.

Un séfarade n'est pas un Juif espagnol, espèce rarissime, mais un descendant de ceux qui ont vécu là-bas jusqu'à l'expulsion, la dispersion. C'est un exilé jusqu'à ce que le sentiment de l'exil l'ait déserté. À jamais ? Qui peut le dire... Quand on se penche sur cette histoire, on quitte vite le fameux âge d'or, réel mais bref, pour se retrouver dans la zone d'effroi. De quoi calmer ceux qui se sentiraient pousser des ailes pour s'envoler sur les eaux miroitantes de leur passé.

10. Des philippiques meurtrières de l'archidiacre d'Écija et de leur rôle pionnier dans les massacres annoncés et les expulsions qui s'ensuivirent

Pour les Juifs, les ennuis commencent véritablement en 1378, au lendemain des graves épidémies de peste bubonique, quand Ferrán Martínez, l'archidiacre d'Écija, non loin de Séville, un démagogue au verbe haut et efficace, appela à les attaquer, dans leurs synagogues et partout ailleurs, à les débusquer de ces maisons de Satan et à les placer devant un choix immédiat : la conversion ou la mort. On voit par là qu'un grand principe de violence commandait à ces mœurs.

La Couronne en fut indignée car, mise au défi, son autorité était bafouée ; elle réprimanda puis menaça l'archidiacre. Mais il passa outre, d'autant qu'il faisait des émules et que la populace, toujours plus nombreuse et d'un appétit de lynchage, était de son côté. Comme il se posait en dénonciateur d'antéchrists, il passait pour un rebelle. La posture d'insoumission a toujours été d'une rare efficacité. Des milliers de juifs furent massacrés sous ses ordres à Séville dans des synagogues détruites ou incendiées.

Puis il y eut 1391, la première date-clé. Celle de la rupture. Jusque-là les juifs avaient tout connu, du bonheur à la tragédie. Un itinéraire ponctué d'honneurs et de réussites, d'humiliations et de massacres. Mais à partir de 1391, la situation se crispa durablement. Ils étaient secrétaires ou conseillers, diplomates et trésoriers, précieux par leur connaissance de la langue arabe et leurs réseaux familiaux en Afrique du Nord. Ce qui changea, ce fut le rejet de l'Autre chez les chrétiens. Le quartier juif de Valence fut mis à sac le 9 juillet 1391. Une bonne partie des habitants fut assassinée quand elle n'était pas convertie de force. Certains s'enfuirent au Maghreb. Mes aïeux ou supposés tels quittèrent Séville pour Debdou. Ceux qui restèrent se convertirent, soit qu'ils étaient religieusement saisis par le doute, soit par opportunisme économique afin de ne plus payer l'impôt spécial, soit le plus souvent parce qu'ils vivaient dans la terreur. Le baptême leur donna l'occasion de changer de nom. La bourgeoisie de Valence en fut en grande partie issue. Le penseur humaniste Juan Luis Vives est le descendant d'un Abrahim Abanfaçam de cette époque.

L'année 1391 fut celle des grands massacres de juifs, d'abord en Andalousie et en Castille puis dans le reste du pays. Là aussi un certain nombre se convertirent. Ceux qui les condamnaient parmi leurs anciens coreligionnaires leur reprochaient d'avoir altéré l'ordre de la Création en franchissant les limites établies par les ancêtres. C'est joliment dit. On trouve la formulation sous la plume d'un jeune juif de la ville d'Alcañiz, en Aragon. Il s'adresse à son maître Salomon ha-Levi, anciennement rabbin à Burgos et présentement Pablo de Santa María, bientôt évêque de la même ville. Leur histoire, qui nous est parvenue par sa relation épistolaire, est édifiante. Le ton est direct, le jeune homme ne s'embarrasse pas de précautions oratoires tout en conservant le respect qui sied. Il essaie de comprendre ce qui a pu motiver un tel retournement : l'opportunisme ? Pas crédible. L'esprit de courtisanerie ? Pas lui. Une révélation tardive ? Dérisoire. Alors après avoir examiné point par point, avec toute l'érudition nécessaire, les diverses possibilités et les avoir écartées, le disciple se résigne à la seule explication qui vaille : celui qui fut son maître vénéré est sincèrement convaincu que les juifs ont tort, que les chrétiens ont raison, qu'il est inutile d'attendre le Messie puisqu'Il est venu, qu'Il a parlé, qu'Il est mort et ressuscité. Une vingtaine d'années après, ayant longuement mûri l'examen théologique des thèses contradictoires, en cela encouragé par le prédicateur Vicente Ferrer, le disciple en est profondément convaincu. Comme son maître, ha-Lorki se fait baptiser et devient Jerónimo de Santa Fe, persuadé que Dieu a abandonné le peuple juif en reportant ses espoirs sur les chrétiens, qu'Il a détourné Son visage de Son peuple. Et comme souvent en pareil cas, il a hâte de propager la bonne nouvelle à ceux des siens qui sont encore dans l'erreur. Il se prépare à organiser une dispute dans ce sens dans sa ville d'Alcañiz. Au fond, une controverse entre juifs et anciens juifs. Mais pour lui donner davantage d'éclat, le pape lui propose de la transporter dans sa propre cour à Tortosa. L'événement fut donc considérable : plus de mille personnes dont bon nombre de hauts dignitaires ecclésiastiques, de nobles et de notables. La dispute dura quatre mois et se prolongea pendant deux ans.

La si belle Andalousie, leur Toscane à eux, fut aussi une terre de massacres. Il suffit d'y penser en s'y promenant pour que soudain elle semble enveloppée d'une chape invisible et donne au pérégrin l'impression d'avancer dans un paysage atmosphérique, gazeux et même éthéré.

Après le déchaînement de 1391, il restait trois catégories : des convertis à surveiller, des juifs à persécuter, des morts à enterrer.

Un siècle passa. *Bis repetita.*

1492 est l'autre date-clé. La plus importante car elle est celle de la grande expulsion. Il fut dit que celle des Juifs d'Angleterre en 1290 par les Plantagenêts avait servi de modèle, notamment sur un point : ayant pesé le pour et le contre, ce qu'ils y gagnaient et ce qu'ils y perdaient, ils conclurent que les spoliations de propriétés et de biens ainsi que l'effacement des dettes compensaient largement la perte des revenus d'impôts acquittés par les Juifs. L'édit d'Édouard Ier fit école. En 1306, Philippe le Bel chassa les Juifs de France ; Louis X les ayant rappelés quelques années après, Charles VI les chassa à nouveau. Les Juifs d'Espagne étaient grammairiens, poètes, philosophes, traducteurs, diplomates, médecins, administrateurs, prêteurs, banquiers et, le dernier mais non le moindre, talmudistes, sans oublier naturellement l'immense noria des petits métiers attachés à l'artisanat. Minorité nombreuse et active, ils étaient intégrés de longue date sans s'être assimilés pour autant. Depuis la grande alerte de 1391, des exactions assassines agissaient régulièrement comme autant de piqûres de rappel.

Jusqu'à ce que le 31 mars 1492, dans le plus grand secret, les rois très catholiques Ferdinand II d'Aragon et Isabelle Ire de Castille, roi et reine des Espagnes mariés à dix-huit ans, signent un décret d'expulsion de tous les Juifs de leurs royaumes et de Majorque, de Sicile, de Sardaigne.

Ce qui leur était reproché ? De tout tenter pour ramener à leur foi d'autrefois les *conversos*. Des mesures avaient bien été prises pour soustraire les nouveaux chrétiens à la mauvaise influence de ceux qui furent leurs frères ; en vain. Aussi ledit « décret de l'Alhambra », qui avait été rédigé dix jours avant, notamment par l'inquisiteur général Fray Tomás de Torquemada, précipita le cours des choses. Il fixait un ultimatum : les juifs avaient très exactement trois mois pour se décider. Pas un jour de plus. Trois mois pour choisir soit de se convertir de force au catholicisme, soit de prendre la route de l'exil après avoir cédé tous leurs biens à des conditions dictées par la hâte et la nécessité. Dans le premier cas, ils restaient sur leur terre, dans leur intégrité matérielle, leur langue et une fragile sécurité, mais défaits de leur être profond ; dans le second, ils demeuraient en parfaite identité avec eux-mêmes, fidèles à la foi de leurs ancêtres, mais bannis de leur terre, défaits de leurs maisons et de leurs cimetières, mais bien décidés à emporter leur langue avec eux.

11. De la grandeur d'Isaac Abravanel et du surgissement du fameux Torquemada, Grand Inquisiteur et confesseur des Rois Catholiques, dans l'histoire qui nous occupe

Isaac Abravanel est passé à raison pour la figure légendaire du judaïsme ibérique. Il était à la fois un éminent commentateur de la Bible, un financier et gestionnaire hors pair jouissant d'une grande influence dans le système royal du fermage d'impôts, un conseiller des princes, sans que jamais le souci de ses coreligionnaires ne le désertât. Leur bien-être, leur sort, leur destin. Il prenait sur ses travaux, ses jours et ses nuits pour assurer leur salut ici-bas chaque fois qu'une menace pointait. Pas un saint : juste un grand juif. Souvent repris jusque dans ses chères écritures par le démon de la politique, il n'en était pas moins un juif de cour. Pas le seul de sa catégorie. L'expression sonne assez mal désormais, ce qui est injuste : Josef Orabuena, rabbin des juifs de Navarre, collecteur d'impôts de sa communauté, précepteur de membres de la famille royale, médecin de Charles III de Navarre, fut juif de cour lui aussi dans toute sa splendeur, ce dont les siens ne pouvaient que se féliciter.

Isaac Abravanel, tout conseiller des Bragance puis des Mendoza qu'il fût, devenu agent financier de la reine Isabelle Ire de Castille, n'en était pas moins le porte-voix de la communauté juive, officieux il va de soi, car ce genre de personnage tire sa puissance de sa discrétion.

Dès que la nouvelle fut connue, Isaac Abravanel et son vieil ami Abraham Senior, l'autre homme fort du dispositif de fermage des impôts, sollicitèrent une audience royale dans le but de faire annuler le décret. Elle leur fut accordée. Leur plaidoirie fut entendue jusqu'à un certain point seulement car, plutôt que d'être annulée, la mesure fut suspendue. Le temps pour don Isaac d'entreprendre ses plus hautes relations afin qu'elles fléchissent la rigueur royale. Il ne trouverait ni l'apaisement ni le repos tant que l'infâme mesure ne serait rapportée. Les deux hommes furent à nouveau reçus à leur demande par le roi à deux reprises. La première, il fut question d'argent et le roi demanda réflexion. D'autant qu'au cours de l'audience Torquemada serait intervenu en personne en brandissant un crucifix ; il fut même dit et souvent écrit qu'il se jeta à terre, la bave aux lèvres, en frappant de la paume de la main la tête de la reine, et la version de Victor Hugo n'a pas arrangé les choses :

« ... *Torquemada ne regarde ni le roi ni la reine. Il a l'œil fixé sur le crucifix.*

TORQUEMADA : Judas vous a vendu trente deniers. Cette reine et ce roi sont en train de vous vendre trente mille écus d'or.

LA REINE : Ciel !

TORQUEMADA, *jetant le crucifix sur les piles d'écus.* Juifs, venez le prendre !

LA REINE : Mon père !

TORQUEMADA : Triomphez, juifs ! comme il est écrit ! Cette reine et ce roi vous livrent Jésus-Christ.

LA REINE : Mon père !

TORQUEMADA, *les regardant tous deux, en face.* Sois maudit, roi ! Sois maudite, reine !

LA REINE : Grâce !

TORQUEMADA, *étendant le bras sur eux.* À genoux ! *La reine tombe à genoux. Le roi hésite, frémissant.* Tous deux ! *Le roi tombe à genoux. Montrant Isabelle.* Ici la souveraine. *Montrant Ferdinand.* Et là le souverain. Un tas d'or au milieu. Ah ! vous êtes la reine et le roi ! *Il ressaisit le crucifix et l'élève au-dessus de sa tête.* Voici Dieu. Je vous prends en flagrant délit. Baisez la terre.

La reine se prosterne.

LA REINE : Grâce ! »

Suivent encore quelques pages de cette encre dans sa pièce *Torquemada* (II, 5), pas sa meilleure. Lors de la seconde entrevue (pour de vrai, pas au théâtre), le roi demeura campé sur ses positions, non sans renvoyer à son épouse, en soulignant qu'ils avaient pris cette décision d'un commun accord. Pourtant don Isaac l'implorait à genoux :

« Je t'en supplie mon roi, pourquoi agis-tu de la sorte avec tes sujets ? »

Alors don Isaac tenta le tout pour le tout. Il sollicita une audience de la reine. Elle reçut les deux envoyés et les écouta. Cette fois, il ne fut question ni de finances, ni de fiscalité, ni de subventions, ni de politique, mais de Dieu. Il rappela la longue histoire de la persécution dans le monde et à travers les siècles et sa vanité puisque les Juifs persistaient à vivre malgré tout. La Providence en avait ainsi décidé et les monarques qui n'en avaient pas tenu compte s'en mordaient les doigts.

« Avez-vous songé au destin de tous ces empires qui dans l'histoire ont expulsé les juifs dans l'espoir de briser leur alliance avec Dieu ? Ces empires sont morts et le judaïsme est toujours vivant. Il survit pour voir la rédemption accomplie par le Messie. Les juifs ont les mots de leur Loi gravés au cœur et dans la tête. Plus leur souffrance est grande, plus ferme est leur résolution... »

La reine lui répondit en citant le livre des Proverbes, au chapitre où sont recueillis les dictons sur la bonne et la mauvaise manière de vivre : « Le cœur du roi est dans la main du Seigneur comme une eau courante ; Il le fait tourner du côté qu'Il veut. » Ce qui ne put qu'augmenter la colère et le désespoir à peine contenus de don Isaac car il savait bien que les rois des Écritures étaient ceux d'Israël et non ceux d'une monarchie européenne. Puis elle enchaîna :

« Croyez-vous que ce qui vous arrive vient de nous ? Ce n'est pas moi qui ai pris cette décision : c'est Dieu qui a ordonné l'expulsion des Juifs. C'est Dieu qui a placé ce dessein dans le cœur du roi. »

Souvent l'Éternel a bon dos.

Don Isaac sentit alors que la disgrâce qui touchait sa personne allait irrémédiablement s'abattre sur son peuple. Les sages pouvaient bien commenter que la catastrophe annoncée était le signe que l'enfantement du Messie n'allait pas sans douleur, cela ne suffirait pas. Suspendu, repoussé, l'édit d'expulsion entra finalement en vigueur le 1er mai. À la date du 31 juillet, les Juifs d'Espagne devaient tous avoir fait leur choix.

Comme ce fut le cas auparavant dans les mêmes circonstances mais dans d'autres pays, les rumeurs les plus folles s'insinuaient jusque dans les moindres ruelles. En Angleterre, la cause officielle de l'expulsion des Juifs tenait à l'accusation de rognage des monnaies. Des faux-monnayeurs ! En France, on les disait complices des lépreux, unis pour comploter contre les chrétiens et empoisonner leurs puits. Il fut dit en Andalousie et en Castille que les Juifs étaient réputés si nombreux parmi les médecins du royaume que c'était à se demander si leur expulsion n'allait pas entraîner une hausse de la mortalité.

La légende veut que le terme fixé pour le départ des juifs qui refuseraient de se convertir ait coïncidé en 1492 avec la date du 9 Av, le jour le plus triste du calendrier hébraïque puisqu'on y commémore la destruction des deux Temples à plus de six cent cinquante années d'intervalle. Comment mieux dire que l'expulsion d'Espagne fut vécue comme un exil aussi dramatique que ceux qui entraînèrent la captivité de Babylone et la diaspora ?

Comme tant d'autres, mais en privilégié puisque la Couronne lui accorda d'emporter une grande partie de sa fortune, Abravanel se prépara au départ. Pour lui, son pays était mort désormais. Il nota : « Un grand nom comme celui de l'Espagne sera réduit à un murmure entre les nations, puisque ses rois recherchent la gloire sur le dos des innocents. »

Quand les vainqueurs arrachent tout aux vaincus, ils ne leur laissent que l'exil et l'amère sensation d'être rejetés de l'air que tous respirent. Les Juifs gagnèrent les ports : les Grenadins ceux de Málaga et d'Almería, les Andalous ceux de Gibraltar et Cadix, les Castillans ceux de Valence et Carthagène, tous chantant, priant, espérant que la mer s'ouvre à nouveau devant eux. Mais non, pas de séparation des eaux, pas deux fois le même miracle. Juste un voyage des plus éprouvants rythmé par la mélancolie des séparations sans retour.

Un homme attendait avec ses trois navires que les quais de Palos de la Frontera (Huelva) se libèrent pour mettre les voiles à son tour, deux ou trois jours à peine après l'ultimatum : Christophe Colomb en route pour son voyage inaugural. Il rapporte dans ses journaux de bord qu'il eut juste le temps d'emporter avec lui, avant d'embarquer, l'*Almanach perpétuel du mouvement des corps célestes* de l'astronome et talmudiste Abraham Zacuto ; quant à Luis de Torres, son traducteur-interprète juif, il dut se convertir lui aussi à bord de la *Santa María* durant la traversée. Ces détails suffisent à rappeler que le grand voyage de l'explorateur et l'expulsion des Juifs eurent lieu la même année et que, dans bien des mémoires, ils sont indissociables.

L'Espagne du Siècle d'or était convaincue de son élection divine. En lui donnant les Amériques, Dieu la récompensait d'avoir débarrassé son sol des Juifs. Purifié même. Ainsi les Espagnols le vivaient-ils. Eurent-ils à le regretter ? Deux écoles n'ont jamais cessé de s'affronter. D'un côté, ceux pour qui la décadence du pays commence en 1492, l'expulsion des Juifs étant la cause du long sommeil dans lequel plongea alors le pays, l'empêchant d'avoir les Lumières, le précipitant dans le noir d'une interminable crise économique tandis que les Pays-Bas et l'Empire ottoman pouvaient se flatter de leur arrivée tant elle les enrichissait. De l'autre, ceux qui réclament des preuves, produisent les leurs et soutiennent l'inverse. L'historien Henry Kamen par exemple, aux yeux de qui la thèse de la décadence relève de la légende. Pas noire mais légendaire tout de même. Un mythe propagé par des auteurs juifs expulsés et répandu par d'obligeants protestants de leurs pays d'accueil, à Amsterdam par exemple. D'autant qu'à l'examen, le pouvoir économique des juifs et des *conversos* était minime selon lui ; il n'était que faiblement créateur et accumulateur de richesses, les Juifs étaient absents des manufactures et du commerce à grande échelle à l'intérieur du pays car des lois discriminantes les en empêchaient ; même en tant que financiers, ils ne pouvaient trop se développer, étant cantonnés en marge de la société chrétienne, uniquement sur le plan du commerce international et donc des activités portuaires espagnoles (ne jamais négliger les marges car ce sont elles qui font tenir la page). Ce n'est pas une vue de l'esprit : les listes de confiscation et de spoliation après leur expulsion l'attestent. En revanche, on cherche encore ce qui pourrait témoigner non seulement de leur puissance industrielle, mais aussi de l'effondrement économique de villes ou de régions après leur départ. Tout cela relèverait de la spéculation, fondée sur l'amertume des uns et la propagande des autres. Autrement dit, ce n'est pas parce que la participation des Juifs à la civilisation espagnole fut importante qu'il faut surestimer leur apport économique.

Si l'Espagne s'est perdue en les perdant, qu'y a-t-elle gagné ? L'émergence d'une conscience nationale et d'un sentiment collectif fondé sur le religieux, ce qui n'est pas rien, car elle lui aura permis de mener le combat contre les hérétiques au nom de la chrétienté. L'historien Américo Castro a souligné à raison ce que cette situation sans hiatus ni contestation pouvait avoir de stérilisant pour l'âme d'un peuple : « L'Espagne a dû se construire depuis le XVIᵉ siècle sans Juifs, sans luthériens, sans philosophes indépendants ; en bref sans dissonance philosophique ni religieuse. Quelle bêtise ! »

Un autre et non des moindres, Yitzhak Baer, réfute tant les considérations politiques que les motifs économiques : à ses yeux, il n'y a pas à tortiller, toute cette affaire n'est commandée que par la haine religieuse dans sa dimension la plus fanatique. Il fut dit également, et c'est un argument qui revient de manière récurrente, qu'en expulsant leurs Juifs, les États se débarrassaient à bon compte de leurs créanciers ; il est vrai que, si à chaque massacre les enragés détruisaient les livres de prières et les rouleaux de la Torah non sans les avoir souillés, ils n'oubliaient jamais de réduire en miettes l'essentiel, certes beaucoup moins sacré : les contrats et les documents relatifs aux emprunts et aux dettes. Or selon Miguel Ángel Motis qui a épluché les archives, cette thèse ne tient pas, en tout cas pour l'Espagne, car à cette époque la communauté juive était si proche de la banqueroute qu'elle ne pouvait même pas s'acquitter de ses impôts.

N'empêche que celui qui en a le mieux parlé, qui a le mieux saisi la nature du vide qu'a produit l'expulsion, n'est pas un historien mais un écrivain : Antonio Muñoz Molina, non dans un livre mais dans sa critique du livre d'un autre. Il a rappelé que ces Juifs expulsés n'étaient pas des étrangers de passage, des migrants ou des clandestins, que leurs enfants chantaient les mêmes chansons que les autres habitants dans les rues d'Andalousie et de Castille, qu'ils s'habillaient pareillement que les autres et parlaient la même langue, et qu'ils faisaient partie du paysage depuis des siècles au point de se confondre avec lui. Aussi, de les jeter dehors, ce ne fut pas seulement une injustice : « Ce fut surtout une amputation. »

12. Comment les Juifs restés juifs quittèrent l'Espagne et comment certains revinrent s'y convertir à la religion des catholiques malgré l'interdiction de fouler cette terre maudite

Le plus impardonnable de l'errance à laquelle l'expulsion les condamna, ce furent la disparition des enfants et la séparation d'avec leurs parents. Le fait est que, au cours de leur pénible transhumance en passant par les ports de l'Italie du Sud, les côtes albanaises, Raguse et les îles grecques, rares furent les familles qui parvinrent intactes, complètes à destination de l'autre côté de la Méditerranée. La malnutrition, les épidémies, l'épuisement eurent raison des plus petits et des plus âgés. Alors les chroniqueurs n'eurent pas assez de violence dans leurs mots pour élever comme Job une puissante protestation contre le ciel. Ils s'étaient sentis abandonnés par Lui, sentiment qui les rongea au-delà de la première génération d'exilés et qui fut transmis de génération en génération.

Revenir au pays, certains y pensaient quelques mois à peine après l'avoir quitté. La route vers l'exil avait été difficile et l'aventure incertaine. On en retrouva abandonnés sur la route dans une marche de la mort, exténués comme une lampe à huile s'éteint peu à peu. En chemin pour l'Afrique du Nord ou l'Empire ottoman, certaines familles avaient été attaquées, les hommes maltraités et les femmes violées avant d'être vendus comme esclaves. Un décret royal ouvrit les frontières hispano-portugaises aux candidats au retour. Il était précisé qu'ils devaient emprunter le même chemin qu'à l'aller en sens inverse. L'expulsé qui était parti par Zamora, Ciudad Rodrigo ou Badajoz devait rentrer en Castille par Zamora, Ciudad Rodrigo ou Badajoz. Là il devait se faire baptiser par l'évêque des lieux. Alors seulement un sauf-conduit lui était délivré lui permettant de récupérer ses biens en les rachetant sous le contrôle des autorités de sa ville, ce qui n'alla pas sans d'infinies négociations afin qu'aucune des deux parties ne perde au change. Dans sa mansuétude, la Couronne fermait les yeux sur le fait que les émigrés ayant enfreint les lois en emportant de l'or, des bijoux, de l'argenterie auraient pu être arrêtés pour contrebande. Elle préférait retenir que les revenants avaient enfin été éblouis par la lumière du christianisme.

Parmi les premiers à rentrer au pays figurait un groupe d'une cinquantaine de Juifs de Ségovie menés par un certain Jacob Galfon, riche financier qui pratiquait le prêt à intérêt, lequel une fois baptisé devint Pedro Suárez de la Concha. Ce qui n'était pas très bien vu par ceux qui menaient déjà une guerre sourde mais déterminée contre les nouveaux chrétiens, avec la même vigueur qu'ils l'avaient fait contre les Juifs lorsqu'il y en avait encore. Les *conversos* plus anciens, ceux de 1492, dont bon nombre judaïsaient en secret, n'accueillaient pas volontiers ces émigrés. En retournant à Tolède d'où il s'était volontairement exilé, le percepteur des impôts Samuel Aboulafia recevait aussitôt les sacrements du baptême et devenait Diego Gómez de Toledo ; mais il avait attendu sept ans avant de regagner sa ville natale, de sorte que l'on put croire qu'il avait été converti de force lors de son exil au Portugal.

Un *herem* rabbinique fut prononcé : l'anathème interdisait désormais à tout juif de se rendre dans ce pays maudit, que ce soit en villégiature ou pour s'y installer, au risque de l'excommunication, de la mise au ban, de l'exclusion de la communauté ; la menace se révéla d'une portée relative puisque leur décision de rentrer au pays supposait leur conversion. Le grand théologien et philosophe humaniste Juan Luis Vives est né à Valence en 1492, deux mois avant la publication du décret. Quelle date de naissance pour un juif ! Surtout quand on a eu son père brûlé au bûcher de l'Inquisition. Intime d'Érasme, il écrivit toute son œuvre en latin et choisit de toujours vivre hors d'Espagne, tant par crainte du soupçon persécuteur qui s'exerçait contre les convertis, que par attirance pour la Sorbonne à Paris, puis à Louvain, Oxford, Bruges, où il mourut.

Les chiffres sont controversés mais on estime qu'à la fin du XVe siècle il y avait eu près de cent mille juifs en Espagne et trois cent mille *conversos*. Les premiers choisirent l'exil mais la moitié seraient revenus (jusqu'en 1499) tant leur terre leur manquait et se seraient convertis. Ce qui réduirait donc le nombre d'exilés à cinquante mille au total. Quelle que fût leur importance, ils emportaient avec eux la mémoire d'une certaine Espagne, quelque chose de si intense et si profond que, en se la transmettant de génération en génération, et la distance embellissant la légende, ils entretinrent la nostalgie d'un âge d'or. Or, s'il y eut bien deux civilisations antagonistes, l'une chrétienne, l'autre musulmane, avec chacune leur volonté de domination, leurs rapports de force, leurs passerelles, leurs échanges, leurs luttes pour éliminer l'autre, les Juifs d'Espagne n'étaient pas partie prenante de ce rapport de force. Du VIIe au XVe siècle, de la conquête arabo-musulmane à la fin de la Reconquista chrétienne, chrétiens et musulmans ne se sont pas tolérés par goût effréné de la tolérance mais parce qu'ils se trouvaient alors dans des situations où ils n'avaient guère le choix. Ils se sont tolérés à défaut de pouvoir convertir l'autre, lui imposer sa propre vérité, ou l'exterminer. Une fois la Reconquista achevée et l'unité religieuse du royaume actée par l'expulsion des Juifs, et plus tard des musulmans, le mythe ne résista pas. Sauf dans certains livres et récits longtemps après jusqu'à ce que l'on substitue « coexistence » à « tolérance ».

Un fait divers, qui pourrait à lui seul donner matière à un roman, illustre mieux que bien des analyses l'inégalité de traitement entre les trois. L'affaire a été rapportée archives à l'appui par deux historiens israéliens, Ron Barkaï à la suite d'Elena Lourie. Les faits se déroulent dans la pègre de l'époque. Trois escrocs associés : un chrétien, un juif et un musulman. Le premier fait croire qu'il est notaire, le deuxième est usurier, et le troisième rabatteur. Le mécanisme de l'arnaque est simple : ils repèrent un homme fortuné en pleine agonie, fabriquent de fausses reconnaissances de dettes, contactent la famille au chevet du mourant, exigent le remboursement (avec les intérêts ! le culot n'a pas de limites, c'est à cela qu'on le reconnaît). Leur escroquerie prospère jusqu'à ce qu'un quasi-mort, probablement révolté par l'immoral dépouillement dont son capital allait faire l'objet, trouve l'énergie pour se redresser et les dénoncer. Arrêté et jugé, le trio infernal est condamné à mort. Sauf que si le chrétien est pendu par le cou, les deux autres le sont par les pieds, tête en bas, afin que leur agonie dure longtemps, et que leur souffrance en soit d'autant plus interminable.

Si âge d'or il y eut, il s'inscrivit entre le Xe et le XIIe siècle, en Andalousie bien sûr, mais aussi en Aragon (Saragosse) et en Navarre (Tudela) notamment. L'historien Maurice Kriegel a pu parler à raison d'un heureux « moment andalou » de la culture juive. La symbiose ne se manifesta pas que dans les choses de l'esprit. Un voyageur français du nom de Moïse de Coucy et d'autres étrangers avaient manifesté dans leurs récits la répulsion que leur inspiraient les mœurs des juifs d'Espagne : en ayant des relations sexuelles avec des non-juifs, ils faisaient l'amour avec l'idolâtrie ; ils allaient jusqu'à imiter les musulmans en prenant des concubines, parmi eux de surcroît. Mais le grand Nahmanide n'avait-il pas dit lui-même que ce n'était pas vraiment contraire à la Loi ? Gershom de Mayence pouvait bien avoir interdit la polygamie, il n'était suivi que par les ashkénazes. Aux séfarades d'Ibérie, qui avaient manifestement d'autres besoins et une morale qui leur était propre, il fallait plusieurs épouses au nom d'une certaine conception de la mystique de l'amour divin. Cette parenthèse enchantée, dont la mémoire a étendu les limites dans le temps bien au-delà du vraisemblable, a également été le théâtre d'une certaine osmose culturelle arabo-chrétienne. C'est par ce biais que l'Occident reçut une partie de l'héritage de l'Antiquité, nombre de manuscrits classiques introuvables, d'Aristote mais aussi de scientifiques, n'existant plus que dans leur version en arabe. Il y eut même un phénomène de mode nommé « maurophilie » qui se manifesta par l'imitation et les emprunts, notamment dans l'architecture. Jusqu'à ce qu'en 1140 la dynastie maghrébine des Almohades s'installe en Espagne et persécute avec une grande violence ceux que le Coran réunit en les désignant comme « les gens du Livre », autrement dit les lecteurs de la Bible. Des infidèles à leurs yeux. Une rhétorique que l'on retrouvera longtemps après, au XXIe siècle, dans les discours et les prêches des imams exhortant les djihadistes à récupérer « al-Andalus, terre du califat », en semant la terreur en Espagne. Le jour n'est peut-être pas loin où ceux-là seront aussi qualifiés de nostalgiques d'un pays perdu, un peu à la manière des séfarades ; l'analogie ne tardera pas à poindre. La réponse, un écrivain me la donne : Fouad Laroui. À ses yeux, Tanger, Fès, Tétouan, Tlemcen ont conservé un attachement à l'Espagne, une certaine nostalgie de la grandeur et de la coexistence, mais cela s'observe surtout chez des intellectuels car elle protège de l'islamisme, même si dans le même temps les islamistes ne veulent retenir de ce passé-là que sa dimension de conquête et de soumission des infidèles.

Les Juifs, eux, avaient vécu là-bas depuis « toujours », ils ne gouvernaient ni ne dominaient, ayant plutôt à souffrir de manière aléatoire des soubresauts meurtriers des dirigeants et des populations, ils partageaient un même Livre avec les chrétiens malgré tout ce qui les opposait et n'ont jamais cessé d'exalter le culte de leur pays d'origine. L'Espagne ne leur était pas un pays d'exil parmi d'autres sur la longue liste du Juif errant. Elle était le pays où, enracinés depuis des siècles, ils avaient fait souche, avaient rayonné, prospéré. Ils y étaient non pas comme chez eux mais bien chez eux. Beaucoup, y compris parmi les Juifs, ignorent encore tout cela. Ce n'est pas plus mal. En avaient-ils seulement conscience à l'époque ? Une ligne de Samuel Beckett dans *Fin de partie* vient à l'esprit et sous la plume : « Combien de malheureux le seraient encore plus s'ils avaient su à quel point ils l'étaient. »

Pour raconter le chagrin de l'expulsion de 1492, le roman n'est pas la forme qui convient mais l'élégie. Inutile de partir à la recherche d'un Duino introuvable dans les *juderías*, ces anciens quartiers juifs des villes espagnoles reconstitués en « judéoland ». Encore que, selon l'historien Haïm Zafrani, dans l'esprit des sages, il s'agissait moins de catastrophe que de ruine. L'expulsion ne marqua pas seulement une rupture dans leur histoire mais un nouveau départ, comme le furent la sortie d'Égypte et la destruction du Temple. On trouve des écrits datés à partir de l'an 1 de l'expulsion, comme si 1492 était le début d'une nouvelle ère, un autre calendrier qui ne dit pas son nom. Les chroniqueurs n'auront pas assez de larmes pour pleurer leur pays perdu, lequel disputait au royaume d'Israël le statut de parure de la terre.

Le 31 juillet 1492, les derniers de ceux qui allaient devenir des séfarades quittèrent la péninsule Ibérique.

Bien que les chiffres soient encore contestés, on estime qu'entre cent mille et cent cinquante mille choisirent l'exil plutôt que le reniement. Certains s'établirent au Portugal avant d'en être expulsés à nouveau, d'autres choisirent le Maroc où leurs frères installés là depuis un siècle les accueilleraient, d'autres encore l'Empire ottoman jusqu'aux rives du Bosphore.

Il n'était pas assourdissant, comme le veut le poncif sous forme d'oxymore, mais envoûtant, vertigineux, musical, le silence qui a dû emplir les rues vides des *juderías* au lendemain du grand départ. Un silence minéral, comme il règne de nos jours dans les ruines des villages abandonnés en Castille-León. Une qualité de silence particulière que la Bible évoque, selon les traductions, comme un bruit de silence, le frémissement d'une douce brise, une voix de petit vent, le son d'une brise légère, le bruissement d'un souffle ténu, un murmure sourd, doux, subtil. Le philosophe Emmanuel Levinas dira : « une voix de fin silence ». À ceci près qu'au creux de l'été 1492, à Cuenca et Tolède, à Huesca et Cáceres, elle fut de courte durée : le pillage lui succéda, entraînant l'arrivée de nouveaux habitants, aïeux en esprit de ceux qui s'installèrent dans les murs et dans les meubles des déportés à Paris au plus fort de l'été 1942.

Que leur âme à tous soit enveloppée dans le faisceau des vivants.

13. *Qui traite d'un pays vidé de ses Juifs pour cinq siècles*

À l'été 1492, l'Espagne était *judenfrei*, comme on ne disait pas alors là-bas, mais comme on dira plus tard dans le reste de l'Europe. Elle avait fait le vide et cette absence dura cinq siècles. Mais pour les inquisiteurs, cela ne faisait que commencer. Car plus encore que ceux qui étaient partis, ceux qui étaient restés furent l'objet de leur vigilance criminelle. À leurs yeux, la population se divisait en trois catégories : les chrétiens de nature (immaculés de toute trace juive), les nouveaux chrétiens (des juifs convertis) et les convertis (nés chrétiens mais d'ascendance juive).

Un soupçon d'acier s'était abattu sur les nouveaux chrétiens. On observa dans les familles un développement inhabituel du vice de la médisance (la *murmuración* disait-on joliment, mais c'est tout ce que la chose avait de joli dans cette folie de la pureté). Les enquêtes sur les personnes augmentaient, l'espionnage se généralisait, la délation était encouragée, la torture régulièrement pratiquée, les aveux extorqués, les biens séquestrés et confisqués, les procès bâclés, tandis qu'autodafés et exécutions publiques se multipliaient, le tout sous le sceau du secret. Une véritable obsession, le secret. Des experts aux témoins en passant par les commissaires et ministres du Saint-Office, les familiers et bénévoles, sans oublier le bourreau et le médecin, toute personne concourant à l'instruction du procès est tenue au secret. Comme c'est le cas de nos jours en somme. À ceci près qu'on ne risque pas l'excommunication. Il s'agissait aussi de respecter l'anonymat des délateurs et des témoins à charge afin de ne pas décourager les vocations. La loi du silence s'imposait alors.

Le soupçon se manifestait à tout instant de la vie quotidienne. Notamment en fin de semaine à l'occasion du repos du chabbat, ce jour hors du temps qui est l'anniversaire du monde, jour de joie et de recueillement, l'un des fondements du judaïsme. C'est à l'occasion de cette obligation hebdomadaire que les convertis les moins convaincus avaient le plus de mal à se faire violence. Peut-on enfreindre la loi divine pour sauver sa vie ? Terrible dilemme auquel furent confrontés les juifs qui hésitaient à se convertir même s'ils étaient déterminés à judaïser en secret. Dans son *Épître sur la persécution*, Maïmonide rappelait opportunément que nulle part dans les paroles de ses maîtres il n'était dit : « Plutôt se faire tuer que de transgresser. » Et puis quoi, comme l'a dit un sage : « Tu peux quitter la religion mais Dieu te retrouve toujours. »

Du vendredi soir au samedi soir, les agents du Saint-Office montaient sur les hauts des villes pour débusquer les maisons dont les cheminées ne fumaient pas en raison d'un chabbat clandestinement respecté. Le samedi matin dans les villages d'Andalousie, on prenait l'habitude d'ouvrir grand ses fenêtres pour montrer qu'on n'était pas juif et qu'on profitait bien de son samedi. D'où l'expression *hacer sábado*. Les convertis soupçonnés de judaïser dans l'ombre, les crypto-juifs comme on dira, devaient réapprendre jusqu'à leurs gestes les plus naturels, comme de se garder d'effleurer du doigt la mezouza clouée au montant de la porte puis de porter la main à leurs lèvres. Ou encore de se vêtir de vêtements blancs un vendredi soir. Ou de s'endimancher un samedi.

Un rien entérinait la suspicion, comme de baisser les yeux à l'église après que le prêtre eut levé l'hostie. Ou de voyager pour se procurer de la viande cachère en dehors de la ville. Car les inquisiteurs faisaient aussi épier les cuisines par les domestiques : ceux-ci surveillaient la composition des plats, leur arôme surtout à la veille du chabbat. La discrète préparation de l'*adafina* valait dénonciation. Des convertis de longue date, descendants de ceux qui avaient échappé par le baptême aux massacres de 1391, ne pouvaient se soustraire à la défiance. On craignait qu'ils ne fussent par essence des relaps, retombés dans leur hérésie judaïsante car leur nature même l'exigeait. C'est une litote de le dire ainsi car on en était systématiquement persuadé, d'autant que la chasse aux « auparavant juifs » (il arrivait qu'on les qualifiât ainsi) figurait en priorité dans le cahier des charges de la bulle papale.

Il y aura des polémiques dont la violence épousera la radicalité du texte. Celui-ci, repris par certains ordres religieux, n'en inspira pas moins le principe de la pureté du sang qui allait faire des ravages d'une tout autre ampleur.

Dans les sermons, on leur reprochait encore leur instinct grégaire parce que les juifs continuaient à vivre ensemble, donc à s'isoler de la société. De plus ils avaient été mal ou peu catéchisés, leur éducation chrétienne avait été bâclée, précipitée. L'ère du soupçon ne connaissait pas de limites. Les nobles parmi les vieux chrétiens ne supportaient pas l'idée que d'anciens juifs, qui avaient conservé l'ambition prêtée à leur race, s'apprêtaient à constituer une nouvelle élite courtisane qui entrerait en rivalité avec eux. La montée en puissance de cette classe sociale, comme une nouvelle noblesse qui prétendait tirer sa vertu de l'héritage biblique, quand les vieux chrétiens s'enorgueillissaient avant tout de servir et défendre le Christ, était en jeu. L'envie méprisante se muant en jalousie, ces vieux chrétiens partageaient au fond la même logique que ces paysans, ces commerçants, ces artisans qui en voulaient de leur réussite aux convertis. Mieux : ils l'attribuaient à leur atavisme juif, que leur succès se déployât dans la finance, la perception des impôts ou la science. Les deux catégories se sentaient également menacées par la réussite de ceux qu'ils tenaient pour des parvenus. On voit par là que le fond du rejet était moins religieux que social. À leurs yeux, les convertis n'étaient en réalité que des juifs baptisés.

Ainsi, par un étonnant paradoxe, l'immense majorité des victimes de l'Inquisition ne furent pas des juifs mais des convertis au catholicisme soupçonnés d'être toujours fidèles en secret au Dieu de leurs ancêtres.

Dans l'Espagne du XXIᵉ siècle, il est peu de grandes villes qui n'aient leur musée de l'Inquisition. On y lit qu'elle s'exerça contre les hérétiques, les juifs et les sorcières, que les tribunaux condamnaient pour bigamie, sodomie, blasphème, hérésie, crime contre le Saint-Office, invocation du diable, faux témoignages, luthéranisme, mahométisme, superstitions, quand toute la recherche historique clame que quatre-vingt-dix pour cent des condamnés l'étaient pour « judaïsme ». Des galeries aménagées présentent d'impressionnantes répliques des instruments de torture mises en scène dans un décor lugubre à souhait avec explications à la clé. Probablement leur manière d'exorciser les démons du récit national. De l'Inquisition comme d'une attraction. On est frappé par le haut degré de raffinement dans l'horreur dont ils furent capables. En sortant de cette antichambre de l'enfer pour touristes en mal de sensations fortes, si d'aventure on aperçoit au fronton d'une église une bannière « Dieu est amour », il faut se retenir pour ne pas y mettre le feu.

On dit qu'un homme ça s'empêche. Mais n'est-ce pas la pulsion qui le pousse à faire le bien comme le mal ? « Un homme ça s'empêche », répétait son instituteur au père d'Albert Camus à propos des exactions du FLN, quand les cadavres des victimes étaient retrouvés avec leur sexe dans la bouche. Valable à toutes époques sous toutes les latitudes. Lorsque Franco pacifiait le Maroc espagnol et qu'il passait ses troupes en revue, il arrivait que chaque soldat au garde-à-vous ait la tête d'un ennemi embrochée à la baïonnette de son fusil. Ce n'est pas mieux.

L'Inquisition, l'horreur. Créée en 1478 par une bulle de Sixte IV, elle a duré environ trois siècles et demi, mais elle aussi a connu son âge d'or durant une brève période. Étrangement, elle a été totalement identifiée au dominicain Torquemada, premier inquisiteur général, une personnalité aussi désintéressée, fanatique et ascète que paranoïaque, qui se faisait protéger en permanence par une armée ; pourtant, il n'exerça ses talents que de 1483 à 1496 ; quant à son ordre, même s'il est vrai que celui-ci en fut l'initiateur (*dominicanes* : les « chiens du Seigneur » aboient contre les hérésies) et que quatre inquisiteurs généraux demeurés longtemps en activité en faisaient partie, il perdit la maîtrise de la chose, surtout dans les petites villes. Encore faut-il prendre soin de distinguer le bon Torquemada du mauvais, ce dernier étant Tómas, l'inquisiteur et confesseur des Rois Catholiques, tout le contraire de son oncle Juan, également dominicain, théologien de l'hérésie mais qui, lui, ne cessa de plaider en faveur de l'intégration des convertis dans le milieu des vieux chrétiens castillans. Précisons tout de même que l'oncle et le neveu étaient issus d'une grande famille de juifs convertis de la vieille Castille. Ce qui à la réflexion n'est pas surprenant, et pas seulement parce qu'en toutes circonstances tous lieux toutes époques un converti a toujours tendance à en faire plus que les autres, quitte à en faire trop, pour se faire accepter. Chose remarquable, au sein d'une population espagnole qui était alors hostile aux insincères, les nouveaux chrétiens n'étaient pas les derniers à appeler à la répression car ces intrus tenus pour des escrocs spirituels menaçaient leur propre situation encore fragile dans la société.

Torquemada, maître d'œuvre mais non inspirateur de l'Inquisition (c'était Alonso de Hojeda, prieur du couvent des Dominicains de Séville, qui avait l'oreille des Rois Catholiques), a joué avec les lignes de son humanité au-delà du supportable. Dans l'ordre de la déshumanisation, l'Inquisition n'est pas l'héritage de vieilles méthodes mais le fer de lance d'une nouvelle institution. On la féliciterait presque pour sa capacité d'innovation. Dommage que le mot soit désormais si galvaudé qu'il ait perdu de sa puissance morbide. De nos jours, lorsque *El País* fait un gros titre pour dénoncer « El Inquisidor », c'est du philosophe Michel Onfray qu'il s'agit... Un détail qui devrait interdire à ceux qui font profession d'écrire, au moins à eux, d'abuser du mot. On trouve de nos jours à Amsterdam, où les Juifs expulsés d'Espagne et du Portugal s'étaient réfugiés, la plus ancienne bibliothèque juive encore en activité. Ets Haim s'enorgueillit d'une collection exceptionnelle de livres et de manuscrits. Le plus vieux date de 1282. C'est une copie du *Mishné Torah*, code de la Loi juive qui fut le grand œuvre de Maïmonide. Elle porte les cicatrices laissées par l'inquisiteur qui en avait brûlé des passages entiers.

Si l'Inquisition n'a pas « que » tué, elle a aussi fouetté, torturé, banni, envoyé aux galères, emprisonné ou publiquement humilié en condamnant au port d'une tunique jaune d'infamie appelée le san-benito. Pourvu que nul ne se lasse jamais de chercher le lys, dût-on pénétrer dans la fange jusqu'à la ceinture pour l'y trouver absent. Après on peut toujours explorer avec Lazare la région obscure de l'âme où le Mal absolu s'oppose à la fraternité. Car l'Inquisition s'acharnait même sur les défunts : « Ne négligez pas de poursuivre les morts sous prétexte que vous poursuivez les vivants ! » exhortait Torquemada. Quand de nouvelles preuves s'accumulaient contre l'un d'eux, fût-ce longtemps après sa disparition, on reprenait les poursuites ; et en cas de condamnation, on exhumait son cadavre que l'on brûlait tandis que ses descendants étaient déshérités et leurs biens confisqués. Sept ans après la grande expulsion, cent sept convertis accusés de judaïser en leur for intérieur durent subir la cérémonie rituelle de la procession, de la messe, du sermon et de la réconciliation des pécheurs avant que l'inquisiteur Diego Rodríguez Lucero ne les envoie au bûcher, le plus souvent situé à la sortie de la ville à cause de l'odeur.

Le médiéviste Henry Charles Lea (mort en 1909), un quaker américain, le plus grand historien de l'Inquisition qui ne fût pas espagnol, a fait de son œuvre un réquisitoire contre l'intolérance religieuse. Quant au professeur Joseph Pérez, il voit dans l'Inquisition la matrice des totalitarismes du XXᵉ. À l'époque, on appelait cela la tyrannie. Même si elle servait les objectifs politiques de la Couronne dans son entreprise d'unification des royaumes, même si elle lui permit de mieux contrôler les populations, et même si elle se révéla l'instrument idéal qui autorisa Ferdinand d'Aragon à asseoir la puissance de son nouvel État moderne, l'Inquisition n'était pas la police politique du pouvoir royal. Elle fut avant tout le bras armé de Rome. C'était un tribunal ecclésiastique, et non séculier, dont le fonctionnement et les grandes décisions étaient au préalable soumis à l'approbation du Saint-Père.

14. De la sincérité des convertis et de l'impossibilité de sonder les âmes

Les enquêtes locales avaient ainsi révélé que de grandes familles de convertis, telles que les Arias Dávila de Ségovie, les Curiel de Burgos, les Aleman de Séville ou les Mudarra de Valladolid, qu'ils fussent gros négociants, bijoutiers, joailliers, continuaient à pratiquer le judaïsme en cachette. Il fallait donc supprimer ces références vivantes à la religion honnie. Le concile de Bâle n'avait-il pas souligné que par la grâce du baptême les convertis devenaient concitoyens des saints et gens de la maison de Dieu ? Il leur avait même trouvé plus de mérite à avoir été régénérés par l'esprit qu'à s'être contentés comme tant d'autres de naître par la chair. Mais c'était en 1434 et un demi-siècle avait passé depuis.

Une notion-clé au cœur du travail inquisitorial leur posait un problème qui n'a toujours pas été résolu par les historiens longtemps après, et pour cause : la sincérité. Comment juger de la sincérité des nouveaux baptisés dès lors qu'ils ont renié leur foi sous l'empire de l'intérêt matériel, de la nécessité, de la peur, de l'instinct vital, voire de la torture ? Non seulement on ne dispose pas des éléments permettant d'en juger (récits, archives, tradition orale, étant entendu que l'instruction d'un procès se fait sous la menace de la torture), mais nul ne saurait sonder les âmes et les cœurs et pénétrer dans les profondeurs de la conscience de toute une population, hétérogène de surcroît, qui remet en cause l'être dans ce qu'il a de plus intime. Qui plus est, on ne voit pas avec quels instruments de recherche et d'analyse il faudrait s'y prendre. Une mission impossible qui se révélerait aussi précise que la brume poétique. Ce qui est secret par définition ne laisse guère de traces. Les historiens doivent s'en remettre à ce que leur dictent leur instinct et leurs intuitions à partir d'un ancien et intime commerce avec les mentalités de l'époque. Il y avait de tout : des crypto-juifs, des moitié-moitié, des convaincus et des fourbes. Mais dans l'esprit public, il était acquis que tout converti était un crypto-juif, donc nécessairement dissimulateur, conspirateur, manipulateur. Cela m'était revenu jadis en mémoire en écrivant *Double vie*, jusqu'à faire de mon héros baptisé Laredo, nom séfarade, un être masqué, *naturellement* dédoublé pour ne pas dire *génétiquement* dédoublé. Il se retrouvait finalement acteur de sa propre vie, donc hypocrite si l'on s'en tient à l'étymologie grecque du mot acteur. Je me demande à quoi pouvait ressembler la conversation entre deux nouveaux chrétiens espagnols faisant connaissance, un *converso* et un morisque, l'un judaïsant en secret et l'autre islamisant en secret. Ils devaient s'y perdre et ne plus savoir distinguer leur intérieur de leur extérieur, leur aspect privé de leur côté public.

Dans une Espagne entre les mains des inquisiteurs, le *converso* était l'ennemi de l'intérieur. Mais s'il avait conservé certains traits de son ancien état, et comment en aurait-il été autrement, il en est un que l'antijudaïsme ordinaire lui concédait bien volontiers et qu'il voyait déjà se manifester chez le converti : l'ambition. Or s'il y a bien un milieu vers lequel elle s'est très tôt exercée avec un certain succès, c'est bien les hautes charges ecclésiastiques. On imagine que cela ne facilitait pas la tâche des inquisiteurs. L'ordre **monastique** de saint Jérôme sous la règle de saint Augustin les **attira** particulièrement ; de fondation récente, il était **plus** ouvert et prosélyte que d'autres. Cela a réussi à **Hernando de Talavera**, descendant de convertis et **homme d'influence** s'il en fut, qui devint le confesseur de la reine, son conseiller politique et archevêque de Grenade, pour ne citer que lui. Il y en eut tant d'autres qu'un scandale éclata en 1485 au monastère hiéronymite de Guadalupe dans la province de Cáceres (Estrémadure) ; à l'issue d'un grand procès, qui révéla entre autres que l'un des religieux du nom de Diego de Marchena n'avait même pas été baptisé, une cinquantaine de personnes dont des moines furent envoyées au bûcher ; en les épiant, on avait remarqué qu'ils s'intéressaient plus que les autres au vieux Testament, qu'ils avaient tendance à se regrouper pour mieux faire face à l'adversité, qu'ils ne manifestaient guère d'intérêt pour le culte des saints et surtout qu'ils gardaient un long silence entre les prières, ce qui leur permettait de prier en hébreu par le murmure à l'insu de tous. Après cela, allez rappeler que Jésus lui-même... Des convertis, il y en eut également par la suite dans les rangs de la Compagnie de Jésus fondée en 1539 jusques et y compris parmi les proches d'Ignace de Loyola, le fondateur. Ils bénéficiaient de sa protection tant qu'il en gardait la maîtrise ; mais dès que celle-ci glissa des mains espagnoles à celles de Rome, le durcissement se fit aux dépens des Jésuites soupçonnés d'être demeurés fidèles à leur foi originelle.

De toute façon, quelle que soit l'étendue de la franchise, fût-elle sincérité d'un instant, on ne se débarrasse pas par décret et par la force, du jour au lendemain, d'habitudes, de coutumes, de rituels et surtout d'une foi hérités et transmis depuis des générations immémoriales. Hernando de Talavera, l'archevêque de Grenade qui avait l'oreille de la reine, était bien placé en sa qualité de descendant de convertis pour en saisir les enjeux profonds. Aussi écrivit-il à leur intention une *Breve doctrina*, sorte de manuel pratique dressant l'inventaire tant théologique, liturgique, culinaire, linguistique que vestimentaire de tout ce que le nouvel arrivant devait connaître et respecter de sa religion d'adoption. Car il était convaincu de la bonne foi de la plupart des nouveaux chrétiens mais conscient des difficultés rencontrées à qui s'ouvre à une nouvelle manière d'être au monde. Il voulait les y aider tant les convertis lui apparaissaient, à raison et dans leur majorité, désireux de s'intégrer et de se fondre dans la société. Encore leur fallait-il vaincre les résistances et les obstacles dressés par les vieux chrétiens.

Quand un certain Benyamin Netanyahou, alors inconnu de l'opinion publique en dehors d'Israël, est devenu Premier ministre, quelques-uns ont souri au sein d'une internationale assez confidentielle : les hispanistes experts en histoire de l'Inquisition du XIV\u{e} au XVI\u{e} siècle. Ce nom leur était très familier. Rien de moins que celui d'un des leurs, Bension Netanyahou, père du politicien. Un grand esprit et un savant à l'érudition sans faille, loué pour l'ampleur, la radicalité et l'originalité de ses interprétations quand bien même seraient-elles contestées par une partie de ses pairs. Il avait ferraillé pendant des années, au mépris des travaux les plus neufs des médiévistes, pour défendre la thèse selon laquelle les convertis étaient pour la plupart des catholiques sincères alors que Yitzhak Baer et Haïm Beinart les tenaient pour des crypto-juifs.

Pendant un temps, l'intégration des nouveaux chrétiens se fit tant bien que mal. Ils parvenaient à vaincre les obstacles jusqu'à ce que l'un, aussi inédit qu'inattendu, se dresse sur leur chemin. Les tribunaux de l'Inquisition en firent une arme contre laquelle tout allait se briser : la *limpieza de sangre* ou pureté de sang. Une machine de guerre d'une redoutable efficacité contre les descendants de convertis. Elle s'attaquait non plus au visible mais à l'invisible de l'Autre honni. Rien de moins que la matrice non du futur antisémitisme d'État à la Maurras mais du pur racisme biologique à la Hitler.

15. Où l'on voit la notion de « pureté de sang » monter à la tête des chasseurs de nouveaux chrétiens et les ravages que cela causa dans le royaume

Un délire de pureté s'était emparé de l'Espagne. Cette volonté d'exclusion, qui se traduisit par un désir d'autarcie et de repli sur soi, fut aussitôt instrumentalisée par une élite soucieuse avant tout de protéger ses intérêts de caste. Il y avait bien eu une alerte de ce côté-là dès 1449 quand Tolède se souleva contre son maire Pedro Sarmiento à cause de l'emprunt royal que devait lever Alonso Cota, un converti. À l'occasion de cette affaire, un statut fut promulgué stipulant que les seuls chrétiens au sang pur étaient ceux dont l'arbre généalogique se trouvait vierge de juifs, de maures, d'hérétiques.

Les suspects, du moins ceux capables de prouver leur pureté sans faillir, en profitaient pour s'intégrer dans l'élite avant de la dominer. Cela devenait une arme. « Pureté de sang » plutôt que « pureté du sang ». Il s'agissait de nettoyer. De rendre propre ce qui est maculé. Dès la fin du XVe et pendant un siècle, outre les Hiéronymites, les Dominicains, les Augustins, les Jésuites et les Franciscains, la plupart des ordres religieux adoptèrent progressivement le statut de pureté de sang. Toute la légitimité du baptême était remise en question car dès lors que le sang du nouveau chrétien était jugé à jamais souillé, aucun sacrement, fût-il le plus important de tous, ne pouvait effacer cette tare héréditaire. Une énormité au regard de la vocation à l'universel à laquelle prétend le christianisme. Il y eut bien des voix discordantes en leur sein mais vite étouffées.

Dans une étude fouillée sur les ordres religieux et la pureté de sang dans l'Espagne moderne, l'historienne Annie Molinié a récemment révélé que l'origine juive des premiers Jésuites, et la nombreuse présence jugée scandaleuse de nouveaux chrétiens dans les rangs de la Compagnie au XVIᵉ siècle, était taboue jusqu'aux années... 1960. Phénomène remarquable, tant les historiographes jésuites que les universitaires laïcs ont tu cette tache originelle. Il fallut attendre un congrès international à Bilbao en 1991 pour que les choses changent avec la communication du père Francisco de Borja Medina sur l'idée qu'Ignace de Loyola se faisait de la pureté de sang ; puis il y eut dans les années 2000 la diffusion d'analyses d'historiens, phénomène culminant avec la publication par Robert Aleksander Maryks d'un dictionnaire des Jésuites d'origine juive et de leur rôle dans les premiers temps de la Compagnie sous le titre assez provocateur *The Jesuit Order as a Synagogue of Jews*.

Ainsi, exclus de la société comme juifs avant 1492, ils le furent également après mais comme chrétiens. Une marginalisation qui souvent préluda à la persécution. Mais si, dans le premier cas, ils avaient au moins la faculté de s'y soustraire en se convertissant, dans le second, ils n'avaient plus d'échappatoire. L'exclusion de nature ontologique que supposait la pureté de sang niait l'idée que le baptême puisse être une seconde naissance.

Pourtant, s'il est un milieu que les convertis avaient réussi à pénétrer, c'est bien celui de la noblesse, y brouillant au passage les repères du conflit entre la noblesse-qui-s'hérite et la noblesse-qui-se-mérite, le primat de l'hérédité sur la vertu, du sang sur l'humanité, de l'ancienneté sur le travail. Réussir à prouver que l'on n'a pas payé d'impôts depuis trois générations au moins témoigne déjà de ce que l'on appartient à la noblesse de sang puisqu'elle bénéficiait d'une exemption fiscale. Comme l'obsession généalogique y était plus puissante qu'ailleurs, il était aisé de prouver que son sang n'était pas si pur, contrairement aux gens du peuple dont les origines étaient souvent mal connues. Un livre scandalisa le roi Felipe II. Il se présentait sous la forme d'un mémoire sur la corruption du sang noble à lui adressé : *El Tizón de la nobleza de España* (1560). Son auteur, le cardinal Francisco de Mendoza y Bobadilla, évêque de Burgos, l'avait écrit en réaction offensée à la décision d'un tribunal de retarder l'admission de son neveu dans un ordre militaire en raison de traces d'impureté de son sang décelées dans sa lignée familiale. Piqué au vif, il démontra que, si c'était vrai dans son cas, cela l'était par conséquent pour l'ensemble de la noblesse castillane car son sang avait été corrompu par un converti du nom de Ruy Capon, administrateur du Trésor auprès de la reine Urraca I de León, et d'une fille aux mœurs légères nommée Isabel Droklin. En examinant de près les croisements et les mariages, l'auteur relevait des traces de sang juif (!) dans les plus illustres familles nommément désignées : les comtes de Benavente, d'Aranda, de Medellín, d'Alcaudete, de Luna, d'Oropesa ; les ducs d'Albe, de Feria, d'Alburquerque, de Medina-Sidonia, de Medinaceli ; les marquis de Villafranca, de La Guardia, de Priego, de Viana, de Gibraleón, de Mondéjar, de Comares, d'Ayamonte, et bien d'autres encore.

16. Comment une légende noire a tapissé l'histoire de l'Espagne de scènes de crime

L'expression *leyenda negra* renvoie en priorité à l'Inquisition. Mais on a tant chargé la barque que cela a fait naître en réaction une légende blanche. Inutile de préciser que l'interminable lutte entre les deux Espagne s'y profile. Du temps du mur de Berlin, François Mauriac prétendait tellement aimer l'Allemagne qu'il se réjouissait qu'il y en eût deux. Deux Allemagne séparées par une même langue. Il en est de même avec l'Espagne sauf que, le mur étant invisible, il est d'autant plus difficile à détruire. Où est ma place entre les deux, moi, simple émigré de retour au pays cinq siècles plus tard ? Cela me fait penser à une histoire juive belge (oui, c'est possible). Le jour de la conscription dans la cour d'une caserne de Bruxelles, un gradé fait sonner le rassemblement. Il s'adresse aux nouvelles recrues : « Les Wallons, un pas sur la gauche ! » Tout un groupe se déplace. « Les Flamands, un pas à droite ! » Tout un groupe se déplace. Restent quatre pékins isolés au milieu, une kippa sur la tête. Ils se concertent, en délèguent un qui s'avance timidement vers le gradé : « Pardon chef, mais... et nous les Belges, on se met où ? » On peut toujours se dire après cela que la Belgique, c'est loin.

Les deux légendes, versions antagonistes d'une même histoire, tournent autour de l'éternel problème que le pays affronte avec l'estime de soi et l'autocritique. À la légende noire d'une Espagne trop catholique, les tenants de l'hispanisme vont opposer une légende nettoyée de ses embarrassantes aspérités, blanchie à la chaux, débarrassée de sa réputation d'obscurantisme. À ceci près qu'un mythe ne chasse pas l'autre, il s'y superpose.

Le partisan de la légende noire est un touriste anglais ou hollandais sur la Costa del Sol qui s'avance vers un indigène attablé à la terrasse d'un café pour lui écraser sa glace trois boules sur la tête en lui lançant : « Et ça, c'est pour l'Inquisition, salauds d'Espagnols ! » Quand l'autre s'indigne sur le mode : « Mais qu'est-ce qui vous prend ? C'était il y a des siècles... », il s'attire cette réponse : « Peut-être mais je viens de l'apprendre ! »

La légende blanche assure que cette réputation exécrable est le fruit de décennies d'intoxication véritablement raciste contre le peuple espagnol. Cela a commencé dans l'Italie du XVIe siècle où il était moqué comme marrane, contaminé et corrompu par le sang juif tant les convertis s'étaient mêlés aux vieux chrétiens ; ce qui ne va pas sans paradoxe car, dans le même temps, sa politique d'expulsion, son intolérance religieuse et ses pratiques inquisitoriales étaient dénoncées par les mêmes. La propagande protestante des pays du Nord a pris le relais au XIXe siècle, Guillaume II d'Orange insistant notamment sur les « vingt millions de morts » causés par l'impérialisme espagnol aux Amériques. En réalité, soutient la légende blanche, les chiffres des dégâts humains provoqués par le Saint-Office ont été largement exagérés ; de plus, la date de la fin officielle de l'Inquisition (1834) ne peut servir de référence car, dans les faits, elle s'était achevée bien avant. Quant à l'expulsion des Juifs, les autres pays avaient précédé l'Espagne sur ce chemin. Et puis quoi, on a tant et tant noirci le tableau à coups de mythes, on a si bien pris soin par ce processus de sataniser les valeurs espagnoles qu'on en a fini par oublier qu'aux XVIe et XVIIe siècles, la persécution s'exerçait dans l'Europe des guerres de Religion et de la Saint-Barthélemy avec une cruauté au moins égale en intensité. Au fond, ceux qui noircissent à dessein l'histoire espagnole la discréditent en projetant sur elle leurs propres fantasmes. Voilà ce que disent les contempteurs de la légende noire qui passent sans effort pour révisionnistes.

Longtemps après, l'affaire paraît toujours indémêlable car s'y profile derrière chaque camp l'une des deux Espagne : la plus conservatrice, en empathie avec les Rois Catholiques, justifie les persécutions par la nécessité d'unifier le royaume dans la perspective de créer un État moderne ; la plus progressiste, en empathie avec les nouveaux chrétiens, défend l'idée que leur difficulté à s'intégrer dans la société ne venait pas de leur attachement secret au judaïsme mais bien de l'hostilité radicale des vieux chrétiens qui faisaient barrage. En fait, les Espagnols ne se contentent pas d'interpréter leur histoire : ils jouissent de la réinterpréter *ad nauseam*. On naît trois fois : là où on a été conçu, là où on a vu le jour et là où nous a saisi un événement qui engage radicalement notre vie. On meurt trois fois : lorsqu'on ferme les yeux à jamais, lorsque plus personne ne se souvient de nous et lorsque notre mémoire est falsifiée.

17. *De la catastrophe*

Alors, comment l'appeler, cette histoire ? Lorsqu'on est séfarade, c'est-à-dire exilé, et que l'on ne se sent pas partie prenante de l'affrontement des imaginaires entre Noirs et Blancs, on sait déjà comment ne pas l'appeler : un holocauste. Car ce qui s'est passé dans l'Espagne de ce temps-là, de même que la destruction des Juifs d'Europe par les nazis, n'a rien d'un sacrifice rituel. Pourtant, ils ont tous l'air d'y tenir, à « holocauste » : une récente enquête a montré que trente pour cent des requêtes pour « Juif » sur le Google espagnol concernaient des sites et des vidéos niant « l'existence de l'Holocauste ». Le film de Claude Lanzmann n'est-il pas arrivé jusqu'en Espagne ? N'ont-ils pas intégré comme en France et ailleurs qu'« Holocauste » était un américanisme abusif popularisé par la série télévisée de la fin des années 1970 ? Le seul point commun avec ce qui se déroula dans le Temple de Salomon à Jérusalem, c'est que l'opération eut lieu par le feu. Mais quelle analogie entre les nazis et les prêtres ! Quand on pense que l'historien britannique Paul Preston, auteur d'une somme sur la guerre civile espagnole considérée comme une guerre d'extermination, a intitulé son livre *The Spanish Holocaust...* Le mot hébreu *shoah* présente l'immense atout sémantique de marquer d'emblée l'absolue singularité du génocide des Juifs. Loin du chœur des déracinés et des dépossédés qui constitue l'universel littéraire de *Séfarad* de Muñoz Molina.

Alors quoi : génocide ? Ce serait anachronique car le terme est né en 1944 sous la plume du juriste américain Raphael Lemkin. Un mot hébreu ? *Guerouch*, qui signifie à la fois « expulsion », « bannissement », « divorce », a le tort de n'embrasser qu'une partie du phénomène. Au fond, rien ne correspond mieux que la « catastrophe ». À ceci près qu'en hébreu elle se dit *shoah*... On n'en sort pas. Car il est hors de question de susciter un parallèle entre les deux événements : l'expulsion de 1492 et la solution finale des années 1940. Même si ces deux dates demeurent les piliers les plus douloureux de la mémoire juive, qui y ont laissé un puissant traumatisme, l'un touchant exclusivement les séfarades, l'autre majoritairement les ashkénazes. Mais le premier est sans commune mesure avec « la » Shoah, celle de la Seconde Guerre mondiale, même s'il eut son lot de massacres, de tortures, de pogroms. Mais rien qui n'indique une volonté d'extermination avec la mise en place d'un système et d'une organisation pour son accomplissement.

La mémoire de « leur » catastrophe s'inscrit chez les séfarades dans la lignée de la sortie d'Égypte et de la destruction du second Temple. Cette communauté de destins fait penser à une observation de Robert Musil dans son *Journal* : « Nous ne nous appartenons jamais aussi intimement qu'au lendemain de la catastrophe. » Elle crée une nouvelle cohésion sociale, elle fait ciment entre les hommes quand elle ne les disperse pas. Après, si l'on en a les ressources, l'énergie, la capacité de résilience, on peut toujours chercher à « étonner la catastrophe », comme nous y enjoignait Victor Hugo, et s'emparer du destin comme dans un corps-à-corps. Tout peuple a connu dans sa culture un moment de transition entre le châtiment divin et le désastre naturel. En France, la notion de catastrophe s'est affranchie de sa dimension religieuse et apocalyptique au XVIIIᵉ siècle avec la dernière épidémie européenne de peste, la destruction de Lisbonne en 1755 et le tremblement de terre de Calabre. En Suisse, des avalanches de pierres ou de neige ont suffi à sceller une communauté de destins entre Helvètes depuis 1806, année de l'éboulement qui fit quelque quatre cents morts dans le village de Goldau (canton de Schwytz). Chez les Juifs, la catastrophe s'ancre sur trois dates de funeste mémoire : 70, 1492, 1942, les deux dernières inversant étrangement les deux chiffres au centre.

Que restera-t-il dans cinq siècles de la mémoire de la Shoah chez les ashkénazes ? Une trace de même nature que le souvenir douloureux de l'Inquisition chez les séfarades ? Même pas sûr qu'il y ait encore des Juifs. Depuis le temps qu'on s'acharne à les faire disparaître d'une manière ou d'une autre, ils vont finir par devenir anachroniques. Seize millions avant la guerre, onze millions après, quatorze aujourd'hui : jusqu'à quand ? Il faut être poète, et au moins Paul Celan, pour parler de « plaie de mémoire ». Jamais le cas ici. Au pays de la Shoah mais pas au pays de la catastrophe. Question de tempérament ou de temps ? De toute façon, le schisme entre ashkénazes et séfarades a d'abord été religieux. Il date du XVIᵉ siècle. À cette époque, deux éminents penseurs s'affrontaient : le premier, le Tolédan Yossef Caro, avait établi dans le *Choulhane Aroukh* (« La Table dressée ») le code régissant en toutes choses la vie juive dans sa quotidienneté (règles, coutumes, etc.) ; le second, le Cracovien Mosche Isserles, contestait dans *Hamappa* (« La Nappe ») que ce code fût tout à fait compatible avec les traditions des Juifs d'Europe centrale et de l'Est. À l'examen, il apparut qu'ils s'opposaient avant tout sur le licite et l'illicite, ce qu'on a le droit de consommer et ce qu'il est interdit de manger. Tout n'était pas d'un bloc : sur la question du consommable, l'ashkénaze se révéla plus rigoureux et le séfarade plus libéral ; mais concernant l'ouverture vers le monde extérieur, c'était l'inverse. La coutume doit-elle primer sur la règle ? En fait, la controverse portait sur un principe fondamental : Caro entendait, dans l'esprit du Talmud de Babylone, qu'une même loi s'applique à l'ensemble des juifs quand Isserles estimait qu'elle devait davantage prendre en compte les particularismes locaux. Ces deux hautes figures parmi les talmudistes les plus réputés ont fait la loi *stricto sensu* puisque c'est bien d'elle qu'il s'agit. J'ignore si le fameux dicton révolutionnaire « Deux juifs, un parti ; trois juifs, deux partis » est issu de cette querelle fondamentale, mais il a dû laisser des traces dans les ADN. Dans leur causticité certainement. Car tout de même, prétendre publiquement mettre la nappe sur une table dressée, c'est cruel.

La couverture d'un livre est son chevau-léger, son ambassadeur, son représentant pour le pire et pour le meilleur. Celle de la première édition de *Séfarad* d'Antonio Muñoz Molina, parue en espagnol en 2001 à Madrid par les soins de la maison Alfaguara, reproduit le portrait peint d'un fugitif des années 1930 qui présente ses papiers d'identité, un homme traqué à chapeau mou dont le manteau est marqué d'une sorte d'étoile jaune. Quant à la couverture de l'édition scientifique, c'est-à-dire annotée, du même livre paru deux ans après, elle est illustrée par une photo sinistre de l'entrée du complexe d'Auschwitz-Birkenau. On n'en connaît pas de guillerettes, mais celle-ci ôte tout espoir. Au dos de ce livre noir dès son abord, il nous est dit que la géographie musicale des différentes voix qui parcourent le roman de Muñoz Molina fait écho au destin tragique des victimes de la terreur totalitaire qui a dominé le xxᵉ siècle. Un temps de ténèbres et de progrès. Le vécu des traumatismes ressuscités par la technique de la fugue. Et comme si cela ne suffisait pas, il est également précisé que le mot « séfarad » est culturellement le symbole universel de la mémoire partagée « de l'Holocauste et de l'exil républicain de 1939 ».

Jusqu'à quand peut-on dire : je me souviens ? La mémoire archaïque a bon dos, mais où se situe la limite ? Une mémoire en millefeuille. Elle est irriguée par les rites et le récit. Eux seuls permettent de la saisir dans tout ce qu'elle a d'insaisissable. Capsali de Crète a recueilli ceux des expulsés d'Espagne ; ils ne disaient pas seulement les heures sombres de la tragédie, les massacres préludant au départ ; ils disaient la douleur de l'exilé, l'arrachement à la terre natale et la conscience que cette expulsion, qui n'était pas la première en Occident, tant s'en faut, était la dernière en ce qu'elle changeait le destin des Juifs, la plus tragique en ce qu'elle touchait Séfarad.

Au vrai, l'expulsion demeura durablement dans les consciences comme un traumatisme. Quelque chose s'était brisé dans cet arrachement à une terre qui n'était pas de passage. À croire qu'au fil des siècles elle avait fini par être l'un des anneaux de la chaîne de la tradition et qu'en être brutalement coupé l'endommageait considérablement. Car si sa terre manque à l'exilé, il n'y a pas que la terre. Son ciel aussi. Un exilé est un déraciné mais à force de dire qu'il se dé-terre, on en oublie qu'il se dé-ciele. Miguel de Unamuno le rappelait dans un poème justement intitulé « Me destierro a la memoria ».

Le plus dur avec l'exil, c'est l'impuissance de l'exilé à en envisager la durée, voire à l'imaginer, quand bien même il aurait la faculté de se projeter. Nul ne sait si cela aussi n'aura qu'un temps, pour reprendre la formule gravée sur l'anneau du roi Salomon. Mais un exil de cinq siècles, n'est-ce pas un peu absurde ?

Dans les années 1960, les Juifs étaient si peu nombreux à Madrid qu'un appartement de la rue Cardenal-Cisneros leur servait de synagogue le vendredi soir. Ils n'étaient même pas séfarades, comme en témoignait leur accent yiddish, selon Abraham Bengio. Ils n'étaient pas non plus rancuniers car au XVe siècle, Francisco Jimenez de Cisneros avait exercé comme Grand Inquisiteur d'Espagne, mais en franciscain du genre modéré à ce qu'on dit.

Saurais-je jamais de quoi étaient faits les rêves et les cauchemars de mes aïeux ? Soyez vous-même, on ne cesse de nous le répéter. Or on n'est jamais plus authentique que lorsqu'on est fidèle à ce que l'on a rêvé de soi. Pedro Almodóvar met quelque chose comme cela dans la bouche d'Agrado, le personnage transgenre de *Tout sur ma mère*. À trop scruter les photos de famille jaunies, cornées d'avoir été si souvent manipulées, on désespère de ne jamais savoir de quoi étaient faits les rêves et les cauchemars des plus anciens de nos aïeux.

Si je t'oublie, ô Séfarad, que ma main gauche se dessèche, la droite étant déjà sérieusement menacée d'un pareil sort par l'oubli de Jérusalem. Que ma langue s'attache à mon palais si je ne me souviens de toi, si je ne fais de Séfarad le principal sujet de ma joie ! Mais que ma famille se rassure et ne s'inquiète pas pour les foudres communautaires qui pourraient s'abattre sur moi, en regard desquelles le bannissement dont Spinoza fut l'objet n'aura été que roupie de sansonnet, tout cela je ne l'ai pas dit ailleurs que dans un rêve, l'un de ces songes éveillés où l'écrivain pris dans les rets de sa mégalomanie se croit si puissant qu'il s'approprie sans vergogne le psaume 137 et, après avoir dégagé du champ le prophète Jérémie à coups de nunchaku, s'attribue la paternité d'un *Super flumina Sefaradis* !

Je me suis mis à écouter Radio Djoha, du moins pour les chansons en ladino et rarement en boucle, rien ne me fera décrocher de France Culture et France Musique, joyaux de l'exception française. Le site esefarad.com figure en bonne place parmi les favoris de ma revue de presse quotidienne, la prière du matin de l'homme moderne, disait Hegel à propos du journal sans imaginer ses arborescences à venir.

En ayant été coupés de leur matrice, la terre nourricière, les séfarades s'appauvrissent. Leur apport au monde s'estompe et s'efface. L'histoire des idées continue à avancer, mais sans eux, alors qu'ils en avaient été de brillants acteurs. La révolution technique, qui affecte les échanges et la circulation des hommes et des marchandises, les a laissés à quai. Ils ont été entraînés dans leur décadence par les autres peuples méditerranéens tandis que les Européens et les ashkénazes prenaient la relève avec d'autres moyens. Seuls le Talmud et ses commentaires infinis profitent de leur génie créateur. Ils ne sont plus les grands médiateurs entre Orient et Occident que l'Espagne chrétienne et al-Andalus avaient fait d'eux dans le mouvement de la pensée.

Au XXe siècle, des séfarades sont revenus par vagues en Espagne : des Turcs et des Saloniciens avant guerre, des réfugiés de toute l'Europe pendant la guerre, des Juifs du Maroc dans les années 1950-1960, des Latino-Américains des années 1970 à nos jours. Il fallut attendre 1931 pour que se tînt le premier mariage juif en terre espagnole depuis l'expulsion. Quatre ans plus tard, l'Espagne célébrait le 800e anniversaire de la naissance de Maïmonide à Cordoue. Mais s'ils sont si peu aujourd'hui, c'est que ces vagues n'étaient au fond que des vaguelettes à l'aune des modernes transhumances.

Cinq siècles ont passé et ils ont continué à parler castillan entre eux, conservé des traditions ancestrales, ils ont gardé la conscience d'une identité spécifique, persisté à prénommer leurs filles Luna, Perla, Mercedes, Alegria. Une étrange cohabitation s'est mise en place chez les séfarades entre le ressentiment vis-à-vis des Rois Catholiques et la nostalgie du paradis perdu. Tant qu'ils en parleront la langue, ils s'entretiendront dans cette illusion. Il faut inquiéter leur histoire, quitte à assombrir ce que ses clartés peuvent avoir d'illusoire. Quel Dante saura jamais décrire les cercles de ce qui fut aussi un enfer ?

Cette histoire ne doit pas rester confinée dans la naphtaline et le miel du souvenir. Il faut la faire vivre, lui rendre son souffle et ses couleurs. Je n'ai pas le culte des larmes, la tragédie n'est pas mon genre de beauté et on me trouve d'ordinaire exagérément optimiste. N'empêche que ce serait bien de renouer avec l'insouciance que l'époque nous a fait perdre. Il y a de cela dans le titre qu'Abraham Bengio a donné à sa préface à un dossier savant sur les identités judéo-converses, il y a de cela car il a osé le faire directement en judéo-espagnol : « *Kuando muncho eskurese es para amaneser.* » Autrement dit : Quand il fait nuit noire, c'est qu'on va vers le jour.

Tous ces fantômes, j'ai parfois l'impression de déranger leur poussière. À cause de Shakespeare, ou celui qui se faisait passer pour lui, et de ce qu'il a fait inscrire sur sa tombe à Stratford-upon-Avon : « Ne dérangez pas ma poussière. » À trop fréquenter les morts on s'accommode d'une vision des choses qui dépasse notre temps de vie – et c'est plutôt bien, non ?

Non.

18. Qui raconte une séance de thérapie de groupe chez les Séfarades Anonymes, fébrile section à l'assaut de l'Espagne éternelle, seul moyen d'en sortir

Un jour, n'y tenant plus, gagné par un malaise diffus, je me suis résolu à rejoindre les SA. Le local des Séfarades Anonymes, situé dans un immeuble prêté par la ville de Paris dans l'avenue Simon-Bolivar (une artère du XIXe arrondissement que je connais bien depuis qu'un mélenchonien de mes amis a poussé le vice jusqu'à habiter là exprès par admiration pour son *líder máximo*), est décoré d'affiches offertes par l'office de tourisme espagnol, vantant exclusivement les villes de la Red de juderías, l'inévitable Tolède mais aussi Oviedo, Hervás, Tudela, Plasencia, Calahorra, moins connues. En lieu et place des habituels couchers de soleil sur des plages de sable fin, des ruelles remises à neuf, des bains rituels redécouverts, des synagogues restaurées.

Le local des SA est sobre. Une grande salle, un coin cuisine où la cafetière semble en ébullition permanente, des petits gâteaux joliment disposés dans des assiettes, et une quinzaine de chaises en arc de cercle. Dans un pan de bibliothèque, toute la collection de *Sefarad*, revue savante espagnole de qualité remarquable. À côté, un panneau de liège constellé de post-it permet d'échanger des adresses. Sur une table basse, des numéros de *Kaminando i Avlando*, d'anciens exemplaires de *Los Muestros, la boz de los Sefardim*, les volumes reliés de *Vidas Largas*.

Il leur faut pousser les murs lorsque les Séfarades Anonymes reçoivent les Ashkénazes Anonymes et qu'un groupe mixte sur Facebook ne suffit plus. Ils y confrontent leurs expériences après avoir lancé la discussion par un rituel et ironique : Alors, comment ça va mal ? mais, d'après mes informations, ces rencontres amicales sont devenues assez rares car elles tournent vite à l'aigre bien que les deux soient des filiales de TSF (Traumatisés sans frontières), une organisation non gouvernementale. Ils sont pourtant cousins, mais c'est ainsi. On dit que cela relève sûrement d'un atavisme familial.

Quelqu'un, un intellectuel certainement, dit avoir étudié les textes des chroniqueurs de l'époque, surtout ceux qui ont échoué dans l'Empire ottoman. Manifestement, ils en voulaient à l'Éternel pour le sale coup de l'expulsion d'Espagne. Je n'aurais pas aimé être à Sa place s'ils L'avaient croisé dans la rue.

« Cela reflète bien la détresse morale, la grave crise psychologique, le traumatisme nés de la ruine des familles et de la disparition des descendants. Quelque chose comme le sentiment d'un anéantissement à la fois individuel, familial et national. Ils apparaissent comme terriblement angoissés à la perspective de l'éclatement de leurs familles et de la disparition de leurs descendants. C'est aussi cette angoisse existentielle-là qu'ils nous ont léguée en héritage. Ils se sont sentis maudits, et ce châtiment était sans appel. »

Vient mon tour. Ce que j'aimerais dire est inaudible. L'histoire des Juifs est pleine de disparus, de revenants, de survivants, et tout cela fait d'excellents fantômes. Cela doit-il être ? Cela est. On ne demande pas à un individu de porter le deuil de tout un peuple, d'autant que certains s'en chargent avec zèle sans que nul ne les en prie. Le vrai tombeau des morts est le cœur des vivants, c'est de Tacite qui n'était pourtant pas séfarade. Voilà ce que j'aimerais dire mais ce n'est pas le jour ni le lieu.

La bouche pâteuse, un accès d'hypoglycémie, des élans d'amnésie m'empêchent d'articuler un discours cohérent. Soudain un violent mal de tête. Comme un séisme intérieur. Quelque chose d'intolérable mais si inédit qu'on ne sait comment le juger. Trois lettres suffisent pourtant : AVC. Surtout se précipiter car chaque minute qui passe, ce sont deux millions de neurones détruits. Mais non, ce n'est pas cela, pas encore mon heure.

Les regards se figent ostensiblement sur moi, silencieux, pour me pousser sans me presser à partager mon expérience douloureuse. Sans quoi je me trouverais dans la situation du client de boîte à partouze qui reste au bar tout habillé à regarder les autres s'envoyer en l'air. Je me résous donc à raconter un cauchemar récurrent : obsédé par mes lectures et mes rencontres, mon emploi du temps cannibalisé par la constitution de mon dossier pour la nationalité conçue comme une activité monomaniaque, je me rendais à Santillana del Mar, près de Santander en Cantabrie, dans la grotte ornée d'Altamira, à seule fin d'y traquer le son de la flûte dans un os d'aurochs, d'en capter l'écho et la résonance entre le bison recroquevillé, la grande biche et le cheval ocre de ses parois, au cas où des mélodies hébraïques protoséfarades s'en seraient échappées, ce qui aurait été une preuve supplémentaire, ô combien inédite, de la présence antique de mes vieux cousins dans la péninsule Ibérique. Le plus souvent, le réveil est douloureux, ce qui rend pénible le reste de la journée.

Je les observe d'un regard panoramique. Leur moue

muette en dit aussi long que l'expression des bovins pariétaux. Mais ils paraissent sensibles au ramage de mes rêves. L'un d'eux, qui a une tête de psychanalyste, à supposer que la tête de l'emploi existe bien dans cette corporation, se tourne et se penche vers moi comme s'il voulait supprimer un divan invisible :

« Attention à l'émotion avec ces choses-là. L'âge nous rend plus fragiles et l'émotion finit par l'emporter, surtout si elle est désincarnée. Ça peut être si douloureux que l'on en devient malade d'émotion. »

Une autre, après s'être racontée jusqu'au malaise, comme il est d'usage dans ce type de réunion, donne un arrière-plan plus scientifique au phénomène, ce qui trahit certainement sa profession, allez savoir. Elle parle de la transmission des traumatismes, passionnant sujet. Je n'ose pas la contredire ni même évoquer la conférence d'une brillante neurogénéticienne de Zurich à laquelle j'ai assisté. Dans mes notes, mécanismes épigénétiques, sperme de souris, cellules germinales, susceptibilités génétiques, brisures d'ADN se bousculaient ; elle jonglait avec tout ça pour conclure, mais avec prudence, sur le désespoir comportemental chez les souris traumatisées sur quatre ou cinq générations, mais rien sur les ashkénazes, alors vous pensez, les séfarades. Rien à en tirer pour nous.

La réunion *stricto sensu* va s'achever, mais pas le déballage des intimités si l'on en juge par les apartés. À croire qu'ils ont du mal à se séparer. L'une des participantes se penche à mon oreille :

« Alors vous aussi, le passeport comme idée fixe ? »

La Pinto du consulat ! Celle avec qui j'avais bavardé

devant la machine à café. « Chuuut ! » fait-elle aussitôt en posant le doigt à la verticale sur ses lèvres, façon de rappeler l'anonymat de règle dans ce genre de réunion.

« Je vous reconnais, vous étiez dans la salle d'attente, vous êtes celui qui raconte toujours des histoires d'écrivains.

— Toujours, n'exagérons rien...

— Enfin, vous en citez tout le temps. Ça va mieux depuis l'autre jour ? »

Au ton compassionnel de cette jeune femme, après qu'elle eut elle-même raconté comment un notaire madrilène l'avait traumatisée par ses questions, je comprends que, pour la majorité d'entre nous, nous constituons en quelque sorte une annexe clandestine du consulat général d'Espagne. Un brusque frisson de soulagement me traverse, comme si une étreinte invisible qui menaçait de devenir un étau se desserrait soudain, et que le fardeau soit partagé par d'autres épaules que les miennes. Il y a de tout parmi eux, des nostalgiques pathologiques, des messianiques douloureux, des maniacohispanistes, des allumés folkloristes, des séfardodépressifs, mais les sectateurs du symbolique constituent la majorité. Leur combat n'en est que plus beau sauf lorsqu'il monte à la tête.

« Le problème, c'est que les Juifs ont eu trop d'histoire et pas assez de géographie, tranche l'un d'eux non sans arrogance, à la tête de vichyste émérite ou plutôt de franquiste attardé, sûr de son petit effet et sans crainte de s'approprier un mot fameux.

— Ça dépend comment vous l'entendez.

— Quoi ?

— Histoire : avec ou sans "H" capital ? Avec ou sans

"s" à la fin ? Le lire ôte toute ambiguïté, ce qu'avait bien écrit Isaac Babel, n'est-il pas ? »

Désarçonné, rouge comme s'il avait été pris les doigts dans le pot de confiture, ce qui devrait être la réaction naturelle de tout plagiaire, il regarde sa voisine, fait mine de s'intéresser au papier qu'elle tient entre les mains. J'insiste en haussant le ton :

« N'est-il pas ? »

Il acquiesce enfin, assez effrayé par l'énergumène que je lui parais être. Puisque j'ai la parole, et qu'elle semble tétanisante, je la garde et, sans rien avoir préparé auparavant, sans même l'avoir mûri, je m'adresse à eux comme un médecin à ses malades, décalant légèrement ma chaise par rapport à la parfaite régularité du cercle :

« Si vous voulez que ça s'arrange, pour *vous* et pour *votre* cas personnel, apprenez donc à renoncer, à sacrifier un peu de votre passé. Qu'il ait été néfaste ou merveilleux, ne lui accordez pas une importance excessive. Sinon, quand la mémoire est trop dense, elle en devient intense à l'excès, et regardez tous ces ashkénazes, les malheureux, dans quel état ils sont encore à la deuxième génération. Je ne vous dis pas de lâcher tout votre passé, ce serait impossible, et de toute façon préjudiciable car il vous a faits tels que vous êtes et la déchirure serait insupportable. Juste délestez-vous-en un peu et vous verrez, ça ira mieux. »

Contrairement à toute attente, ma tirade détend l'atmosphère, un peu trop paranoïaque à mon goût. Certains sont si dostoïevskiens, ils ont tant l'habitude de convoquer le Mal en toutes choses et toutes circonstances, qu'il leur arrive de croire que la bonne conscience elle-même est une invention du démon. Pour ceux qui s'en sortent, cela ne facilite pas la convalescence.

Pour la première fois depuis que ce cercle existe, la soirée se poursuit au Dynamo, un bistro sans prétention tout à côté. L'homme installé sur la banquette à ma gauche semble un peu nerveux, agité même, le regard si vindicatif qu'il s'impose comme un reproche à sa mère de l'avoir mis au monde. Son comportement m'intrigue :

« Et vous, on vous traite pour quoi ?

— Mon psy m'a diagnostiqué ibérodépendant. Je peux vous assurer que ce n'est pas agréable à vivre. J'ai tout le temps besoin d'aller en Espagne. Or tant que je n'ai pas ce fichu passeport, j'y suis reçu en étranger et, voyez-vous, ça offusque ma qualité de séfarade. »

Et d'attaquer à pleines dents le croque-monsieur à la béchamel qu'un garçon vient de lui apporter. Ma mine dégoûtée n'a pas dû lui échapper.

« Un problème ?

— Avec ça, oui. Dans le cochon, rien n'est bon. »

Il s'arrête de mastiquer, les mandibules en suspens, le regard stupéfait tourné vers moi. À cet instant, je crois pouvoir l'achever en lui disant que dans les abattoirs, en effet, on récupère tout dans le cochon, après les coups de claquette, le gazage au CO_2, le saignement, tout sauf ses grognements, ses couinements, son cri enfin, son inoubliable cri d'effroi, le hurlement quasi humain du plus intelligent des animaux avec le chimpanzé, mais le dégoût lui viendrait aussitôt, plus encore que par l'évocation des parasites, des risques de trichinose, sans parler de toute la merde qu'il aura engloutie au cours de son

existence, la victoire serait trop facile, alors que l'insupportable cri de la fin, mais non, restons sobre.

« Plutôt crever de faim. Ce n'est pas négociable.

— Alors vous allez souffrir là-bas, je vous le dis. »

19. *Où le candidat à la nationalité renonce à son projet après avoir été frappé par une arrogante*

Le lendemain, pour le 14 Juillet, je dîne chez un couple
d'amis chiliens dans le Marais. Murs de livres, colonnes
de disques, poutres apparentes, tommettes dans la cuisine. Une ambiance. Tout le monde parle espagnol. Le
vin aidant, ils s'expriment de plus en plus vite, de plus
en plus fort, de plus en plus mal, à l'exception de nos
hôtes dont la langue me paraît d'une clarté remarquable
en regard. Trop vite pour moi, d'autant que l'argot
m'échappe, pour ne rien dire des clins d'œil, des jeux
de mots, des plaisanteries : la lecture quotidienne des
journaux de là-bas ne suffit pas ; pour être au fait, il me
faudrait surtout regarder les chaînes de télévision, suivre
leurs journaux télévisés, m'intéresser à leurs potins,
leurs people, exercice vain que je ne peux m'imposer
en Espagne dans la mesure où je me l'épargne déjà en
France. Me sentant exclu, Eduardo, qui m'a fortement
engagé à venir ce soir, fait en sorte que la conversation dévie sur mon projet. Difficile de ne pas satisfaire
la curiosité de la tablée, d'autant que la plupart sont
espagnols, certains parisiens de longue date, d'autres de
passage. Alors je raconte, un peu. À leur mine amusée, à
leurs réflexions ironiques, je vois bien qu'ils me prennent

pour un excentrique, un doux allumé, l'un des innombrables bâtards du *Quijote* et de l'hispanité. Pas de quoi en prendre ombrage, au contraire. Mais l'attitude de l'une des convives m'intrigue par la distance qu'elle impose. Elle m'est inconnue, cette femme d'une quarantaine d'années, célibataire peut-être divorcée, élancée, énergique, harmonieusement proportionnée, dont les prises de parole depuis le début de la soirée manifestent un certain répondant. J'ai cru comprendre qu'elle était conseil en stratégie pour des entreprises étrangères cherchant à s'implanter en France, ou quelque chose de ce goût-là. Comme mes amis l'appellent Rosita, j'en déduis qu'elle est latino-américaine, ce qui est absurde à la réflexion, bien que son français soit remarquable et qu'elle n'ait pas une trace d'accent. Son sourire sait être aussi charmant que carnassier, tout dépend de la circonstance. Il invite à la méfiance. Depuis que l'on m'a pressé de raconter mes aventures, elle se tient coite, sans commentaire. Jusqu'à ce qu'Eduardo, notre hôte, l'engage à parler :

« Alors Rosita, tu ne dis rien de cette histoire assez loufoque ? »

Pour toute réponse, elle se contente d'esquisser une moue dont on aurait du mal à déterminer la signification. Un blanc s'installe dans la conversation que je crois opportun de briser :

« Pourquoi, vous êtes concernée ?

— Rosita ? C'est une chambre de commerce franco-espagnole à elle seule ! Aussi à l'aise ici que là-bas. D'ailleurs elle est les deux. »

Ma curiosité onomastique reprend le dessus :

« Mais vous vous appelez comment ?

— Rosita de la Cruz. Mais ne vous y fiez pas. Je suis d'une famille de marranes de Lucena, c'est dans la province de Cordoue, des gens devenus parfaitement catholiques au fil du temps, si catholiques que mon grand-père en était antisémite, imaginez-vous.

— Et toi ? lui demande son voisin dans un sourire amusé.

— Moi, j'ai dû me convertir au judaïsme pour redevenir ce que nous n'aurions jamais dû cessé d'être. C'est compliqué tout ça…, fait-elle dans un soupir avant de laisser son masque se durcir, son verbe devenir soudain coupant.

— Savez-vous que les séfarades…

— Mais ça n'existe pas, les séfarades ! tranche-t-elle froidement. Ou alors c'est une minuscule élite. Les vrais Juifs espagnols, nous ne sommes qu'une poignée là-bas. Ceux qui nous ont rejoints, les Argentins et les autres, sont des gens de la diaspora mais ils n'ont rien à voir avec l'Espagne. »

Certains autour de la table commencent à s'agiter. Ils se manifestent par des mouvements, des apartés, des murmures. Seul Eduardo relève le gant :

« Mais alors, Rosita chérie, notre ami Pierre, il est quoi au juste ?

— Les Juifs du Maroc, ceux du Maghreb, n'ont rien de séfarade, ils sont, disons…

— Ils sont… ? insiste Eduardo.

— Comme des Arabes. »

Et au ton qui est le sien, on comprend alors sans détour que, dans sa bouche, ce n'est pas un compliment.

Cette fois, elle s'emploie elle-même à briser le silence qui suit son jugement sans appel, mais ce n'est pas pour dissiper la gêne ambiante, ni pour atténuer l'embarras de nos hôtes. Relevant de son front une mèche de cheveux rebelle, le dos plus droit que jamais collé au dossier de sa chaise, la bouche en cul-de-poule, la sécheresse faite femme, elle me donne le coup de grâce quand la charité eût commandé le coup de pouce :

« J'ai bien vu tout à l'heure que vous étiez largué par notre conversation. Vous ne connaissez pas assez la langue, l'esprit, ni les codes, vous ne les aurez jamais. Vous pouvez lire tous les livres que vous voulez, ça ne suffira pas. Un passeport ne prouve rien. Vous ne serez jamais espagnol, c'est ainsi. »

Alors tous embrayent, créant un brouhaha qui m'évite de répondre. Ce qui tombe bien car rien ne pourrait sortir de ma gorge. Pas le moindre son. Sa sortie me cloue sur ma chaise et me mure dans mon impuissance. Un mot suffirait pourtant : « symbolique ! ». Bloqué lui aussi. Mais pour qui se prend-elle, la Rosita ? Quand je pense qu'elle porte la croix dans son nom et qu'elle se permet de me faire la leçon... Un comble !

Sonné, je ne tarde pas à rentrer chez moi à pied, dans l'espoir d'être caressé par la brise d'été sur les quais de Seine. Tout abandonner ? Depuis tout à l'heure, ça me taraude. Une heure plus tard, après avoir ruminé son laïus, je commence à me persuader de la justesse de ses propos. Non pas sur les Juifs arabes, c'est secondaire, partiellement exact, et cela n'a rien d'infamant. C'est de ma capacité à maîtriser la langue et la culture qu'il s'agit. Mes lacunes, mes insuffisances, mon niveau. Malgré tous mes efforts, la montagne est trop haute à gravir et je n'ai plus tout à fait l'âge. J'aimerais pouvoir dire un jour, comme le poète portugais Virgil Ferreira, que depuis ma langue on voit la mer.

C'est ce soir-là, je m'en souviens, et comment pourrais-je l'oublier, alors que le journal de la nuit montrait des images de l'impensable, un poids lourd fonçant délibérément dans la foule du 14 Juillet sur la Promenade des Anglais, à Nice, que j'ai décidé de renoncer à la folie de mon projet.

DÉAMBULATIONS ESPAGNOLES

Mon découragement n'aura duré qu'une nuit. La cruauté de cette Rosita, car sa sortie était de cet ordre, avec ce qu'il faut de perversité eu égard à mon supplice public, loin de m'abattre, renforce ma détermination comme jamais. C'est ainsi : passé le temps bref de la souffrance, l'épreuve me stimule durablement. Seul un périple *in situ* me permettra de réintégrer la personnalité de mes aïeux.

J'irai et je vaincrai.

Longtemps je me suis fait une certaine idée de l'Espagne – et après tout, pourquoi pas moi, aussi. Depuis mon enfance, elle ne m'a jamais quitté. Je n'ai pas cessé d'y aller, le regard changeant, solidaire de tous mes âges ; à une certaine époque même, je m'y rendais dans l'esprit d'une reddition. Mais cette fois, il en va autrement : il s'agit de repérer mon pays à venir comme on effectue des repérages pour un film. Non un voyage à la Morand, ce rêve de bon projectile, vraiment pas. Partir plutôt comme Quijote : partir d'ici, tel est mon but, dans un élan qui ne serait pas une fuite. Partir dans l'esprit d'un promeneur atteint du syndrome de l'autre rive. Partir à la recherche de ce pays et de ses habitants, redécouvrir sa beauté longtemps éclipsée par celle de l'Italie et par la chape de plomb de la dictature.

Le monde en miettes de la diaspora ne peut décemment être raconté qu'en brisant la ligne et en mettant l'épopée en morceaux. Tout en lui appelle la tresse de fragments, l'émeute de souvenirs. Pas de ligne droite en histoire dès lors que l'on s'installe dans la longue durée. Ce n'est que tours, détours et retours.

20. Où l'on voit un séfarade anonyme et plus tout jeune rejoindre les bancs de l'école à l'Instituto Cervantes de Paris pour réapprendre l'espagnol

D'abord se réinstaller dans la langue. M'y sentir à l'aise, non en terrain conquis mais comme à la maison. L'Instituto Cervantes, à deux pas des Champs-Élysées, est là pour ça, de même que les Instituts français et les Alliances françaises à l'étranger, mais où est l'étranger désormais pour moi, je me le demande. Le choix du Cervantes s'est imposé naturellement en souvenir d'une conversation avec son directeur, le poète et critique Juan Manuel Bonet, à la cantine de l'abbaye d'Ardenne ; notre amitié s'est nouée là, alors qu'il faisait des recherches pour une exposition de photos de Gisèle Freund et que je préparais un documentaire sur Marguerite Duras. « Venez nous voir ! Il se passe toujours quelque chose chez nous, des conférences, des rencontres, des projections… », m'avait-il lancé avant de rentrer à Paris. Je n'en doutais pas eu égard à son dynamisme et sa volubilité, et j'ai suivi son conseil, mais je ne pensais pas que j'y retournerais pour y réintégrer la langue de mes aïeux.

Ce jour-là à l'Instituto, nous sommes une dizaine de tous âges et de toutes conditions venus d'horizons très divers. Tous ont l'examen final en tête mais chacun a ses raisons, celles de Françoise ne sont pas celles d'Arlette ou de Caroline, et celles de Patrick, à l'accent si bostonien, ne sont pas celles de Bernard, qui sait mieux que tous les tours et détours du versant colombien de la langue. Face à moi, dans la salle du vendredi matin, un beau portrait du jeune Juan Rulfo, assis rêveur sur la balustrade, pendant une pause au Centre des écrivains mexicains ; la légende précise que le cliché a été pris avec son propre appareil ; pour moi, l'image est avant tout là comme une piqûre de rappel pour dire que l'espagnol n'est pas du ressort exclusif des Espagnols. On se présente. Je m'appelle Pierre. Je suis là... Leur dirai-je ? Je suis là par amour de la langue, de la littérature, de la poésie, de la culture espagnoles, et j'ai bien l'intention, à la fin de ce semestre, de lire *Don Quichotte* et Juan Rulfo dans le texte.

« Voilà un but bien clair ! » clame Laura, notre professeur, dans un grand éclat de rire, elle qui sait parfaitement les raisons de ma présence ici et qui ne s'étonnera pas si, entre d'infinies et inépuisables explications sur ce qui distingue « être » de « être » et le *ser* de l'*estar*, j'arrive à glisser une demande d'éclaircissement sur la nuance, pardon, le fossé, qui sépare le « revenir » de *retornar*, si solennel et définitif, du « revenir » de *volver*, plus commun dans l'idée du va-et-vient et de la répétition – mais il ne me déplaît pas, justement, que mon propre retour ne se pousse pas du col.

De même qu'il y a des romans sans fiction, il y a des road-movies sans film. Ô lecteur inoccupé, pourquoi ce roman a-t-il jugé indispensable de prendre la route ? Probablement un tropisme de l'auteur incapable de ne pas aller sur place à la rencontre impromptue des gens, des lieux, des cafés, des maisons, des parfums, des odeurs, des couleurs, du hasard, de la qualité de l'air. De l'esprit du temps ici à la différence de là. De la rosée du matin lorsqu'elle se manifeste sur la feuille recroquevillée à la branche. De la nuit qui se masse aux fenêtres. D'un arbre et de tout ce qui se passe quelque part lorsque la vie n'en fait qu'à sa tête. Des détails ? Mais c'est justement là que l'on peut retrouver le cristal de l'événement total. Toutes choses qui me feront toujours boucler mon sac et partir dès que l'appel se manifeste, plutôt que m'en remettre à Google Earth, qui permet de s'y rendre aussi mais en passant à côté de l'essentiel.

Je voyage léger. Pas du genre à mettre du papier de soie entre deux vêtements, jusqu'au moindre caleçon, afin qu'ils ne se froissent pas, ainsi que le faisait la femme de chambre d'un décaduc proustien. Alors partir à pied, à vélo, en bus, en métro, en chemin de fer. Le train surtout. On y noue plus facilement la conversation. Certaines gares sont de toute beauté même si elles n'empruntent pas à la grandeur des cathédrales comme en Amérique. Elles permettent néanmoins de vérifier la vérité internationale du principe de Vialatte selon lequel un buffet de gare est un endroit où l'on sert à des gens qui passent des repas qui ne passent pas. La stricte beauté des locomotives : quel titre sensationnel cela ferait !

Les noms de villes ont leur magie qui, au-delà même de leur puissance d'évocation, tient à leur sonorité. Ainsi ai-je toujours été fasciné par la mention dans des textes savants de l'Académie de Poumbedita, ancienne ville de Babylonie fameuse pour ses génies du Talmud, que l'on situe quelque part dans les environs de Falloujah (Irak), je ne suis pas pressé d'aller vérifier sur place, le seul énoncé du nom suffit à mon enchantement tant il est charmant et comique, et je suis tout prêt à imaginer Poumbedita comme une ville compacte, lisse, mauve et douce, tel le narrateur proustien qui rêvait de se rendre à Parme après avoir lu la *Chartreuse*.

Les noms propres me passionnent, dans le réel comme dans la fiction, la rencontre des deux univers constituant la vraie vie. Tout autant les noms de personnages dans les romans car leur choix n'est jamais anodin, on en a écrit des thèses sur la question. Si un jour je rencontre Fred Vargas, je ne lui parlerai pas de polar mais de noms car elle en est pareillement obsédée, tout comme Patrick Modiano dont chaque roman semble partir de la vue d'un prénom et d'un nom, il n'y a pas que Dora Bruder. Je pourrais passer des journées entières non dans les arbres mais dans les archives, ce qui revient au même surtout lorsqu'elles ont de la branche, celles de l'Inquisition en Castille ou en Andalousie, à lire des registres de noms et prénoms face à celui de la ville de résidence. Sans plus car cela suffit à faire rêver. À chaque ligne une histoire.

Je n'allais tout de même pas chevaucher à travers l'Espagne en me laissant guider par la seule sonorité des noms de villes. Il me fallait un plan, mais assez souple pour s'adapter aux aléas du voyage par monts et par vaux. J'ai consulté des Espagnols de Paris, José et José, Philippe et Michel ; j'en ai parlé à Laura et à Maria, sans oublier Juan Manuel ; j'ai demandé à Alfonso et à d'autres encore. Ce fut sportif. Chacun défendait ses couleurs. Sa région, sa ville, son village, son coin de terre. Il y en eut même un qui se découvrit patriote de son immeuble mais là, j'ai décroché.

Nous étions en juillet 2016. Cela faisait huit mois que Felipe VI avait prononcé son discours historique pour nous dire, à nous, séfarades, que nous lui avions manqué, à lui le royaume d'Espagne. J'ai étalé une grande carte très détaillée sur la table de la salle à manger et j'ai bousculé les villes en me promettant d'aller et venir pendant un an. Inutile de planter des drapeaux. Au cours de mes révisions de candidat angoissé à l'examen de culture générale espagnole, je l'avais bien mémorisée. Ma conviction était faite, restait à l'ordonner : Salamanque pour y vérifier une absence et une présence, Cordoue pour saluer la statue de Maïmonide, Grenade en sa légende noire, Zamora pour son couvent scandaleux, Tolède à cause de la polémique autour de l'église Santa María la Blanca, et puis de nouveau Salamanque en souvenir de Miguel de Unamuno à qui je dois tant, j'irais prier à la synagogue de Madrid cela va sans dire, j'aimerais aussi vérifier quelque chose sur les Guzmán dans la basilique Sanlúcar de Barrameda, et la région d'Almería, décor de mes films de chevet, sans oublier des villages comme Castrillo Mota de Judíos, ce qui reste de la *judería* de Valladolid et de l'esprit de Thérèse à Ávila, et les îles aussi, les Baléares pour le sort honteux fait aux *chuetas*, et les Canaries pour voir si des séfarades sont revenus dans l'archipel si loin de tout, en commençant par Séville parce que c'est là que tout a commencé et en finissant par l'Espagne vide, abandonnée, en ses ruines et son silence.

Rarement une feuille de route aura été aussi floue et son pérégrin aussi déterminé.

21. De l'importance de Goya et des conséquences inattendues de son spectre dans cette épopée

En fait, mon retour en Espagne commence cette fois à Versailles sous le soleil. Comme un avant-goût. Je dois prononcer une conférence à la bibliothèque municipale, logée dans ce qui fut le ministère des Affaires étrangères et de la Marine du temps de Louis XV, au fond d'une impressionnante galerie où Choiseul avait son bureau. À l'issue de la rencontre avec les lecteurs, le maître des lieux Vincent Haegele évoque les trésors dont il a la garde, livres, manuscrits, correspondances et autres, et me propose une visite privée.

« Qu'est-ce qui vous ferait plaisir ?

— J'ai vu en arrivant que l'une des salles s'appelle "Le cabinet des limites". Quel nom magnifique !

— Vous risquez d'être déçu mais pourquoi pas. »

En effet : une petite pièce poussiéreuse où trône un vieil escalier branlant destiné avant tout à permettre l'observation de près des cartes géographiques suspendues aux murs. Les limites, l'autre nom des frontières...

« Rien d'autre n'excite votre curiosité ? De quoi traite votre prochain livre si ce n'est pas indiscret ?

— L'Espagne.

— Dans ce cas, nous avons quelque chose de si précieux que c'est à l'abri de tous les regards. »

En faisant jouer plusieurs clés de son épais trousseau, le jeune chartiste me fait passer par des réserves donnant sur d'autres réserves avant d'accéder à la salle du coffre. Derrière une banale porte d'époque s'ouvre l'imposant Fichet, un peu antique lui aussi, si grand que je pourrais m'y engouffrer au garde-à-vous. Il en sort une boîte patinée couleur fumée-de-Londres, variante du nuancier que l'on trouve parfois sous la plume de Paul Morand ; puis, avec d'infinies délicatesses lors de l'ouverture des fermoirs de cuivre un peu fatigués, en extrait un volume magnifiquement relié sur la couverture en basane verte marbrée duquel on peut lire d'une écriture manuelle comme gravée sur la pièce de titre en maroquin rouge : « *Caprichos de Goya* ». Quatre-vingts feuillets chiffrés des *Caprices*, par lui légendés (« Elles prononcent le oui et tendent la main au premier qui se présente », « Qui se ressemble s'assemble »…), la série complète des gravures à l'eau-forte mélangée d'aquatinte avant le biseautage des cuivres. Rien de moins que l'édition de 1799. Elle s'ouvre sur un autoportrait en demi-profil de l'artiste en frontispice. Quel regard ! Si pénétrant et si ironique que le satiriste, comme réjoui du cruel effet de ses scènes les plus grotesques, semble s'adresser à moi et à moi seul, lové au creux des collections héritées du château tout près, dans le silence de la nuit versaillaise.

Goya m'accompagne secrètement depuis mon enfance. Notre histoire commence à la fin des années 1950 dans Madrid écrasée par la chaleur de l'été. Après avoir visité un musée, nous échouons tous les quatre, mes parents, mon frère et moi, à la terrasse d'un café pour savourer une glace, ou plutôt s'en rafraîchir. Passe un marchand d'oiseaux. Quel bagout ! Mon père se laissant entamer par notre supplication muette, encouragé à la faiblesse par ma mère, cédant au fond sans résistance, mais vous vous en occuperez, c'est promis ? Notre choix se fixe sur un canari jaune de petite taille. Il est aussitôt adopté. Ne reste plus qu'à le baptiser. Différents noms sont tentés, en vain. Jusqu'à ce que mon père se retourne et s'avise du nom du café : Bar Goya. Non, tout de même, dit-il, ce serait trop. Il se lève et va jusqu'à l'angle de la rue avec la calle de Lagasca pour lire la plaque : « Calle Goya ». C'est un complot de signes. Va pour Goya !

Chez nous à Casablanca, ce passereau ne fut pas seulement notre ami. C'était un membre de la famille. Mon frère le sortait volontiers de sa cage lorsque nous faisions nos devoirs côte à côte dans la chambre. Alors l'oiseau se posait sur son épaule et attendait sagement que nous ayons fini. Un soir, alors que je l'observais en suçotant mon porte-plume, je le vis pour une fois abandonner l'épaule si fraternelle, se diriger d'un pas décidé vers le rebord de notre bureau, se retourner pour nous lancer un regard plein de désarroi, puis sauter la tête la première sans battre des ailes et s'écraser au sol. Sans mobile apparent. Le mal du pays, l'éloignement des siens, un épisode dépressif, qui sait. Nos parents aussitôt alertés par nos cris n'en revenaient pas. La vue du cadavre les pétrifiait.

« Mais qu'est-ce qui s'est passé ?

— Goya s'est suicidé. »

Pour la première fois, je voyais la mort en face. Cela a dû être un choc puisque cinquante-cinq ans après, je m'en souviens parfaitement. Quelques années plus tard, saisi par les passions croisées de la musique et de la peinture, son univers m'a envahi et je n'en suis jamais sorti. Pas une visite à Madrid qui ne soit ponctuée par une halte à l'étage des Goya du Prado, salle 64. Surtout pour deux tableaux chers à mon cœur en dépit des altérations qu'un restaurateur y a apportées dans les années 1870 à la demande de leur propriétaire, le baron d'Erlanger.

Duelo a garrotazos, où l'on voit deux hommes s'affronter violemment dans un paysage désolé sous un ciel si plombé malgré deux effractions de bleu que l'on croirait le tableau peint en noir et blanc, me ramène immanquablement à Cartier-Bresson. Pas seulement pour l'impression de noir et blanc. Au cours d'un voyage à Budapest, il m'avait soudainement traîné dans la salle espagnole du musée des Beaux-Arts pour contempler une autre version en tout point semblable, assez douteuse en fait, de la même scène signée Goya, mais dans un plus petit format. Les duels étaient permis en Aragon et en Catalogne. On ignore pourquoi ces deux-là s'en voulaient à mort, ce qui n'a d'ailleurs guère d'importance, sauf s'il s'agit de deux Catalans pas vraiment d'accord entre eux. Il était intarissable sur cette œuvre qu'il jugeait d'une puissance indicible. C'est à pleurer, répétait-il en brandissant sa canne siège, comme s'il voulait justifier et excuser ses larmes qui ne tardèrent pas à couler. Peut-être y voyait-il une terrible prescience de la guerre civile espagnole.

Dans cette même salle du musée du Prado, juste à côté des duellistes, on peut voir *Perro semihundido* (1820), l'un des Goya les plus émouvants et les plus énigmatiques qui soient, l'un des rares qui me bouleversent : juste une courbe vers le bas, séparant deux zones de couleur vierges de tout signe, et, à mi-chemin, la tête d'un chien qui dépasse ; son mouvement indique qu'il monte ; les yeux sont levés vers le ciel ; quelque chose dans ce que l'on croit deviner dans le regard, le chanfrein, les lèvres, ou peut-être leur réunion, trahit le désarroi, le désespoir, la peine ; il semble se débattre inexorablement dans des sables mouvants. Le titre a changé plusieurs fois, suggérant soit que l'animal s'enfonçait dans la terre meuble, soit qu'il luttait contre le courant. Qu'importe au fond puisque chacun y mettra non ce qu'il y voit mais la somme secrète de ses angoisses. C'est bête mais chaque fois que les mots me manquent pour dire la solitude de l'homme, c'est à ce chien que je pense, si esseulé, si triste, et dont la couleur domine le tableau d'un éclat sombre. La plus noire de ses peintures noires, œuvre d'une rare puissance émotionnelle, est saturée de jaune virant à l'ocre. La couleur d'un canari. Notre Goya.

22. Où l'on voit que mes quatre amis espagnols de Paris m'ont marqué

Des tableaux de Goya, il y en a ailleurs à Madrid. À l'Academia San Fernando par exemple qui en possède treize. Un lieu magique car peu fréquenté. J'y suis allé pour l'*Entierro de la sardina* et pour le *Tribunal de la Inquisición* mais aussi pour rendre une visite de courtoisie à un ami de la famille. Godoy. Parfaitement, « le » Godoy, fameux favori de Charles IV, fils d'un grand d'Espagne et seigneur de Badajoz, ce qui lui permit d'entrer dans le régiment des gardes royaux réservé aux jeunes gens de la noblesse, puis de devenir l'amant en titre de Marie-Louise de Bourbon-Parme, reine consort d'Espagne tout de même (longtemps il fut dit et écrit, notamment par Goya, que deux des infants étaient de lui, ce dont une indécente ressemblance témoignait), un puissant chef du gouvernement, un personnage de grande influence. Il fut le protecteur de Goya qui lui devait son poste tant désiré de premier peintre de la Cour, et celui-ci exécuta plusieurs portraits de lui. Autant de commandes officielles. Mon vieil ami Philippe Godoy, le seul Parisien que je gratifie du traitement de respect castillan de « don Felipe », descend des Bourbons par la femme de Godoy le magnifique. Sa connaissance des arbres généalogiques princiers est telle que je ne m'aventurerai pas à le contredire. J'ai pour règle de toujours respecter le roman familial de l'Autre car seul le roman dit la vérité. Quand il parle de son ancêtre, il dit « Manuel » car quelque chose le retient encore de dire « tonton ». Assis depuis une bonne heure sur un banc de l'Academia face à *Manuel Godoy, príncipe de la Paz, 1801*, je prends une photo pour la lui envoyer.

Philippe Godoy est l'un de mes quatre Espagnols de Paris. Quatre hommes qui ne se connaissent pas mais que je connais de longue date. Je suis leur seul lien. Chacun incarne une Espagne à mes yeux.

José Muñoz (en Espagne, tout le monde s'appelle José Muñoz) est mon partenaire au jeu de paume. Il aime autant jouer que parler. Mais il aime tellement raconter que parfois il en oublie de renvoyer la balle. Ce qui ne fait pas mon affaire. Du moins pas toujours car sa passion pour l'histoire est communicative, généreuse, partageuse. Deux jours après que je lui eus révélé le sujet de mon nouveau livre, je trouvai discrètement déposé dans mon casier au club un ouvrage rare sur Tudela au Moyen Âge. Le sens de l'amitié, ce doit être quelque chose comme cela. Lui seul est capable de m'appeler le matin pour m'assurer arguments à l'appui que contrairement à ce que soutient Albert de Luze dans son fameux traité de 1933 sur l'histoire du jeu de paume, la raquette n'a pas été introduite en Espagne avant 1500, ce qui, je l'avoue, me laisse songeur. Un jour, je lui ai fait raconter son Espagne, la première fois qu'il a entendu le mot « juif » à quinze ans à Saragosse, à la table de sa famille bien catholique, l'imagination tatouée par la lumière crue d'Aragon. Là au moins, je ne pouvais pas lui dire : Joue, José, arrête de parler ! car nous étions là pour cela, parler, chez Gaspard, restaurant cachère de la rue Lauriston, à cent mètres de notre club sur le même trottoir. Et pendant qu'il me racontait l'antijudaïsme de l'ancienne Espagne, je voyais se profiler, à travers la vitre derrière son dos, la façade de l'hôtel particulier où les sbires de la Gestapo française torturaient les Juifs et les résistants dans les caves.

José Alvarez (en Espagne, tout le monde s'appelle José Alvarez), c'est tout autre chose. Un prince du détachement. L'élégance faite homme, mais la véritable élégance, morale, gestuelle, amicale, éthique et aussi vestimentaire, mais à la Cocteau, pour qui l'élégance était une idée qui flotte autour d'un corps. Franco-espagnol de Paris et d'un peu partout, grand voyageur mais toujours pressé, parti de Santander (Cantabrie) et pas pressé d'y retourner, il a écrit deux romans autobiographiques bouleversants, deux beaux-livres sous son nom et des centaines d'autres, si élitistes que ses confrères se sont empressés de s'en inspirer, sous le nom de plume de « Éditions du Regard », la maison de livres d'art, audacieuse et raffinée, qu'il dirige depuis qu'il l'a fondée. Au fil des ans, il est devenu une sorte de Mario Praz installé non à Rome mais à Paris, pour le bonheur des amateurs de littérature sur l'art. Car il est doté d'un regard aigu au goût très sûr, une mémoire visuelle sans pareille gouvernée par des partis pris d'une belle audace, capable d'associer entre elles des images qui, sans lui, ne se seraient jamais rencontrées. José se délecte du superflu. Une rare qualité pour quelqu'un qui n'aime rien tant que *faire* des livres.

Enfin, Michel del Castillo, je ne l'aime pas seulement pour ses goûts mais aussi pour ses aversions : l'imposture, la veulerie, la politique. Quoi qu'il dise ou quoi qu'il fasse, quel que soit l'air qu'il respire où qu'il soit, ses démons le poursuivent, ses doutes autour desquels il ne cesse de tourner : l'empreinte de l'Espagne, la nécessité de l'art, la figure du père absent et l'énigme d'une mère qui semble vouée à la trahison des siens. Depuis *Tanguy* en 1957, Michel del Castillo parvient à creuser encore et encore le même sillon sans jamais écrire le même livre. D'une fidélité absolue à ses hantises, il se renouvelle pourtant chaque fois, dans ses romans et ses récits comme dans ses essais, sans jamais rien renier de ses hontes, noyau infracassable de son œuvre, ni de son Espagne intérieure, celle de l'exil. Ne vous demandez pas si tel ou tel de ses romans a des accents autobiographiques quand l'auteur le dit lui-même : tous ses livres sont la sonate de sa vie. À tous ceux qui ne l'ont pas encore lu, j'aimerais demander de faire une place au Nocturne intérieur d'un enfant, d'un adolescent et d'un homme dont le vœu le plus cher aura été de se faire accepter. Nostalgique à sa manière, relisant à l'infini *À la recherche du temps perdu* comme un roman terriblement cruel tout en étant persuadé que, dans le monde qui s'annonce, il y aura de moins en moins de gens à qui parler. Lorsqu'on a grandi dans un univers viscontien tout de luxe et de décrépitude dont les silhouettes n'avaient qu'un mot à la bouche (« avant, avant... ») et qu'on a quotidiennement partagé la table d'une grand-mère qui s'habillait en tenue de soirée pour dîner avec son petit-fils, la suite ne peut que décevoir. La guerre civile, la prison, la faim, la solitude, les camps, l'exil et les deux hautes figures séparément mais également tétanisantes de la mère et du père. La matrice de toute une œuvre douloureusement mûrie, entre deux langues et deux imaginaires. Il lit depuis toujours en français et en castillan mais écrit depuis l'âge d'homme en castillo. De quoi donner une certaine acuité aux choses de la vie. De ses descentes aux enfers il a tiré une morale à usage personnel. Elle tient en un mot : méfiance. « Il faut se garder du monde et de soi », concède-t-il sans que cette restriction n'entame en rien sa générosité instinctive. Demeurer à hauteur d'homme, empêcher que le jugement ne gâte la compréhension, se situer hors dogme, résister à la confusion des valeurs et dénoncer l'irresponsabilité. De ce tas inextricable il a fait une œuvre inquiète mais tranquille car il est demeuré à l'abri de son personnage. Il ne s'est pas laissé dévorer.

23. *Qui traite d'une Espagne en noir et blanc à travers le regard du plus grand des photographes, louée soit sa mémoire radieuse*

Ces quatre-là n'ont cessé de me raconter leur Espagne depuis des années. Je m'y suis parfois retrouvé, souvent perdu. Cela a laissé des traces. Elles se sont mêlées à toutes celles qui zébraient déjà ma mémoire. Autant renoncer à ordonner ce soulèvement d'impressions hanté par les Espagne de Cartier-Bresson. Elles m'accompagnent depuis ma découverte de la photographie à l'adolescence. Longtemps j'ai vu ce pays et ce peuple à travers son regard. Une vision du monde en noir et blanc, sans oublier le fameux gris HCB, comme il y a un bleu IKB, sauf que Cartier, à la différence de Klein, n'est pas allé jusqu'à déposer sa couleur pour la faire breveter. Ma révélation de l'Espagne par son biais se fit dans le désordre. Il y eut en 1952 celle de la corrida des *Sanfermines* à Pampelune en l'honneur du saint patron de la Navarre, attachante composition triangulaire bien dans sa manière qui n'est pas sans rappeler celle des *Demoiselles d'Avignon*, et l'on peut être certain qu'il l'avait dans l'œil ainsi que des milliers d'autres tableaux classiques appris à l'Académie Lhote : les deux toreros qui bavardent comme au café, à l'abri dans le *callejón* entre la pierre de l'arène et le bois de la palissade, et au-dessus d'eux une belle dame distinguée et légèrement hautaine, toute de perles et d'éventail. Puis il y eut l'Espagne des putes et des travestis dans l'Alicante de 1933. La même année, le profil d'un enfant dans un village d'Andalousie écrasé de soleil, des Gitans rigolards face à l'objectif à Grenade ou un dormeur assis dans le *Barrio Chino* de Barcelone. Des scènes de rue à Madrid ou Saragosse en 1952. D'autres de 1933 souvent, avec des enfants dans des paysages parfois lunaires à Séville et Valence, et cet inoubliable sourire de mémé à Cordoue. L'année de ma naissance, pas si vieux donc, un groupe de séminaristes en promenade sur une route près de Burgos. Des paysages de toits et de champs témoignant de ce qu'il s'est laissé porter par ses pas en Aragon du côté de Soria et d'Ariza. Une saisissante image de procession religieuse nimbée d'un halo magique, au premier plan, un enfant de chœur agitant l'encensoir en pleine rue attend le prêtre monté à l'étage d'un immeuble faire les onctions à un malade. Dans la Madrid de 1933 une femme dans l'absolue misère mais assez vaillante pour avoir adossé ses cinq enfants contre un mur par ordre décroissant, l'une des petites portant au cou une pancarte sur laquelle on déchiffre : « *Nadies'Ncuenta enmistuaction iendo un obrero* ».

Enfin vint le choc de *Victoire de la vie* et de *L'Espagne vivra*, en 1937 et 1938, les documentaires de propagande qu'il tourna dans les hôpitaux et les services de santé pour servir la cause républicaine, ce qu'il ne regretta pas, même s'il conçut à jamais l'immense remords de n'avoir pas pris une seule photo de la guerre civile alors qu'il y était, ne pouvant tenir les deux appareils en même temps, et abandonnant à regret à son copain Capa le soin de prendre des clichés appelés à être iconiques, leur contestation devenant même une dispute historique. J'allais oublier l'essentiel : l'évocation la plus saisissante de la misère, cet homme assis par terre contre un mur, serrant son enfant dans ses bras, et peut-être s'agit-il de l'ouvrier en question sur l'autre photo car cet enfant qui dort, il me semble l'identifier ; l'homme ne regarde pas l'objectif, mais de côté et par en dessous, un regard dénué d'aigreur, d'amertume, de vengeance, mais si puissant dans ses silences qu'on ne se sent pas le droit d'y ajouter des mots. La scène est dans une rue de Madrid en 1933, mais ce regard-là, je le croise tous les jours dans les rues de Paris aux trottoirs jonchés de familles de migrants. Je le vois tous les matins en partant et tous les soirs en rentrant. Il n'a plus ses enfants, mais il est toujours là, famélique, humble, écrasé par une réalité qui le dépasse.

Ne me reste plus qu'à transformer ce pot-au-feu d'émotions incrustées pour en faire un *cocido* à ma manière. Ainsi armé je m'en vais retrouver mon autre pays, à la diable, au gré des invitations, des rencontres, des rendez-vous, des conférences, des sollicitations, des appels, du hasard et de la nécessité.

24. Pourquoi il est toujours bon de commencer par le début et comment Séville s'impose car là est née l'odyssée familiale

Quelle idée d'arriver à Séville le dimanche 10 juillet 2016, jour de la finale du championnat d'Europe de football entre la France et le Portugal ! Sitôt posées les valises à l'hôtel, je me lance à la recherche d'un bar où regarder la télévision en bande, nonobstant le fait que ce sport ne m'a jamais fait rêver. J'ai beau vouloir être dans la peau d'un revenant, un séfarade de retour au pays après une aussi longue absence, le Français en moi ne peut se défendre d'un petit élan nationaliste. Des tricolores assurent l'ambiance dans un bar du quartier. Ça ne suffira pas. Résultat : 1-0. Pour les autres.

Les miens viennent peut-être de cette ville, mais cela fait si longtemps, les émeutes de 1391 tout de même, que cela n'a plus beaucoup de sens. Des preuves, il ne faut pas y compter ; des traces, à peine ; au mieux, des échos, des reflets, une certaine résonance. De toute façon, je suis moins à la recherche des miens que de *tous* les miens. C'est l'objet de ce livre : découvrir pour restituer, rendre ce que j'aurai reçu. L'historien Lucien Febvre disait qu'un Français est un bénéficiaire, un héritier, un créateur. Ma vocation me rapprocherait plutôt du but très juif tel que défini par le philosophe Emmanuel Levinas : recevoir, célébrer, transmettre. Bon programme, adopté !

De Séville, mes aïeux seraient donc peut-être partis avec d'autres pour gagner Debdou, bourgade sur des contreforts de l'Atlas dans le Maroc profond, et rejoindre l'un des deux clans qui y régnèrent, les Kohen-Skalli et les Ulad Marsiano. Là-bas, depuis des siècles, on ignore l'existence de Madrid ou Barcelone mais on parle avec des accents nostalgiques de « Sbilia » comme si c'était le centre du monde. Si de Séville les Juifs avaient été expulsés en premier, c'est aussi à Séville qu'ils revinrent en premier. Au début du XXe siècle, la ville abritait la seule communauté juive organisée de la péninsule Ibérique. Trente-cinq familles regroupées à l'autre bout du quartier de la Promenade d'Hercule. Des revenants du Maroc cinq siècles après. Il y en eut bien quelques autres ailleurs en Espagne, mais ce n'étaient que des individus isolés, qui se signalaient par leur notoriété : le banquier Aguado, le politicien Mendizábal à Cadix, les fabricants de tissus Silva à Vergara, León, Delvaille & Atias à Saint-Sébastien, l'industriel Rodriguez à Tolosa. De richissimes investisseurs juifs de France tels que les Rothschild, les Pereire ou les Camondo ouvraient des filiales en Espagne qu'ils confiaient à des coreligionnaires. La Catalogne fit exception, une fois de plus, car ses quelques dizaines de Juifs étaient alors ashkénazes.

Si la Semaine Sainte est partout célébrée en Espagne, elle l'est plus encore à Séville. On croirait que la ville l'a inventée tant elle lui paraît désormais consubstantielle. Une semaine durant, son cœur bat au rythme des processions. N'ayant pas le goût des foules, et moins encore celui des cohues de touristes, je suis conscient de rater quelque chose, durant ces sept jours dédiés à la Passion du Christ. Un cadeau pour les photographes, *Harper's Bazaar* l'avait bien compris en commandant à Brassaï un reportage sur Séville. Les théories de confréries, les autels portés à dos d'homme, les étranges cagoules effilées en pains de sucre qui rappellent tant celles du Ku Klux Klan, les cortèges de pénitents à la peau zébrée, la beauté baroque des chars, ces manifestations de deuil orgiaques, impressionnantes certes, du dimanche des Rameaux au samedi de la Résurrection, mais tout cela étouffe à l'avance et paraît relever moins de la religion, voire de la religiosité, que du folklore païen, avec ce qu'il faut de musique militaire, surtout lorsqu'on sait de la bouche du cheval que, dans leur majorité, ceux qui défilent se font rares toute l'année à la messe. De toute façon, en serais-je que je ne regarderais pas le spectacle mais les regards des spectateurs. Seul le pas de côté autorise cette pointe de dérision sur l'événement.

Aux arènes, à la Real Maestranza de Caballería, j'irai d'abord voir le musée taurin juste pour y saluer Islera. Je lui consacrerais bien une biographie, à la dernière vache exécutée en Espagne dans un esprit sacrificiel pour le crime commis par son fils Islero, qui, d'un coup de corne, envoya le demi-dieu Manolete au trépas le 28 août 1947 à Linares. Comme pour justifier l'impensable, et dissimuler qu'il avait été *afeité* (on leur lime les cornes ou on les scie pour leur faire perdre la notion de leur allonge, l'estimation des distances, leur centre de gravité), il fut dit que l'animal était hypermétrope, ce qui faussa le face-à-face. Non qu'il ait été examiné par un vétophtalmologue : il suffit que ses comportements aient été observés par les équipes dans l'arène de Linares pour détecter en lui un bigleux. Depuis, ce genre de châtiment a été abandonné. La tête de l'infortunée génitrice est désormais accrochée à un mur du musée, tel un trophée de chasse. À moins que ce ne soit pour l'exemple au cas où un *toro* de combat viendrait à passer par là. Il n'y a qu'en Espagne que l'on peut se passionner pour la presbytie bovine.

Pas sûr que tout cela nous éloigne de la Semaine Sainte. Ou alors à défaut j'aime mieux encore relire ce que Paul Morand en a fait dans son *Flagellant de Séville* (1951) aux titres de chapitre empruntés à ceux des *Caprices* de

Goya : Séville où les éventails chuchotent et où l'on se fait saigner des épaules en l'honneur de la mort de Dieu, procession du Christ de la Grande Discipline issue du quartier San Gil dont il se murmure que le frère majeur serait un ancien vice-roi du Pérou, parades saintes fomentées par des confréries laïques mais non profanes... Cela dit, l'Espagne processionnaire n'apprécie guère qu'on la critique, à commencer par les majuscules imposées à « Semaine Sainte » qui hérissent déjà ceux qui ont bouffé du curé depuis leur enfance (pas vraiment mon cas, mais je peux comprendre). Elle n'est plus tant catholique, mais il suffit qu'on y touche pour qu'elle réagisse. Il prend le risque de menacer la civilisation chrétienne celui qui dénonce le chaos peu sacré que provoque la fête une semaine durant dans les rues de la ville ; il équivaut à celui que Kadhafi mit dans celles de Paris lorsque Sarkozy l'invita durant toute une semaine pas très sainte à humilier les Français chez eux. On a bien compris que la chose dépassait le religieux et qu'elle était devenue « culturelle », la nouvelle auberge espagnole, mais tout de même. Et puis quoi, je ne me sens pas d'ajouter mes misérables lignes à la tradition bien établie, au tropisme, à la passion des écrivains français pour Séville. C'en est devenu une figure imposée de nos espagnolades. Un genre littéraire en soi que l'escale à Séville. La promenade la nuit le long du Guadalquivir, la recherche de la fraîcheur parmi les lys et les cyprès des jardins de l'Alcazar, tous ces gens qui se veulent des Andalous maximum et on se demande encore pourquoi les Français qui ont tant écrit sur Séville sont tous des hommes. De quoi me faire fuir par les chemins de traverse. Mais je n'imaginais pas que cela me ferait préférer les sous-sols à la rue. C'est Julie qui nous y a envoyés. Elle tient le musée séfarade dans la *judería* de Séville. Elle répond à Nathalie, mon sang chaud et ma Dulcinée de Toboso dans ce voyage de retour, à sa curiosité sur le grammairien et lexicographe Jacob Cansinos ou sur la graphie d'un statut de pureté de sang de 1764 exposé en vitrine tandis que je me laisse troubler par l'image assez dénudée il est vrai de la mystérieuse Susona ben Susón. Vastes sont ses connaissances sur la question. Tant et si bien qu'on veut en savoir plus sur cette Julie : des études d'histoire de l'art avec une spécialité en peinture contemporaine, puis la bifurcation, la révélation de Séville, douze ans à vivre ici, la proposition du musée, la découverte du riche passé séfarade...

« À propos, Julie comment ?

— Julie Boudeville.

— Mais avant ? je tente en pensant à ce Szijlomiwz à l'accent yiddish prononcé qui était devenu Martin puis Dupont au cas fort probable où on lui demanderait comment il s'appelait avant.

— Pareil, c'est mon nom.

— Mais alors vous êtes...

— Bretonne.

— Ah, mais bretonne bretonne ? j'insiste en pensant à Max Jacob, l'Israélite poète de Quimper.

— Eh oui ! fait-elle en riant. Vous savez quel est le lieu le plus mystérieusement juif de Séville ? Il n'est pas dans le guide, c'est en sous-sol... »

Cela aurait pu être en face du musée, à la taverne El Cordobès, une fois franchie l'atroce haie d'honneur des épais *serranos* pendus par les pattes au-dessus du bar. Même l'un des serveurs a un visage poupin dont le hâle évoque le jambon sous vide. Il se trouve que la cave à vin de ce temple du cochon est un ancien *miqveh*, où les dames juives prenaient chaque mois leur bain rituel pour se purifier de leurs menstruations. Inutile de demander à le visiter, le seul fait de poser la question agace le patron. En fait, il faut se rendre aux limites de la *judería*, où autrefois l'on avait coutume d'enterrer les morts. Plus précisément le parking de la plaza de los Refinadores Don Juan. Premier sous-sol, place numéro 9, la tombe du Juif inconnu. Elle est garée là, si l'on peut dire, entre une Mercedes et une Toyota. Ou plutôt derrière. Tout ce qui reste du cimetière juif. Le mort repose dans ce sarcophage de pierre depuis la fin du XIIIe siècle. La sépulture est protégée derrière une épaisse vitre, éclairée en permanence, sans aucune inscription sinon une plaque explicative scellée dans le mur.

Lorsque je lui ferai part de cette découverte, l'un de mes amis d'enfance, Ralph Toledano, réagira par un trait bien à sa manière : « Quand retentiront les trompettes de la Résurrection, il lui faudra remonter un étage ! »

25. Où l'on s'imagine que les habitants de Tolède s'appellent tous Toledano, un peu comme ces écoliers persuadés que les habitants des tours sont des touristes

Innombrables sont les Toledano à travers le monde alors qu'on peut compter les Tolédans à Tolède. Un certain orgueil de l'origine distingue les Toledano des autres

Juifs. À croire qu'ils sont des séfarades maximum. Ils n'ont pas à exciper de leur généalogie : elle s'inscrit dans leur nom. Ils se disent parfois avec une légère ironie, qui ne dissipe pas pour autant l'esprit de sérieux, issus non de la cuisse de Jupiter mais de celle du roi David qui est le Jupiter des Juifs. On me dira qu'ils ne sont pas les seuls puisque autrefois le clan Perez à Fès se disait decendant en ligne directe de la maison royale de David (insoupçonnable est la descendance de cet homme). Ralph T., de plus en plus fasciné par les grands mystiques, s'est récemment découvert une cousine en la personne de Thérèse d'Ávila. Après tout le cousinage cellulaire ne fait-il pas que nous sommes tous parents de la reine d'Angleterre et de beaucoup de cellules ? Cela m'a fait plaisir lorsque *El País* a consacré un grand portrait à Sydney T. présenté en gros titre comme « El emperador », des pages élogieuses que j'aurais plutôt intitulées « El emperadior », on ne se refait pas.

L'orgueil est une montagne. L'orgueilleux selon Pascal apparaît comme celui qui se voile la face sur ses propres misères et révèle celles de la société pour mieux prétendre s'élever au-dessus d'elles. Ce trait de caractère se retrouve dans la passion pour la généalogie. Les Juifs y sont aussi sensibles que les aristocrates et les Corses. Que les inquisiteurs aussi, qui ont passé les arbres au crible, mais c'est une autre histoire. Un profond souci du lignage, dans lequel la notion de pureté tient une grande part, qui se traduit par une proclamation d'identité où l'on est fils du fils du fils du fils de... Ce sentiment de fierté de l'origine, que l'on trouve plus accentué encore chez les descendants des Juifs d'Espagne en raison du prestige dont ils l'auréolent, Jean-Christophe Attias le qualifie justement de « superbe séfarade ». Le moins qu'on puisse dire, c'est que depuis la catastrophe, ils ont dû en rabattre dans leurs prétentions ; car une fois détachée de leur terre matrice par l'expulsion de 1492, leur civilisation s'est progressivement étiolée jusqu'à disparaître. De toute façon, une lecture publique de la fable de La Fontaine « Le mulet se vantant de sa généalogie » suffit généralement à rappeler à tout homme en vue, et à tous ceux qui se piquent de noblesse, que notre vie n'est qu'incertitude eu égard à l'origine de l'origine.

En 1992, Jacques Toledano, petit-fils de grands rabbins depuis des générations, présidait la délégation de vingt membres (douze d'entre eux étaient nés à Meknès, berceau des Toledano après leur départ de Tolède) chargée de négocier les festivités du 500ᵉ anniversaire de l'expulsion avec le maire de la ville :

« Il y a deux conditions, lui dit-il. La première, c'est que pendant les trois jours que dureront les cérémonies les cloches des églises de la ville, qui sont parfois d'anciennes synagogues, s'arrêtent de sonner.

— Mais je ne puis m'engager sur ce point en raison de la séparation de l'Église et de l'État, lui rétorqua aussitôt le premier magistrat de la ville.

— Oui mais pour nous, le problème ce fut justement l'Église. Cette première condition n'est pas négociable. La seconde non plus d'ailleurs.

— Quelle est-elle ? s'inquiéta le maire.

— Le discours que je prononcerai ne sera pas tendre pour l'Espagne de l'Inquisition. Il ne doit en aucun cas être censuré. Pouvez-vous me donner une réponse dans les trois jours ? »

Ainsi fut fait.

Des nuées internationales de Toledano ont fondu sur Tolède à l'invitation de la ville pour cet « *Exodus*, le retour » placé sous le signe de la réconciliation formelle, des excuses officielles de la monarchie espagnole, comme un examen de conscience du passé. Les autorités remirent solennellement à un certain nombre d'entre eux une sorte de clé de la ville. Ils en furent honorés puis déçus car elle n'ouvrait rien ; pire, elle sonnait comme un gadget offert à défaut de la nationalité espagnole. Ces gens de Tolède qui prétendent avoir transmis et conservé de génération en génération la clé de leur maison abandonnée il y a cinq siècles, cela m'épate et cela m'intrigue en même temps, moi qui égare si souvent celle de ma bicyclette. Un mythe littéraire que ces clés en or. Ángel Pulido, à qui l'on doit beaucoup, en est responsable. On lui avait raconté cette histoire en Turquie au début du siècle, il l'avait extraite des contes et légendes judéo-espagnols, l'avait traduite dans son livre : il n'en fallut pas davantage pour lui donner vie. C'est beau les mythes la nuit, cette manière de rendre compte de l'événement divin comme d'une réalité sensible. On a entendu un Toledano demander : « Qu'est-ce qu'elle ouvre, cette clé : la nationalité ? » Un autre en écho lui a répondu : « On trouve les mêmes clés en bronze accrochées aux murs des crêperies bretonnes à Paris. »

C'était en 1992, l'heure était à la fête. Le temps a passé. Tolède est devenue une ville ripolinée à point pour le tourisme. Rien n'y manque. On se demande parfois si des gens vivent dans ce musée à ciel ouvert où pas un papier ne traîne, rien ne semble laissé au hasard. Ce n'est pas une coïncidence si c'est près de Tolède, et nulle part ailleurs en Espagne, qu'un projet de parc à thème consacré à l'histoire du pays est en cours, concocté par les autorités locales et les concepteurs du Puy-du-Fou en Vendée. L'ouverture serait prévue pour 2021. J'entends encore la voix de Javier Cercas prévenant, à moins que je ne l'aie lu dans *L'Imposteur* : « La nouvelle industrie de la mémoire offre à celui qui la consomme l'illusion de connaître l'histoire réelle tout en lui épargnant le moindre effort, le vertige de la complexité et les troubles des contradictions. »

Impossible de faire un pas dans la vieille ville sans tomber sur des signes juifs incrustés dans le sol ou dans les murs, comme à Cracovie. Tous les moyens sont bons pour pallier une aussi longue absence. Où que l'on soit dans cette histoire, on avance vers l'inconnu guidé par des repères éblouissants, à la poursuite d'un très ancien fantôme, armé d'une poignée de vers de Paul Celan échappés d'une lettre à René Char, justement :

Un pas, puis un autre,
un troisième :
sa trace résiste à ton ombre.

Trois synagogues historiques ont survécu de l'Espagne d'autrefois. Trois sur des milliers. Celle de Cordoue, cube minuscule de style mudéjar aux murs gravés de psaumes, date de 1315. Après l'expulsion, elle fut transformée en hôpital (on y soignait les hydrophobes atteints du virus de la rage...), puis en ermitage, en école, avant de devenir « le » musée de la calle Judíos. Les deux autres synagogues rescapées de Séfarad sont à Tolède. Celle dite « El Tránsito », inaugurée en 1357 par Samuel Halevi Abulafia, trésorier de Pierre le Cruel, roi de Castille-León, fut transformée en église avant de devenir le musée de la Culture juive médiévale. Reste enfin la synagogue Santa María la Blanca, qui date de 1180. Elle a tout d'une mosquée tant sa décoration intérieure est de style mudéjar prononcé. Son rayonnement fut considérable du temps de sa splendeur. Les massacres de 1391 y mirent un terme. Elle fut alors transformée en église. Un musée désormais. Sauf qu'il est toujours propriété de l'Église, laquelle avait songé un temps à l'échanger (!) contre une salle de la tombe du roi David qui aurait abrité le dernier souper du Christ, mais ni la ville de Jérusalem ni les autorités israéliennes n'y ont donné suite. C'est peu dire qu'Isaac Querub, le président de la Fédération des communautés juives d'Espagne, est vent debout dans cette affaire. Il n'a de cesse de réclamer la restitution de la synagogue aux Juifs d'Espagne. D'abord pour lui rendre son nom originel de Sinagoga Mayor. Le dialogue avec l'archevêque de Tolède tourna court :

« Ah mais si c'est comme ça, nous, on va aller réclamer nos églises en Égypte !

— Demandez ce que vous voulez. Nous, nous avons été spoliés de cette synagogue. »

Isaac Querub ne se découragea pas pour autant. Il rendit visite aux présidents de la Conférence épiscopale espagnole, l'actuel et son prédécesseur.

« Nous vous invitons à faire une déclaration solennelle à la synagogue...

— Avec plaisir.

— Mais elle doit inclure l'annonce du retour aux Juifs de Santa María la Blanca...

— Bien. Quand ? »

Finalement, ça ne s'est pas fait car ils ne pouvaient se résoudre à cette rétrocession. Ce qui est d'autant plus regrettable qu'ils ne font rien de cette église puisqu'elle est désacralisée. Rien n'y est célébré. Elle est désormais classée au titre de bien d'intérêt culturel, un statut qui lui permet de bénéficier de la protection due à tout patrimoine historique. À la même époque, les autorités catholiques siciliennes annonçaient la restitution aux Juifs de Palerme d'une grande partie d'une église fondée sur une ancienne synagogue.

Il y a une dizaine d'années déjà, une directive du gouvernement espagnol aux pouvoirs locaux leur enjoignait de valoriser le passé historique et l'héritage archéologique juif de leur région. Ce qui commençait à être le cas au même moment en Europe centrale, là où le nazisme avait éradiqué une civilisation, à Cracovie, à Vilnius et ailleurs ; même à Alexandrie, les autorités égyptiennes ont récemment débloqué des fonds importants pour restaurer et développer la synagogue Eliyahu Hanavi. Peut-être avait-il tiré les leçons de l'ancien ghetto de Prague, lieu le plus visité de la ville la plus visitée.

Au début de ce siècle, s'exprimant dans un congrès, Luis Campoy, maire de Tudela, reconnaissait que les vestiges juifs se limitaient à la synagogue du Tránsito et à Santa María la Blanca à Tolède, aux bains rituels de Besalú, dans la province de Gérone, à la synagogue de Cordoue et à celle de Ségovie, auxquelles on pouvait ajouter quelques ruelles tortueuses aux confins d'anciennes *juderías*. Pas grand-chose en somme. David Romano, un historien hébraïsant qui fut un pionnier dans la quête archéologique du passé séfarade, disait que la découverte de restes humains aux côtés d'une partie d'un anneau ou d'un pendentif gravé d'inscriptions en hébreu était une condition nécessaire mais pas suffisante pour attester sans doute aucun de la qualité de juif de l'archaïque défunt. Combien de candélabres judaïsés dans l'enthousiasme de la découverte et déjudaïsés avec le recul de l'analyse ! La précipitation sied mal à l'examen scientifique. N'eût été la pression, on n'aurait pas à évoquer avec une certaine gêne et des guillemets cruels les fausses et prétendues « synagogues » de Béjar (province de Salamanque) et de Valencia de Alcántara (province de Cáceres) ou la supposée « synagogue » de Medinaceli dans un couvent de la province de Soria, mentionnée désormais au conditionnel à grand renfort de « peut-être », surtout depuis que d'anciens textes ont révélé qu'en 1347 il s'agissait bien d'une église et que son emplacement se situait décidément à l'opposé de la *judería*.

Dans un colloque d'historiens et d'archéologues qui s'est tenu en 2007 au musée séfarade de Tolède, on s'est demandé si l'on n'avait pas parfois affaire à « une Séfarad inventée » tant les traces sont rares. Écrites, elles ne manquent pas, surtout notariales, administratives, municipales, car ceux qui ont choisi l'exil ont emporté leurs livres de prières et ceux qui sont restés risquaient leur vie à conserver tout document juif par-devers eux. Mais les traces matérielles ? L'urbanisme des *juderías* médiévales se caractérise par un parcellaire étroit qui ne favorise pas les fouilles ; quant aux cimetières, c'est d'autant plus délicat que les autorités religieuses juives n'autorisent personne, pas plus les archéologues que les promoteurs immobiliers, à déranger les morts dans leur repos éternel, interdiction qui ne va pas de soi lorsque le terrain n'appartient pas à la municipalité et qu'il est devenu au fil des siècles une propriété privée.

Des gardiens de l'orthodoxie particulièrement versés dans les questions de patrimoine antique sont venus de Barcelone sur le champ de fouilles pour interpeller les responsables :

« Vous pouvez continuer mais... évitez au moins de laisser les cadavres à l'air plusieurs jours de suite ! Et puis gardez-vous de faire vos examens anthropologiques : la Loi juive l'interdit. Dites-vous bien que chaque fois que vous ouvrez une tombe, vous manquez de respect au défunt et par conséquent à tout le peuple juif. »

Soudain en empathie, on sent le poids d'une responsabilité considérable s'abattre comme une chape de plomb sur l'archéologue qui, de dépit, en lâcherait sa pelle et son râteau. Pourtant rien n'est dit sur le ton de la menace, c'est juste que la menace elle-même est d'ordre métaphysique, ce qui met mal à l'aise. Mais sans ce travail-là, on en saurait tellement moins sur le passé de Séfarad. Il faut se rabattre alors sur les excavations de fosses communes dans lesquelles les victimes des massacres étaient ensevelies de nuit, à la hâte, anonymement. Des récits et des poèmes en témoignent. Ceux qu'on a exhumés à

Tàrrega (province de Lérida), on sait qu'ils étaient juifs car, malgré la précipitation, ils ont été enterrés la tête à l'ouest et les pieds à l'est.

Pas facile de trouver quand on peut à peine chercher. Et lorsqu'on trouve, ce n'est jamais acquis. Cela fait plus d'un siècle que les plus éminents savants, qu'ils soient archéologues, épigraphistes ou historiens, s'affrontent sur la vraie nature du site de l'Alcúdia (« monticule » en arabe) à Elche, une ville de la province d'Alicante : synagogue ou basilique ? On en dispute encore. L'enjeu est de taille puisque tout près de là avait été découverte ce qu'on a appelé la Dame d'Elche, une sculpture de buste en pierre calcaire qui se révéla être le vestige archéologique le plus connu de la culture ibère et l'une des plus anciennes traces de l'art hispanique (du Ve siècle ou du IVe siècle avant J.-C.).

Depuis les lendemains de la Transition démocratique, l'onomastique et la généalogie juives intéressent de plus en plus de chercheurs et tous ne sont pas stipendiés par les offices de tourisme culturel. Il y a eu deux déclics, deux commémorations : celle de 1391 en 1991 et celle de 1492 en 1992. En France, toute ville et tout village qui se respectent veulent avoir leur festival théâtral, musical ou littéraire. En Espagne, chacun veut sa *judería*. En avoir une ou en avoir eu une. Parfois on se passe même de l'avis des experts. À l'intuition, au doigt mouillé, d'après l'aspect général, à l'issue de moult lectures des histoires de la ville par des érudits locaux. Ainsi a-t-on cru identifier par déduction la maison du richissime David Jana, banquier et grand propriétaire agricole à Biel, ville d'Aragon dont plus de la moitié de la population était juive au début du XVᵉ siècle et dont une grande partie a préféré l'expulsion au reniement (les descendants de ceux qui ont fait le choix de la conversion pour être admis à rester s'appellent aujourd'hui González, Navarro, Sánchez…).

À Saragosse, il ne reste pratiquement rien de la *judería* la plus importante du royaume d'Aragon, et l'on sait maintenant que ce qui y est présenté comme des « bains rituels juifs » n'est ni rituel ni juif, même si ce sont bien des bains datant du Moyen Âge.

Cela donne des idées, voire des réflexes, à des gens qui n'y auraient jamais pensé. Ainsi cette famille tranquille de Castelló d'Empúries (Catalogne), dont l'immeuble se situe dans le quartier qui fut autrefois la *judería* et dont il ne reste rien. Alertés par un érudit local vite relayé par des archéologues, les Comas ont découvert dans leur garage, où étaient remisés des outils et des machines agricoles, les restes d'une synagogue du XIIIᵉ siècle, l'une des plus anciennes de la province de Gérone. Des travaux d'excavation y ont été menés. Et déjà, lorsque la commune en parle comme d'un « trésor patrimonial », on entend tinter le premier mot davantage que le second, comme si c'était annonciateur d'une prochaine richesse. Autrefois, ce genre de promesse du destin se trouvait dans un vieux sac enterré dans le jardin, entre les pages du *Trésor de Rackham le Rouge*.

O tempora ! o mores !

On comprend l'étonnement agacé d'épigraphistes qui se retrouvent à leur insu auxiliaires d'offices de tourisme. On a de ces surprises en bibliothèque, comme les actes d'un colloque qui s'est tenu au musée séfarade de Tolède en 2007, publiés sept ans plus tard à Cordoue sous les auspices des autorités régionales et universitaires, au titre délicieusement provocateur, *¿ Una Sefarad inventada ?* (« Une Séfarad inventée ? »), consacrés aux problèmes d'interprétation des vestiges matériels des Juifs en Espagne, recueil qu'on ne cherchait pas mais qu'on a trouvé en en cherchant un autre par un phénomène bien connu de sérendipité, dans lequel on a pu assister aux plus brillantes *disputatio* entre experts jamais à court d'arguments techniques et scientifiques, et une fois qu'on croit avoir tout lu, tout à son bonheur silencieux d'avoir été éclairé de l'intérieur, à l'instant de ranger le livre dans son rayon au sous-sol, le regard se laisse happer par la toute dernière page, celle qu'on ne lit jamais car elle est dévolue généralement à l'imprimeur, et on relève ceci : « Ce livre fut achevé, à la louange de Dieu, Créateur du monde, le second jour du mois de mai de l'année de la Création 5774 [1er mai 2014] », et on en reste coi.

26. De ces terrasses de café, à Tolède comme dans le reste du pays, où l'on voit souvent des gens seuls, pas plus esseulés que solitaires, juste sans compagnie mais sans avoir l'air d'en souffrir

J'attends tout des rencontres imprévues mais je n'espère rien. L'imprégnation plutôt que l'observation. Il en restera sûrement quelque chose, des vérités de ce pays et de ses habitants qui ne sont pas dans les livres et qui feront la différence lorsque les examinatrices m'interrogeront le jour du grand examen.

Quand des silhouettes ont passé la cinquantaine, une

irrépressible mélancolie nous enveloppe si l'on imagine qu'elles ne manquent à personne et que, peut-être, si elles ont le réflexe d'écouter le répondeur téléphonique tout à l'heure en rentrant chez elles, il sera désespérément muet, renforçant ainsi le terrible sentiment de ne compter pour rien ni pour personne.

Le plus souvent, les hommes entre eux sont rarement plus de deux ou trois. Les femmes entre elles sont sept ou huit. Dans l'Espagne de mon enfance, c'était l'inverse, et les femmes mûres étaient le plus souvent en noir, dans les rues comme dans la tragédie andalouse *La Maison de Bernarda Alba*. Que des femmes sur scène, mais que des hommes dans les esprits. Tous ces pères, ces fils, ces frères qu'on enterre.

Il m'observe d'un drôle d'air, sans guère de doute. Non de travers ni de haut mais avec curiosité. Cela fait bien une demi-heure que je suis attablé à la terrasse d'un café de la place de Zocodover à Tolède, et cet homme de mon âge ne se résout pas à déplier son exemplaire de *La Tribuna* pour s'informer enfin des nouvelles du jour. Il y en a avec qui il ne faut jamais parler de la pluie et du beau temps. S'engager sur ce terrain avec eux, c'est l'assurance d'avoir une production Météo Goldwyn Mayer. Impossible alors d'en sortir. Mais lui a une bonne tête, le visage déjà buriné de sillons précoces, des rides comme des feux mal éteints d'une guerre civile qui brûlent à l'intérieur. De prime abord, je l'ai mal envisagé, lui prêtant la sérénité troublée d'un homme sans attitude. Aussi je décide à mon tour de passer à l'offensive en soutenant son regard puis en désignant son journal d'un coup de menton :

« Qu'est-ce que ça dit aujourd'hui ?

— Oh ça peut attendre, pas comme votre livre...

— Mon livre ? demandé-je, interloqué, n'imaginant pas que ce genre d'information puisse se propager si rapidement.

— Oui, celui que vous lisez, là... »

La conversation s'engage alors, douce, fluide, l'air de rien, non pas tant sur *Vida, pasión y muerte*, la biographie de García Lorca par Ian Gibson posée sur la table, que sur la vie comme elle va. Une certaine confiance s'établit au bout d'une heure, tant et si bien qu'on commande à nouveau, lui une bière, moi un jus de pomme, et là, par je ne sais quel biais, après la corruption des politiciens, l'irrédentisme catalan et le dernier match des Merengues, on évoque un récent fait divers qui nous a pareillement marqués : à La Corogne, en Galice, une femme de cinquante-sept ans qui, pensaient les voisins, avait quitté l'immeuble sur un coup de tête, sans prévenir ni laisser d'adresse, sa boîte aux lettres près d'exploser, mais qui était bien là chez elle, tombée à la suite d'un malaise, et que la police a trouvée gisant sur le sol de sa cuisine, momifiée depuis sept ans sans que nul être humain ne s'inquiète d'elle. Sept ans... Dans l'instant, la première *Élégie de Duino* me saute à l'esprit : « Qui, si je criais, m'entendrait... ? » Être oublié de tous, ne jamais recevoir d'appels téléphoniques, n'exister pour personne. Un absolu de la misère. Cette communauté de pensée sur l'essentiel nous dispense même d'essayer de connaître notre métier et notre prénom. La compassion partagée pour le sort de cette femme de La Corogne nous a troublés au point d'inscrire son identité dans nos mémoires respectives – elle s'appelait Maria del Rosario –, et cela nous paraît plus important que tout.

Puis on entre dans un domaine plus personnel, quasi intime, jusqu'à ce qu'il me confie un sentiment qui me laisse coi :

« Vous savez ce que j'ai entendu de pire dans ma vie ? Oh, pas des insultes ou des choses violentes. Non, le plus douloureux, ça a été d'entendre l'un de mes enfants me dire il n'y a pas si longtemps que j'avais raté leur éducation et que j'avais eu tout faux. Ce sont ses mots exacts : "tout faux". Vous vous rendez compte ? »

Il demeure très calme mais n'en paraît pas moins dévasté par l'ampleur de sa révélation, un lacis de traits brusques creusant soudainement son visage. À croire qu'elle raie quelque vingt années d'efforts, de bonheur et d'espoirs. Une sorte d'ironie amère se dégage de lui, semblable en cela à ces personnages de Scott Fitzgerald qui reprochent à la vie de les avoir traités avec désinvolture et qui, par prudence, choisissent de se tenir légèrement à l'écart pour voir ce qui va arriver.

Après que ses pensées l'ont enveloppé de leurs brumes, il va en répétant les deux mots fatidiques comme si je n'étais pas là, en un pathétique soliloque, avant de se reprendre, rattrapé par sa dignité. Il ne me connaît pas et me confie ses émotions les plus intimes. Un souvenir m'aide à les accepter sans poser de questions... Un soir, Cartier-Bresson était venu seul dîner à la maison, Martine, sa femme, étant en reportage en Irlande. Comme promis, de crainte qu'il ne glisse ou ne trébuche, je l'avais ramené chez lui rue de Rivoli. Et dans le taxi, il m'apprit des choses si crues sur sa vie privée que, depuis, je me suis empressé de les oublier. Mais dans le vif, je ne pus m'empêcher de réagir :

« Henri ! tout de même..., fis-je en désignant le chauffeur d'un coup de menton.

— Dis-toi bien que les chauffeurs de taxi sont les seules personnes devant qui on peut faire des confidences à un ami : non seulement ils ignorent qui tu es mais, de plus, tu es sûr de ne jamais les revoir. »

Encore une chose que je lui dois. Cet homme à Tolède paraît si meurtri, et sa blessure encore à vif, que cela a l'air récent. Il ne leur en veut pas, à ses enfants, il s'en veut. Tout en lui proteste contre cette situation. Pas une larme, non, mais des questions qui s'inscrivent en filigrane sur un visage dépouillé au risque de l'inexpression alors qu'il parle et raconte comme jamais : Qu'est-ce que j'ai fait mal ? Où me suis-je trompé ? J'ai dû rater quelque chose mais quand ? Dans son regard transparaît l'inventaire des travaux et des jours, une récapitulation des oublis et des mensonges. Tout faux, vraiment ? Tout ? Quel échec ce serait s'il n'y avait vraiment rien à sauver.

En se déchargeant de sa confidence avec le poids de la faute qu'elle exprime, il m'en charge à mon tour. Après tout, qui sait si je n'ai pas eu tout faux moi aussi. En un instant, l'inquiétude a changé de camp, et le fardeau d'épaules. Mais contrairement à lui, j'ai de quoi résister. Pavese disait que la littérature est une défense contre les offenses de la vie. Plus encore pour celui qui l'écrit que pour celui qui la lit. Mais cet homme ignore que je possède cet atout sur lui et je me garde bien de le lui révéler. Je cherche des mots de consolation mais tous seraient maladroits et mal à propos. Au moins n'a-t-il pas connu le malheur de partir après ses enfants, je le pense profondément tout en étant impuissant à l'articuler. S'il me paraissait vraiment suicidaire, je lui offrirais une citation de Sancho Pança qui doit se trouver vers la fin du *Quijote* et qui dit en substance : Ne mourez pas, Monsieur, suivez plutôt mon conseil et vivez encore longtemps car la plus grande folie que puisse faire un homme dans cette vie, c'est de se laisser mourir, bêtement, sans que personne ne le tue, et que ce soient les mains de la mélancolie qui l'achèvent... Ce qui suit notre conversation est également un échange, mais sans paroles. Rien qu'un sentiment de solidarité manifesté par la commune volonté de demeurer des papas muets par le moment intense que nous vivons. Le père en moi est désormais un peu plus intranquille, atome insignifiant de l'universelle tribu des géniteurs.

Que puis-je lui répondre sinon qu'il est dans la nature des choses d'être jugé par ses enfants quand on a soi-même jugé ses parents, et Dieu sait que je ne me pardonnerai jamais certaines réflexions adressées à mon père qui en aucun cas ne me le reprocha, sa moue, ses yeux baissés et son silence suffisant à trahir sa peine. C'est ainsi, et toujours trop tard quand on en prend conscience. On se sépare sur un viril *abrazo* qui lui rend le sourire. En deux mots il nous a ramenés à l'humaine condition. Cette fois il a tout juste. L'air de rien il incarne à cet instant-là la banalité du bien. C'est bête mais en le quittant toujours attablé et se saisissant enfin de son journal, alors que nous nous adressons un léger signe d'au revoir avec la certitude partagée de ne jamais se revoir, je ne suis plus ni français ni espagnol, ni juif ni séfarade, car il y a des moments dans la vie où il faut savoir se mettre en congé. Tous ces moi se placent naturellement à distance. Il n'en reste plus qu'un. Le seul vraiment concerné. Juste un père de famille.

27. *Pourquoi je n'irai pas à La Guardia sur les traces de l'enfant martyr, ces histoires de meurtres rituels ne sont plus dignes d'être racontées*

De Tolède, j'ai prévu un saut à La Guardia. Juste pour faire le point sur une sale histoire. Elle porte le nom de la ville. Ça s'est passé en 1491. Deux juifs et six convertis, parmi lesquels les dénommés Benito García et Yucef Franco, sont accusés de meurtre rituel et de pratiques magiques sur un enfant chrétien. On a trouvé une hostie consacrée à moitié grignotée, donc profanée, dans le sac de l'un d'eux. On dit qu'ils ont pris son cœur pour le manger et, avec l'hostie, prononcé des formules lors d'une cérémonie secrète. Aucun cadavre découvert, aucune disparition signalée. Ils passent une année en prison où ils sont torturés avant d'être brûlés vifs au motif d'hérésie, de crime rituel et de crucifiement. Ce prétexte me fait penser à l'incendie du Reichstag par les nazis.

Finalement, je n'irai pas à La Guardia. Là-bas, le culte de cet enfant martyr imaginaire est toujours en vigueur cinq siècles après. Si je vais dans un café et que j'interroge à la cantonade, ça ne m'étonnerait pas d'en trouver aussitôt quelques-uns qui y croient encore, à ce meurtre rituel. Alors non, surtout pas après la rencontre que je viens de vivre. Aucun autre souvenir que celui de cet homme dans ce café ne doit s'y superposer ce jour-là. Je ne veux pas l'achever avec d'autres regards, d'autres mots, d'autres silences, tant s'en dégage un puissant écho de vérité. On ne perd jamais son temps à raconter sa vie à un inconnu, puis à l'écouter en faire autant. Comment peut-on vivre dans une ville sans cafés ? C'est là et nulle part ailleurs que son cœur bat. Un détour par La Guardia me ramènerait à la face sombre de l'Espagne. Mais j'ai beau vouloir l'éviter, elle revient me harceler.

28. *Qui traite encore et encore de cette légende noire qui empoisonne l'Espagne, souvent à juste titre, à Grenade surtout*

Nul n'en disconviendra : l'Alhambra, ses palais et ses jardins, ses stucs et ses arabesques, ses colonnades et ses patios, demeure l'un de ces rares lieux où le ciel caresse la terre. À prêter l'oreille aux commentaires des touristes venus du monde arabe, déchiffrant non sans fierté les calligraphies sculptées dans la pierre de la cour des Myrtes, on croit volontiers que leur nostalgie s'y est entièrement réfugiée. Il y a quelque chose de magnétique dans cette fascination pour ce qui demeure la culture musulmane à son meilleur.

À Grenade, j'ai l'impression que c'est tous les jours le jour de la Race. Longtemps la Semaine Sainte y fut le seul moment national où le personnage fouettant Jésus était représenté comme juif. Hors de cette figuration, il était inconcevable. Et les paroles des *saetas*, la liturgie chantée à cette occasion que l'on doit aux ordres religieux, n'arrangent rien, au contraire ; elles renforcent l'idée que le châtiment est bien mérité. Ce qui est à tout le moins un contresens historique puisque les fouetteurs étaient des Romains. La Semaine Sainte a été l'occasion de dénoncer la race maudite et le peuple déicide sans que cela gêne grand monde. La tradition a bon dos. Et si des organisations juives donnent de la voix pour le déplorer, on dira qu'elles sont dans leur rôle.

Ce matin-là, je suis invité à prendre la parole devant des étudiants et des professeurs dans le grand amphithéâtre. Face à moi, le portrait de Federico García Lorca, le poète qui appelait la ville « la terre du radin », ce qui sonne encore pire en espagnol (*tierra del chavico*), pour dénoncer la mesquinerie des locaux, lesquels formaient selon lui la pire bourgeoisie d'Espagne. À mes côtés à la tribune, la puissance invitante représentée par Montserrat Serrano Mañes, spécialiste de littérature française, familière du XVIIe siècle et de Corneille. Immanquablement, quand viennent les questions du public, on m'interroge sur mon prochain livre. Tandis que j'en expose les grandes lignes, elle exprime ses réactions par des mimiques, une certaine impatience, puis par un mot qu'elle me glisse à l'oreille : « Je vous préviens, je ne suis pas politiquement correcte ! » On échange un discret sourire mais l'instant ne me semble pas opportun pour lancer une polémique, d'autant que la sonnerie de midi retentit, qui se traduit par l'exode des étudiants. Mais lorsque nous nous retrouvons un peu plus tard dans les couloirs avec d'autres professeurs, au moment de la remercier pour son accueil, il faut s'expliquer.

« Alors ?

— La légende noire, monsieur Assouline !

— Eh bien quoi la légende noire ?

— J'espère que vous n'en ferez pas trop. N'oubliez pas qu'Antonio Perez, le secrétaire de Felipe II, a trahi le roi et rejoint les Français qui l'ont accueilli à bras ouverts. C'est lui qui a lancé la légende noire selon laquelle Felipe II avait fait tuer son fils. Bartolomé de Las Casas en a rajouté une couche. Or la reine Isabelle n'a jamais accepté qu'on traite les sauvages comme des animaux. Et puis il y avait eu des expulsions de Juifs avant l'Espagne, en France, en Allemagne, en Angleterre...

— Certes...

— ... et je connais quelqu'un qui descend de Juifs et de Torquemada (m'aurait-elle dit que cette personne était la fille naturelle née de l'accouplement monstrueux d'Adolf Hitler et de la jeune Golda Meir que cela ne m'aurait pas fait plus d'effet), je n'aime pas qu'on se flagelle, mais nous, à la différence des Français, nous adorons aussi que les autres nous flagellent ! »

Serait-ce donc cela, le politiquement incorrect espagnol ? J'en ai lu et entendu d'autres bien plus radicaux. Parfois, à en croire certains révisionnistes, j'ai l'impression d'entendre en écho une fameuse réplique de *La Règle du jeu* : « Le problème avec le monde c'est que tout le monde a ses raisons. » Au fond, puisque tout est relatif, que le contexte politique et les nécessités du moment expliquent beaucoup de choses, les Rois Catholiques avaient eux aussi leurs raisons, il faut comprendre...

Difficile d'oublier que si Grenade fut la ville de l'apogée de la Reconquista avec la chute du dernier bastion

musulman, elle fut aussi quelques mois après celle dudit
« décret de l'Alhambra » signé dans le salon des ambassadeurs et signifiant aux Juifs leur expulsion du royaume.

Ici, la Semaine Sainte me ramène encore et encore à
García Lorca. Celui qui ne craignait pas de dire sa peur de
la mort dans un pays qui fait parade de son dédain pour
elle. Il se voyait mourir ailleurs, sa « Chanson de cavalier »
l'annonçait : « Je sais que la mort m'attend / Sur le chemin de Cordoue. » La guerre civile en décida autrement.
Mais pour comprendre sa mort, les enquêtes historiques
et biographiques sur les conditions de son exécution par
les franquistes ou sur le lieu exact où repose son cadavre
en diront toujours moins que l'admirable poème d'Antonio Machado, « Le crime a eu lieu à Grenade » :

[...] On le vit s'avancer seul avec Elle,
Sans craindre sa faux.
— Le soleil déjà de tour en tour, les marteaux
Sur l'enclume – sur l'enclume des forges. Federico parlait ;
Il courtisait la mort. Elle écoutait.
« Puisque hier, ma compagne, résonnaient dans mes vers
Les coups de tes mains desséchées,
Qu'à mon chant tu donnas ton froid de glace
Et à ma tragédie le fil de ta faucille d'argent,
Je chanterai la chair que tu n'as pas,
Les yeux qui te manquent,
Les cheveux que le vent agitait,
Les lèvres rouges que l'on baisait...
Aujourd'hui comme hier, ô gitane, ma mort,
Que je suis bien, seul avec toi,
Dans l'air de Grenade, ma Grenade ! » [...]

À la fin des années 1920, plongé dans une profonde dépression après avoir vu *Un chien andalou* de son ami surréaliste Buñuel qu'il prend comme une attaque contre lui, après que son autre ami surréaliste Dalí lui a annoncé avoir rencontré la femme de sa vie, écrasé par un milieu familial à qui il n'ose pas dévoiler son homosexualité, au lendemain d'une rupture douloureuse avec le jeune et fougueux sculpteur Emilio Aladrén Perojo, il entre dans la confrérie de la Vierge des Angoisses dont il porte le lourd catafalque lors de la Semaine Sainte de Grenade. La pensée de cette seule image de García Lorca me réconcilie avec un rite qui n'est pas mon genre de beauté tant il charrie de morbidesse et de paganisme. Il est vrai qu'à Grenade en particulier, il est associé à d'autres processions du même genre qui se déroulent pendant l'année, l'une en particulier : la célébration de « la prise de Grenade » par les Rois Catholiques en 1492 chaque 2 janvier plaza del Carmen par tout ce que la ville et la région comptent d'ultras parmi les réactionnaires, conservateurs, catholiques, identitaires, nostalgiques du franquisme. Un défilé de légionnaires avec fanfare et marche militaire ferme le ban tandis qu'une foule de manifestants et contre-manifestants échangent des slogans par mégaphones interposés. Les deux Espagne face à face. Les autorités municipales minimisent les troubles mais n'en mobilisent pas moins quelque cinq cents policiers Aux slogans exaltant l'orgueil de la Reconquista et la défaite des Arabo-musulmans, avec l'actualisation que l'on imagine, se joignent d'autres formules célébrant l'expulsion des Juifs quelques mois plus tard. Un écho en parvient rituellement dans une toute petite rue en épingle à cheveux du quartier du Realejo, à deux pas de ce qui fut il y a cinq siècles l'artère principale de la *judería*. Depuis quelques années, Beatriz Chevalier Sola, une fille de Sarcelles qui a émigré ici à dix-huit ans pour répondre à un appel intérieur, s'est sentie missionnée pour rappeler son passé juif à Grenade la très chrétienne. Elle y a créé avec des moyens de fortune un petit Centre historique de la mémoire séfarade. Pour elle, la commémoration de la prise de Grenade se traduit immanquablement à la fin de la manifestation par l'arrachage sauvage des panneaux indiquant l'adresse du musée, des dépôts d'excréments devant sa porte, des vitres brisées par des jets de pierres, des inscriptions injurieuses. C'est devenu un rituel. Mais avec son mari Yosef, elle fait front. Jusqu'au 2 janvier prochain.

29. *De l'ahurissante et traditionnelle « cérémonie juive » du mannequin Peropalo livré à la foule en liesse de Villanueva de la Vera qui le vouera aux flammes de l'enfer*

Une commune de quelque deux mille habitants dans la province de Cáceres, en Estrémadure. Un carnaval s'y déroule chaque année depuis des temps très reculés. Trois jours de fête populaire autour d'un pantin nommé Peropalo. Il est confectionné à grand renfort de formules mystérieuses dans un lieu tenu secret. Puis un groupe de citoyens dits *peropaleros*, grands ordonnateurs de la fiesta, le promènent dans les rues en un cortège bruyant, chantant, criant et simulant des pleurs, au son quasi ininterrompu du tambour. Parvenue sur la place du village, la foule se livre alors à une cérémonie dite « juive » qui consiste à incliner le mannequin vers le ciel tandis que les habitants se bousculent autour de lui dans tous les sens sans cesser de chanter et de danser, en un rituel païen très réglé, cadencé et répétitif durant les trois jours, qui convoque les forces magiques de la nature, reprend les anciens rites hivernaux de la fertilité et s'achève par la mise à mort, la décapitation et la mise au bûcher du pantin.

Si vous dites que cela vous rappelle de mauvais souvenirs, ou que cette fête est d'un goût douteux, on vous répondra qu'il ne faut rien y voir d'autre que la fidélité à des traditions locales ancrées dans la région depuis des siècles, et que c'est juste culturel. D'ailleurs son origine, qui a été savamment étudiée par des anthropologues, remonterait à l'histoire d'un guérillero de la Reconquista rattrapé après qu'il eut commis des viols, avant d'être supplicié pendant plusieurs jours par les hommes du village soucieux de faire justice eux-mêmes. Ou encore, concédera-t-on si l'on insiste un peu, il s'agirait d'une parodie de procès de l'Inquisition, du temps où, dans le comté de Vera, la juridiction de Plasencia et le village même de Villanueva, vivaient nombre de Juifs, et pas seulement dans leurs quartiers réservés des *juderías*, comme en atteste l'une des chansons du Peropalo : « Pas une rue, ni une ruelle, si petite soit-elle, où ne vive un rabbin de la plus basse condition... » Comme il leur est difficile de nier le caractère antijuif des paroles dénonçant « le peuple déicide », il ne leur reste plus alors qu'à faire valoir que, dépourvues de leur virulence d'autrefois, ces coutumes en deviennent anodines. Vraiment ? « Le pantin, nous le voulons pour le brûler, nous en faisons un Judas pour insulter sa lignée. » Pour leur défense, les habitants de Villanueva de la Vera rappellent que le brûlement du Judas est un rituel que l'on retrouve dans toute l'Espagne lors de la Semaine Sainte. Et puis quoi ! Tout ce folklore hérité des plus anciens rituels agraires, avec une fidélité exceptionnelle, n'a-t-il d'autre but que de montrer la fragilité de la condition humaine ?

Non, franchement, je ne me sens pas de danser la *judía* au son des tambourins sur la grand-place du village en tirant des balles à blanc avec des fusils de chasse, et en tournant autour du pantin avant de le précipiter dans les flammes. De quoi ôter le goût de revenir en arrière. Déjà que je ne crois pas à l'illusion du c'était mieux avant, j'y crois encore moins cinq siècles à rebours. Cela n'aurait aucun sens. Nulle envie de retrouver la noria des massacres d'infidèles, conversions au fil du sabre, tortures d'inquisiteurs, pillages de synagogues pour quelques instants de coexistence poétique. Si je vais à Villanueva de la Vera, je risque de m'énerver, cela pourrait se finir au poste de police, mon casier judiciaire pourrait en être entaché. D'autant qu'après une semaine de suspens, l'antenne nantaise du ministère de la Justice (décidément, ma part espagnole ne cesse de me ramener à Nantes, c'est étrange) vient de me faire savoir que ma demande d'extrait de casier judiciaire jugée recevable m'arrivera par voie postale sous pli fermé et personnel en tarif lent dans la semaine à venir. Si on en venait aux mains, les *peropaleros* et moi, cela pourrait se finir au tribunal, un étranger a toujours tort contre les indigènes, une condamnation est vite arrivée, et plus rapidement encore transmise à Interpol, avec les nouveaux moyens technologiques, non, ils n'en valent pas la peine.

30. Où l'on se demande s'il faut à nouveau s'encolérer, cette fois aux Baléares, où récemment encore l'on ostracisait des Majorquins en raison de leur péché de naissance et d'origine

Dans l'archipel, on sait, on connaît, on devine. Mais dans l'Espagne intérieure, peu de gens savent ce que désigne le terme *chueta*, dérivé du catalan *jueto*, autrement dit « petit juif ». À la manière dont ils le disent, c'est rarement un compliment, surtout si on y met le ton. En fait, cela recouvre une histoire qui est une honte. Le *chueta* est un chrétien majorquin dont les aïeux, juifs convertis condamnés comme relaps par l'Inquisition, étaient revenus au catholicisme. Mais la population, qui ne les accepte toujours pas, persiste au fil des siècles à les considérer comme juifs. Ils sont aujourd'hui un peu moins de vingt mille que leur nom (Valls, Cortès, Bonin, Valleriola, Pico, Segura, Pina, Tarongi, Fortesa, Valenti, Aguiló, Fuster, Martí, Míro) désigne, distingue et marginalise. Mais on n'en parle pas. Les historiens continuent à disputer sur la question de savoir si eux et leurs ascendants n'ont jamais cessé de judaïser en secret. Car si c'est le cas, cela justifierait le mépris de la population locale. De tous les convertis, ce sont eux qui ont souffert le plus longtemps de leur statut. C'est peu dire que cela a surpris les voyageurs. George Sand, pour ne citer qu'elle, y fait écho dans *Un hiver à Majorque*, mais sa charge contre cette île jugée belle et mal habitée est générale et ses propres sentiments antisémites en auront été confortés. Jusqu'à une période récente, ils étaient encore ostracisés en raison de leur origine. Des exclus au statut d'invisibles. Au cas où ils l'auraient oublié, on garda longtemps leurs *sambenitos* suspendus dans la cathédrale à la vue de tous. On croirait voir s'animer certains personnages de pénitents à chapeau pointu gravés par Goya dans ses *Caprices*. Il faut imaginer l'humiliation que cela représente : ce scapulaire aux allures de poncho, que le condamné devait revêtir quand on le promenait en ville après le jugement, son nom inscrit sur le vêtement afin que nul ne l'ignore, puis exposé avec d'autres en l'église Santo Domingo à Palma de Majorque, dénonçant en permanence le lointain descendant d'un marrane voué aux flammes pour avoir judaïsé en secret, ainsi désigné du doigt à la population pendant la messe comme héritier d'une honte éternelle.

Au fil des siècles, on leur a tout fait subir, de l'interdiction d'exercer dans la fonction publique au massacre des jours d'émeute. Catholiques depuis des siècles, paroissiens de l'église Santa Eulalia en raison du rejet dont ils sont l'objet, forcés à une certaine grégarité par leur situation très particulière, ces juifs-malgré-eux car désignés comme tels par l'opprobre public se sont mariés entre cousins et ont porté les mêmes noms. Et comme si cette malédiction ancestrale ne suffisait pas à leur bonheur, cette endogamie leur a fait développer certaines pathologies : la fièvre méditerranéenne familiale, une maladie génétique du système immunitaire qui les raccroche chromosomiquement aux séfarades du Maghreb, et l'hémochromatose, maladie héréditaire autosomique, propre aux *chuetas* parmi toutes les populations des Baléares...

Bizarrement, les descendants de convertis n'ont pas rencontré ces problèmes ailleurs dans l'archipel, que ce soit à Ibiza ou Minorque. Seuls les Majorquins ont fait une fixation sur une quinzaine de patronymes, les ont mémorisés et transmis à leurs enfants, poursuivis par le mépris de la population depuis cinq siècles. Un ami m'a avoué qu'après avoir longuement courtisé une jeune Majorquine, il avait ressenti le besoin de lui dire qu'il était juif, ce qui provoqua aussitôt une brusque réaction : elle recula de quelques pas, se signa et disparut. Jusqu'à une période récente, une partie des *chuetas* vivaient encore dans leur quartier historique, celui de l'Argenteria, la *platería* (l'argenterie) que les Majorquins appellent « la rue des Juifs », et travaillaient comme leurs ancêtres dans les métiers de la joaillerie et de l'horlogerie, ce qui ne facilitait pas l'intégration. N'empêche que même s'ils émigraient tous d'un bloc des Baléares aux Canaries, les Majorquins continueraient selon les circonstances à mépriser, haïr voire maudire « leurs » *chuetas*. À croire qu'ils en ont besoin.

Les Majorquins n'aiment pas trop qu'on leur rappelle ces histoires. Ils préfèrent se souvenir qu'autrefois les cartographes juifs étaient si réputés qu'avant de mourir, le roi Charles le Sage dépêcha un émissaire à Palma afin qu'il rapportât l'une de leurs fameuses *mappae mundi*, la totalité du monde alors connu en six doubles feuilles de vélin, pour sa collection. Abraham Cresques et son fils Jehuda, dont Pierre IV d'Aragon dit le Cérémonieux était l'avisé mécène, se partageaient l'exécution : à l'un la cartographie proprement dite, à l'autre l'enluminure. Trois ou quatre ans après la mort du père, le fils, qui avait naturellement pris sa suite, choisit de vivre plutôt que d'être étripé sur place : il se convertit et prit le nom de son parrain, devenant Jaume Ribes ; un apprenti cartographe du nom de Samuel Corcos reçut pareillement le baptême sous la contrainte et devint Mecia de Viladestes. Ces nouveaux chrétiens cartographes firent alors merveille dans l'enluminure de bibles hébraïques, de psautiers et de bréviaires.

31. De l'extravagante capacité d'imagination des gens dès lors qu'ils laissent libre cours à leurs fantasmes dans tout ce qui touche aux maux et maladies de groupes humains et pourquoi pas les séfarades

En me retrouvant quelques jours après de l'autre côté de la péninsule Ibérique, dans une petite ville des Asturies, je n'imagine pas être à nouveau assailli par de douteuses histoires d'hérédité. D'autant que je suis venu parler littérature. On me cueille en voiture à la gare. La mère et le fils. Il fait le chauffeur, elle fait le guide, avant la conférence que je dois assurer. Au repas, elle parle, il écoute. Mais un rien suffit à faire affleurer les secrets de famille. Jusqu'à ce rien, il s'effaçait gentiment devant son savoir de professeur, lui l'étudiant en marketing. Jusqu'à ce que je l'interroge sur ses opinions politiques.

Alors il s'est enflammé : « Le drapeau déjà est un problème. Il est de droite. Il nous est arrivé avec Franco. Il représente ceux de droite. Qu'on commence d'abord par en changer et on pourra parler ensuite de nos gros problèmes d'identité. » Elle encaisse sans dire un mot. Puis nous débordons sur ce qui m'amène en Espagne. Séfarade ? Sa mère tend l'oreille. Elle désigne son fils : « Son grand-père était juif. »

Un partout, balle au centre. Il y a de la famille recomposée dans l'air. Inutile de trop insister. Juste un peu. Alors elle évoque un mal mystérieux de ce côté-là de la tribu : la maladie de Canavan. Sa nièce en est morte. Typiquement juif et héréditaire. D'où l'inquiétude lorsque son mari et son beau-frère en ont été frappés. Je connaissais déjà la maladie de Tay-Sachs pour m'y être intéressé lors d'une enquête pour un précédent roman, *La Cliente* probablement, mais pas celle de Canavan. Dans un cas comme dans l'autre, il s'agit de troubles neurodégénératifs qui se traduisent par un retard de développement sévère ou modéré chez un enfant lorsque les deux parents sont ashkénazes, et d'autant plus lorsqu'il est issu de mariages consanguins. Mais ce qui me trouble plus encore que les noires perspectives offertes par ces maladies typiquement juives, c'est que, dans ce coin reculé, cette femme en sache tant sur la question.

Le soir même, après ma conférence, un souper nous réunit avec d'autres invités dans l'arrière-salle d'un restaurant. Mon obsession onomastique ne doit pas passer inaperçue aux yeux de ce quadragénaire réservé, que la circonstance a placé à côté de moi au bout d'une grande table animée. Pourtant nous nous entretenons de tout autre chose depuis plus d'une heure – de quoi parlent deux confrères lorsqu'ils font connaissance ? Boutique, comme les autres, les journalistes n'y échappent pas même s'il arrive que le monde soit leur terrain. Il sent bien que je tourne autour du pot depuis qu'il m'a révélé son nom, mais que je n'ose pas ; comme il m'encourage du regard, je me lance tout de même au risque de heurter sa discrétion, j'en ai vu se vexer face à ma curiosité, jugée probablement inquisitrice :

« Votre nom, il vient d'où ?

— Pourquoi ? sourit-il sans imaginer que rien n'est juif comme de répondre à une question par une question, même si pareille réaction n'entraîne pas nécessairement un interminable pilpoul talmudique.

— On ne s'appelle pas Castellano en vain, si vous voyez ce que je veux dire. "Castillan" ! Comme s'il fallait dissiper un doute chez l'interlocuteur et affirmer d'emblée des racines incontestables. Ce n'est pas un nom, c'est une profession de foi ! Un tel patronyme proclame une origine. Je ne parle pas de vous, bien entendu, car cela ne relève pas de votre décision, mais de vos aïeux.

— Si ce n'est pas marrane, c'est morisque, voilà. Juif ou musulman, l'un des deux, on ne l'a jamais su depuis le temps que l'on est catholiques.

— C'est un secret de famille ?

— Pas du tout. On en parle très librement, on suppose mais on ne saura jamais. Ils ont dû beaucoup bouger avec toutes ces persécutions et ces expulsions. »

Et nous, on s'en tient là. Le fait est que cela ne semble pas peser dans sa vie. Ce serait déplacé et certainement inutile de forer publiquement son inconscient, et vain dans un contexte aussi bruyant. La question ne sera pas posée. Passons à autre chose :

« À propos, vous avez une spécialité au journal ?

— Les migrants. »

Le surlendemain, ma boussole intérieure encore gouvernée par une obsession secrète des origines, et donc de la généalogie, je me retrouve à Sanlúcar de Barrameda, petite ville de la province de Cadix, en Andalousie. Quelle idée ! On connaît tous des gens capables de parcourir des centaines de kilomètres pour contempler une œuvre d'art dans un musée. Ou dans une église. Juste une, cela suffit à leur bonheur, quand ce n'est pas l'écrin lui-même qui fait œuvre davantage que l'objet. Paul Morand était ce genre de personne mais il agissait en homme pressé, et cela lui était aussi prétexte à rouler au volant de sa voiture de grand sport. Mon rythme est tout autre si mon genre est similaire. Et de même que le médaillon de Franco sur la plaza Mayor de Salamanque ne *doit* pas m'échapper avant sa décollation définitive, il me *faut* voir la *Généalogie des Guzmán*.

Au XVᵉ siècle, le nom de Guzmán s'inscrit déjà parmi ceux de la vieille noblesse avec Mendoza, Castro, Aguilar, Ponce de León, Osorio, Manrique, Velasco… Les Guzmán, descendants du héros de la défense de la forteresse de Tarifa en 1294, incarnent depuis la fin du XIIIᵉ siècle la plus haute noblesse castillane à travers leurs trois branches : celle des seigneurs de Sanlúcar de Barrameda, celle du duc de Medina Sidonia et celle du comte-duc d'Olivares. Or à l'origine de cette famille on trouve Alonso Pérez et Maria Alphon. Et qu'importe si l'on dit d'eux *moro él, judía ella,* puisqu'ils bâtissent une immense fortune et se mettent au service du roi ; outre l'achat de terres vastes et innombrables, et l'octroi de titres de noblesse en reconnaissance, ils se construisent une légende de vieux chrétiens d'origine gothique projetée vers le futur plus encore que vers l'avenir, puisqu'il adjoint Guzmán (*got man* / homme de Dieu) à son patronyme orné d'un el Bueno du meilleur effet, et qu'elle métamorphose son nom de jeune fille de Alphon en Coronel. Plus tard, Leonor de Guzmán, présentée comme juive sévillane, devenue maîtresse d'Alfonso XI qui lui fera dix enfants illégitimes dont le futur Henri II de Trastamare, vivra publiquement avec le roi.

Un peu plus de deux siècles après, les descendants n'ont évidemment pas échappé à la fièvre généalogique qui s'est emparée des grandes familles nobles de leur temps. Étant la plus riche et la plus puissante d'Andalousie, elle se devait d'avoir son historiographe ; mais plus encore que des écrits, il lui fallait une image, un visuel ; le peintre Francisco Juanete en fut chargé. Alonso Pérez de Guzmán, septième duc, lui commanda en 1612 une *Généalogie des Guzmán* assez hallucinante : en haut la Vierge du Rosaire rayonnante, en bas, tel un gisant aux mains jointes, le fondateur de la lignée des Guzmán, entre les deux la descendance, non maternelle mais paternelle, dans un mouvement ascendant, un arbre prestigieux où se bousculent princes et religieux. Il y a quelque chose du Gad Elmaleh de *Coco*, tout affairé à épater son entourage avec la bar-mitsva du siècle. On peut voir ça (le tableau, pas le film) à la basilique de la Charité de Sanlúcar. Juste à côté, placée là dans un parallèle évident afin que l'un fasse écho à l'autre et réciproquement, d'autant que les deux tableaux sont de la même taille, une *Généalogie du Christ* commandée par le même mécène la même année au même artiste. Ce qui rend soudain très anodin tout débat sur la pureté de sang, celui-ci étant hors concours. Mais après tout, le duc de Lévis-Mirepoix de l'Académie française, qui avait parfois du mal en public avec la moitié de son nom, ne se disait-il pas cousin de la Vierge ? Le fait est que certains membres de la famille se plaisaient à prier « Je vous salue Marie, ma cousine, pleine de grâce... » et l'on ne sache pas que les Guzmán aient jamais été jusqu'à une telle extrémité. Araceli Guillaume-Alonso, qui a consacré une brillante étude à cette maison aristocratique, a trouvé le mot juste en parlant de « Sangre Guzmana ». Vous me croirez si vous voulez mais, de retour à Madrid, dans le métro je griffonnais ces lignes en toute hâte sur mon téléphone portable comme à mon habitude car ce qui n'est pas écrit est oublié et ne s'est donc pas produit, et, levant le nez au bout de dix minutes par crainte de rater l'arrêt Ciudad Universitaria, je découvris stupéfait l'arrêt Guzmán el Bueno. Non, ça ne s'invente pas.

32. *De l'origine du nom des Sananes telle qu'elle s'est manifestée dans l'archipel des Canaries, de la terreur qu'y faisait régner leur rabbin et de la malédiction des films sur mon seigneur et maître, Don Quijote de la Mancha*

Il y a sur cette île de Las Palmas de Gran Canaria un homme qui connaît l'existence de Saint-Saëns en Seine-

Maritime. Un authentique séfarade canarien avec qui je me suis entretenu, le sourire aux lèvres, de cette commune de 2 569 habitants dans le pays de Bray, au bord de la Varenne et au pied de la forêt d'Eawy, donc à une trentaine de kilomètres de Dieppe, seule la gare de Montérolier-Buchy la dessert désormais depuis la suppression de l'arrêt à Saint-Saëns, et croyez-moi, cela fait quelque chose d'évoquer ce bourg bien français depuis cet éclat d'Espagne, dans ce coin de l'archipel à hauteur du Sahara.

Cet homme s'appelle Léon Sananes Hatchuel, c'est un natif de Tétouan, qui a fait ses études d'ingénieur à Marrakech et Casablanca puis a quitté le Maroc au lendemain de la guerre des Six-Jours, a penché un instant pour le Québec en raison de la langue, est venu faire un tour aux Canaries à l'invitation d'un cousin et qui, parti pour y rester huit jours, y est resté une vie. En ce temps-là, la communauté juive se réduisait à quelques familles tangéroises. Par la suite ils seront plus d'une centaine. Mais avec les mariages mixtes, leur nombre n'a cessé de décroître. Il faut dire que Salomon Zrien, le rabbin qui la dirigeait, fort caractère et grand ascendant spirituel, n'a cessé de la couper de l'extérieur, de l'isoler dans l'idée de la protéger. D'ailleurs, entre eux, ils l'appelaient « le dictateur », affectueusement mais tout de même. Nul n'avait le courage de s'opposer à une telle personnalité. « Si on le heurtait on risquait de ne pas avoir de chabbat », se souvient Léon Sananes Hatchuel. Le rabbin est mort récemment à quatre-vingt-dix-huit ans. Son successeur, Messaod Amidjar, quatre-vingt-quatre ans, l'a suivi de près. Alors Léon a été désigné bien qu'il soit plus attaché aux traditions que religieux. Mais il a accepté pour ne pas voir cette communauté, déjà réduite à peau de chagrin, disparaître tout à fait de l'archipel malgré la présence de quelques familles argentines à Tenerife.

Il ne reste rien des séfarades réfugiés ici après la grande expulsion. Soudain son masque buriné s'assombrit. Lui a réussi, ses enfants sont auprès de lui, dans sa florissante entreprise d'importation de vêtements professionnels. Mais ça ne suffit pas à son bonheur : « J'aimerais savoir comment importer des Juifs ici... » Lui me comprend lorsque je lui confie ma fierté muette, le matin même en visitant la Casa de Colón, résidence du premier gouverneur de l'île où Christophe Colomb aurait séjourné, particulièrement la salle 6 de la cartographie et des instruments nautiques, à la vue du fameux *Atlas catalan* d'Abraham Cresques et de son fils Jehuda. Il me comprend comme on se comprend à l'évocation, une fois de plus, de Saint-Saëns, car dans sa famille on dit depuis des générations que Sananes vient de cette petite ville dont les habitants sont des Saint-Saënnais, et ses ancêtres séfarades en furent, il y a si longtemps.

Puisque je suis dans le quartier, je pourrais faire un saut à Fuerteventura, l'archipel n'est pas si grand. Le journal local annonce que Terry Gilliam y poursuit le tournage de son *Quijote*, à moins que ce ne soit celui-ci qui ne le poursuive. Il a engagé Adam Driver, formidable personnage silencieux et aérien du *Paterson* de Jim Jarmusch, pour incarner son Toby, le réalisateur de clips publicitaires parti sur les traces de l'ingénieux hidalgo.

Ce film impossible, maudit parmi les maudits, est en

chantier depuis près de vingt ans. Tempête sur le plateau, pluies diluviennes, grondement des avions d'une base militaire proche empêchant la prise de son, lieux inappropriés, défection de Jean Rochefort souffrant du dos et de la prostate, mort de son cheval à force d'être amaigri pour les besoins de l'histoire, que n'a-t-il subi ! Le sort s'acharnait sur lui. Le réalisateur en est tombé malade. Il s'est relevé, est remonté à cheval, a saisi sa lance et il est reparti à l'assaut des maisons de production, fonds de pension, banques, financiers et autres moulins à vent. Quel courage, quelle obstination et quelle inconscience dont je ne vois dans l'instant d'équivalent que chez le Lanzmann de *Shoah* ou le Coppola d'*Apocalypse Now*. Eux aussi ont tout enduré et ils ont tenu bon là où tant d'autres auraient abandonné.

Au Festival de Cannes cuvée 2016, je m'étais trouvé aux côtés de l'ancien Monty Python, à la cantine des VIP, avant qu'il ne s'éloigne un peu de notre table pour s'entretenir, debout mais longuement, avec Jim Jarmusch qui passait par là. Que pouvaient-ils bien se raconter ? La curiosité me coupa l'appétit. Un ou deux tours effectués en vain pour glaner quelques mots et je m'étais résolu à les photographier à defaut de les épier. La lumière me vient donc un an après à Las Palmas de Gran Canaria en feuilletant *La Provincia*. Ils tournent justement en ce moment du côté de Fuerteventura, à l'autre bout de l'archipel, *L'Homme qui tua Don Quichotte*, ultime avatar de son projet fou mais somme toute assez raisonnable en regard du truc, il n'y a pas d'autre mot pour désigner l'espèce de film hallucinant qu'Orson Welles a ébauché à partir du même chef-d'œuvre avant de l'abandonner en route.

Gillam, lui, en bon traducteur, a eu d'emblée l'intuition de ne pas s'acharner à reproduire le roman à la lettre mais de demeurer fidèle à l'esprit tout en adjoignant un comparse au chevalier, mais un personnage qui nous est parfaitement contemporain, décalage dans le temps produisant un heureux effet de contraste qui lui a été inspiré par la lecture du roman de Mark Twain, *Un Yankee à la cour du roi Arthur.*

Un instant, j'ai pensé plaquer mes engagements sur place pour filer les retrouver à Fuerteventura ; mais en m'imposant, je craignais de les indisposer et d'être l'un des grains de sable qui gripperait à nouveau cette machine fantastique. Cervantès ne me le pardonnerait pas. Je ne partirai pas à la recherche de cette île, ça porte malheur. Autant rentrer à Madrid par le prochain vol et chercher celle ou celui qui pourra faire aboutir ma demande de naturalisation.

Un notable de la communauté juive de la capitale m'a bien donné un nom, aussitôt noté sur un ticket de métro usagé et perdu depuis. Mais cette personne, je sais où et quand la trouver. Tous les vendredis soir à la grande synagogue.

33. Où il est question de la présence spectrale de Julio Iglesias parmi les fidèles, et de Rafael Nadal, entre autres fameux événements

S'il y a une synagogue en Espagne, pas un musée de bric et de broc, un monument aux morts, un attrape-touristes, non, une synagogue en activité avec un centre communautaire, un enseignement, une salle de prière, c'est à Madrid qu'elle se trouve. Un riche homme d'affaires du nom de Max Mazin, qui présidait autrefois aux destinées de la petite communauté juive de la capitale, avait convaincu les autorités d'en autoriser la construction en 1969, mettant ainsi fin à une interdiction de cinq siècles. Ironie de l'histoire, le gouvernement tint à l'en remercier en le décorant de la grand-croix d'Isabelle la Catholique, grade suprême juste avant le collier. Passons…

Ce vendredi soir, quand je m'y rends pour la première fois, la chaleur impose une halte à mi-chemin au hasard, au Wanda, calle de Maria de Molina, qui s'annonce comme un « *café optimista* » ! Pour accompagner mon jus de pomme, le garçon me propose « un Tel-Aviv » à base de houmous. Mais qu'est-ce que je lui ai fait ? Bizarre tout de même. Plus loin, je demande la direction de la calle de Balmes à un homme très chic arrêté devant une échoppe pour acheter des cigarettes. Il me l'indique avec force explications et me salue par un vibrant et empathique « *Chabbat shalom !* » alors que de toute évidence il n'en est pas. Entre le complot et la séquence de caméra cachée, j'opte par principe pour l'hypothèse la moins paranoïaque. De crainte d'arriver en retard, je prends le métro, deux stations à peine, il faut descendre à Iglesia, rapport à l'église paroissiale de sainte Thérèse et sainte Isabelle. Cela ne s'invente pas. Sur le chemin de la synagogue, quelque chose en moi me pousse à me retourner discrètement, accroupi pour lacer mes chaussures, afin de m'assurer que je ne suis pas suivi par un agent du CNI (Centro Nacional de Inteligencia), les espions espagnols.

Elle est mieux gardée que celle de ma paroisse à Paris. Il est vrai qu'elle a aussi fonction de symbole et d'ambassade, ceux de tout le judaïsme espagnol. Trois policiers armés de mitraillettes dans l'enfilade de la rue de part et d'autre de la grande porte, deux autres en civil et plus légèrement armés, un agent du Mossad à l'entrée. Le crâne rasé, les lunettes de soleil sur le front, l'oreillette discrète, petit et large d'épaules dans sa veste à manches courtes et poches multiples, on le croirait échappé d'une série israélienne. C'est lui qui filtre dans le sas entre la rue et le bâtiment, et interroge un par un séparément ceux qu'il ne reconnaît pas, les occasionnels. Puis il poursuit à l'intérieur. Rassurez-vous, je ne dévoile rien de secret car ces rituels sont connus de toute personne qui embarque à l'aéroport pour un vol à destination d'Israël, et plus encore s'il s'agit d'un vol El Al. Tout y passe : vérification du passeport, nom de jeune fille de la mère, adresse en ville, petite question piège sur la ville de naissance ; il vous embrouille, essaie de vous coller, jongle habilement avec l'espagnol, le français, l'hébreu, l'anglais, joue au naïf, laisse accroire qu'il en a fini avant de relancer l'interrogatoire sur un autre terrain, mais sans jamais s'attacher à la pertinence des réponses ; sa fonction est de déstabiliser l'étranger afin de relever une faille et de s'y engouffrer. Ici, l'homme dissimulé derrière la glace sans tain vous ayant déjà radiographié, la fouille n'est pas corporelle mais psychologique. Cela devient un jeu entre nous. L'inquisiteur s'emploie à me coincer :

« Quelle est la grande fête juive à laquelle vous avez assisté tout récemment : Pessah ? Chavouot ? Kippour ?...

— Chabbat.

— Non, je parlais des grandes fêtes...

— Il n'y en a pas de plus grande que le chabbat. »

Il encaisse le coup, s'apprête à me rendre mon passeport et se ravise en s'en tapotant le plat de la main :
« À propos, comment s'appelle votre rabbin à Paris ?

— Il n'y en a pas.

— Mais si, allons ! Bien sûr qu'il y en a un !

— Chez nous, chacun peut conduire la prière. »

Il me rend mon passeport et, d'un ton résigné, s'adresse à la glace sans tain en murmurant en hébreu :
« On est tous des sages... Allez, ouvre. »

La synagogue est vaste. Ses vitraux diffractés en larges éclats multicolores laissent filtrer une belle lumière. Des noms gravés *in memoriam* sur les murs me sont familiers. À défaut d'avoir connu ces disparus, je les reconnais, Safra, Nahon, Saltiel, Benzaquen, Laredo... Je finirai bien par y trouver l'homme que je cherche. Celui qui saura m'aider. La rencontre se fera d'instinct, j'en suis persuadé. Alors que débute l'office et que la liturgie me parle comme si elle s'adressait personnellement à mon âme, un étrange sentiment s'insinue et m'étreint : je me sens d'emblée chez moi comme si je n'étais jamais parti. L'atmosphère y est pour quelque chose, la chaleur des fidèles, le bain de la langue surtout.

J'en suis là de ma méditation intérieure lorsque l'Importun, tout de fatuité satisfaite, fait son entrée en vedette américaine. Au cours de mes voyages, partout dans le monde, je m'efforce de trouver le lieu de prière qui me permettra d'accueillir la fiancée du chabbat, de boire le vin de la bénédiction du septième jour et de rompre le pain avec les fidèles. Je pourrais écrire un

Gault & Millau des synagogues du vendredi soir. Or un personnage comme l'Importun, j'en repère toujours un où que je me trouve, de préférence dans les pays latins ; je l'enrôle aussitôt dans mon guignol pour ma collection internationale. Il arrive un quart d'heure après le début de l'office pour bien se faire remarquer quand tout un chacun en pareil cas aurait tendance à se faufiler discrètement au dernier rang. Celui-ci est vraiment le sosie de Julio Iglesias, du moins du temps de sa splendeur car ce dernier ressemble désormais à sa momie. Lui tout craché à ceci près que le chanteur a le regard plus intelligent. Costume en alpaga bleu nuit impeccablement coupé sur une silhouette svelte et élancée, cravate bleu marine sur chemise blanche sans l'ombre d'un pli, chaussures lustrées pour mieux s'y mirer lorsque son regard s'échappe du livre des Psaumes, bronzage entretenu, denture d'un blanc étincelant dans un sourire de clé à molette, montre et boutons de manchette avantageux, chevelure poivre et sel brillantinée et plaquée en arrière jusqu'à lui constituer une touffe bouclée dans le cou, il porte beau pour un homme dans la soixantaine. Quelqu'un de bien repassé. Il a de l'allure, incontestablement, mais quelque chose la gâche. Il est à lui seul un signe extérieur de richesse. Soudain par contraste l'assemblée des fidèles se trouve très démunie. On croirait un avocat d'affaires. Quelque chose me dit que sa clientèle alimente l'inépuisable chronique de la corruption dans les quotidiens. On ne sent pas l'homme dans l'attente de l'épreuve qui lui donnera enfin la mesure de la vie.

Dès son arrivée, doté d'une assurance qui force l'admiration, se mouvant avec la lenteur étudiée du séducteur certain de pouvoir émoustiller une soupière en fonte, il se dirige au fond de l'édifice pour saluer le rabbin en un obséquieux face-à-face, inclinant la tête comme si celui-ci connaissait personnellement l'Éternel depuis un certain temps déjà, l'étreindre en un *fuerte abrazo* et lui souhaiter un bon chabbat, en faire autant avec le chantre à ses côtés, pas gêné du tout de les interrompre dans leur récitation du Cantique des cantiques, cette merveille de délicatesse érotique un instant offusquée par la vulgarité sonnante et trébuchante de Julio Iglesias. À l'observer, on n'ose même plus imaginer qu'il aurait pu attendre la fin de la cérémonie comme tout le monde. Il n'en a pas fini car sur le chemin du retour, pas trop pressé de s'asseoir enfin, voilà qu'il fait quelques détours afin d'embrasser, de donner l'accolade voire de pincer affectueusement la joue de certains fidèles tel Napoléon avec l'oreille de ses grognards, et de serrer des mains qui ne se tendaient pourtant pas vers lui. Il paraît être en campagne électorale, si sûr et si satisfait qu'on s'en voudrait de le démentir. Enfin, il se range et se fait oublier. Dans son rituel commentaire d'un verset biblique, le rabbin s'adresse aux fidèles en espagnol. Ce qui est naturel pour eux mais exceptionnel pour moi tant cela parle à ma mémoire archaïque. Les ombres des ancêtres semblent voler au-dessus de nous comme les anges dans les tableaux baroques qui unissent le monde visible et palpable à celui du mystère, mais que l'on se rassure, c'est juste une impression. Plus tard, dans l'allée centrale, avant de reculer de trois pas en s'inclinant à l'instar d'un serviteur prenant congé de son maître, comme il se doit au moment de la récitation des sept bénédictions de la *amida*, prière qui se prononce debout, j'ai le réflexe de regarder derrière moi afin de ne pas peser sur les pieds d'un autre. Julio est là mais il a retiré sa veste, les pectoraux gonflés et mis en valeur par de larges bretelles anglaises. Quelque chose de Gordon Gekko alias Michael Douglas dans *Wall Street*. Tout est dans l'accrochage : surtout pas de pinces en acier inoxydable mais des pattes en cuir. Il a le bon goût de ne pas porter de ceinture en sus. Après l'office, lorsque toute l'assemblée se regroupe debout autour d'un buffet pour rompre le pain et partager le vin du chabbat, il se place ostensiblement aux côtés du rabbin et s'époumone comme un supporter du Real Madrid dans une tribune VIP du stade Santiago-Bernabéu. Il faut espérer que ce clown vaniteux est un gros donateur de la communauté, au moins. Cela nous dédommagerait de sa présence palpable.

Un fidèle au chef coiffé d'un élégant chapeau en feutre noir s'approche de moi :

« Vous me reconnaissez ?

— Bien sûr ! On s'était croisés à une conférence au Centre séfarade, on avait bavardé et...

— ... et je vous avais conseillé d'exposer votre cas à l'un de nos amis ici. Vous lui avez parlé ?

— En fait, je ne l'ai pas encore identifié... »

L'homme au chapeau se place à mes côtés face à la grande table et au rabbin qui y officie ; et, alors que toute l'assemblée debout réunie reprend en chœur les bénédictions du vin et du pain, il me désigne Julio Iglesias d'un discret coup de menton. Notez que je n'ai rien contre Julio Iglesias, le vrai, tout au contraire. D'autant que lui aussi est séfarade. Parfaitement, ainsi qu'il l'a révélé lors d'une de ses tournées triomphales en Israël : sa mère née María del Rosario de la Cueva y Perignat descendait de *conversos* si crypto-judaïsants que leur patronyme à rallonge ne le manifestait en rien, mais c'était il y a bien longtemps. Plus guère de traces si ce n'est émotionnelles et sentimentales. Ce qu'il entendait probablement en confiant à l'envoyé du *Jerusalem Post* un peu interloqué qu'il était juif « de la ceinture jusqu'en haut ». Nous voilà au moins renseignés sur l'état de son anatomie. Le tennisman Rafael Nadal Parera, souvent désigné comme un descendant de *chuctas* malgré ses démentis, n'est pas allé jusqu'à une pareille extrémité.

Tu ne me croiras peut-être pas, lecteur oisif mais attentif, si je t'avoue que je n'ai pas pu faire le pas en avant, ni tendre la main et encore moins solliciter une faveur du personnage car quelque chose en moi m'en a empêché. Ne me reste plus qu'à m'éclipser, ce qui pourrait passer pour une seconde nature proche de la lâcheté. Au fond, je me sens comme plusieurs autres des fidèles pressés de rentrer chez eux et, sans le dire, de regarder « le » match à la télévision...

Ce soir-là, je ne sais pas ce qui m'a pris : suivant le conseil d'Abraham Bengio, personnage attachant d'une érudition aussi joyeuse que généreuse, je me suis précipité plaza Mayor. Une fois sur place, j'ai pris un air pénétré, j'ai pensé très fort au tableau de Francisco Ricci reproduisant un autodafé (du portugais *ato de fé* tiré du latin *actus fidei*, autrement dit « acte de foi ») ici même, une funeste nuit de 1680, et, ayant attiré les regards par le spectacle douloureux de ma contrition, j'ai répété plusieurs fois d'une voix grave :

« C'est ici qu'on a brûlé mes ancêtres ! C'est ici... »

D'après Abraham (Bengio, pas l'autre), si cela ne produisit aucun effet sous le franquisme, des badauds se manifestaient par des flots de tendresse depuis la Movida. En fait, ça ne marche pas toujours. Je ne dois pas avoir l'air assez juif. Pourtant, je m'arme de patience et j'essaie à plusieurs reprises, fermant même les yeux pour mieux me pénétrer de ma remémoration familiale dans ce qu'elle a de plus tragique. À un moment, je perçois une première clameur, puis une seconde, suivies d'échos d'applaudissements nourris. En rouvrant les yeux, il faut bien se résoudre à l'évidence : le centre de la plaza Mayor où je me trouve, là même où l'on brûla des hommes et des femmes pour l'insincérité qu'on leur prêtait, ce point focal est quasiment vide. Les clameurs viennent des cafés sous les arcades où les gens se sont agglutinés face à de grands écrans pour regarder leurs héros faire trembler les filets.

Tant pis si ce n'est pas pour moi. Je m'approche d'un groupe de supporters, et me joins à eux dans le fol espoir d'une communion autour de cette religion qui ne dit pas son nom. Des images m'envahissent mais ce sont celles d'un autre match... Une nuit assez fraîche de cette même année 2017, le 24 mars à Gijón, la ville côtière des Asturies est en effervescence. Cinq cents policiers au stade. Au programme : Espagne-Israël. On prévoit que le match se déroulera sous haute tension. Il est vrai que la ville s'est déclarée « espace libre de l'apartheid israélien ». Le conseil municipal a en effet voté une déclaration appelant au boycott d'Israël. Toutes les villes espagnoles dont le club évolue en première division ont été sollicitées par les militants de BDS (Boycott Désinvestissement Sanctions). Seule Gijón a suivi mais la campagne a pris une telle ampleur que la gauche a dû reculer et annuler ce qu'elle avait voté. Trop tard : il y a du monde dans la rue pour manifester et les mêmes se sont retrouvés juste après dans le stade pour brandir un carton rouge chaque fois que des Israéliens avaient la balle au pied. Résultat logique : 4-1 pour la Roja. Ce que j'en ai retenu, outre la logique à peine dissimulée derrière cette entreprise et la vraie nature de ces boycotts, c'est le nom du gardien. Ce Marciano qui a encaissé ces quatre buts en Espagne cinq siècles après que ses aïeux eurent été chassés de Murcie. Marciano face aux cris de haine de ceux qui brandissaient leurs cartons rouges, contre son pays et contre aucun autre, dans un bel élan d'indignation collective à géométrie variable.

Le lendemain, bien décidé à me changer les idées, je m'accorde une escapade et, va savoir pourquoi, lecteur inoccupé mais si bienveillant avec le hardi séfarade qui s'est mis en tête de redevenir espagnol, pour ne pas rester sur de mauvaises impressions laissées par ce match à Gijón, je redescends des Asturies vers la Castille-León jusqu'à un village qui se trouve être justement aussi philosémite que d'autres... ne le sont pas ! Juste pour voir à quoi cela ressemble et pour entendre cette douce musique. Un village dont on parle jusqu'au Mexique !

*34. Qui traite de la merveilleuse histoire de ce minus-
cule coin de terre de Castille-León qui a métaphoriquement tué les Juifs pendant des siècles et qui désormais
les aime au point de les inscrire sur son drapeau*

Longtemps, ce village dans le nord du pays s'est appelé
Castrillo Matajudíos. Autrement dit « Castrillo Tue-les-
Juifs ». Il a fallu plusieurs siècles pour s'aviser que, tout
de même, cette injonction à les occire dans le nom même
du village était gênante. Rien à voir avec le politiquement
correct. C'est juste que ça ne se fait pas, ou plus. Tout le
monde ne peut pas habiter Villejuif. Ce village non loin
de Burgos, on ne passe pas devant par hasard, même si
celui où naquit le Cid Campeador, le mercenaire chrétien héros de la Reconquista, n'est pas loin. Il faut aller
le chercher. Ce que je fais en compagnie de Miguel et
Esther, les piliers du Centre séfarade à Madrid.

Sur son passeport, ou sur tout document administratif où l'on doit décliner son identité, c'est un lieu de
naissance ou un lieu d'habitation difficile à porter. Il
faut sans cesse fournir des explications : « Alors comme
ça, à Castrillo on tue les Juifs comme ailleurs on tue
le cochon ?! » Des Juifs, il y en avait dans ce village
de Castille-León dès 1035, jusqu'à mille cinq cents
âmes. Ils s'étaient réfugiés sur la petite colline (*mota*)
en face après qu'une crise les eut spoliés de leurs biens
et expulsés de la ville où ils vivaient. Jusqu'au coup de
tonnerre de 1492.

En 2014, un dimanche de mai, un scrutin un peu
moins suivi mais bien plus original que les élections
européennes se déroule au même moment à Castrillo

Matajudíos. Deux questions : Êtes-vous favorable au changement de nom de la commune ? Êtes-vous défavorable au changement de nom de la commune ? Vingt-neuf bulletins « oui » sur cinquante-deux votants. Amère victoire car cela signifie que vingt-trois habitants du village, soit à peine moins de la moitié, ne voient pas d'inconvénient à encore tuer les Juifs, métaphoriquement s'entend !

À l'arrivée dans le village, le comité d'accueil est des plus sympathiques. Pour la discrétion c'est raté car un article illustré paru dans le *Burgos Noticias* claironne ma venue. Une visite sous la pluie et dans le froid. À la vue du cimetière à la sortie de la ville, je n'ose demander si, sous la première couche, on trouverait des tombes juives. Sans attendre la réponse archéologique, des femmes séfarades y sont venues lire des poèmes de Thérèse d'Ávila et Abraham Bengio y a récité le kaddich. Ici, tout ce que l'on exhume est matière à débat. Le moindre signe, le plus petit détail, la plus insigne trace sont interprétés. Tout récemment encore, à l'église, une mystérieuse malle qui a tout d'un coffre synagogal dans lequel on déposait les rouleaux de la Torah, mais comment savoir. Et au lieu de dissiper le mystère, les initiales HSA sous la serrure ne font que l'augmenter. Avec Antonio de Cabezón, fameux musicien à la cour de Felipe II, né en 1510 au village, et on imagine que la municipalité ne manque pas une occasion de célébrer son enfant prodige, c'est plus calme, plus balisé, sans surprise. Encore que... Il était juif et son oncle était surnommé « l'Inquisiteur ». Lorsqu'on en parle, c'est sur le ton de la confidence, comme si cela se passait hier.

Le village paraît aussi désert qu'habité. La cohorte des ombres est la plus importante population de ce lieu fantôme si animé depuis qu'il a accédé à une notoriété nationale.

Un banquet nous réunit au El Mesón, à l'entrée de Castrojeriz, le village d'à côté, étape sur le chemin français de Saint-Jacques-de-Compostelle, avec de drôles de pèlerins en vérité. Une auberge comme il y en a beaucoup dans le *Quijote*. C'est là que Cervantès non seulement distribue ses personnages mais, plus invisibles, les différents genres littéraires qu'il expérimente. L'auberge, avec toutes les populations et types humains qu'elle brasse, est le lieu de ses expérimentations littéraires car tout y est possible. Ce décor permet au lecteur de devenir l'un des personnages et de s'asseoir à table parmi eux pour écouter toutes les formes de récits. Dans le *Quijote*, des gens d'Église, des hommes de loi, des artisans, des muletiers, des dames et des gentilshommes, des prostituées et des poètes. Ici, je me retrouve parmi des architectes, des archéologues, des conseillers municipaux, des fonctionnaires à la Culture, des invités madrilènes. Je me demande auxquels je m'identifie le plus naturellement, ceux du réel ou ceux de la fiction, si tant est que l'un ne déteigne pas sur l'autre et réciproquement. Sans compter les autres clients, qui ont tous des trognes et des panses qui appellent le portrait, à l'exception d'un homme seul, attablé à l'écart, mince, presque maigre, très digne et très désœuvré ; il y a quelque chose en lui d'un hidalgo de l'ancien temps comme on en trouve dans *La Vie de Lazarillo de Tormes*, un hidalgo très pauvre et très affamé, car il ne travaille pas, comme un noble, mais il a toujours un cure-dents au coin des lèvres pour faire croire qu'il a mangé, exactement comme cet homme de l'autre côté de la table, le regard perdu dans le vague, un vrai personnage de fiction car on pourrait tout inventer à partir de ce fin bâtonnet de bois. À tel point que j'hésite à tout lâcher dans l'instant, à reconsidérer l'endroit dans l'idée que toute auberge est théâtrale, à reconfigurer mon roman puis à raconter l'Espagne d'avant et celle d'aujourd'hui, et en filigrane la guerre des deux Espagne, sans quitter le huis clos d'El Mesón, à Castrojeriz, étape sur le chemin français de Saint-Jacques-de-Compostelle, un vrai huis clos de théâtre comme j'ai tant aimé en vivre à l'hôtel Lutetia et au château de Sigmaringen, mais non, qui suis-je pour m'accorder de telles libertés, la raison en moi reprend le dessus, j'ai déjà suffisamment digressé, divagué et emprunté de chemins de traverse, cela pourrait nuire à l'accomplissement de ma passion monomaniaque : l'obtention de la nationalité espagnole.

La conversation roule sur la politique mais je n'ai pas de mal à l'orienter vers ce qui m'amène ici. D'autant que mon voisin de gauche en est le grand responsable : Lorenzo Rodríguez, le maire de Castrillo Mota de Judíos, silhouette râblée et avenante, le sourire aussi franc que la poignée de main, un tempérament d'entrepreneur précédé d'une réputation d'honnêteté et de courage, passionné par les origines, fait preuve d'une énergie, d'une imagination, d'un esprit étourdissants. Dans le civil, il œuvre dans le transport et la distribution de sel. En 2012, cinq ans après avoir été élu, il a décidé qu'il n'en pouvait plus : « Ça devenait impossible de travailler avec un tel nom de ville ! De toute façon, quelle honte, non ? » C'est peu dire qu'il a de l'ambition pour son coin de terre. Si nul ne le freine, il réussira à faire de son village la capitale régionale de Castille-León. Sans son activisme tous azimuts, personne en Espagne ne connaîtrait l'existence de son village, qui s'appellerait toujours Castrillo Tue-les-Juifs ! Autour de la table, tous en conviennent et parlent de lui devant lui, comme s'il était absent, ce qui ne semble pas fait pour lui déplaire car il a aussi l'humour de l'autodérision :

« S'il n'aimait pas tant son village, Lorenzo pourrait être maire de Burgos...

— De Madrid !

— Et même roi d'Espagne !

— ¡ *Vale !* »

Pourtant nous n'en sommes qu'à la première bouteille de rioja. C'est un homme de droite mais sa sagesse l'amène au-delà de l'idéologie, surtout depuis qu'il est passé du PP à Ciudadanos. Il me raconte que lorsqu'il s'est rendu en Israël afin de préparer le jumelage de son coin de terre avec Kfar Vradim, près de Nahariya, on lui a rapidement demandé :

« Vous êtes combien là-bas ?

— Soixante et un habitants, a-t-il répondu en baissant la voix.

— Soixante et un mille ?

— Euh, non... Soixante et un. »

L'élu de Kfar Vradim, fort de 5 556 habitants, n'en revient pas. Les Israéliens sont d'autant plus intrigués que, pour une raison inconnue, le maire de Castrillo Mota de Judíos n'a cessé de se préoccuper du sort des Bédouins de Galilée venus de Jordanie et de Syrie. À tous, il demandait :

« Et les Bédouins ? »

Un mystère que cette sollicitude. Lorsque j'interroge à la cantonade sur la moitié du village qui a dit son hostilité au projet de le rebaptiser, une voix répond :

« C'est la moitié qui n'est pas d'origine marrane, contrairement au maire et à son équipe ! Ils ont dû se battre contre les autres, intolérants, ignorants de l'histoire de l'Espagne, oui, des antisémites, qu'est-ce que vous croyez, mais on a fini par avoir le dessus ! »

Ceux-là n'ont pas dû apprécier non plus que, outre le nom, il fasse aussi modifier le blason et l'étendard du village au fronton de la mairie en y incluant une étoile de David. Afin que nul ne l'ignore ! Une dame en face de moi renchérit tout en m'apprenant que le vote a suscité des remous assez vifs au-delà du périmètre de Castrillo. Le maire à mes côtés, que j'interroge d'un regard muet, me renvoie aussitôt d'un coup de menton tout aussi muet vers un homme assis en bout de table, du genre taiseux mais attentif aux conversations. Je vais donc m'asseoir à côté de lui, le sergent de police Víctor Cordero, qui veille sur la sécurité de vingt-cinq villages depuis son quartier général de Castrojeriz. Ma curiosité le fait sourire.

« C'est vrai, il y a eu des menaces, concède-t-il avant de se détendre. Ça venait de la droite qui ne voulait pas changer l'Histoire, de la gauche solidaire de la Palestine dans la région de Burgos, et de l'extrême droite madrilène. Puis ils ont peint des graffitis sur les pancartes pour remettre le A à la place du O, afin que *MOTA* (colline) redevienne *MATA* (tue) comme avant. Tout ça pour une lettre ! Ils ont aussi ajouté le symbole de la croix d'Occident.

— Mais il y a eu des arrestations ?

— Deux à Madrid et à Burgos. La communauté juive a payé un avocat pour assister le village. »

Au moment des adieux, sur le terre-plein devant le commissariat, le sergent Cordero interrompra notre conversation pour disparaître un moment et revenir avec un livre que tous m'envient et qui sera le fleuron de ma bibliothèque désormais, un album souvenir richement illustré sur les *Guardias civiles al servicio de Burgos*.

On ne s'ennuie pas dans ce coin de Castille, on est plein de projets depuis que le village s'est découvert un passé et que le maire parcourt l'Espagne et le monde pour se faire l'ambassadeur de « la » commune qui a osé. La construction d'un Centre d'interprétation de la culture séfarade, projet d'architecture quasi futuriste comprenant salle d'exposition, lieu de conférence, bibliothèque, et le développement d'activités touristiques sont dans les tuyaux. Parfois ils en font trop. Un peu gênante tout de même, cette volonté de l'association de Castrillo de lutter entre autres objectifs pour « la récupération de l'ADN séfardi » tant cela renvoie inconsciemment au statut de la pureté de sang de funeste mémoire.

On ne sache pas que le village de Mahamud, non loin de Burgos, ait demandé à changer de nom, pas encore. Non plus que celui de Valle de Matamoros (« Vallée de Tue-les-Maures » d'où le « matamore »), dans la province de Badajoz en Estrémadure. Si c'était le cas, Lorenzo Rodríguez, monsieur le maire, le saurait car rien ne lui échappe de la politique tant locale que nationale.

« Ah, une chose encore, me dit-il avant le viril *abrazo* des adieux. Vous avez votre téléphone sur vous ? »

Je le rallume et le lui tends. Il pianote avec vélocité.

« Vous permettez... vous voilà *follower* de mes tweets séfarades. Je vous ai aussi inscrit à *Mundo Sefarad*. Vous verrez, il se passe tout le temps quelque chose à Castrillo Mota de Judíos ! »

À vrai dire, je n'en doutais plus, si toutefois l'idée m'eût jamais effleuré. Celui-là n'est pas juif mais il est encore pire que moi.

35. Qui raconte comment j'en suis venu à vénérer la haute figure de Miguel de Unamuno, loué soit-il, l'homme à qui je dois de savoir dire « non »

À Salamanque, il est inutile de chercher le quartier juif au pied de la muraille : il a été détruit après l'expulsion de 1492. Il faut beaucoup d'imagination au visiteur pour retrouver les lieux où vécut l'une des plus importantes communautés de la région. Mais si l'on est lecteur et spectateur de *La Célestine* (1499), tragi-comédie du converti Fernando de Rojas, classique des classiques, on a plus de chances de retrouver le verger de Calixte et Mélibée à la cathédrale, encore qu'il ne s'offre pas à la vue du premier venu. Très peu d'arbres dans la ville. À croire que cette terre ne les aime pas. Aussi quand on en voit un, on le remarque. De toute façon, ce qu'il y a de plus beau à Salamanque, c'est Salamanque. Les murs médiévaux, les rues, les maisons, les musées, les églises, les palais, les couleurs. Ailleurs aussi mais mieux ici grâce à la lumière douce et tendre qui doit beaucoup à la pierre de Villamayor, la fameuse pierre de taille salmantine oscillant entre le rose, le rouge et l'orangé, et à l'oxydation des traces du minerai de fer qu'elle renferme.

Si j'ai voulu revoir Salamanque, c'est pour y vérifier deux choses : une absence et une présence. La première est récente. Pour le constater, il faut se transporter sur la plaza Mayor, faire le tour de la cinquantaine de médaillons qui y sont incrustés au-dessus des arcades baroques tout le long et prendre acte que celui de Franco en a bien été retiré, laissant un vide entre Carolus III et Alfonso XI. Ainsi en a décidé tout récemment le conseil régional de Castille-León à la suite de plaintes d'élus de gauche. Le caudillo s'y trouvait depuis 1936. Ce qui est tôt. Il est vrai qu'il avait fait son quartier général du palais épiscopal, un temps le siège du gouvernement provisoire des insurgés franquistes. Ce qui laisse des traces. On comprend que la ville soit toujours perçue comme une des plus conservatrices du pays. Au fond, m'explique Amelia Gamoneda qui enseigne au département de philologie française, deux Salamanque se tournent le dos : celle de l'université, de ses professeurs, de ses étudiants, de ses anciens élèves, et celle de la *cornucracia*, l'aristocratie du *toro*, de l'élevage, des grands propriétaires latifundiaires.

Voilà pour l'absence. Quant à la présence, il ne faut pas la chercher du côté du Novelty (rien de tel que la nouveauté pour désigner un très vieux café) ou de La Industrial (la meilleure pâtisserie de la ville, comme son nom ne l'annonce pas), mais à l'université, la plus ancienne en activité du monde hispanique, « la » fierté de la ville. Il me fallait impérativement m'y arrêter. Non pour en admirer le fronton aux motifs sculptés typiques du style plateresque entre gothique et Renaissance, d'une richesse et d'une densité il est vrai inépuisables. Ni dans le fol espoir de déchiffrer la signification secrète de sa devise *Quod natura non dat, Salmantica non præstat* (Ce que la nature ne donne pas, Salamanque ne prête pas), en la regardant longuement droit dans les yeux. Juste pour marcher dans l'une des salles de l'université à l'étage, et m'en imprégner. Cela paraît anodin mais c'était impératif.

La salle d'apparat, celle où se déroulent les remises de diplômes, face à des tapisseries historiques. Non que j'aie jamais rêvé d'y être consacré honoris causa, après tant d'autres bien plus prestigieux. Mais c'est là que le philosophe Miguel de Unamuno a pris la parole en sa qualité de recteur de l'université, le 12 octobre 1936, jour de la fête de la Race espagnole, en fait une célébration de l'hispanité, pour une cérémonie à la gloire de la Vierge du Pilar. La salle était pleine à craquer d'officiers, de militaires, de notables, de prélats. Le recteur était assis au premier rang entre l'épouse du caudillo et l'évêque. Jamais je n'oublierai les mots que cet homme fier, digne et orgueilleux, qui fait plus que ses soixante-treize ans, a prononcés. Et pourtant, de me le remémorer en déambulant dans cette salle des Actes, avec tout ce qu'elle peut avoir de solennel et de magistral, de caresser les rideaux en velours rouge cramoisi, d'observer le fauteuil où il avait pris place et les bancs des spectateurs, m'a donné le sentiment ineffable d'*entendre autrement* ce discours difficilement passé à la postérité faute d'avoir été enregistré, ce discours qui n'en est pas un car il ne l'avait pas rédigé, n'ayant pas prévu de parler après des universitaires et un dominicain. À peine quelques notes griffonnées pour mémoire au dos d'une enveloppe pendant que les autres parlaient. J'ai pu m'en pénétrer comme jamais, tant les murs m'en renvoyaient un écho authentique. La perception de la vérité est parfois une question de timbre.

« [...] Se taire équivaut parfois à mentir, car le silence peut s'interpréter comme un acquiescement. Je ne saurais survivre à un divorce entre ma parole et ma conscience qui ont toujours fait un excellent ménage... La vérité est davantage vraie quand elle se manifeste sans ornements et sans périphrases inutiles... On a parlé de guerre internationale en défense de la civilisation chrétienne, il m'est arrivé jadis de m'exprimer de la sorte. Mais non, notre guerre n'est qu'une guerre incivile. Vaincre n'est pas convaincre, et il s'agit d'abord de convaincre ; or, la haine qui ne fait pas toute sa place à la compassion est incapable de convaincre... »

Et après s'en être pris au général Millán-Astray qui s'est levé et l'a interrompu à plusieurs reprises en sa qualité de mutilé de guerre, fondateur de la Légion espagnole et officier le plus décoré du pays, il le dénonce pour ses encouragements aux « ¡ *Viva la muerte !* » et « À bas l'intelligence ! » lancés dans le public. Puis Miguel de Unamuno conclut :

« [...] Vous vaincrez mais vous ne convaincrez pas. Vous vaincrez parce que vous possédez une surabondance de force brutale, vous ne convaincrez pas parce que convaincre signifie persuader. Et pour persuader il vous faudrait avoir ce qui vous manque : la raison et le droit dans votre combat. Il me semble inutile de vous exhorter à penser à l'Espagne... »

Le « non » de Miguel de Unamuno trois mois après le coup d'État militaire est inoubliable parce qu'il va au-delà de la politique, de l'histoire immédiate. Il revêt d'emblée une dimension ontologique, même dans sa formule la plus célèbre : « Vous vaincrez, mais vous ne convaincrez pas ! » Les mots qu'il a lancés ce jour-là pour s'opposer aux cris mortifères, j'en ai déjà parlé dans *Vies de Job*, et si je peux j'en parlerai encore dans un prochain livre. Car il y a comme ça de rares moments exemplaires auxquels on tient bêtement et que l'on se fait fort de passer en contrebande tant que l'on en a le fragile pouvoir, dans l'espoir de toucher quelques-uns.

Puis le vieil homme s'est immobilisé un instant et s'est tu dans un silence de plomb. Il a quitté la tribune sous les huées, les sifflets, les insultes. Unamuno n'était pourtant pas un rouge ni un anarchiste. Pire encore : un conservateur catholique auréolé de son prestige de grand intellectuel de la République. Autant dire un traître. Il s'est frayé un chemin incertain dans la foule hostile, la tête droite, le regard haut. Dehors, il lui a fallu encore passer sous les fourches caudines des bras tendus en salut fasciste, deux haies de phalangistes en uniforme qui le conspuaient et l'auraient probablement lynché sans autre forme de procès si tout le long, Carmen Polo et le professeur Madruga ne l'avaient encadré et tenu par le bras afin de le raccompagner sain et sauf chez lui, calle Bordadores, dans la voiture de l'épouse du général Franco qui s'y était installée à ses côtés.

Avant de quitter l'université, un détour par le palais d'Anaya et l'on se retrouve dans l'escalier face à un buste du philosophe encastré dans une niche. Fier, droit, honorable, mais effrayant, car des orbites vides ont pris la place des yeux, et deux trous noirs nous fixent pour l'éternité.

Salut à don Miguel ! Je lui dois de savoir dire non, ce qu'il y a de plus difficile dans la vie de tous les jours, le début de la liberté.

36. D'un couvent et de la débauche à laquelle des dames se livrèrent

Si j'échoue à Zamora, c'est dans un but bien précis dont je me laisse distraire un instant par le doux spectacle d'une femme à sa fenêtre. Ce qui arrive lorsqu'on s'attarde à pied dans les ruelles d'une ville inconnue. Il suffit de l'observer pour deviner sur son masque toute la médiocrité conformiste, aigrie, pleutre, antisémite, réactionnaire d'une certaine petite bourgeoisie de province au temps de la dictature. On se croirait transporté dans *Cinq heures avec Mario*, le grand petit livre de Miguel Delibes, face à Carmen, cette femme qui vient de perdre son mari et soliloque, allongée dans le cercueil à côté du défunt, une bible à la main. Dans un premier temps, on blâme celle qui n'a pas su reconnaître les qualités de son Mario, professeur de lycée, intellectuel provincial, chrétien progressiste, brimé par le régime, à qui elle reproche de n'avoir pas été plus conciliant avec les autorités, ce qui leur aurait amené des avantages matériels et une certaine considération plutôt qu'une vie ratée ; puis on en vient à la plaindre tant elle suinte de frustrations, prise dans sa solitude de la femme mariée au sein d'une société fermée.

La fenêtre se ferme, une autre s'ouvre.

Toutes ces femmes ne manifestent pas une telle amertume, tant s'en faut. L'une de celles dont je n'oublie pas l'image, bien que je n'aie pas eu le réflexe de la fixer car c'eût été trop indiscret, et rien ne m'autorisait à cette intrusion, c'est une vieille dame en noir comme j'en ai tant vu dans l'Espagne de ma jeunesse, à sa fenêtre dans une petite rue de cette même Zamora où j'échoue en cours d'errance entre Salamanque et Valladolid. J'ai dans l'idée de retrouver la trace de la fameuse académie talmudique fondée par Isaac Campantón dans cette ville dont vingt pour cent de la population étaient juifs à la veille de l'expulsion. Chemin faisant, je l'ai oubliée et je me laisse happer par la vue de cette dame dont je doute qu'elle ait jamais entendu parler des grands maîtres de la Torah qui étaient nés ou qui avaient étudié dans sa ville à la fin du Moyen Âge, sauf à imaginer que la municipalité ait honoré leur mémoire en baptisant des rues de leurs noms illustres mais il ne faut pas rêver, les Isaac Aboad, Isaac de León, Jacob Habib, Isaac Arama, Josef Hayyun, tous disciples émerveillés de leur maître et guide vénéré Isaac Campantón. C'est une femme au visage avenant, et cela change tout dès qu'un sourire est esquissé ; je me poste face à elle, adossé au mur, le portable nonchalamment collé à l'oreille pour faire semblant d'être absorbé par autre chose que la seule contemplation de sa personne ; ni désœuvrée ni débordée, elle aurait pu incarner la Delphine de Mme de Staël, non pour son physique ni pour sa paella, bien sûr, mais pour ce que son tout exprime, un côté j'ai des occupations pour chaque heure, bien que rien ne remplisse entièrement mon existence, et voilà, j'unis les jours aux jours, et cela fait un an, puis deux, puis la vie.

Si elle ignore que l'une des plus fameuses académies talmudiques a été l'orgueil de sa ville il y a un peu plus de cinq siècles, elle a peut-être entendu parler du scandale qui secoua l'ancienne cité épiscopale. Une histoire pareille ferait la couverture des magazines people si elle se produisait de nos jours. L'affaire défraya la chronique du royaume de León : une nuit de 1264, les nonnes ouvrirent la porte de leur couvent sur la rive gauche du Duero aux frères dominicains et, malgré les mises en garde contre une familiarité excessive, se livrèrent au stupre et à la débauche ; depuis, on les évoque comme « les Dames de Zamora », ces femmes qui avaient obtenu de Clément IV de conserver leurs possessions mondaines et le contrôle de leurs biens séculiers sans que ces privilèges n'entament en rien la sincérité de leur dévotion. Disons qu'elles témoignaient d'une étonnante faculté d'adaptation à l'idéal mendiant. Il est vrai que le pape avait lui-même été marié et père de famille avant d'être élu à la succession de Pierre. N'empêche qu'on ne frôle pas les murs de ce qui fut un sacré lupanar sans garder à l'esprit des images de fornication.

Le chercheur anglais Peter Linehan, qui s'est immergé pendant des mois dans les vieux papiers du couvent, a trouvé la bonne citation du côté de lord Byron dans son *Don Juan* : « Ce que les hommes appellent galanterie, et les dieux adultère / Est beaucoup plus commun sous les climats torrides. » On n'osait le dire mais puisque vous nous y engagez.

Elle m'a repéré mais je ne vois pas ce qu'elle pourrait me reprocher. Pas de vol, à peine une effraction – et encore, par le seul biais de l'imaginaire. La voilà qui disparaît puis réapparaît non au balcon à gauche mais à une autre fenêtre à droite, celle-ci protégée par des barreaux. Mieux abrité, son regard me scrute mais c'est trop tard, la voilà fixée par ma songerie en sœur tourière comme on désigne dans les couvents de Carmélites ou de Clarisses la responsable des contacts avec le monde extérieur au cloître, et donc aussi du tour, petit meuble circulaire et rotatif par lequel au parloir on fait entrer des objets du dehors.

Il n'y a pas que les institutions et la vie politique : à observer les gens, on se dit souvent que ce pays manque de révolution.

37. Comment j'ai sauté d'un train en marche en y oubliant ma valise tant le livre que je lisais m'emportait

Dans le train de Gijón qui me mène à Valladolid, je suis tellement absorbé par la lecture d'un essai de Simon Schama, une nouvelle *Histoire des Juifs* racontée sur un ton et avec une érudition enthousiasmants, que je ne vois pas le temps passer. Le train s'apprête à fermer ses portes automatiques pour s'ébranler quand je suis saisi d'un doute :

« Mais c'est quelle ville ici ? je demande à un couple derrière moi

— Valladolid, *señor* ! »

Je saute hors de mon fauteuil en enjambant mon voisin, attrape mon sac à dos d'une main sans lâcher le téléphone, l'ordinateur et le précieux livre de l'autre, cours vers le contrôleur qui salue un collègue. Il me voit bondir vers lui, a le réflexe de retenir les portes de toutes ses forces, laissant juste l'espace pour que je me faufile et me jette littéralement sur le quai :

« *¡ Hombre !* j'entends dans mon dos.

Juste le temps de me retourner pour adresser un signe de gratitude au contrôleur qui secoue la tête mais n'y a pas perdu ses doigts, alors que des voyageurs se précipitent à la fenêtre pour voir si je me suis ramassé ; mais si je trébuche et manque de lâcher mon barda, le rétablissement est prompt, qu'allaient-ils imaginer. Ce que je vois se dessiner sur leurs lèvres muettes qui s'éloignent vers Madrid, c'est un « *¡ Qué loco ! »* éloquent alors qu'un « *¡ Olé ! »* à la Belmondo toréant avec les autos à la sortie de Tigreville m'aurait comblé, mais heureusement rien qui rappelle « *un Francés...* », ce qui pour le coup m'aurait vraiment désolé. Ils me prennent pour un fou, et encore, ils ignorent que je m'évertue à redevenir espagnol après des siècles d'absence.

Les représentants de l'université me guettent depuis un moment sur le quai. J'y suis ! Ma conférence a lieu dans deux heures. Soulagé mais soudain gagné par l'inquiétude : le train emporte ma valise vers la gare de Chamartín, à Madrid. La psychose de l'attentat est telle qu'après moult échanges avec le contrôleur et le conducteur, elle m'y attendra le lendemain. À l'université, où je suis royalement logé, alors que nous faisons quelques pas dans le cloître, j'avise des noms joliment et généreusement calligraphiés sur les murs. Des écrivains et de grands hispanistes parmi eux : Joaquín Díaz, Miguel Delibes, Joseph Pérez, Bartolomé Bennassar...

« Des professeurs, comme vous ?

— Non, des docteurs honoris causa. Il y a encore de la place. Si votre livre sur l'Espagne est réussi, qui sait, vous y serez vous aussi... »

Non, franchement, ce serait trop.

Être en ces murs sans une pensée pour Miguel Delibes, ce serait comme être à l'université de Salamanque sans être renvoyé à Unamuno. *L'Hérétique* (1998), son dernier roman publié, dédié « À Valladolid, ma ville », me vient aussitôt à l'esprit. Ce n'est pourtant pas d'un juif mais d'un protestant ici même à l'époque de Charles Quint et de la contre-réforme qu'il s'agit. Et alors ? Solidarité de minoritaire. Ses mots resurgissent quand je vois son nom apparaître sur le mur d'honneur. Puis, par une étrange association d'idées, son attitude quand la guerre civile fit rage. Il avait dix-sept ans. Il devait s'engager. Mais comme la perspective du combat au corps à corps l'horrifiait, il choisit la guerre la plus dépersonnalisée qui soit, la plus grande mise à distance, la guerre en mer, la marine pour échapper à l'infanterie. Si je m'étais d'abord préoccupé de ma valise, j'aurais raté Valladolid et mes retrouvailles avec Miguel Delibes.

« C'est ici, chez nous, que Cervantès s'est installé lorsqu'il a publié la première partie du *Quijote*, ça ne s'oublie pas ! » me lance Carmen, conquérante et sûre d'elle, en proposant avec deux autres professeurs de me raccompagner à pied à l'université où je loge, après dîner, à l'heure où les frontières entre les silhouettes sont dissoutes par l'obscurité. « On va t'emmener dans l'ancienne *judería*.

— Une *judería*, ici ?

— Enfin, ce qu'il en reste. »

La conversation roule sur le manchot de Lépante et

l'éternel débat sur ses hypothétiques origines marranes, mais je préfère faire dévier notre papotage sur la maison près de l'hôpital de la Résurrection qui lui inspira le décor du « Colloque des chiens », ma préférée de ses *Nouvelles exemplaires*, la plus mordante puisqu'on y voit deux canidés en pleine conversation commenter leur expérience auprès de leurs maîtres ; on les entend même, Scipion et Berganza, et la satire est si drôle, si vraie que, lorsque le malade qui raconte l'histoire se réveille de son délire, on ne sait plus où l'on en est. Cet inoubliable colloque canin est censé se dérouler autour de minuit, ce qui est à peu près l'heure de notre promenade.

Soudain, nous nous trouvons dans une rue insolite, peuplée de réverbères comme autant de personnages. On la dirait habitée au sens où un lieu peut être hanté. Il l'est mais de fantômes. Sauf qu'ici, contrairement aux films de Luis Buñuel, on ne s'attend pas à ce qu'ils entrent par un miroir et en ressortent par un autre. Ils vivent là. La rue est étrangement vide. Vide d'humains, de magasins, de maisons, d'immeubles. Nos pas résonnent.

« C'est encore loin, votre fameux quartier juif ?

— Mais c'est ici, c'est tout ce qui reste et c'est envoûtant, tu ne trouves pas ? C'est la plus belle rue de la ville.

— Mais personne n'y vit ?

— Si, des moines... »

Les murs entre lesquels nous marchons depuis un moment sont les parois aveugles des monastères. Me revient alors en mémoire le mauvais souvenir qu'en avait conservé mon ami Ralph, venu par ici il y a des années expertiser d'antiques chasubles pour un collectionneur ou un musée, et qui avait conservé de son errance dans la ville un parfum d'autodafé. Dans les cérémonies au bûcher, les condamnés étaient menés nu-pieds, coiffés du chapeau conique et enveloppés dans un *sambenito*, le vêtement que les inquisiteurs obligeaient les pénitents à enfiler pour les humilier, avant leur mise à mort. Les rois, princes, courtisans et notables, qui y assistaient en bonne place devant la foule, portaient des épices à leurs narines afin de n'être pas incommodés par l'odeur atroce des os qui brûlent et de la crémation des corps. Le savoir et s'en souvenir ramène soudainement cette puanteur sur la grand-place. Cela ne facilite pas le tourisme mais c'est ainsi. Heureux les ignorants ! Comme le remarquait le célèbre naturaliste Buffon, la nuit, toutes les méprises sont possibles, et l'on peut prendre un buisson dont on est près pour un grand arbre dont on est loin. Lorsqu'on se sent désorienté par la nuit, le mieux est encore d'accepter d'en être une étoile consentante.

38. Où l'on reparle du jambon, jambon ! le cauchemar ne cessera donc jamais

Le nez contre la vitre du bus en attendant le départ, je l'observe qui fume une dernière cigarette. Celle du voyageur qui se condamne à souffrir par anticipation à l'idée de plusieurs heures de privation de son mortel oxygène. Il marche gauchement, en se fuyant en vain, comme s'il tentait d'échapper à sa propre odeur. On dirait qu'il avance et tourne en rond, témoin somnambule de lui-même.

Toute l'ambiguïté de sa personne s'exprime par un

visage dont le haut dément le bas. Plus loin, le chauffeur tend les jambes, la démarche tellement découplée qu'elle lui donne des allures de héron. Tout autour des enfants font des bonds sur des objectifs invisibles à mes yeux, tels des ours polaires confrontés à la débâcle et condamnés à sauter d'un glaçon à l'autre avant qu'il n'ait fini de fondre. À côté du voyageur au comportement si étrange, la petite fille qui termine sa glace en toute hâte a la légèreté de la gaze et la fragilité d'une plaie. Ce qu'il lui dit m'échappe mais, quoique certainement espagnol, il s'exprime dans le langage corporel et pimenté que l'on prête généralement aux Italiens. Pas mon genre de beauté. Évidemment, c'est dans le fauteuil mitoyen au mien qu'il s'installe. Il m'entreprend sans attendre, en fait des tonnes sur tout et sur rien, exagère même le mal qu'il s'inspire. Si son babil me gâche le paysage, je descends en route, tant pis. De Valladolid à Ávila qu'une centaine de kilomètres séparent, il n'y en a que pour deux heures de route ; les bus espagnols sont un modèle de propreté, de ponctualité, de confort, bon marché avec ça, avec un écran de télévision pour visionner des films à chaque place comme dans les avions et un déjeuner frugal qui est toujours une bonne surprise, enfin, presque toujours. Ses bras nus, qui partagent désormais mon accoudoir, m'effraient : il pourrait faire des gréements de ses veines.

« Vous voulez le mien ? Je ne le mangerai pas, lui dis-je en lui tendant mon sandwich après l'avoir entrouvert et aussitôt refermé en dissimulant une mine dégoûtée que Bigas Luna aurait filmée avec volupté.

— Non, merci. Et vous, vous voulez le mien ?

— Vous n'aimez pas les sandwichs ?

— Le jambon, c'est le problème. »

Je me retiens de compatir de crainte que ne se scelle aussitôt une puissante solidarité, ou pire encore une certaine complicité, autour de la question porcine en Espagne, tyrannie culinaire, manne industrielle et fléau civilisationnel, conversation à bâtons rompus au cours de laquelle nous ferions assaut d'érudition historique et statistique, et qui menacerait de durer tout le trajet. Au bout d'une heure, j'aurais une vision hallucinée du paysage, les rives seraient bordées de milliers de cochons s'ébrouant à notre passage, certains nous défiant du regard, ils nous feraient cortège jusqu'au bout et poursuivraient leur effronterie jusqu'à la rive droite de la rivière Adaja, où Ávila se niche dans une enclave rocheuse, vous imaginez l'humiliation, vraiment ce serait trop.

39. *Des rapports inattendus entre Thérèse d'Ávila et Fanny Ardant*

Pourquoi mes pas me mènent-ils un jour jusque-là, je n'en jurerais pas mais la sonorité du nom de la ville, mêlée à l'ombre portée de Thérèse, a dû jouer. Hernando de Talavera était évêque d'Ávila. Un convertisseur, certes lui aussi, mais bien plus tolérant et qui ne cessait de dénoncer le discours d'exclusion et de suspicion visant les convertis. Alors pourquoi cette commune de la Vieille-Castille, si ce n'est en raison d'une attraction quasi magnétique pour les lieux de Thérèse ? Aujourd'hui, on trouve même un Centre d'interprétation de la mystique, sorte d'installation conceptuelle, dans la ville natale de Teresa Sánchez de Cepeda Dávila y Ahumada, alias Thérèse, une cité propice à un certain épanouissement spirituel puisqu'elle fut aussi, bien avant elle, celle de Moïse de León, auteur du *Zohar*, ou *Livre de la splendeur*, le plus important de la kabbale, autrement dit de la mystique hébraïque, qui y vécut pendant des années. Issue d'une famille juive convertie de Tolède, ignorante du latin, c'était une *alumbrada*, une illuminée qui vivait une expérience spirituelle d'union à Dieu, ce qui n'avait rien d'exceptionnel au xvie siècle dans l'Espagne du pullulement mystique. Des cas de vision que l'on qualifierait aujourd'hui d'épilepsie névrotique, surtout quand le transport mène à l'orgasme. Tout est possible dès qu'une capitale provinciale, la plus haute d'Espagne, dépasse les mille mètres d'altitude. Ici elle est « la sainte », comme s'il n'y en avait jamais eu d'autres. Ses écrits circulaient recopiés dans les couvents, à commencer par celui de Tolède, quand ce n'était à Salamanque, à Medina del Campo, à Cuerva. Ses vers qui passent aujourd'hui pour un sommet de poésie mystique malgré la comparaison avec ceux de son ami Jean de la Croix (on pourrait écrire leurs « Vies parallèles » à la Plutarque tant ils ont eu en commun), elle les appelait des chansonnettes, d'autant qu'elles exaltaient souvent sa passion pour la nativité. Line Amselem, impeccable traductrice de ses *Poesías*, ne se fait pas prier pour les fredonner, carrément, fût-ce dans un café bruyant sur fond de match de foot, mais avec une lueur dans le regard et un grain mélancolique dans la voix qui la font apparaître comme *habitée* par elle. L'autre jour, en m'en parlant, elle a esquissé un rapprochement qui m'a comblé :

« Elle me fait penser à Mathilde dans *La Femme d'à côté* de François Truffaut, tu te souviens, cette amoureuse incarnée avec une sensibilité et une sensualité inoubliables par Fanny Ardant. Car, comme Thérèse, elle est convaincue que les chansons disent la vérité même si elle est toute bête. »

Depuis que l'une a été rapprochée de l'autre, également extatiques d'avoir eu le cœur transpercé, il m'est impossible de lire l'une sans voir l'autre. C'est peu dire que l'émotion en est redoublée. « Je vis mais sans vivre en moi-même [...] Que je me meurs car je ne meurs [...] » Sainte Thérèse, c'est la femme d'à côté. Elles ne font plus qu'une désormais, mais laquelle ? Autant conserver cette image un peu brouillée et très féminine, plutôt que celle instrumentalisée par le siècle national-catholique du général Franco. Il lui portait une telle dévotion qu'à l'instant de sa mort il a demandé à tenir une de ses reliques : quatre des doigts de sa main gauche qu'il gardait dans son lit.

40. *Qui raconte la fameuse dispute de Barcelone par laquelle le vénéré maître Nahmanide tint la dragée haute à un renégat parvenu à la face du roi*

Rien ne me comble comme d'être attablé seul, un soir d'été, dans l'oubli des travaux et des heures, à la terrasse d'un café, et d'être empêché de lire par le spectacle des gens qui passent. Toute cette humanité connectée qui ignore les bruits de la ville, la même que celle que l'on croise dans le métro à Madrid comme à Paris ou ailleurs, ces gens courbés en prière devant le smartphone qu'ils portent délicatement des deux mains, absents aux autres, un sourire ne les distrairait pas de leur musique, une main tendue les dérangerait peut-être. Elle manque la conférence des oiseaux, le babil des passants, le frémissement des feuilles, la course du vent, les rires des enfants et leurs cris aussi. De quoi humer l'air du temps et en arrière-plan la rumeur du monde. Rien de moins que la vie comme elle va. Surtout grâce aux oiseaux, c'est le seul mot de la langue française dont aucune des lettres n'est prononcée. Leurs chants me renvoient à ceux des oiseaux qui bavardaient tous les matins en grec avec Virginia Woolf sous ses fenêtres dans le jardin de sa maison, Monk's House, à Rodmell. À ceux de la chouette effraie de six mois et du corbeau de douze ans de Pascal Quignard sur scène dans sa *Rive dans le noir*. À ceux qui rappellent la vie en bordure de la forêt de bouleaux proche des fours crématoires, le Birkenau d'Auschwitz, dans le hors-champ du *Fils de Saul*. Ce sont là mes oiseaux de chevet en attendant d'autres, emmenés peut-être parmi les milliers de pèlerins par la huppe fasciée à la recherche du roi Simurgh.

De temps en temps, il faut savoir s'autoriser un peu d'amitié pour soi et se mettre en disponibilité. Se laisser emporter au risque de se perdre dans la vie secrète des petites choses, que ce soit par un détail qui intrigue, une lueur au bout d'une rue, une fontaine qui fuit, une couleur qui étonne, et découvrir que d'avoir été si longtemps caressé par les accords du piano échappés d'une fenêtre sur un petit jardin, les roses en exhalent un tout autre parfum.

À se laisser guider par ses pas dans les anciennes *juderías*, ou ce qu'il reste de leurs traces souvent effacées, l'impression se dégage que leur mémoire n'a pas été gâtée par une conception lacrymale de l'Histoire. Il y a quelque chose d'humble dans le passé, surtout lorsqu'il se présente en baissant le regard, et quelque chose d'arrogant dans le présent, qui se déploie souvent avec la lourdeur de l'actualité.

Une fois, place de Sant Agustí Vell, dans le quartier du Born à Barcelone, j'avais tant marché que mes chaussures ne me portaient plus. Aussi ai-je échoué à la première terrasse apparue. Les garçons m'ont fait la conversation. Ils avaient l'air de s'ennuyer. À mon accent, ils m'ont deviné doublement étranger, *forastero* et *extranjero*, émigré de l'intérieur et de l'extérieur, à la fois chez moi et venu d'ailleurs, comme si la dualité marrane avait déteint sur moi alors que jamais les miens ne se sont concertés. Tant qu'on ne me croit pas castillan, ça va encore. Car ce qui n'était que mépris, défiance, rejet s'est mué en une telle haine de l'Espagnol ces dernières années qu'elle relèverait du racisme chez certains Catalans. La poussée de fièvre indépendantiste a fait des dégâts inouïs dans les mentalités. Franchement, débaptiser la plaza de la Hispanidad pour lui donner le nom de plaza de Pablo Neruda... C'est bien de rendre hommage au grand poète chilien, qui n'en aurait peut-être pas demandé autant, mais pas de cette manière, aux dépens d'une idée qui lui était chère.

Dans le feu de la conversation m'est revenu un souvenir de cette ville, un après-midi avec Nathalie, nous étions allés voir une comédie américaine ; à la sortie, les gens faisaient la gueule ; d'après leurs commentaires, ils avaient trouvé ça sinistre et surtout bête : c'était le film de Woody Allen *Vicky Cristina Barcelona*. Ils n'avaient pas retrouvé leur ville dans cette collection de clichés. Nous non plus.

Une jeune femme paraît dans le même état, ou la même situation, que moi à la table d'à côté. Sa silhouette est généreuse, tout en harmonie. Sa personnalité semble s'être réfugiée dans son regard. Baisse-t-elle ses beaux yeux clairs que tout s'affaisse et rend son visage anodin ; les ouvre-t-elle qu'il en est tout éclairé et projette de l'intérieur une vive lumière sur l'interlocuteur, comme les vitraux d'une église. Une peau de pétale dans des replis d'ombre. Un masque où rien ne pèse tant les traits sont à peine esquissés. Un peu de mélancolie dans les sentiments, que trahit le reflet de larmes anciennes, un peu de gaieté dans l'esprit, autant dire un être accompli. Avec cela l'expression d'une vraie bienveillance : on la sent toute prête à prendre pour de la sainteté ce qui ne serait qu'ingénuité. Elle ne dit mot mais il ne doit pas être facile de rester muette quand le corps et le visage sont si bavards. Mieux qu'une beauté, une ambiance. Elle a le charme simple et désarmant de la fille d'à côté, comme on dit. Heureuse coïncidence car elle est justement la fille d'à côté.

La route a dû être longue depuis Burgos. C'est une étrangère un peu particulière. Une nationale. Entendez : une touriste espagnole. Ils ne sont pas comme les autres et ne risquent pas de subir les foudres de la *turismofobia*. Je l'ai d'abord longuement observée. Une tête de postdoctorante mais apaisée, tout juste délivrée de l'angoisse de la thèse. L'idée qu'elle attende quelqu'un ne m'effleure même pas. Puis elle a répondu à mon sourire comme si j'avais l'air d'un noceur surpris par le jour. On a failli parler de la pluie et du beau temps, horreur qui l'eût défigurée à peine énoncée, mais on a finalement évité ce *small talk* dont les Anglais ont fait une règle dans leurs dîners, summum de vacuité. La conversation s'engage au sujet de mon Leica car il se trouve qu'elle-même possède un appareil de cette marque quoique plus récent. On parle photo, hélas, et, pire encore, technique photo, performances. Des lieux communs que la douceur du temps rend d'une banalité miraculeusement agréable, à l'égal d'un fond musical, une rumeur. Puis, au bout d'une vingtaine de minutes de notre babil d'inanité sonore, il y a une pause, un silence et, soudain ces mots dans sa bouche qui provoquent un hiatus inouï avec tous ceux qui les ont précédés :

« Vous ne croyez pas qu'il y a deux types de personnes dans la vie : ceux qui vivent intensément et meurent avant l'âge, et puis ceux qui étalent leur mort durant leur vie ? Moi si, je crois. Mais vous ne pouvez pas comprendre, vous êtes trop français.

— Et espagnol aussi, enfin, presque...

— Impossible : c'est l'un ou l'autre. »

Un temps, elle paraît aussi embarrassée que Sancho Pança soupçonné d'avoir eu commerce avec un excommunié. Je me récrie, lui raconte, lui explique. Elle n'en démord pas. Sa réaction n'est pas idéologique, même pas politique, mais purement morale.

« Il va falloir choisir. Soit vous êtes d'ici, soit vous êtes de là-bas. Peu importent vos papiers, où vous habitez. »

Elle se lève, me salue d'un signe de tête et s'en va.

Puis elle revient sur ses pas, se penche vers moi, hésite un instant et me dit à voix basse : « Votre place est en Israël plutôt, vous voyez bien qu'ici vous n'êtes pas chez vous et vous ne le serez jamais... », me laissant coi, ne sachant que faire de ça. Rien d'autre que l'écrire pour m'en défaire en posant le fardeau sur d'autres épaules que les miennes.

Ça s'est passé à Barcelone mais cela aurait pu être ailleurs. En réalité, Barcelone résonne pour moi tout autrement. Dans *La Fin de la guerre froide*, le romancier Juan Trejo traite en héroïne la ville qui l'a vu naître. Lieu de passage et lieu de transit, elle est pour lui la cité du flux permanent. On s'en doute, désorienté, il y reconnaît difficilement les rues de son enfance. À l'issue d'une balade qui s'achève en calvaire mnémotechnique, il se sent comme évincé de ses souvenirs. Leur cadre a disparu tant leur géographie en a été bousculée. Le cadastre y est parfois le personnage principal, quoique subliminal. L'énoncé même des noms des rues semble lui procurer une joie indicible. Son héros Tomás, Catalan pur jus, éprouve une passion pour la vía Laietana, vaste artère reliant le quartier de l'Exiample, qui abrite plusieurs réalisations de Gaudí, au port en passant par la vieille ville : « sensation de perfection qu'elle procurait à chaque carrefour, preuve éclatante de la splendeur qui peut représenter l'idée de perspective en milieu urbain ». À ses yeux, si Barcelone devait être un jour considérée à l'égale d'une autre grande ville, à supposer qu'elle ne le soit pas déjà, elle le devrait à la vía Laietana.

Le complexe Ramón Llull, le restaurant Kimiya, la tour Agbar de Jean Nouvel, l'hôtel Princess de Tusquets sont des personnages auxquels il confère l'immense mérite d'accentuer la transparence de la ville. Mais mon panthéon personnel à Barcelone demeure le palais royal. Certes, je partage cette passion avec quelques millions de touristes, mais pas la façon d'être au monde. Lorsque je m'y installe, généralement à une heure déserte, nul autre ne peut vivre ce que je revis, ne peut voir le film que je vois, ne peut entendre les voix que j'entends. Le choc né du génie des lieux n'a d'existence qu'intérieure. Pas de témoins, pas de spectateurs, pas d'auditeurs. Juste moi et ma circonstance, comme eût dit le philosophe Ortega y Gasset.

Nous sommes le 20 juillet 1263, un vendredi (non, inutile de se remémorer ce que vous faisiez ce jour-là, n'essayez même pas). Un procès très attendu, spectacle aux allures de tournoi, est organisé dans la pompe et la splendeur du palais royal. Il est prévu pour durer quatre jours non consécutifs : deux lundis, puis le jeudi 30 et le vendredi 3. En été, le chabbat commence tard, la nuit ne tombe pas avant 20 heures. L'ordre des jours en quatre points est arrêté d'un commun accord entre les deux belligérants. D'abord le Messie : est-il déjà venu ou l'attend-on encore ? Puis : est-il une divinité ou un homme né d'un homme et d'une femme ? Enfin : lesquels des juifs et des chrétiens accomplissent vraiment la Torah ?

À ma gauche Moïse ben Nah Gerondi, dit Nahmanide, haute autorité du judaïsme médiéval, talmudiste réputé, commentateur biblique éclairé, exerçant la profession de médecin à Gérone, sa ville natale en Catalogne. Il se fait appeler « Rabbi », simplement, celui qui est également juif de cour auprès du roi Jaime Iᵉʳ d'Aragon.

À ma droite, celui qu'il tient pour un *tornadi* ou un *renegad*, l'apostat Paul Christiani, né Saül, dominicain et propagandiste absolu de sa nouvelle foi, qui n'a de cesse de convertir ses anciens coreligionnaires à la vérité du Christ.

Il s'agit pour le second de tuer le premier métaphoriquement, spirituellement, politiquement, théologiquement. De le défaire en lui faisant perdre la face dans l'espoir que cette humiliation convaincra un grand nombre de juifs de se convertir. L'enjeu est important, et on attend beaucoup de la venue du fameux maître de Gérone à Barcelone, sur qui la victoire ne fait aucun doute. Le roi et l'Église comptent beaucoup sur l'exemple. Ils sont persuadés que la mise en scène du baptême de juifs illustres a un effet d'entraînement. Ainsi procéderont-ils en parrainant en grand apparat au monastère de Guadalupe dans la province de Cáceres (Estrémadure) ceux d'Abraham Senior, chef de la communauté juive de Castille, qui prit le nom de Coronel, et de son gendre.

Même lorsque la relation des juifs avec le pouvoir était bonne, l'Église n'a jamais faibli dans sa volonté de les convertir. Ainsi, en 1242 en Aragon, ils sont tenus de subir des prêches collectifs visant à les convaincre que la vérité est dans le Christ et pas ailleurs ; et pourtant, au même moment, certains d'entre eux occupent des postes haut placés dans le gouvernement de Jaime Ier.

Ce vendredi-là à Barcelone, autour des deux protagonistes, outre Jaime Ier, dit « le Conquérant », par la grâce de Dieu roi des Aragonais, de Majorque et de Valence, comte de Barcelone et d'Urgell, seigneur de Montpellier, assis en son trône sur son siège contre le mur, et le dominicain Raymond de Pennafort, son confesseur et éditeur du premier manuel de l'Inquisition, on remarque princes, prélats, barons, chevaliers, courtisans, ecclésiastiques, notables, religieux, dominicains ou franciscains, le frère mineur Pierre de Gênes et frère Arnal de Segarra, certains sachant l'hébreu, surtout les convertis parmi eux. De simples habitants de la ville, chrétiens et juifs de la foule plébéienne, sont également admis dans le public. Sans oublier bien sûr maître Guillaume, juge du roi.

Ce n'est pas la première *disputatio* publique entre Nahmanide et Paul Christiani. Autrement dit : Paul en tant que chrétien. Et pourquoi pas Jésus que ma joie demeure, tant qu'à faire ! Ah, ces convertis qui en font toujours trop, qui ne reculent devant aucun excès de zèle... Les deux se sont déjà affrontés dans la propre ville du rabbin, à Gérone, l'une de celles, avec Barcelone et Saragosse, où se sont constitués de petits Parlements juifs au sein desquels siègent toutes les classes sociales, et dont le président est nommé par le roi. Mais là, ce n'est plus la même échelle et plus le même enjeu. Le cadre, le public, la durée. Tout concourt à en faire une rencontre historique, comme si ces choses-là pouvaient se décider d'avance.

Nahmanide fait face, seul. Il a toute latitude pour s'exprimer librement, à une réserve près : interdiction de blasphémer contre le christianisme. Encore faudrait-il savoir jusqu'où s'étend le domaine du sacrilège. Il ose même s'adresser directement au roi. Simon Schama, qui en parle dans son *Histoire des Juifs* sous-titrée « Trouver les mots », a su trouver le mot juste pour s'étonner d'une telle insolence : une sacrée *chutzpah* en vérité et voilà le grand Nahmanide, l'un des plus prestigieux savants du monde séfarade, ramené subitement au rang d'un petit effronté de Brooklyn.

Paul Christiani, qui ne veut pas s'en laisser imposer par son prestige, le remet vite à la place qu'il entend lui assigner :

« Cessez de vous faire appeler Maître. Vous savez bien qu'un Juif n'a pas le droit de porter un titre honorifique.

— Le *droit*, vraiment ?

— Ce n'est pas convenable.

— Depuis quand ?

— Depuis la Passion du Christ. »

Nahmanide se ravise puis revient à la charge.

« Alors Rabbin, cela suffira.

— Non plus. Vous n'avez plus d'autorité pour faire l'investiture rabbinique puisque le sceptre est tombé des mains de Juda. »

Décidément... Allons au fait. La Trinité, les deux en avaient déjà parlé à Gérone. Qu'est-ce qui fait problème à l'époque ? « Le sceptre ne s'écartera pas de Juda, ni le bâton de commandement d'entre ses pieds jusqu'à ce que vienne celui auquel il appartient et à qui les peuples doivent obéissance » (Genèse 49, 10) et (Isaïe 52, 53).

Le deuxième jour, changement de décor : tout le monde se transporte dans un cloître de la ville. La controverse s'approfondit. Il est directement question du Messie, et d'un examen comparé des deux religions. Le roi est passionné. Parfois, il intervient dans la dispute mais n'étant pas théologien, il le fait en amateur de joutes oratoires, tel un *connoisseur* arbitrant une querelle d'attribution entre deux experts en art. Le plus important est qu'elle ne glisse pas du religieux au politique.

Christiani prétend même prouver à Nahmanide que le Talmud est de son côté à lui car il y serait dit qu'il est favorable à Jésus. Il soutient que la Bible et le Talmud avaient prévu son avènement. À l'issue de la quatrième séance, Nahmanide va prendre conseil auprès du roi :

« Assez ! Ces conférences doivent cesser, le jeu a assez duré. »

Le roi veut partir en excursion en dehors de la ville. Nahmanide s'incline, se drape dans sa dignité. Mais avant de quitter le palais, le roi se retourne et s'adresse une dernière fois à lui :

« Je n'ai jamais vu si bien défendre une plus mauvaise cause. »

Pierre de Gênes, qui n'a pas manqué de lui exprimer sa sympathie au cours des séances, lui fait discrètement comprendre qu'il vaudrait mieux s'en tenir là ; les notables de la ville craignent en effet que la conférence ne dégénère, que le public excité n'en vienne à la violence et que cela n'entraîne de sérieux troubles en ville.

Nahmanide fait signe qu'il jette l'éponge car on le lui a conseillé. Tant pis pour la dernière question à l'ordre du jour, elle ne sera pas posée : lesquels des juifs et des chrétiens détiennent la bonne religion ? Le roi parti, les pères veulent poursuivre et en découdre avec Nahmanide. Mais après trois semaines de dispute, ce dernier préfère renoncer, d'autant que, le roi n'étant plus là, il est privé de sa garantie. Nahmanide répond aux sermons, c'est bien le moins mais est-ce assez pour lutter contre une telle puissance de feu, tant de forces coalisées ?

Le samedi 8 août, comme prévu, il reçoit le roi à la synagogue. Raymond de Pennafort prononça un sermon sur la Trinité, ce qui prolongea la querelle car Nahmanide ne voulait pas s'en laisser conter, surtout pas dans ses murs parmi les siens. Le roi prit la parole et tenta une métaphore audacieuse :

« Dans le vin sont trois choses : couleur, saveur et bouquet, et pourtant, il est chose une. »

Et les voilà lancés dans une *disputatio* œnologique sur les rapports entre la substance du vin et la nature du divin ! Avant de prendre congé, le roi remet 300 maravédis à l'éminent talmudiste pour régler ses frais.

Il était entendu entre les deux parties que Nahmanide serait totalement libre de sa parole et qu'il n'y aurait pas de poursuites. Or il y en aura. Ils enverront l'affaire devant les tribunaux (la procédure date de 1265) pour ce qu'il a dit et pour la relation écrite qu'il en a faite à l'évêque de Gérone, sa ville. On lui reproche d'avoir menti, exposé des contre-vérités et offensé la religion chrétienne.

Par mandement royal, les candidats à la conversion sont assurés de la protection des fonctionnaires et des frères prêcheurs. Par mandement royal, les livres d'un certain Maïmonide doivent être saisis et brûlés. Par mandement royal, les juifs ont trois mois pour effacer de leurs livres tout ce qui est considéré comme blasphématoire vis-à-vis de la religion chrétienne, sauf à le contester devant un tribunal spécial qui entendra leurs arguments. Par une bulle de Clément IV, il est instamment demandé au roi d'Aragon de ne plus confier de fonctions publiques aux juifs, de réfréner leurs blasphèmes contre la religion chrétienne et de punir le juif Nahmanide pour sa relation mensongère de la controverse, sans aller toutefois jusqu'à mettre sa vie en danger ni même mutiler son corps.

Voilà, ça s'est passé là, entre ces hauts murs du palais royal à Barcelone, au cœur de l'été 1263. Qu'est-ce que le génie des lieux apporte à l'intelligence de ce moment ? Je le sens mais je ne le sais pas. Mon récit intérieur achevé, je me rends compte que, une fois de plus, je me suis raconté la dispute de Barcelone au présent. Preuve s'il en est que ce passé ne passe pas et que je le revis sur le mode de l'actualité.

De toutes les disputes entre juifs et chrétiens qui ont eu pour cadre le Moyen Âge, trois sont arrivées jusqu'à nous suffisamment documentées pour être intelligibles : la dispute de Paris (1240), la dispute de Barcelone (1263) et la dispute de Tortosa (1413-1414), la partie chrétienne tenant un certain discours à la première, un autre assez différent à la deuxième et une synthèse des deux à la troisième. La plus célèbre, celle de Barcelone, nous est parvenue, pour notre bonheur, par les versions contradictoires des belligérants. Pour reconstituer les audiences de cet affrontement rhétorique, on dispose de trois sources : la relation par Nahmanide, le procès-verbal des frères et deux analyses contradictoires. Le mieux est de n'en retenir, essentiellement, que les points de convergence ; car pour le reste, chacun assure avoir terrassé l'autre avec des arguments implacables. Et comme de juste, une dispute internationale a éclaté au XXe siècle entre les différents spécialistes qui ont eu à en traiter sur l'interprétation qu'il convenait de donner de son issue à partir du compte rendu en latin et du récit en hébreu.

La dispute ne restera pas comme un grand événement

en ce qu'elle n'a rien changé dans la vie du roi, si elle a augmenté le prestige auprès des leurs de chacun des protagonistes. Surtout, malgré son retentissement, elle fut sans effet sur les juifs de Catalogne.

D'autres disputes suivront à Ávila (Castille), à Pampelune (Navarre), certaines en public, d'autres en privé. On observe que plus le cadre est intime, moins le débat est houleux, agressif, radical, et plus il vaut par sa franchise. Comme ces rencontres se développent, Moïse ha-Kohen, un juif de Tordesillas qui avait assisté ou participé à l'une d'elles dans la cathédrale d'Ávila en rédige un compte rendu si clair et si pratique qu'il servira de guide aux protagonistes des suivantes. Les arguments et les citations bibliques qui les sous-tendent, ainsi que leur réfutation, y sont recensés de sorte que les débatteurs juifs à venir peuvent mieux s'y préparer. C'est dire que ce guide était précieux, d'autant que les disputes se multipliaient un peu partout, que les interprétations et les exégèses des Écritures pouvaient désorienter les moins armés pour résister à toute agilité rhétorique, et que les controverses préoccupaient non seulement les érudits mais l'ensemble de la population juive, affectant sa vie quotidienne par l'inquiétude qu'elle faisait peser sur son avenir à court terme. Au vrai, l'Église, soutenue par le pouvoir royal, menait une vraie guerre d'usure. Tant et si bien que le poison du doute s'insinuait chez les esprits les plus fragiles et les moins préparés : et s'il était vain et absurde d'appeler de nos vœux la venue d'un Messie déjà advenu sous le ciel en la personne du Christ rédempteur ? et si la promesse avait déjà été accomplie ? et si c'étaient eux, le *verus Israel* ?

J'ai quitté le palais royal l'esprit encore plein des doutes de la *disputatio*. La question que je me suis posée alors est si technique qu'elle me paraît absurde, et pourtant : comment faisaient-ils pour s'entendre dans une salle aussi vaste, si haute de plafond, dont les murs devaient faire étrangement résonner les mots ? Après tout, le Palau de la Música est une salle de concert qui sonne bien d'après les mélomanes, or elle est pleine de vitraux et de céramique à en décourager tout acousticien bien né.

Le retour au réel fut douloureux. La une d'un journal local se demandait pourquoi le métro de Barcelone perd des voyageurs alors qu'il en gagne à Madrid, Valence, Bilbao, Malaga, Séville, Palma... Puis j'ai longtemps marché, évitant tout ce qui roule, effrayé par la perspective de me retrouver coincé avenue Diagonale entre les deux bâtiments futuristes qui se font face, le musée du design et la tour Agbar de Jean Nouvel. Ou plutôt, ainsi que les nomment les habitants, entre l'agrafeuse et le suppositoire.

41. *De la propreté de Cordoue*

Dans le vieux quartier, tout est séfarade, même le restaurant, un exploit dans une ville sans Juifs ou presque. Nathalie ose à peine interpeller un responsable pour lui poser une question. Elle est capable de réciter de mémoire le *Romancero gitano* dans le texte et intégralement, avec ferveur et avec l'accent, révélant par son assurance une profonde familiarité avec ce monde et sa langue, mais à table elle peine à demander un peu de citron s'il vous plaît. Moi, c'est l'inverse. Ainsi s'est-on trouvés même là-bas. Elle finit par s'enquérir auprès du maître des lieux si c'est cachère : « Euh à quatre-vingt-deux pour cent... », répond-il sans rire. Et d'expliquer que ça l'est mais que ce n'est pas visé par une autorité rabbinique qui prélève sa dîme et met son tampon. Ce qui n'empêche pas le couscous aux légumes d'y être goûteux, coloré, généreux. La ville est très propre, très déserte, très morte. En fait, tout est trop. Trop nickel, trop repeint, trop apprêté, trop pensé pour le tourisme juif. La statue de Maïmonide, le grand homme des lieux, n'est pas à sa place : on a dû la repousser un peu plus loin, sur la minuscule place de Tibériade, pour permettre aux voitures de tourner ou de faire marche arrière. La célébration quasi nationale de son 800ᵉ anniversaire avait valeur de symbole. Cela ne fait pas oublier que les cruautés et les prévarications de l'inquisiteur local, Diego Rodríguez Lucero, plongèrent la ville, de longues années durant, dans les affres de la terreur.

42. *Où je rejoue avec une émotion sans mélange le travelling mémorable de* Profession : reporter *d'Antonioni sur les lieux mêmes et d'autres encore grâce à un maniaque de la cinéphilie*

Certaines villes, on n'imagine pas s'y rendre sans but précis, sans être animé par une motivation profonde. Au moins pour y retrouver une trace évanouie. C'est le cas d'Almería, que je ne connaissais que transfigurée par l'un de mes films de chevet. Elle est en effet le cadre de *Profes-*

sion : *reporter* de Michelangelo Antonioni. Je l'avais vu à sa sortie en 1975, pour le titre. J'avais vingt-deux ans à peine et je ne pensais qu'à cela, le journalisme. À la faveur d'un reportage quelque part dans un désert africain, un reporter britannique (Jack Nicholson) découvre que son voisin de chambre à l'hôtel est mort. Il échange leurs passeports afin de faire croire à sa propre mort, prend son agenda, le parcourt et décide d'être lui. En se rendant à ses rendez-vous, il comprend qu'il s'agit d'un trafiquant d'armes. De pistes en traces, cette fuite dans la peau d'un autre le fait se glisser progressivement dans un imaginaire de substitution. Il vit une autre vie que la sienne par procuration jusqu'à ce qu'une jeune femme (Maria Schneider) rencontrée en route noue avec lui une relation intime, l'issue en sera la mort, qui le libérera enfin d'une enveloppe humaine dont il ne parvenait pas à sortir. On peut le dire ainsi.

Je l'ai vu et revu par la suite, et le titre pour moi s'est évanoui, soudainement devenu inapproprié, pour laisser place à la dimension politique de cette réflexion sur les rapports de l'individu avec la société. Reste le mystère d'un homme qui aurait voulu n'être personne et qui se retrouve condamné à fuir les deux individus qui vivaient en lui. Si je le voyais à nouveau aujourd'hui, nul doute qu'il m'apparaîtrait comme une méditation sur l'identité. Les séquences de l'église St Georg et de l'aéroport de Munich non plus que celles tournées à Barcelone dans le téléphérique menant du port à la tour Saint-Sébastien, à l'hôtel Oriente sur les Ramblas, au Palau Güell ou sur le toit de la Casa Milà de Gaudí à Barcelone, ou dans des restaurants de

Madrid ne comptent plus guère en regard du prodigieux final : un plan-séquence de sept minutes d'une rare fluidité dans lequel la caméra part de la chambre d'hôtel en rez-de-chaussée, où le corps du défunt héros est allongé, pour passer à travers les barreaux de la fenêtre et finir sur la *plaza*. Au-delà de la prouesse technique, déclenchée par une réminiscence de *Mort dans l'après-midi* d'Ernest Hemingway, il en reste un vertige métaphysique d'une rare beauté. Il est dit dans le film que la scène se déroule à l'hôtel de la Gloria à Osuna, commune de la province de Séville. En réalité, elle a été tournée à Vera, une autre commune d'Andalousie à 80 kilomètres d'Almería, dans une maison donnant sur la grand-place et les arènes, mortes depuis qu'elles ont été transformées en un musée à la gloire de la tauromachie. Mais il reste encore quelque chose de l'âme des lieux, couleurs et sons émergeant des plus anciennes arènes de la province d'Almería, lumière andalouse d'une rare intensité de *Profession : reporter*.

Il est cinq heures de l'après-midi à Vera, l'heure de la corrida, la *plaza de toros* est là-devant, et la voix de García Lorca tout près murmure un chant funèbre pour son ami l'illustre torero Ignacio Sánchez Mejías mortellement blessé dans l'arène de Manzanares, l'endroit se couvre d'iode, au loin vient la gangrène, les plaies brûlent comme des soleils, il n'y a vraiment qu'en Espagne que la poésie revient partout nous envahir et nous dévoiler la vie comme la mort, il est juste cinq heures d'ombre de l'après-midi à Almería.

Dans *De l'amour*, Stendhal dit que l'Andalousie est l'un des plus aimables séjours que la volupté se soit choisi sur la terre. Peut-être songeait-il à sa lumière calme et douce à l'heure de la sieste. Résultat : aujourd'hui c'est la région la plus peuplée et la plus touristique d'Espagne. Merci Stendhal.

On n'imagine pas que des hordes envahissent jamais Vera – hormis les naturistes. Comme il ne s'y passe rien, il n'y a aucune raison d'y passer. C'est l'un des villages d'Espagne où l'on entend si bien le silence. Mais il y a mieux encore.

« Et l'Aragon, vous y avez pensé ? Allez voir du côté de Canfranc, dans la province de Huesca, et aussi à Soria, mais c'est en Vieille-Castille. Et puis Canillas, dans la banlieue de Madrid, vous devriez aussi et... »

Je mets un certain temps à comprendre que le cinéphile auprès de qui je m'ouvre de ma redécouverte du film d'Antonioni à travers l'improbable bled de Vera est gravement monomaniaque. À la table de restaurant où j'ai fait sa connaissance grâce à des amis communs, déjà il ne parlait que de cela. Il ne voit le monde qu'à travers l'histoire du cinéma, mais par l'œilleton. Incollable sur les tournages, les anecdotes, les coulisses des plateaux, la carrière du troisième assistant, le nom de l'adjoint du régisseur. C'est un briseur de mythes, pire encore que le plus démystificateur des making of car il présente toutes les symptômes de l'hypermnésie cinéphilique aiguë. Quelle plaie ! Comme j'ai eu le malheur de lui confier mon bonheur inentamé de revoir *Lawrence d'Arabie* une fois par an, il me le démonte, le dissèque, le désosse non en critique avisé mais en repéreur expérimenté. À ma stupéfaction, je découvre que les décors les plus marquants du film doivent moins au Moyen-Orient qu'à l'Espagne : Aqaba ! Aqaba !, comme le criait

Aouda Abou Tayi alias Anthony Quinn à la tête de ses Bédouins brandissant leur *nimcha* droit devant à l'instant de charger les Turcs, a été reconstituée sur la plage d'Algarrobico près de Carboneras, non loin d'Almería ; la plupart des quartiers généraux britanniques sont en fait des palais mauresques de Séville, le club des officiers n'est autre que le magnifique hôtel Alfonso XIII dans cette même ville, où se trouve également la Casa de Pilatos où David Lean a filmé la rencontre entre Lawrence et le général Allenby.

« N'en jetez plus !

— Mais c'est bien de découvrir, non ?

— Non. Vous tuez la magie. Le film est tellement bon que j'y croyais à son Aqaba, son désert, sa Jérusalem. À cause de vous, quand je le reverrai, c'est l'Espagne que j'y verrai et non plus l'Arabie Heureuse. »

Il en faudrait plus pour le décourager.

« Vous êtes déjà allé dans la région de Saragosse ? Parce que là-bas, dans les Monegros, les Monts noirs, c'est la steppe ! et imaginez-vous que Bigas Luna y a tourné à Pina de Ebro son délire cochon...

— Pitié... Pas *Jamón, Jamón*... »

Mais pourquoi ai-je eu le malheur de lui confier mon goût pour le cinéma ? On revient à notre évocation première du silence, ce qui le ramène au *Docteur Jivago* que David Lean a tourné en majeure partie en Espagne. Il avait reconstitué l'Oural près de Canfranc, y compris la maison natale où Youri met sa famille à l'abri des bolcheviks déchaînés. Les monts Oural aperçus au loin ne sont autres que les Pyrénées.

« Vous verrez, reprend-il, rien n'y vient troubler le

silence et c'est cela qui est le plus terrible : non le silence choisi mais le silence subi. Celui qui tourne le dos à la vie. On peut y marcher longtemps et lentement sans y entendre le moindre souffle humain ou même animal. »

Justement, j'imagine très bien : pas de musique s'échappant d'une fenêtre, pas le moindre rire d'enfant à la sortie de l'école, une beauté minérale d'une tristesse sans nom. Son injonction à *voir* le silence me laisse sceptique.

Peut-être y ferais-je une expérience mystique, quelque chose de l'ordre de la voix de subtil silence entendue par le prophète Elie dans la grotte, et qui s'est métamorphosée avec le temps et les traductions en voix de petit vent, frémissement d'une douce brise, bruissement d'un souffle ténu, murmure sourd et léger. Il s'agit toujours d'éviter l'étrangeté du mot « silence », alors que le terme hébreu signifie littéralement « un bruit de silence ». Pour que l'on accepte la possibilité d'un oxymore dans le texte biblique, il aura fallu attendre les époques plus récentes, avec la façon dont Emmanuel Lévinas l'entendait : la voix de fin silence.

43. De la plus triste de toutes les Espagne, la plus abandonnée, l'Espagne vide, et de la musique du silence qu'on peut écouter en ses ruines

Il faut quitter les bibliothèques sous peine d'y mourir engloutis. Sortir, sortir et oublier enfin les livres, marcher en se berçant de cette illusion qu'on les a laissés derrière alors qu'ils sont plus que jamais en nous, le regard plongé aux confins du plus rien, aller écouter le murmure des forêts, le froissement des feuilles sur les branches, éternels échos de la rumeur du monde, là où agonise une Espagne inconnue, pathétique : celle des villages abandonnés. Un vrai désert de la mort lente pour lequel le professeur Burillo, qui enseigne la préhistoire à l'université de Teruel, a inventé le mot « démothanasie », c'est-à-dire l'euthanasie démographique.

Elle n'est pas tout à fait ignorée, ni même oubliée, puisqu'une génération de jeunes écrivains s'efforce de lui donner une visibilité. Et nul n'est mieux placé qu'un romancier, un poète, pour dire combien le spectacle de cette disparition est poignant. Ce n'est peut-être pas un genre en soi mais il y a bien une littérature de l'Espagne vide. Ce phénomène de dépopulation, qui s'accentue depuis plusieurs années déjà, va au-delà du classique exode des campagnes vers les villes, et du pays profond vers le littoral. On a vraiment le sentiment que cette Espagne intérieure a été délibérément sacrifiée sur l'autel de la modernité. Depuis la chute de Franco, ils se sont tant préoccupés d'aller de l'avant, de ne rien rater de ce que l'avenir leur offrait, de ne pas regarder en arrière quand le passé leur paraissait être un frein au renouveau, qu'ils ont laissé le cœur du pays perdre son âme en se vidant de ses âmes. C'est vrai aux confins de la Galice comme de l'Andalousie, dans les montagnes d'Estrémadure et en Aragon pour ne rien dire des Castille. On croit savoir que quelque trois mille villages sont morts ainsi et qu'autant mourront encore d'ici à la fin de la décennie. Ils sont toujours là, sur le terrain et sur la carte, mais ils ne respirent plus car il n'y a plus personne. Pour savoir que des gens ont vécu là pendant des siècles, il faut espérer retrouver le dernier qui est parti en prenant garde d'éteindre la lumière. Le premier à la rallumer sera un migrant, un immigré, un étranger à peine arrivé, ou ne sera pas.

Contre toute attente eu égard à l'indifférence quasi générale pour le phénomène, aux égoïsmes qui ne s'auto-proclament pas moins « citoyens », le livre que le journaliste et écrivain Sergio del Molino a récemment consacré à cette tristesse a eu un grand retentissement. Comme si le public se sentait soudain coupable et que sa lecture produisait un effet de catharsis. Le titre disait tout : *La España vacía*. Une Espagne plus que laissée pour compte : désespérément vide. Vue par satellite, la nuit, elle n'est que tache noire ou arc sombre ici ou là, quand les autres parties du pays brillent de mille feux. Le voir et le savoir dispense de toute tentation de l'exotisme.

« Mon blog n'est pas sur la repopulation mais sur la dépopulation. »

Manifestement sensible à l'esthétique des ruines, Faustino Calderón peut bien distinguer un village abandonné d'un village inhabité, y introduire l'invisible nuance, tout cela pue la mort et la fuite des heures lentes. Son blog Pueblos deshabitados (« villages inhabités ») est le plus triste qui se puisse imaginer. Que des villages fantômes. Des murs lépreux, des chaussées défoncées, des façades aveugles, une végétation sauvage, des trous béants et pas âme qui vive. On se croirait dans un mauvais western. Un cortège d'ombres. Ici il y avait une école, là une église, là un fronton pour la pelote. Les herbes folles ont tout envahi jusqu'à la mémoire des Espagnols qui s'en fichent comme de l'Al-Koran. Cela fait près de trente ans que Faustino Calderón consacre ses fins de semaine à arpenter ces villages oubliés.

Dans ces déserts ruraux, seul le paysage a encore la mémoire des batailles de la guerre civile. Lui seul peut les raconter désormais puisqu'il n'y a plus personne pour s'en souvenir.

« Y a quelqu'un ? »

C'est ce qu'on a envie de crier en s'y promenant à la tombée de la nuit. Étrange comme on peut parfois se sentir en deuil des vivants. Ces paysages de désolation sont de ces endroits où l'on accède sans mal à l'infiniment grand mais où paradoxalement l'infiniment petit résiste. Quand on pense que tout cela autrefois résonna de cris entre l'église paroissiale, l'école, le puits sur la place. Tout n'est plus que portes fracassées, serrures chancelantes.

Lorsqu'un Madrilène ou un Barcelonais rentre dans sa famille pour les vacances, il ne dit pas où. Il dit simplement qu'il retourne au village, comme s'il n'y en avait qu'un dans tout le pays et qu'à ses yeux il n'y en a d'autre que le sien. Mais quand cet endroit aura disparu, où ira-t-il ?

Ces pierres désolées confèrent aux lieux une noblesse qu'ils n'auraient pas sans elles. Elles savent encore des choses que nous avons déjà oubliées. Même après la pluie, lorsque le sol n'est plus que boue informe et gluante, il n'en émane pas de sensation de fange. Curieux comme la réminiscence d'un passage du *Journal* de Jules Renard sur le dénuement résonne autrement ici : il y dit que lorsqu'on a de chroniques problèmes d'argent, plutôt que de chercher à en gagner plus, il est préférable de faire en sorte de vivre avec moins.

Il n'est pas d'art et de science plus vrais et plus inutiles que l'odonymie, comme on nomme l'étude des noms de rue. Cette passion qui m'anime partout ailleurs tant elle est parlante est ici réduite à néant ; en partant, les derniers habitants ont emporté la plaque de leur rue en souvenir, bibelot à l'émail ébréché que leurs descendants découvriront un jour avec étonnement au grenier et qui suscitera peut-être chez eux une vocation d'historien ou l'appel des racines profondes, à moins que ce revif de nostalgie ne les plonge dans un bain de torpeur.

« Tristesse » est le mot qui revient le plus souvent sous la plume du blogueur madrilène Faustino Calderón. Grande tristesse et mélancolie au cordeau. Dans ces moments-là, on se dit qu'il suffirait de fermer les yeux pour se retrouver comme jamais. Sauf qu'on a beau les fermer on ne voit rien. Disons que ça ne marche pas toujours mais l'atmosphère est propice. Il n'est pas de meilleur endroit pour parler à ses invisibles inconnus. Le temps ici n'a plus cours comme ailleurs. De tels lieux dispensent de leurrer les heures. Tout y invite à méditer sur le temps, ou à fuir.

« Quand la glace est mince il faut marcher très vite » (proverbe glaçant).

Mais ici, la chaleur des pierres donne envie de s'attarder. On en connaît qui aimeraient figer le temps, immobiliser leurs plus précieux instants à la manière de miss Havisham, la riche héritière des *Grandes Espérances* de Dickens, abandonnée par un goujat le jour de ses noces, qui fit définitivement arrêter ses horloges à l'heure fatidique de l'affreuse nouvelle et se refusait à débarrasser la table du banquet et a retirer sa robe de mariée. Seulement voilà, avec le temps, tout ne se garde pas, même les boîtes de conserve finissent par exploser.

L'idée de ce que je fais là ne me traverse pas. On verra plus tard, en relisant, en réécrivant. Au vrai, c'est plus un constat qu'une question. Bruce Chatwin, écrivain-voyageur bien avant la récupération de la qualité en label, en avait fait le titre d'un recueil de récits, portraits et journaux de voyage : *Qu'est-ce que je fais là* (sans point d'interrogation, je suis allé vérifier sur la couverture jaune de Grasset). Où que j'aille, cela me poursuit et plus encore en Espagne. Ici, même les ruines ont péri. Au fond, toute cette Espagne inoccupée du XXIᵉ siècle était déjà décrite en 1955 dans *Pedro Páramo*, le roman du Mexicain Juan Rulfo, son chef-d'œuvre qui a tant inspiré le courant latino-américain du réalisme magique. On y voit Juan Preciado, le héros, retourner à Comala, le village familial, après la promesse faite à sa mère de réclamer son dû à son père tyrannique, et y découvrir un lieu sinistre et quasi désert. *Pedro* / Pierre *Páramo* / Terre stérile, ainsi s'appelait son père et tout est dit dès le titre. Sec, dur, elliptique, des rues et des places qu'on a laissées mourir, désormais peuplées d'ombres et d'âmes errantes, c'est bien cette Espagne oubliée de presque tous. Si je devais y consacrer un blog, je l'intitulerais « Pedro Páramo ».

Assis sur un monticule de pierres dans ce qui fut une rue animée en Aragon, la communauté autonome qui remporte la palme des villages abandonnés tant Saragosse a aspiré les populations de ses trois provinces, au seul toucher de la terre qui file entre mes doigts me revient une image toute récente, non pas vue mais lue le matin même dans un quotidien : les dernières volontés de Juan Goytisolo, né à Barcelone en 1931. L'écrivain, qui vivait de longue date à Marrakech où il est mort, a demandé à n'être enterré ni en Espagne ni dans un cimetière chrétien, une double exigence qui en dit long sur ses contentieux avec sa terre natale quittée à vingt-cinq ans. Faut-il lui en vouloir de le signifier ainsi *urbi et orbi* à son pays à l'heure où le plus souvent on pardonne à ceux qui vous ont offensé ? L'Espagne n'est pas l'Autriche. Ses artistes, ses écrivains, ses intellectuels ne la vomissent pas. Mais la rejeter est mal vu. Goytisolo était protégé par son exil, il s'exprimait de loin. Pas le cas du cinéaste Fernando Trueba qui s'est fait assassiner par la twittosphère pour avoir officiellement déclaré que de sa vie il ne s'était senti espagnol, « pas cinq minutes », ce qui est, il est vrai, difficile à avaler de la part d'un homme dont les films, comme ceux des autres, ont été largement subventionnés par l'État. Juan Goytisolo avait choisi d'être enseveli dans le cimetière marin de Larache, dans la région de Tanger, non loin des soldats espagnols tombés lors des guerres coloniales, et surtout au plus près de son ami Jean Genet, face à l'Atlantique. Un lieu à part devenu un non-lieu tant il échappe aux catégories. Le coin idéal pour tout être qui voudrait retourner à sa tourbe originelle n'importe où à condition que ce soit hors du monde. Dans le livre de condoléances dressé par l'Instituto Cervantes, une main a écrit : « Que la terre soit légère à Juan sans terre. »

Un village à l'abandon est de ces rares endroits où l'on ne souffre pas de l'absence de futilité. Dans ce désert, on se sent souverain en son royaume, qu'importe si nul ne nous le disputera tant il est dévasté. Si j'avais à parler, quitte à soliloquer, ce devrait être d'une voix qui convoque les absents. Alors resurgirait tout un univers de solitude qui exige qu'on tende l'oreille pour en percevoir les frémissements. Un solitaire recroquevillé dans son ombre n'aime rien tant que lire assis dans l'herbe sèche adossé à un arbre, convaincu que lire, c'est s'enrichir sans voler personne. Nulle part mieux qu'entre ces pierres on prend conscience de l'étrange sensation d'être désaffilié de la société dès lors qu'on n'appartient plus à une communauté. Ici, pour avoir un ami il faut avoir un chien.

Dans ces villages d'outre-tombe, le plus envoûtant y est aussi le plus effrayant : le silence. Les pierres inutiles s'y entendent à le faire intervenir. Lui seul peut aspirer à la dignité perdue du sens. Pourvu que nul ne surgisse car, dans ces moments-là, on voudrait ne parler à personne, sauf à Dieu peut-être ou à quelqu'un comme ça. En poète Pasolini l'avait bien compris, lui si aigu dans son intelligence des êtres et sa perception des choses : ce n'est pas que les morts ne parlent pas, c'est juste qu'on a oublié comment les écouter.

Quand le Quijote a pris la route, il ne fuyait pas le chant ensorceleur des sirènes mais leur silence. Dans ses dernières volontés, le chef d'orchestre Georges Prêtre, qui avait dirigé durant un demi-siècle le Philharmonique de Vienne, a demandé qu'aucune musique ne soit jouée à ses obsèques. Il a préféré un silence total pour permettre à chacun la réflexion. Une pause à l'écoute du fond de l'air comme si les endeuillés étaient autant de musiciens obéissant à l'injonction du tacet sur leur partition. On se surprend alors à prêter l'oreille à la musique des choses inanimées. Des gouttes d'eau qui tombent sur un cadavre d'évier. Des poètes admirés sauraient en faire un psaume. D'y penser dispense d'esquisser le moindre vers.

Mais moi, c'est justement la musique qui me manque le plus ici, dans ces villages habités par les seules paroles du vent. Pour elle-même et parce qu'elle aide à être un peu mieux malheureux. Mais aussi parce que c'est par elle que l'on sent encore dans ce pays, directement, sensuellement, intellectuellement, émotionnellement, ce qu'y fut l'influence des Juifs et ce qu'il en reste. Quand on entend le *cante jondo*, ce chant profond andalou, ce flamenco primitif qui exprime la douleur du plus profond de l'être, on se croirait à la synagogue.

Dans cette Espagne vide, plus encore que dans celles des anciennes *juderías* aménagées à dessein pour la visite, les rues sont pleines de Juifs qui ne sont plus là.

D'un côté des villages sont abandonnés à leurs ruines, de l'autre on fouille les sous-sols des villes pour y déceler l'ombre des *juderías*. On imagine ce qu'ils furent lorsque la vie les agitait encore, les silhouettes uniformisées par la poussière venue de la sierra, les journées écrasées de chaleur jusqu'à en produire une musique de fond bien particulière mais impossible à reproduire. Tout oiseau qui s'y pose a l'insouciance d'un air de flûte au milieu des décombres. Tout humain qui s'y aventure ne peut être que sfumato dans le vague d'une ombre légère.

Comme je regarde au loin, une phrase me vient à l'esprit qui me paraît aussitôt déplacée, la définition de la guerre par un écrivain qui connut l'enfer des tranchées : « La guerre, c'est le paysage qui vous tire dessus. » Inoubliable, en effet. La preuve, j'y repense encore ici, dans ces lieux oubliés des hommes, et peu importe où cela se situe, la région ou la province, les villages sont tous égaux dans la mort. Ici on s'est battus pendant la guerre civile. Même si un autre écrivain surgit pour me faire déchiffrer ce que je vois, me le faire lire, Julien Gracq, qui jamais ne cessa d'être géographe, invitait à considérer que le silence du paysage n'est qu'apparent ; il développait une notion chère entre toutes : le paysage-histoire, façon d'évoquer un lieu qui se distingue des autres moins par sa forme ou sa topographie que par l'événement marquant, parfois tragique, qui l'a consacré.

Peut-être n'aurais-je été dans toutes les villes de mes ancêtres qu'à seule fin d'écouter le silence, de goûter la qualité de ce silence-là, cette chose qui en effraie tant qu'ils ne cessent de parler, de faire du bruit avec la bouche. Si de ce voyage je ne rapportais qu'une version personnelle du silence espagnol, je n'aurais pas voyagé pour rien. Cela relève d'un profond mystère : ils en sont partis depuis des siècles mais leur présence métaphysique ne les a jamais désertés.

Et tant pis pour le procès en lyrisme ! Que m'importe que l'on critique les livres de chevalerie séfarade dès lors que l'écriture du mien contribue à mon bonheur.

44. De la peine, du chagrin et de la souffrance que l'Espagne m'infligea

Longtemps j'ai gardé ce pays à distance. Puis le temps a fait son office. Il m'a fallu des années pour que je l'expulse de ma nuit intérieure et qu'elle ne soit plus seulement le tombeau de mon frère. J'ai tant haï l'Espagne à cause de lui que je l'aime désormais avec une même ardeur malgré lui.

De trois ans plus âgé que moi, il avait amené l'Espagne chez nous, dans l'appartement familial à Casablanca, par le biais de la musique. Puisqu'il voulait apprendre à jouer de la guitare, dès que cela parut sérieux, mon père lui fit donner des cours. Armando Bueno, le professeur, était un exilé espagnol entre deux âges. Petit homme, petite moustache, petit costume, petite calvitie et une passion immense et exclusive pour son instrument. Il savait la communiquer. La leçon bihebdomadaire se tenait dans notre chambre. On m'avait accordé le privilège d'y assister à condition que je reste dans mon coin et que je ne dise mot. Comme j'étais assis sur le rebord du lit, rien ne m'en échappait. Mon emballement demeurait muet. L'imprégnation n'en fut que plus puissante. Mon frère accomplissant de rapides progrès, je craignais pour ses doigts. Dans un mauvais rêve éveillé, un accident abîmait l'une de ses mains et l'on sait qu'une blessure au pied suffit à sortir à jamais un cygne du lac.

Pendant les pauses, M. Bueno nous racontait, j'ose le dire ainsi car dans ces moments-là il s'adressait à nous deux, les grands interprètes auxquels il vouait une admiration sans mélange, au premier rang desquels Andrés Segovia et Narciso Yepes. De la sorte, dès mon plus jeune âge, leur génie me fut familier. Leur répertoire aussi. Rodrigo, Tárrega, Albéniz, Granados, Falla, il n'hésitait pas à s'emparer de la guitare pour les donner en modèle, montrer la voie. Grâce et à cause d'eux, je me sens gagné par l'émotion de la provenance dont Jean-Christophe Bailly parle si bien dans *Le Dépaysement*. Ce sentiment d'appartenance l'avait envahi un soir à New York à une projection de *La Règle du jeu*, le film de Jean Renoir l'ayant touché plus que de raison par sa qualité si française. Seuls les irresponsables abandonneront cette émotion qui n'a pas de prix aux nationalismes. Une Espagne intime et archaïque remonte en moi par la seule écoute de *Goyescas*, d'*Asturias* et des *Suites espagnoles* au piano et plus encore dans leurs transcriptions pour guitare. Non à la place de *La Règle du jeu*, mais à côté. Comme quoi l'ouverture au monde, sa complexité ne se traduisent pas nécessairement par un universalisme qui nivelle les différences jusqu'à les nier. Si je me sens séfarade, c'est aussi à ces musiciens, ces compositeurs, ces interprètes que je le dois.

Parfois, le professeur nous prêtait ses disques, notamment ceux d'Andrés Segovia. Je l'avoue, lorsque le roi Juan Carlos l'a anobli dans les années 1980 en l'instituant premier marquis de Salobreña, cela m'a ému comme s'il s'agissait de mon grand-oncle. Si je n'ai jamais touché une guitare, sa présence sonore ne m'a nullement quitté, telle que je l'ai découverte, dans sa seule dimension espagnole, et c'était bien assez. Dans les premiers temps, les plus difficiles de l'apprentissage de mon frère, le professeur s'était mis en tête de lui faire jouer sans la moindre fausse note la mélodie de *Jeux interdits*. Le film de René Clément était sorti en métropole à la veille de ma naissance ; nous le vîmes avec un peu de retard grâce à une cinémathèque. La bande originale était une romance anonyme arrangée par Narciso Yepes pour la guitare à six cordes. Seul le titre m'en était resté. D'autant que l'inflexible M. Bueno, particulièrement rigoureux sur la discipline de travail, prononçait souvent sur le pas de la porte où la famille le raccompagnait sa menace rituelle :

« Si Jean-Jacques ne travaille pas plus, les *Jeux* lui seront interdits ! »

Pas sûr qu'il aurait apprécié l'adaptation du concerto d'Aranjuez par Miles Davis. M'est avis qu'il aurait plutôt pris la défense de la fille du compositeur qui tentera de l'interdire. Longtemps après, au XXIᵉ siècle, je me retrouve un soir à souper au premier étage du restaurant Voiles & Vapeurs, ou l'un des deux allez savoir, à Trouville. Assise face à moi, Brigitte Fossey vient de lire en public dans la grande salle du casino des pages de mon dernier livre. Le charme même. La conversation roule sur les romans, les films, les pièces. Depuis deux heures, je me retiens de lui parler de ce qui me brûle les lèvres car je me doute que tout et tous la ramènent tout le temps à la chose : son premier film alors qu'elle a tant joué au cinéma et au théâtre. Droit au but :

« Pardon mais... *Jeux interdits.*

— Ne vous inquiétez pas, je n'y coupe jamais.

— Ce n'est pas tant le film que sa musique. Elle me plonge dans la mélancolie, c'est terrible.

— Moi aussi figurez-vous, et pourtant c'est vieux tout ça, j'avais cinq ans à l'époque, mais je me suis guérie de Narciso Yepes en écoutant Myriam Makeba chanter *Forbidden Games* et surtout la version cubaine de cette mélodie. C'est tout autre chose. Vous devriez essayer ! »

Je n'ose pas lui confier que cela n'aurait pas suffi. Plus d'un demi-siècle que ces accords me plongent dans une détresse immédiate si profonde qu'ils me font monter des larmes. Autrefois, lorsqu'ils me parvenaient du bout du couloir, il m'arrivait de fuir du métro pour ne pas les entendre. Cela produit sur moi le même effet que *Jésus que ma joie demeure* sur tant de voyageurs stoppés net dans leur élan de Parisiens pressés, quel que soit l'instrument dès lors qu'il ne le massacre pas, surpris d'être replongés dans leur enfance au moment où ils ne s'y attendent pas, de la manche essuyant une larme.

Cela ne doit rien aux effets de mémoire, ni aux pièges de la reconstruction, mais le fait est que l'autre musique de chevet de mon enfance est tout aussi espagnole. *Mon ami Joselito* n'était certes pas un film d'une facture remarquable, non plus que les autres de la série. Mais je m'identifiais si puissamment à l'enfant prodige, petit chanteur à la voix d'or comme on le surnommait, que la chanson du film, par lui interprétée, continue de me hanter, cette fameuse *Malagueña Salerosa* que j'avais entrepris de fredonner dans le bureau de l'état civil au consulat général d'Espagne dans le fol et naïf espoir de témoigner ainsi de mon attachement à l'Espagne. « *Qué bonitos ojos tienes / Debajo de esas dos cejas...* » Les écrivains qui remodèlent leurs débuts en fonction de leur arrivée sont incroyables. Avoir lu Flaubert à six ans, et Faulkner à huit ans, voilà qui annonce bien un grand destin de romancier. Pas mon cas. À cet âge-là, je l'avoue, je n'étais pas Mme Bovary. Juste Joselito. D'ailleurs je le suis encore, et plus que jamais. Joselito, c'est moi !

Tout a basculé au cours de l'été 1969.

Un hôpital aux murs blancs à Malaga. Des hommes en blanc mais, plus nombreuses encore, des sœurs à cornette vont et viennent en un ballet étourdissant. Ferait-il nuit qu'il deviendrait macabre. Personne ne nous dit rien. Le médecin-chef finit par nous avouer son impuissance, son embarras est perceptible :

« C'est trop délicat, mon fils saura mieux s'y prendre.

— Votre fils ?

— Il est chirurgien.

— Vous aussi, non ? s'inquiètent mes parents d'une seule voix, rongés par l'angoisse depuis les premières lueurs du jour.

— Mais lui, sa spécialité, c'est d'opérer les toreros des coups de corne dans le ventre.

— Mais notre fils ne sortait pas d'une corrida...

— La route, parfois c'est pire. Il a pris le volant dans le ventre à plus de 150 kilomètres à l'heure. »

Le premier à réagir est le directeur de l'hôtel Triton à Torremolinos, Eloy Duran. Un personnage rond, lisse, courtois, francophone. Il vient apporter son soutien, sa solidarité dans la détresse. Mon père l'avait en sympathie. Je les avais observés une fois au bar deviser sur l'état du monde à l'heure de l'apéritif. Soudain, l'hôtelier s'était rapproché de lui, avait jeté un coup d'œil panoramique alentour, et lui avait murmuré quelque chose, suscitant son sourire amusé et entendu. J'en eus vite le cœur net. « Tu sais ce qu'il m'a dit ? Qu'il était juif ou plutôt marrane parce que des Juifs dans ce pays il n'y en a pas. » J'aurais pu m'en douter sauf que dans les années 1960, l'onomastique ne m'empêchait pas de dormir.

Je sers d'interprète à mon père. La soirée est longue. Un cauchemar me sort de mon demi-sommeil. Il ne m'en reste qu'une image : la route la nuit, la Mercedes filant à toute allure, mon père, et non mon frère, au volant et, au moment du choc, les cornes d'un taureau s'enfouissant en lui et le soulevant hors de la voiture pour le faire tournoyer dans les airs avant de laisser son corps disloqué lourdement retomber sur la table d'opération soumis à l'impitoyable lumière blanche du scialytique. Deux jours plus tard, plongé dans le coma, mon frère était rapatrié d'urgence à l'hôpital du Val-de-Grâce, à Paris. Dans l'avion d'Europe Assistance où nous avions pris place, les médecins m'avaient aménagé un siège dans l'inextricable écheveau de tubes, de fils, de tuyaux et de machines afin que je puisse lui tenir la main durant le vol. « On ne sait jamais. » Comme s'il allait nous lâcher en plein vol, son corps particulièrement résistant, celui d'un jeune sportif. Étranges, ces reflux de mémoire, comme si les souvenirs ne dormaient que d'un œil. Il s'est éteint après dix jours de lutte à l'aube du 23 août.

Les années 1960 s'achevaient. J'avais seize ans et je ne me sentais plus vraiment dans le mouvement de la vie. Le destin m'avait ôté le sens du bonheur et des heures heureuses.

Dès lors et pendant longtemps, ce pays que j'aimais tant a incarné la mort. Y retourner était impensable. L'Espagne, la mort.

Mon frère, puis, longtemps après à Paris, mon père. Les deux trop tôt, c'est-à-dire plus tôt que prévu par le règlement de la vie. Tout ce que j'ai écrit, tout ce que j'écris et tout ce que j'écrirai jamais sera secrètement irrigué par le souvenir radieux de mes jeunes morts.

Ils s'appelaient Jean-Jacques. Plus exactement Jean-Jacques Assouline. Et Marcel Assouline. Un sage m'a murmuré un jour que prononcer le nom des disparus prolongeait leur vie ici-bas. Le dire, mais l'écrire, l'imprimer, le diffuser, davantage encore, j'en suis persuadé.

Les nuits de grand froid, je pense souvent à mes disparus. Quand on gèle en ville, il suffit de rentrer chez soi pour se réchauffer, mais les cimetières ? ils sont en plein air ; les caveaux ne sont pas chauffés, les tombes encore moins. C'est peut-être le plus dur pour eux. Dans ces moments-là, je me retiens de leur apporter une couverture, là-bas.

Le 23 août 2017, peu avant le lever du jour, j'ai rêvé que je serrais mon père dans mes bras. L'étreinte était puissante et durable. Je le consolais de la mort de son enfant. Mes propres larmes m'ont sorti de ma nuit.

Et dire que je mourrai sans jamais savoir pourquoi il était écrit qu'il devait nous laisser, puisque tout est écrit, presque tout, sinon à quoi bon lutter, résister.

Il m'aura fallu du temps. Finalement, de mon road-movie sans autre caméra que l'œil, je suis rentré avec l'irrépressible désir de me faire l'ambassadeur des morts auprès des vivants.

Je n'aurai pas fait le tour d'Espagne des cathédrales. Oubliés, les vitraux à León, la rosace à Burgos, les hautes tours à Saragosse ou Ségovie, les figures de l'Apocalypse sur le portique de la gloire à Santiago de Compostelle, et dans ce qui fut al-Andalus, la superposition des styles, leur bousculade même, sur la cathédrale plantée dans une ancienne grande mosquée. Mais j'ai vu d'autres choses, ailleurs. Autant de fragments d'un même monde. Chacun a enrichi mes doutes. Et puis quoi, je m'y suis retrouvé.

L'IGNORANCE

À l'approche de l'examen de culture, indispensable pour l'obtention de la nationalité, j'ai révisé comme jamais, perturbé à l'idée d'être pris en défaut sur des points évidents pour le commun des Espagnols, angoissé comme si j'allais repasser le bac.

« Alors révise tous azimuts ! me prévient Julio. Ou ne révise pas du tout. Car ils peuvent t'interroger sur n'importe quoi.

— Vraiment ?

— Combien de formations politiques en Espagne ?

— Euh...

— Environ !

— Même environ, je n'en ai aucune idée.

— Quatre mille sept cents. À toi de jouer... Où vit le roi : au palais royal ? À la Moncloa ? À la Zarzuela ? Et tu sais quelle est la capitale de la communauté autonome de Cantabrie ? Et dans quel musée on peut voir *Guernica* ?

— Tu vas trop vite...

— Tu connais au moins les noms de nos cinq Prix Nobel de littérature, non ?

— Cinq, vraiment…, je lâche dans un soupir.

— Et dans quelle ville on célèbre la Sant Jordi ? Et les *Sanfermines* ? Tu sais ou tu ne sais pas, inutile de réfléchir.

— En fait…

— Échec et mat. »

Contrairement à l'épreuve de langue, il est préférable de se préparer en solitaire à celle de culture. De même qu'un candidat à la conversion au judaïsme doit réintégrer cinq mille ans de passé abrahamique, un séfarade de retour au pays est censé réintégrer des siècles de passé espagnol. Sa mémoire archaïque, alliée à une certaine pratique ou, à tout le moins, à une familiarité sonore, la langue, de même que la cuisine, les mœurs, les réflexes de ses aïeux ; mais il ne s'en est pas moins absenté pendant cinq siècles ; or à distance on vit autrement, surtout si on a absorbé l'humus du pays d'accueil jusque dans ses traditions. Il me faut donc tout récupérer en toutes choses tous azimuts en toutes circonstances. Une paille !

Je ne partais pas du néant, tout de même. Ce monde m'est familier de longue date. La lecture en ligne de la presse madrilène m'est soudainement devenue compulsive bien qu'elle soit consacrée pour l'essentiel à la chronique de la corruption et de la malhonnêteté des chefs d'entreprise, au médiocre spectacle de la politique et au prurit sécessionniste. Dans un examen de ce genre, on s'attend toujours à être collé sur un détail. Il faut tout imaginer. Quelque chose du genre : pourquoi les joueurs barcelonais sont-ils surnommés les *Culés* (vous avez bien lu), ceux de l'Espanyol les *Periquitos*, les Valencians les *Chés* et ceux du Real Madrid les *Merengues* ? Même

Pivot et Morlino ne sauraient y répondre. J'avoue que ces questions existentielles ne m'avaient encore jamais traversé l'esprit. Au moins, on ne me prendra pas en défaut sur les paroles de l'hymne espagnol : il n'en a pas. Que de la musique. Ma chance. J'éviterai une honte de footballeur français pas fichu de chanter *La Marseillaise*. Les Espagnols n'aiment pas leur drapeau car c'est celui d'un camp contre un autre. C'est un des rares pays où l'hymne ne se chante pas. Une musique sans paroles. On n'est jamais arrivé à un consensus pour donner un contenu littéraire et poétique à cette musique. Car il est impossible aux Espagnols de tous s'identifier au même texte. Le phénomène remonte à l'avant-guerre civile lorsque l'Espagne a perdu ses colonies à Cuba, aux Philippines, à Porto Rico. Cela a provoqué une dépression générale. On les considérait plutôt comme des provinces d'outre-mer. Des courants philosophiques et littéraires sont nés de ce manque. Les gouvernements ont décidé de suivre les exemples français et allemand en revivifiant l'orgueil national par la conquête de territoires en Afrique. L'Espagne possédait déjà Ceuta et Melilla. Elle s'est lancée dans une absurde aventure coloniale pour que l'État et l'Armée, défaits au loin, puissent recouvrir leur fierté. Un service militaire obligatoire de trois ans fut imposé à tous – sauf à ceux qui pouvaient payer. Un sentiment d'injustice est né là qui a réactivé l'affrontement larvé des deux Espagne et a crû jusqu'à la guerre civile.

« Drapeau » ou « bannière » se dit *bandera*. Pour les Français, le mot évoque un film de Julien Duvivier dans lequel il revêt son autre signification et désigne une compagnie de la Légion étrangère espagnole, voire la Légion elle-même. C'est d'ailleurs au cinéaste que je pense en premier dans les conversations où la *bandera* apparaît et il me faut m'en défaire, dissiper les ombres de Gabin, Annabella, Le Vigan ainsi que Viviane Romance (sans oublier, à titre personnel si je puis me permettre, Pierre Mac Orlan, auteur du roman dont le film est tiré, car il fut mon glorieux prédécesseur chez Drouant au fauteuil n° 10 de l'Académie Goncourt, nos noms voisinent sur l'aplat de la fourchette) dans les souks ou la casbah, je ne sais plus, de toute façon c'était tourné en studio et au Maroc espagnol, raison pour laquelle Julien Duvivier le dédia « au colonel Franco et aux soldats qui ont donné leur sang dans les montagnes arides d'Haff Al Uest », épître dédicatoire gommée des copies après la guerre civile. Mais combien de Français savent-ils que la *Feuille d'avis de Neuchâtel* est le plus ancien journal de langue française du monde ? À part les Neuchâtelois, qui sont suisses, et moi, qui suis presque espagnol, je ne vois pas. À Buchs en Argovie, une jeune femme turque s'est tout récemment vu refuser le passeport helvétique pour avoir désigné le ski sport national au lieu de la lutte à la culotte. Depuis que je le sais, je m'efforce de trouver l'équivalent espagnol de ce genre de piège. Il n'en manque pas.

J'ai cherché partout pour essayer de parer à tous les mauvais coups. Et même dans le programme de l'agrégation d'espagnol à la section « Civilisation » selon le bon vieux réflexe : qui peut le plus peut le moins. Sauf que là c'est beaucoup plus. Pour la session 2018, le thème en est : « Le Siècle d'or en sursis : le règne de Charles II d'Espagne (1665-1700) ». Certes... Après tout, pourquoi « en sursis », je pourrais tomber sur un examinateur vicieux qui me poserait la question. Suivent vingt lignes d'attendus dont je vous fais la grâce tant ils me font prendre la douloureuse mesure de mes lacunes. Heureusement que le nota bene vient à point consoler, si l'on veut : « sans ignorer l'existence des *novatores* à la fin du XVIIe siècle, on ne saurait attendre des candidats une connaissance détaillée de ce courant de pensée aux ramifications aussi bien scientifiques que littéraires ».

45. De cette étrange chose qu'est le philoséfardisme, cheval de Troie des intérêts espagnols

Si d'aventure l'examinateur m'interrogeait sur la loi du retour séfarade, je suis devenu incollable. Il est vrai que, désormais, ceux qui ont eu vent de ma démarche jugée un peu excentrique me questionnent à son propos comme si j'en étais l'auteur. À croire que tout candidat à la nationalité est censé l'avoir analysée avec un soin si particulier qu'il en deviendrait l'expert. En fait, elle ne nous est pas tombée dessus comme ça, à la manière d'une génération spontanée. C'est le fruit d'un lent et incertain processus entamé dans les années 1860, lorsque aux Cortes les parlementaires ont débattu de la liberté religieuse, et qui a culminé en 1992 à l'occasion de la célébration du cinquième centenaire de l'expulsion des Juifs. Si encore toute cette histoire ne concernait qu'eux, malgré leur petit nombre, on en parlerait à peine ; mais elle a fait écho à ce qui séparait les deux Espagne, l'une s'incarnant en position de repli sur sa mission historique de défense et d'illustration des valeurs catholiques, l'autre prônant une modernisation fondée sur l'ouverture au monde.

Le phénomène, propre à l'Espagne, porte même un nom : le philoséfardisme. Même si on en a plus souvent usé comme d'un instrument rhétorique que comme l'expression d'une volonté politique, il est révélateur d'un retour du refoulé. Pour faire le deuil de la perte de leur empire colonial, des Espagnols ont imaginé à la fin du XIXᵉ de le remplacer par un empire civilisationnel. La langue en serait le moteur, la culture au sens large en serait le carburant et l'hispanité le nom. Le philoséfardisme s'est inscrit dans ce contexte. Dès le début du XXᵉ, des esprits bien intentionnés ont travaillé à instaurer un principe de double nationalité avec les Latino-Américains. Mais c'est Primo de Rivera qui a donné au phénomène son contenu politique lorsque son gouvernement a promulgué le 20 décembre 1924 un décret royal facilitant l'acquisition de la nationalité aux anciens protégés espagnols. Avec une restriction dans le temps (six ans), l'obligation de renoncer à toute autre nationalité et une absence remarquable : le mot « Juif ». Il est vrai qu'en ce temps-là la définition qu'en donnait l'Académie royale de la langue espagnole était « hébreu » puis « avare, usurier ».

Cette incontestable avancée n'en constituait pas moins un terrain de plus pour permettre aux deux Espagne de s'affronter, l'une fondant l'empire sur le catholicisme, l'autre sur la langue. Aujourd'hui encore, les gens ont du mal à croire, et à accepter, que l'on doive ce progrès à Primo de Rivera tant son souvenir est entaché par le *pronunciamiento* de Barcelone, la dictature militaire qui s'ensuivit, sa volonté de régénérer le pays dans un esprit conservateur. Et pourtant... Avant lui, un autre homme de droite, monarchiste et catholique de sensibilité libérale, avait joué un rôle décisif dans ce processus : Ángel Pulido. Député puis sénateur, successivement directeur de plusieurs administrations, il a une illumination lors d'une croisière sur le Danube en 1883. Entre Vienne et Budapest, il a découvert l'existence de communautés juives qui disaient avoir toujours eu l'Espagne au cœur et dont le vieux castillan demeurait la langue d'usage depuis des siècles, ce qui le sidéra, si longtemps après l'expulsion. Pourtant, ces Juifs étaient parfaitement intégrés et ne semblaient pas souffrir. Pulido voulut mobiliser l'Espagne officielle pour aider ces exilés à rejoindre la mère patrie et dans un premier temps les soutint dans leur désir de sauvegarder leur langue menacée de dégénérer. Il leur fit construire des écoles et des instituts et fit nommer parmi les notables juifs des consuls honoraires d'Espagne. Dans le même temps, en Espagne même, on créa des associations, une revue, un centre favorables à la cause. De quoi raffermir des liens de toutes sortes qui étaient appelés à devenir nécessairement économiques et politiques, la culture en étant le moyen et non la finalité, c'est toujours ainsi que les choses se passent. En effet, il n'avait pas échappé à l'énergique M. Pulido que les séfarades les plus hispanophones du Maroc, des Balkans, de l'Empire ottoman constituaient des ambassadeurs en puissance derrière lesquels pouvaient se faufiler des chambres de commerce de la Péninsule. Un relais idéal pour le développement du commerce extérieur. Des représentants en somme. Le passeport, c'était la contrepartie. C'est peu dire qu'il fit campagne : il secoua le cocotier, ce qui demandait de remarquables efforts dans un pays *judenrei* depuis quatre siècles. Un pays dont la presque totalité des habitants n'avait jamais vu un Juif et se demandait bien à quoi ça pouvait ressembler.

Concrètement, le philoséfardisme n'a obtenu que deux résultats : le décret Primo de Rivera et la célébration de Maïmonide. Après la guerre civile, l'hispanisme comme ersatz du mythe impérial n'avait d'yeux que pour l'Amérique latine ; quant à l'hispanité, sa seule évocation renvoyait immanquablement de manière quasi euphonique au « franquisme » surtout que, sous la dictature du caudillo, les médiévistes étaient largement invités à se consacrer à son exploration. Qu'on ne se méprenne pas : le philoséfardisme n'est pas un philosémitisme. Franco avait des ambitions coloniales en Afrique du Nord. Il imaginait les séfarades vivant dans ces pays comme un instrument de pénétration d'autant plus précieux qu'il ne disait pas son nom. Un cheval de Troie de son rêve d'empire. Après tout, la présence française n'était pas éternelle. Ceuta et Melilla ne lui suffisaient pas. Il lorgnait le nord de l'Afrique du Nord, pour commencer, là où la langue espagnole demeurait d'un usage naturel.

46. Qui traite de la rencontre extraordinaire entre ma grand-mère Cécile alors jeune et le futur général Franco et des conséquences redoutables que cela eût pu entraîner

De temps en temps, ma mère me lâche des informations qui ne laissent pas de me surprendre. Des bribes de mémoire inédites. Ainsi, l'autre jour à déjeuner :

« Sais-tu que ta grand-mère Cécile a dansé avec Franco ?

— Tu veux dire : avec "le" Franco ?

— Parfaitement. Elle était jeune et lui aussi puisqu'ils n'avaient que cinq ou six ans de différence. »

Ça devait être au tout début des années 1920, lorsqu'il commandait la 1re *bandera* cantonnée à Ceuta, dans le nord du Maroc. Il était reçu par la grande bourgeoisie juive de Tétouan, notamment M. Benmaman, le directeur de la succursale de la banque Hassan. Ma grand-mère était une femme d'un fort tempérament. Ce que l'on dit généralement des personnes de caractère, pour éviter de les désigner comme caractérielles. Le fait est que, à la veille de fêter son premier centenaire, elle nous tenait encore à tous la dragée haute. Comme quoi ça conserve.

« Elle était assez hardie pour s'échapper de l'appartement de ses parents, rue de Sartène à Oran, et suivre les galas Karsenty dans leurs tournées. Alors tu imagines, un bal militaire... qu'il était beau, mon légionnaire...

— Je n'en reviens pas, l'intrusion de ce type dans notre famille...

— Il n'était pas encore celui qu'il deviendra, ni même marié. On l'appelait Franco l'Africain tant il y était prestigieux. Mais cette histoire, tout Oran l'a sue et en a parlé jusqu'en 1962 ! »

Tout de même, ça me fiche un coup, la révélation de cet acoquinement, fût-il éphémère. Ce qui me gêne, ce n'est pas tant le dictateur en devenir que le séfarade honteux. Parfaitement...

Il est vrai que Franco l'Africain avait laissé des traces

et des souvenirs, notamment du côté de Tétouan, ville de ma grand-mère maternelle, où de riches familles n'avaient pas hésité à mettre la main à la poche pour financer les putschistes de 1936. Un certain Beigbeder aurait pu en témoigner. Non, pas l'écrivain, tout de même, mais le colonel Juan Beigbeder, qui était alors l'homme du soulèvement militaire dans le coin. Il était en contact avec des commerçants en tissus et des banquiers, certains de Gibraltar, d'autres de Tanger, mais tous représentés à Tétouan, les Hassan et les Pariente, les Bentolila et les Salama, les Benmaman et les Abenzur, qui voyaient loin et préparaient déjà l'après-guerre civile. Ils n'étaient pas des fascistes et les défilés martiaux de la Phalange n'étaient pas nécessairement leur genre de beauté. Au-delà même de leur intérêt personnel, ils étaient mus par un archaïque réflexe de survie hérité d'un temps où les Juifs devaient leur salut à la protection d'un pouvoir fort et autoritaire.

Franco ou, pour le dire moins familièrement, *Generalísimo Francisco Franco, Caudillo de España por la Gracia de Dios*, était passé maître dans l'art de l'esquive, qualité prêtée aux Galiciens bien nés. Pour ceux qui s'intéressent à son rôle pendant la guerre, cela exige un autre type d'analyse, loin des habituelles vichyssitudes. On disait de Franco qu'il aimait bien *à la rigueur* les séfarades plus ou moins chrétiens, à condition qu'ils fissent profil bas, mais pas les ashkénazes le plus souvent qualifiés avec tant d'autres ennemis intérieurs de judéo-maçons-bolcheviques.

47. De la guerre, des mythes et des légendes

Ricardo García Cárcel, historien à l'université de Barcelone, juge que l'histoire de l'Espagne a été manipulée par une infinité de distorsions dont les fondamentaux : d'un côté il y a une tendance à sublimer les épopées militaires et les héros ; de l'autre les mythes dramatiques, victimistes, surtout liés à la légende noire espagnole et à la campagne de dépréciation qu'a connue le pays. Les historiens ont bien fait leur travail en débarrassant le récit du passé de ce dont les années Franco l'avait chargé ; l'imaginaire symbolique du nationalisme espagnol souffre d'avoir été amalgamé au franquisme. Il n'y a guère qu'en Catalogne qu'on fait croire aux élèves que Franco est l'inventeur de l'Espagne, et que puisque l'on est antifranquiste on peut être anti-espagnol. Le problème, c'est que cet iconoclasme n'a pas pensé à remplacer les images détruites par d'autres. L'Espagne souffre d'une carence d'icônes et de références émotionnelles. Elle manque de révolution aussi.

Dans toutes mes déambulations espagnoles, à Grenade comme à Gijón, à Salamanque comme à Barcelone, je me projette aux confins de ce que fut le pays non seulement dans la guerre civile, omniprésente même aux aveugles et aux sourds, mais dans les trois époques qui lui ont succédé : pendant la Seconde Guerre mondiale, lorsque le franquisme avait le goût du fascisme mais n'en était pas ; puis de l'après-guerre jusqu'en 1957, lorsque l'Église traditionaliste dominait et que Franco s'affirmait pour ce qu'il était véritablement, un national-catholique ; enfin, du début des années 1960 jusqu'à la Transition démocratique avec la priorité accordée au souci de l'économie et la montée en puissance d'une génération de technocrates dont Adolfo Suárez sera le fleuron. C'est peu dire que la recherche universitaire a hypertrophié le souci de l'histoire immédiate. Je me souviens avoir vécu l'Occupation en France bien qu'étant né au début des années 1950, mais je ne pourrais pas écrire comme Carlos Álvarez : « Mon enfance est mémoire d'un mur blanc de Séville où lentement s'abat un homme fusillé. »

S'ils ont une certaine ancienneté, il n'est pas un monument que je n'observe, pas une institution que je n'envisage, pas un journal que je ne lise, pas un écrivain que je n'explore, pas un individu que je ne croise, sans me demander comment ils étaient *avant* et comment ils ont vécu ces moments-là. Non pour les prendre en défaut ou pour les critiquer. Plutôt mû par l'empathie, par la curiosité, par une certaine solidarité puisque désormais j'aspire à être *aussi* des leurs sans jamais cesser d'être *encore* des miens.

On attend encore qu'une partie de la droite fasse le pas de condamner explicitement le franquisme et reconnaître qu'il est issu d'un coup d'État militaire.

Toujours la guerre civile ? C'est compliqué : « Que ce soit la révolution ou la paella, dis-toi bien que rien de ce qui est espagnol n'est simple », dit Gabriel Fouquet dans *Un singe en hiver*, sans que l'on sache trop si c'est du Blondin ou du Audiard.

Que la presse y revienne régulièrement, c'est normal. Mais les intellectuels, les écrivains, les cinéastes ? On a l'impression que tout a déjà été dit. Tant et si bien que lorsque Lettras en Sevilla s'est justement tenue en 2017 sur le thème « Littérature et guerre civile », en réunissant des pointures pour trois jours de conférences, de colloques et de débats, les organisateurs se sont sentis obligés d'ouvrir cette manifestation en précisant que tout n'avait pas été dit. À commencer par la nécessité d'arracher le sujet des mains des politiques pour le remettre entre celles des historiens. De confirmer ce statut de « guerre interminable ».

Un peu plus de trente mille volontaires étrangers se sont engagés dans les rangs des Brigades internationales. Quelque cinq mille Juifs parmi eux, majoritairement polonais et communistes. Compagnie juive Botwin, Bataillon Palafox, XIIIᵉ brigade Dombrowski avec chants et journal interne en yiddish, tout est dit. Les séfarades y étaient minoritaires, tels Boris Toledano, père de Sidney, ou André Lévy, père de Bernard-Henri, rareté qui rend leur présence d'autant plus remarquable. Si j'avais eu vingt ans en 1936 peut-être aurais-je fait partie des volontaires. Difficile de ne pas se poser la question. Mais d'y penser seulement n'a pas de sens car, outre que le courage à retardement ne vaut rien, si j'avais eu vingt ans en 1936, j'aurais été un autre que moi.

La guerre civile fut un cortège d'atrocités des deux côtés. Paul Preston, l'un de ses plus éminents historiens, fait néanmoins observer qu'il faut distinguer l'horreur organisée, planifiée, conçue par les nationalistes, de l'horreur impulsive infligée en réaction par les républicains. Il laisse surtout entendre que les troupes rebelles des généraux de Franco, Mola et Queipo de Llano avaient fait leurs classes en Afrique du Nord, aux côtés des combattants de la Légion espagnole et des *regulares* de l'armée coloniale. La colonne infernale qui massacra à tour de bras en remontant de Séville vers Madrid n'était-elle pas composée d'*africanistas* ? On croit comprendre qu'ils avaient hérité des rituels barbares de « là-bas ». L'extrême gauche ne fut pas en reste, la rhétorique anarchiste faisant appel à la nécessité de « purifier » la société jugée corrompue, besoin de pureté qui rappelle de mauvais souvenirs. Veut-on se convaincre que la barbarie avait des motifs politiques, on se persuade que si tant de femmes ont été humiliées, violées, torturées par les rebelles nationalistes, c'est parce que le respect des femmes était au programme des réformes de la République. Mais de quoi ce déni est-il le nom ?

Les vrais, les rares authentiques, se gardaient bien de dénoncer ceux de la dernière heure pour ne pas faire obstacle au pacte social (on a connu ça dans la France de 1945) ; de toute façon, ils étaient habitués « à perdre et à se taire ». Dans *Si rude soit le début*, Javier Marías, lui, s'interroge sur la facilité avec laquelle n'importe lequel d'entre eux, quel que fût son camp, pouvait faire des *paseos*, spécialité nationale de l'époque qui consistait à aller en groupe chercher quelqu'un chez lui, pour l'emmener dans un coin isolé à seule fin de lui loger une balle dans la tête avant de balancer son corps dans un fossé. Le romancier donne le sentiment qu'il ne peut croiser un homme sans se demander s'il n'a pas plus ou moins trempé dans le franquisme au cours des trente-six années de dictature, que l'individu l'ait fait par conviction politique, par indolence ou par peur. Moi aussi, mais en Allemagne et en France.

La guerre civile, toujours avec un G majuscule en espagnol, est leur grande guerre. Qu'on le veuille ou non, la démocratie espagnole est fille de la guerre civile, mais « d'une façon ou d'une autre, tout a encore à voir avec la Guerre » ; tout y ramène, et plus encore dans la bouche de ceux qui ne l'ont pas vécue. Cette guerre perdra-t-elle de sa virulence avec le temps, sans jamais cesser d'être comme l'un de ces conflits familiaux qui se perpétuent au fil des générations ?

48. Et dire qu'il y en a pour affirmer, leurs grands dieux à l'appui, que Franco a sauvé des Juifs par milliers alors qu'ils doivent la vie à la courageuse initiative des consuls d'Espagne

Ce qu'il reste de Franco dans cette histoire, on en dispute encore. Il suffit qu'une municipalité quelque part dans le pays décide de débaptiser une rue trop marquée, ou que l'on envisage d'exfiltrer sa dépouille de la Valle de los Caídos pour réactiver le débat. Même les absurdes horaires espagnols, le fait que ces gens-là déjeunent quand les Européens retournent travailler, et dînent à l'heure à laquelle les autres vont se coucher, serait sa faute, et non celle de la sieste, peu pratiquée et surtout en été. En effet, il s'avère que Franco avait décidé de s'aligner sur l'Allemagne nazie et l'Italie fasciste, et non sur le fuseau horaire gouverné par la course du soleil. Depuis, nul n'a osé changer ces habitudes bien ancrées ; récemment, ceux qui ont essayé s'y sont cassé les dents.

On l'a dit tour à tour juif, philosémite, antisémite et on le dit encore. Juif ? Le nom a pu faire illusion.

Philosémite, lui ? Pragmatique. En décembre 1939, dans son message de fin d'année radiodiffusé à la veille du jour de l'an, il louait « la lucidité des Rois Catholiques » qui avaient libéré le pays des races cupides, lesquelles se distinguent par leur culte du profit, leur égoïsme, leur volonté de domination, et autres clichés de la phraséologie antisémite, auxquels il faut ajouter « le complot judéo-maçonnique bolchevique », trio infernal qui fut longtemps un leitmotiv de ses discours. Trois mois plus tard, tout rite et toute cérémonie juifs étaient interdits sur le territoire espagnol, manière de renvoyer le petit nombre des intéressés à l'ancienne condition de marrane s'ils persistaient à rester fidèles à leurs traditions.

Pendant la guerre, les services de la sécurité à Madrid avaient constitué un fichier juif, comme c'était le cas au même moment dans la France occupée. Les séfarades, soupçonnés d'être de bons dissimulateurs par principe en vertu de leur supposé marranisme et des mœurs clandestines qui y sont attachées, y étaient fichés avec force détails en raison de leur « dangerosité » et de leurs « manigances perturbatrices ».

L'Espagne est peut-être un tourbillon de mythes, comme disait Jorge Semprún, mais celui du Franco sauveur de Juifs a tellement bien fonctionné qu'il perdure. Il est d'autant plus répandu qu'il s'appuie sur la réalité, mais déformée et instrumentalisée au profit de sa seule image. Aujourd'hui encore, il est courant que des séfarades en soient convaincus, les travaux des historiens, pourtant très nets à ce sujet, ne jouissant que d'une diffusion entre experts. Le paradoxe, c'est que ce mythe en a réactivé un autre, sur l'origine juive et *conversa* de Franco, effet collatéral dont les néofranquistes se seraient bien passés.

Des Juifs ont bien été sauvés de la déportation et de l'extermination par l'Espagne. Non grâce à Franco, ni à tel ou tel de ses adjoints, mais grâce à l'action courageuse, risquée et de leur propre initiative de plusieurs diplomates espagnols en poste en Europe. Un véritable front commun de consuls bien qu'il ne se fût pas concerté.

Ángel Sanz-Briz est le plus connu d'entre eux. Il a œuvré en coulisses en 1944 à Budapest pour fournir des passeports ordinaires ou temporaires et des cartes de protection à quelque cinq mille Juifs hongrois traqués. Il prétendait que ceux-ci, quoique ashkénazes pour la plupart, avaient des attaches soit commerciales, soit familiales avec l'Espagne. En plaçant cinq cents enfants juifs sous sa protection, il obtint du gouvernement hongrois de pouvoir les acheminer jusqu'à Tanger ; puis lorsqu'il arrache la permission de délivrer trois cents passeports espagnols à des Juifs, il feint de croire qu'il s'agit de trois cents familles et non de trois cents individus ; il leur donne à tous un numéro de passeport inférieur à trois cents afin d'en délivrer plus encore ; il loue des immeubles dans Budapest à l'entrée desquels il placarde l'affiche en hongrois et en allemand : « Annexe de la légation d'Espagne. Bâtiment extraterritorial », ce qui permet à bon nombre de s'y réfugier. Ironie de l'histoire, mais ironie tragique, les Juifs de Salonique, tous séfarades, ont eu plus de mal à bénéficier de cette protection car on leur demandait de prouver leur lointaine origine. Pourtant, Sebastián de

Romero Radigales, le consul général d'Espagne à Salonique et à Athènes, avait remué ciel et terre pour leur trouver un refuge ; l'Espagne leur étant refusée, il proposa le Maroc espagnol et réussit à transférer cent cinquante séfarades de Salonique à Athènes. Interrogé par le Commissariat général aux questions juives, Bernardo Rolland de Miota, qui occupait le même poste à Paris, opposa une fin de non-recevoir au motif que les lois de son pays ne faisaient pas de distinction entre les religions et que les séfarades étaient espagnols comme les autres ; de plus, il engagea formellement les Saloniciens réfugiés à Paris à ne pas se faire enregistrer auprès de la police ; il ira à Drancy faire libérer ceux qui ne l'avaient pas écouté. À Paris également, Eduardo Propper de Callejón, premier secrétaire à l'ambassade, organisa de concert avec le consul portugais Aristides de Sousa Mendes l'octroi de trente mille visas à des réfugiés juifs dès 1940 afin qu'ils puissent traverser l'Espagne pour rejoindre le Portugal ; cela lui valut plusieurs mois après d'être muté à Larache, au Maroc espagnol, par son ministre. Rojas y Moreno, qui représentait l'Espagne à Bucarest, avait inventé un certificat d'origine ethnique espagnole pour protéger ses séfarades. À Athènes son homologue Eduardo Gasset y Díez de Ulzurrun avait trouvé un tour de passe-passe rhétorique de la même encre en parlant aux autorités de « familles espagnoles de la colonie locale séfarade ». Jaime Joro, comte d'Altea, consul d'Espagne à Casablanca, lutta quant à lui contre les autorités du protectorat qui ne reconnaissaient pas la qualité d'espagnol aux séfarades.

D'autres encore, consuls et même ambassadeurs d'Espagne en Europe, œuvrèrent dans le même sens, jouant sur la confusion du statut des séfarades : ceux qui étaient devenus espagnols grâce au décret de 1924 et ceux qui étaient simplement sous la protection de l'Espagne. Tous ces diplomates, en s'opposant à la saisie et à l'expropriation des séfarades dans les pays occupés par le Reich, les plaçaient de facto sous la protection de l'Espagne. Ce critère devint même, selon la chercheuse Maite Ojeda Mata, l'axe de la politique étrangère de Madrid envers les séfarades.

Cela dit, il y eut également des cas inverses, à commencer par celui de l'ambassadeur d'Espagne à Vichy, José Félix de Lequerica, un francophile qui avait achevé ses études par une thèse consacrée à « Georges Sorel, théoricien du syndicalisme révolutionnaire ». L'antisémitisme viscéral de cet ancien phalangiste n'était en rien entamé par ce qu'il savait des déportations – et en août 1944, à la Libération de Paris, lorsque Franco le nomma opportunément ministre des Affaires étrangères, il en savait encore plus que les autres, Ángel Sanz-Briz lui ayant remis un récit détaillé de la vie à Auschwitz fait par deux jeunes Slovaques qui avaient réussi à s'échapper du camp d'extermination. De même Antonio Magaz, ambassadeur à Berlin, qui ne souhaitait vraiment pas que « ces gens-là » vivent en Espagne tant ils étaient susceptibles de fomenter des incidents désagréables « en raison de leur race ».

À Madrid, le ministère des Affaires étrangères était alors pris comme jamais dans un écheveau de contradictions, de dilemmes, de paradoxes. Dans toute l'Europe sous la botte, des consuls espagnols se battaient contre les autorités locales pour arracher des Juifs à la déportation et à la mort tandis qu'à Madrid le ministre des Affaires étrangères Francisco Gómez-Jordana Sousa (1942-1944) répétait partout que l'arrivée de ceux-ci en Espagne serait contraire aux intérêts de la nation ; et que de toute façon, ils jonglaient avec les identités et les passeports en fonction de leurs intérêts du moment, ce qui rendait plus malaisée encore la « nationalisation » de ces opportunistes.

C'est peu dire que certains hiérarques du régime dans l'entourage de Franco, à commencer par son propre beau-frère (*el Cuñadísimo*, le « beau-frérissime », comme on le surnommait par allusion au *Generalísimo*) et ministre des Affaires étrangères (1940-1942) Ramón Serrano Suñer, connu pour son antisémitisme, voyaient d'un mauvais œil le déploiement de cet activisme consulaire jugé excessivement philosémite par eux, simplement humanitaire par les intéressés. Ils tentèrent de l'expliquer par « l'enjuivement » de certains de leurs diplomates. Il est vrai que Sebastián de Romero Radigales était marié à une Juive roumaine, et qu'Eduardo Propper de Callejón, fils d'un banquier juif tchèque, avait épousé une Fould-Springer.

En 1943, lorsque les Allemands accélérèrent le processus visant à rendre l'Europe *judenfrei* en lançant des ultimatums à leurs collaborateurs dans chaque pays, le gouvernement espagnol eut pour premier réflexe de fermer ses frontières aux séfarades espagnols. Pour se déculpabiliser, se sentant de fait coresponsable du sort qui les attendait, il suggéra de renvoyer ceux qui résidaient en France dans leur pays d'origine, la Turquie notamment, option qui ne fut pas retenue par les Allemands. Des milliers de personnes se retrouvèrent ainsi prises au piège. Finalement, une porte de sortie s'ouvrit grâce à une proposition du directeur de la politique extérieure José María Doussinague : elle accordait des visas aux séfarades pour séjourner *à titre provisoire* en Espagne, à condition que leur nationalité ait été enregistrée avant le 31 décembre 1930. On s'en doute, l'assurance du départ des Juifs était le plus important, d'abord aux yeux des Allemands puis à ceux des Espagnols.

Selon Ojeda Mata, si quelque trente mille Juifs, en majorité apatrides, ont eu la vie sauve en se réfugiant en Espagne, on ne comptait parmi eux que quelques centaines de séfarades. La priorité du franquisme des origines était idéologique et néanmoins fantasmatique : il fallait libérer l'Espagne de ses ennemis. Si le statut des Juifs leur permettait d'être rapidement pris en charge par des organisations internationales pour être exfiltrés, les séfarades étaient eux fondés à rester en Espagne puisque c'était leur pays. Au vrai on ne savait plus quoi faire d'eux. Il suffira de les assimiler à des apatrides pour les faire partir avec le gros des évacués.

En mars 1941, une association culturelle séfarade sise à Paris adressa une lettre au général Franco, via son consul général dans la capitale, pour lui demander de laisser entrer en Espagne les descendants des Juifs expulsés en 1492. La requête, on ne peut plus claire, aurait eu le mérite de bousculer les ambiguïtés officielles si l'intéressé n'avait aussitôt délégué la chose à ses autorités compétentes, lesquelles en firent autant avec les leurs, jusqu'à ce que la décision revienne à la Direction générale de la sécurité qui déclina : Non, ce n'est pas possible, vous ne pouvez pas entrer. Pas de rapatriement qui vaille. Ainsi fut-il répondu au plus haut de l'État. Antisémite à l'intérieur, philoséfarade à l'extérieur. Le paradoxe pointé par l'anthropologue Maite Ojeda Mata, c'est que, d'un côté, l'Espagne s'est montrée relativement tolérante avec les réfugiés juifs qui fuyaient le nazisme et, de l'autre, elle niait les droits de séfarades qui étaient des quasi-citoyens espagnols.

Dans le franquisme des premiers temps, celui des années 1940, lorsque la répression frappait des Juifs militants de gauche ou des Juifs appartenant à la franc-maçonnerie, c'était en tant que communistes ou maçons, pas en tant que Juifs. Ils étaient le plus souvent déchus de leur nationalité et expulsés. Or, on l'a dit, nombre de Juifs, notamment séfarades, avaient rejoint les Brigades internationales pendant la guerre civile. La mention des sympathies républicaines figurait naturellement sur les fiches des réfugiés remises aux diplomates. Ceux-ci étaient d'autant plus sensibles à la détresse des fugitifs qu'ils avaient noué dès l'avant-guerre des liens mondains avec certains d'entre eux. Une solidarité de classe jouait naturellement en sus de l'empathie pour tous les traqués.

Le 1er octobre 1943, le général Franco prononça un discours décisif. Il proclama la neutralité de son pays, et non sa qualité de non-belligérant, ce qui était une manière de prendre ses distances avec l'Axe. De là est née la mystification franquiste qui fit du caudillo un sauveteur de Juifs. Il s'y est taillé une réputation humanitaire sur mesure. Le fait est qu'entre vingt mille et trente-cinq mille réfugiés juifs ont dû leur vie à l'intervention de l'Espagne. À celle de Franco ? À Budapest, Ángel Sanz-Briz avait lancé l'affaire, fait le travail et conclu des alliances sur ce point avec les légations neutres à Budapest ; le gouvernement franquiste l'a soutenu en cours de route lorsqu'il a vu que cela ne pouvait que profiter à l'image du pays auprès des Alliés. Le vent avait tourné.

Entre fin novembre et début décembre 1944, Ángel San-Briz préféra quitter Budapest devant l'avancée de l'Armée rouge. Son collaborateur Girogio Perlasca, un fasciste italien qui fut volontaire dans la guerre civile espagnole, était resté pour représenter l'Espagne, et, sans sa présence, les Juifs protégés par la légation espagnole auraient été assassinés. À Budapest trois mille Juifs ont été sauvés par l'Espagne. Ils n'étaient séfarades ni de près ni de loin. Ils étaient juifs et il n'en fallait pas davantage pour que Franco instrumentalise leur sauvetage, ce qui était, si l'on peut dire en la circonstance, de bonne guerre.

Par la suite, Franco et ses services de propagande feront tout pour laisser accroire qu'en pionnier de l'humanitaire il fut l'âme de ce sauvetage, ses consuls n'en étant que les bras. La récupération de cette affaire a tant et si bien opéré qu'aujourd'hui encore la doxa va dans ce sens, y compris dans l'opinion publique juive où l'on est généralement convaincu de l'ascendance *conversa* du caudillo. Aux États-Unis par exemple, à force de livres, de documentaires et d'articles, il est admis que pour sauver des Juifs traqués, il s'était comporté en Don Quichotte face à Hitler ! (la formule a fait florès). Les Juifs américains ont été vivement attristés par la disparition du généralissime en 1975. Un service funèbre a même été organisé à cette occasion à la synagogue hispano-portugaise de New York. Manifestement, les travaux des historiens sur la question publiés ces trente dernières années ne leur sont pas parvenus puisque chaque 20 novembre, date anniversaire de la mort de Franco, des prières y sont dites pour le repos de son âme... Le président d'Israël, Chaïm Herzog lui-même, lors de son discours prononcé à la synagogue de Madrid en réponse à celui du roi Juan Carlos, avait cru bon de rendre hommage à l'action bienfaitrice de l'Espagne pendant la Seconde Guerre mondiale.

Dans cette histoire, les archives font souvent défaut, beaucoup de papiers ayant été brûlés à l'époque par sécurité. Tous les ordres venus d'en haut ne laissent pas de traces, tant s'en faut. Pour les historiens il ne fait guère de doute que Franco a ordonné le bombardement de Guernica. Pourtant, il n'en existe pas de preuve écrite. Mais il n'y en a pas non plus des 2 002 autres bombardements nationalistes enregistrés sur le Pays basque dont il est évident qu'ils ne pouvaient se faire sans la supervision expresse du quartier général nationaliste.

Rares sont les hommes qui échappent à l'ordre avilissant de la horde avec le souci de ne jamais faire meute. Certains de ces diplomates seront faits justes parmi les nations. On voudrait tous les distinguer. Ángel Sanz-Briz, Eduardo Propper de Callejón, Bernardo Rolland de Miota, Rojas y Moreno, Jaime Joro, Eduardo Gasset y Diéz de Ulzurrun, Sebastián de Romero Radigales et d'autres encore. Pendant la guerre ils étaient ambassadeurs, chargés d'affaires, consuls généraux. Ils ne représentaient pas seulement l'Espagne diplomatiquement : ils *étaient* l'Espagne non dans ses pompes mais dans ses circonstances. Le mal est toujours plus spectaculaire ; le bien, lui, ne fait pas de bruit. Sa discrétion l'expose à l'oubli.

Seize millions de Juifs à la veille de la Shoah, onze millions au lendemain de la guerre, quatorze millions aujourd'hui.

49. De ce qu'il advint des Juifs en Espagne après la guerre et depuis, et de la capacité bien légitime du hardi séfarade à s'en inquiéter

Après 1945, des Juifs furent expulsés d'Espagne au titre d'apatrides, qu'ils fussent dignitaires de la maçonnerie à Madrid ou vendeurs ambulants au marché de San Antonio à Barcelone. Certains résidaient dans le pays depuis des années, d'autres étaient des réfugiés, tous traités sur le même plan. On n'avait pas fait beaucoup de progrès depuis le fameux livre d'Ángel Pulido *Españoles sin patria y la raza sefardí* de 1905... Puis le temps fit son office. On tira des leçons du passé. L'image de l'Espagne importait davantage. C'est ainsi qu'en 1968 le gouvernement du général Franco octroya la nationalité espagnole à cent dix Juifs incarcérés dans les prisons égyptiennes au lendemain de la guerre des Six-Jours...

Il en aurait fallu plus pour que l'Espagne puisse se débarrasser de sa mauvaise réputation.

« Antisémite, l'Espagne d'aujourd'hui ? Franchement, je ne le pense pas. »

Combien de fois aurai-je entendu cela un peu partout dans le pays, plus encore dans la bouche de Juifs espagnols et de séfarades. C'est là une opinion largement partagée. Pas d'antisémitisme mais un fort sentiment d'israélophobie, notamment dans les médias, lesquels n'hésitent pas à parler de « tanks juifs » ou de l'« armée juive » quand ils ne dénoncent pas l'action fantasmée du « lobby juif ». La mort d'un Israélien est toujours présentée comme un acte de guerre, voire un dommage collatéral du conflit, celle d'un Palestinien comme un assassinat. De fait, les Juifs sont vus par beaucoup d'Espagnols non comme des individus mais comme une collectivité solidaire de la collectivité israélienne jusqu'à n'en faire qu'une. La transition se fait sans douleur dans l'opinion entre la diabolisation de l'État d'Israël et la caricature du Juif usurier. La légitimation de l'une entraîne celle de l'autre. Il y a si peu de Juifs dans ce pays que la judéophobie ne tourne pas à l'antisémitisme. Elle reste de la judéophobie : une certaine crainte des Juifs à travers l'image fantasmée qu'on s'en est faite sur la base de tout ce qu'on en ignore. S'ils étaient visibles, il en irait autrement. Seulement voilà : ces cinq derniers siècles, ils étaient invisibles. Qu'importe au fond que toutes les grandes capitales à l'exception de Madrid aient leur musée juif, une fondation finira bien par combler cette lacune. C'est ailleurs que cela se passe, dans la langue. Le plus inquiétant est que cela ne touche pas seulement l'homme de la rue mais des élus.

En 2016, on a pu entendre lors d'un débat au Parlement de Navarre Xavier Aguirregabiria, porte-parole de Sodepaz, une ONG promouvant le tourisme responsable, dénoncer l'« inondation » de la presse internationale par « les versions israélite et sioniste de l'actualité car chacun sait que les magnats sionistes contrôlent quatre-vingt-dix pour cent des grands médias de communication ». Et ses tweets d'enfoncer le clou peu après. Même son de cloche sur le site d'actualité *Extraconfidencial* où il est expliqué que si Bob Dylan a reçu le prix Nobel de littérature, c'est parce que les médias suédois sont contrôlés par « le pouvoir juif ».

En 2014, on a pu entendre José Antonio Monago, président du gouvernement d'Estrémadure, s'énerver au cours d'un débat sur l'autonomie financière et alerter sur le fait que l'Espagne devenait « un marché de Juifs dans lequel c'est chacun pour soi ». Depuis, il s'est excusé en justifiant l'expression de sa colère : « C'est une expression très courante en Estrémadure. »

Cette même année à Madrid, au cours d'un examen public devant la presse et les militants que le Parti populaire (droite) fait désormais passer à ses élus pour exciper de sa transparence, une réponse aurait dû faire bondir : celle de Mariola Vargas, maire de Collado Villalba (Communauté de Madrid). Alors qu'on l'interrogeait sur la baisse de salaire qu'impliquaient ses nouvelles fonctions, et qu'on lui demandait : Comment pouvons-nous être convaincus que vous nous avez dit la vérité ?, elle répliqua : *No soy una perra judía !* (« Je ne suis pas une chienne juive ! »). Elle l'avait dit avec beaucoup de naturel, cela fut entendu comme un proverbe et repris sur les sites d'information avec tout autant de naturel sans provoquer la moindre réaction. Pour un test d'honnêteté, c'était réussi. Il fallut attendre un peu pour que cela provoque des remous. Ce qui la poussa à adresser aussitôt ses excuses écrites à la Fédération des communautés juives : « J'ai utilisé une expression familière, très madrilène, mais très malheureuse. » Les Madrilènes apprécieront. Deux ans plus tard, c'était au tour du populaire animateur de télévision Kiko Matamoros de définir dans l'émission *Sálvame* une personne « que je ne vais pas appeler un chien juif » sans que nul ne bronche, mais sans éviter peu après à la chaîne Telecinco d'avoir à présenter ses excuses.

Il est vrai que les dictons ne manquent pas d'user du vocable « juif » chaque fois qu'il est question de trahison. Tout dépend de la région. À León (Castille-León), on mange des tapas et on boit du vin pendant la Semaine sainte mais le Vendredi saint, on entend couramment « *vamos a matar judíos* » (« allons tuer les Juifs ! ») sur le chemin des bars. Une façon de parler préférable à tout prendre à une façon de tuer mais tout de même, la parlerie a parfois de drôles de manières. Qui n'a pas entendu dans sa jeunesse, à la table familiale, *judío* (« Juif ») comme synonyme de celui qui cache, qui joue un double jeu et qui est associé à l'argent ? S'agissant du juif dans sa dimension religieuse, l'espagnol évite *judío* jugé brutal, péjoratif, dépréciatif et lui préfère *hebreo* ou *israelita*. La chercheuse Eva Touboul Tardieu rappelle que, lors des représentations de sa pièce *La Savetière prodigieuse* à Buenos Aires, après avoir reçu une plainte d'une spectatrice, Federico García Lorca se sentit obligé de remplacer « Juives malfaisantes ! » par « Tarasques ! » dans la bouche du savetier lorsque celui-ci s'en prend aux voisines de sa femme.

Tous ces stéréotypes sont bien ancrés depuis des siècles dans le langage populaire, tant et si bien que lorsqu'on le fait observer, personne ne voit où est le mal. Entendre dire *judías verdes* pour « haricots verts », *judías blancas* pour « haricots blancs » ou pire encore *judías verdes con jamón* (les mêmes, au jambon !), c'est dur à avaler. Qui a inventé d'y mêler les Juives ? D'autant que ça se dit *fabas* en Galice et dans les Asturies, *habichuelas* en Castille, Andalousie et Murcie, *mongetes tendres* en Catalogne, *fesols* à Valence...

C'est entendu, l'Espagne n'est pas antisémite, même ses musulmans ne le sont pas. Disons qu'elle ne l'est pas vraiment, pas trop, pas au point de déshonorer la détestation des Juifs en la muant en haine des Juifs, ainsi qu'un écrivain français crut bon de le reprocher à Hitler, contrairement à la France. Juste un reste d'hostilité, de mépris, d'ignorance et de préjugés bien ancrés dans l'éducation catholique. Surtout l'ignorance : « Moi, Espagnole, j'ai compris le judaïsme en regardant les films de Woody Allen », reconnaît Patricia qui est pourtant une femme de haute culture.

Le vieil antijudaïsme espagnol s'est nourri aux mamelles de l'Église, à ses attaques contre le peuple déicide, aux légendes urbaines sur les meurtres d'enfants, à la liturgie dénonçant leur perfidie. L'antisémitisme s'y est greffé par la suite. Il est vrai que l'Église est arriérée. L'esprit de Vatican II n'est pas encore parvenu jusque-là, comme si le vent du renouveau s'était arrêté à son seuil. Elle a longtemps été l'institution la plus traditionnelle, la plus ancienne et la plus puissante d'Espagne. Mais aujourd'hui, elle demeure un frein et un puissant îlot réactionnaire embourbé dans un néofranquisme alors que le reste de la société est passé à autre chose. Pour preuve tout récemment encore, Mgr Carlos Osoro Sierra, l'archevêque de Madrid, a été débarqué de la conférence épiscopale dont il était l'un des vice-présidents car il était jugé trop proche du pape François qui l'avait élevé à la pourpre cardinalice en 2016. Son prédécesseur à Madrid était le cardinal Rouco Varela qui incarnait, lui, la ligne conservatrice.

Le vieux fond antisémite est largement répandu dans toutes les couches de la population. Simplement, il se manifeste sans agressivité. Juste « comme ça », naturellement, au détour de la conversation, sans penser à mal. Lorsqu'il s'agit des Juifs, on croirait que les gens parlent d'extraterrestres mais riches, tous. Combien de fois m'aura-t-on dit en écarquillant les yeux : « Vous êtes le premier Juif que je rencontre. » Dans tout le pays et dans tous les milieux. Il est vrai qu'ils représentent à peine 0,01 % de la population espagnole (les Juifs, pas les extraterrestres). Les grosses fortunes juives sont aussi les plus visibles, les plus médiatisées, les plus ciblées par les sites « antisionistes » mais elles se comptent sur les doigts d'une main : le Barcelonais Isak Andic, séfarade originaire d'Istanbul, fondateur et principal actionnaire du groupe textile Mango ; le publicitaire Luis Bassat Coen (Grupo Bassat Ogilvy) ; les sœurs Alicia et Esther Koplowitz, héritières du groupe familial FCC fondé par leur père, devenu troisième constructeur immobilier espagnol ; Martín Varsavsky, un Argentin qui a fait fortune dans les télécommunications (Ya.com, Jazztel, Viatel, Fon), ainsi que la famille d'Alberto Palatchi Benveniste qui a fondé Pronovias en 1922 à Barcelone, ou Mauricio Hatchwell Toledano du groupe international Excem...

50. *Qui traite de la nécessité de partir à la recherche des antisémites avant de s'installer dans ce pays et de l'impossibilité de les y trouver*

J'en étais là jusqu'à un voyage en TGV. Avec Bernard Pivot, nous rentrions de Bruxelles où, la veille au soir, nous avions parrainé la cérémonie de remise du choix belge du Goncourt. Comme nous sommes assis côte à côte, je me plonge également dans *L'Équipe.* Ou plus exactement : je regarde par-dessus l'épaule de Bernard plongé dans la lecture de *L'Équipe.*

« Je croyais que tu ne le lisais jamais...

— Je ne lis pas : je regarde. J'aime trop le sport pour m'intéresser aux résultats sportifs. Chacun ses paradoxes. »

Comme il m'observe déjà d'un drôle d'air par-dessus ses lunettes, je lui épargne la traduction espagnole de « sports » en *deportes* : même sans les accents, c'est dur. Et puis je ne sais pas quel club choisir maintenant que je suis virtuellement espagnol. L'esprit binaire en deçà et au-delà des Pyrénées, on n'y échappera pas. Rioja ou Rivera ? Real ou Atlético ? Machado ou García Lorca ? C'est l'un ou l'autre, on est toujours sommé de prendre parti pour l'un contre l'autre.

« Semprún était pour le Real. Après sa mort, comme on était amis, je l'ai remplacé.

— Alors Real ou Atlético ?

— L'un est de gauche et populaire, l'autre de droite, précise-t-il.

— Mais don Felipe est pour l'Atlético alors que c'est le roi. Comme je suis encore français, j'irais bien là où il y a Zidane, tout de même !

— Oui mais à l'Atlético, il y a Griezmann. »

De toute façon, j'ai toujours préféré le rugby. Le contrôleur examine nos billets, adresse un large sourire complice à Bernard dont la popularité est intacte des décennies après qu'il a arrêté la télévision. Et moi, rien. Il ne doit pas aimer les Espagnols. Bernard s'enquiert de l'avancement de mon livre.

« Tu comptes aller voir aussi des antisémites ?

— Des antisémites ?

— Vu ton sujet, ça s'impose, non ? »

Tout à fait lui. Une idée frappée au coin du bon sens, comme on dit, mais tellement évidente que je n'y avais pas pensé. Mais où en trouver ? Nul ne se déclare plus antisémite de nos jours, du moins publiquement. Antisionistes, oui, on en trouve ici et qui le revendiquent avec un bonheur sans mélange, surtout à l'extrême gauche, confondant allègrement la critique de l'actuelle politique israélienne et la dénonciation de l'occupation de la Cisjordanie, avec ce que signifie très précisément le vocable « antisioniste » : le refus de l'État juif et sa négation. Aujourd'hui, il faut aller les chercher du côté des militants de BDS, déjà évoqués précédemment, si prompts à appeler au boycott d'Israël, de ses produits comme de ses universitaires sans jamais se demander pourquoi ils n'en font pas autant avec des dictatures autrement plus haïssables que cette démocratie, sauf à croire que l'objet unique de leur haine occupe une place de choix dans les replis les plus ambigus et inavouables de leur inconscient. La confusion entre Juif et Israélien, qui relève d'une claire logique antisémite, a atteint son paroxysme dans l'absurde en 2015 ; le chanteur populaire Matisyahu, de son vrai nom Matthew Paul Miller, un jeune Américain qui fait dans le reggae mâtiné de thèmes spirituels, héritage de son passage dans le judaïsme orthodoxe du côté des loubavitchs, avait été invité au festival Rototom Sunsplash de Benicàssim (province de Castellón). À la suite des pressions et menaces du mouvement BDS, il fut exigé de lui, de lui et de nul autre artiste invité, qu'il condamne publiquement la politique israélienne. Comme il s'y refusait, il fut déprogrammé ; mais devant le scandale suscité par ce traitement spécial, il fut reprogrammé et condamné à chanter sa chanson pacifiste *Jérusalem* face à des drapeaux palestiniens et des pancartes hostiles à sa présence. Quant au chanteur jamaïcain Capleton, il a pu, lui, comme à son habitude, se produire sans problème dans ce même festival avec ses chansons homophobes appelant notamment à « brûler » gays et lesbiennes.

C'est décidé, j'irai voir des antisémites. J'avais déjà eu cette démarche en 1979 à la suite d'un déjeuner avec mon ami aujourd'hui disparu Jacques Sabbath, patronyme que l'on croirait échappé d'un roman de Philip Roth. Silhouette squelettique, granuleuse, penchée vers l'avant, comme vacillante pour avoir été privée de son socle, habitée par un esprit lumineux, d'une empathie si curieuse de tout et de tous, il dirigeait le magazine *L'Arche* pour lequel il me demandait de temps en temps des articles, prétexte à des déjeuners réguliers où nous parlions surtout de notre passion commune pour la littérature.

« Mais toi, Jacques, tu as vécu plus de choses que moi, la guerre, tout ça. Tu sais pourquoi ils nous en veulent tant ?

— Franchement, non.

— Et si j'allais leur demander ?

— Tu ferais ça ? demanda-t-il en regardant au loin dans un sourire de défi. Trois pages de la revue ?

— Banco ! »

Le lendemain, je prenais contact. Le surlendemain, j'étais en route. Mon enquête se résumait à une seule question : « Mais que vous ont donc fait les Juifs ? » C'était un postulat et un parti pris. Cette unique question suffisait dès lors qu'elle était clairement énoncée face à face. Le polémiste François Brigneau m'avait reçu dans son bureau à *Minute* sous le portrait du Maréchal : « La communauté juive joue un rôle puissant, disproportionné qui ne coïncide pas avec les intérêts de la nation française », etc. Puis le monarchiste Pierre Pujo, président du comité directeur de l'Action française, m'avait reçu à son bureau du journal *Aspects de la France* : « Ce que nous pouvons reprocher à certains Juifs, c'est leur double allégeance et leur tendance à former un État dans l'État », etc. Enfin, du côté des Jeunesses nationalistes révolutionnaires, Jean-Gilles Malliarakis m'avait reçu autour d'une côte de bœuf saignante chez Thoumieux, se disant exclusivement antisioniste et demandant aux Juifs de choisir : « La France ou Israël, pas les deux ! », etc. Mais comme je ne voulais pas faire une fixation sur l'extrême droite française, l'idée m'était venue de demander son avis à un dignitaire musulman. En ce temps-là, on ne parlait que d'un certain Ruhollah Khomeyni, ayatollah de son état, et présentement résident à Neauphle-le-Château, dans les Yvelines. Je m'y rendis en train, encouragé par son conseiller Sadegh Ghotbzadeh que j'avais connu quelque temps avant comme correspondant d'un journal syrien lorsque je travaillais au *Quotidien de Paris*. Il m'accueillit dans le jardin de la villa, noir de monde, un tas de gens s'affairant en tous sens autour d'une grande tente.

« Ce sera long, ton interview ? je te préviens, il n'est pas très prolixe.

— Juste une question à lui poser, lui dis-je, en espérant qu'il ne me demanderait pas laquelle. »

Il s'absenta un instant puis vint me retrouver. Il me fit signe de le suivre jusqu'à la villa. En avisant l'amoncellement de chaussures à l'entrée, je devinai que je n'y serais pas seul.

« Déchausse-toi et entre. »

On m'indiqua une place contre un mur dans une petite pièce carrée. Des hommes étaient assis par terre en tailleur. J'en fis autant et me retrouvai à quelques mètres du dignitaire iranien enveloppé dans ses pensées, le regard plongé vers le grand tapis comme s'il avait entrepris d'en déchiffrer l'énigmatique motif. Ça marmonnait à bas bruit de tous côtés. J'en déduisis qu'ils devaient prier. Au bout d'un moment, comme je guettais en vain son regard accroché au tapis, étudiant probablement la trame entre les nœuds des écoinçons, j'entrepris de me lever pour me présenter à lui, quand la main puissante de mon voisin m'en dissuada :

« On ne parle pas directement à l'ayatollah. »

Au bout d'une demi-heure, un barbu à la chemise blanche vint me demander en anglais :

« C'est quoi, votre question ?

— Mais que vous ont donc fait les Juifs ? »

Son visage ne marqua pas la moindre réaction. Il s'agenouilla devant l'ayatollah et murmura à son oreille. Puis il tendit la sienne vers sa longue barbe avant de revenir vers moi :

« L'ayatollah a dit : "Rien." »

On se serait cru dans la version chiite d'une pièce de Beckett. C'est alors que la prière reprit. Une autre demi-heure passa, je compris que je n'en saurais pas davantage et sortis me rechausser.

« Alors, qu'est-ce qu'il t'a dit ? me demanda Ghotbzadeh.

— Rien.

— Ça m'étonne...

— Non, il ne m'a pas rien dit. Juste : "Rien." »

Avec lui, pas de « etc. ». Son conseiller en communication parut impressionné par les facultés du grand homme à émettre une opinion forte. J'étais plus dubitatif :

« Si les cassettes dont il bombarde l'Iran sont aussi bavardes, le Chah peut être tranquille. »

Quelques jours plus tard, l'ayatollah rentrait triomphalement à Téhéran après quatorze ans d'exil. Sa réponse à ma question, jugée insuffisamment développée, ne fut pas conservée dans mon article.

Allais-je longtemps après réactiver mon enquête avec les Espagnols ? Oui, j'allais. Encore faut-il les trouver et qu'ils aient un certain niveau. Je ne vais tout de même pas me lancer à la recherche de Manuel Herrera, ce culturiste de Benacazónn, un bled de la province de Séville, qui en a agressé un autre à la terrasse d'un café de Bilbao. Sa photo est partout. Les biceps explosent le cadre. Malgré ses tatouages nazis et son original A.H.T.R. (*Adolf Hitler Tenía Razón* / « Adolf Hitler avait raison »), délicat sigle qui gonfle chaque fois qu'il serre les poings, c'est-à-dire tout le temps, je ne me sens pas trop de lui demander : Mais que vous ont donc fait les Juifs ?, lesquels ne viennent finalement qu'en troisième position après les gays et les Noirs sur son échelle de la haine. Et puis il serait capable de me donner rendez-vous au bistro de son club, le Brutal Band, synthèse andalouse du football et du national-socialisme. Pas très chic. Moins que l'extrême droite traditionnelle d'une étonnante faiblesse numérique, charmant paradoxe dans un pays où tout le monde se traite de fasciste à longueur de journée. C'est si banalisé que ce n'est même plus une insulte.

« C'est que l'extrême droite a été absorbée par le Parti populaire, m'explique Paco, un bon spécialiste de cette mouvance-là à force de la pister. Ils l'ont intégrée avec leurs nostalgiques du franquisme reconvertis dans le conservatisme bon ton. »

Il est vrai que, s'agissant du nationalisme autoritaire, les Espagnols ont déjà donné : quarante ans de dictature franquiste les en ont guéris, à supposer que la tentation fût forte, ce qui n'est pas le cas. La moitié d'entre eux ont vécu sous ce régime. De quoi laisser de fortes traces mnésiques. Vox, le parti de Santiago Abascal, a obtenu 0,2 % des voix aux législatives de 2016 et c'est le plus grand des groupuscules de cette nébuleuse fascistoïde. À la fin des années 1970, l'opinion publique rejeta l'hymne et le drapeau nationaux. Trop entendu, trop vu. Nul ne paraissait pressé de les récupérer. Non plus que le récit national. Il est vrai que le catholicisme fait ici office de nationalisme.

Entre 1975 et 1982, pendant la Transition démocratique, la droite avait eu l'intelligence et l'habileté de digérer tout cela. Pas de véritable purge. Un grand recyclage plutôt, assorti d'une offre de nouvelle virginité. Il y a quelque chose d'universel dans les épurations. Des historiens sud-coréens m'en ont fait prendre conscience lorsqu'ils m'ont invité un jour à parler de mon petit livre, destiné aux étudiants, sur l'épuration des intellectuels français en 1944-1945, à l'université de Séoul ; lorsque j'eus satisfait leur curiosité, je me risquai à leur en demander le motif : ils voulaient comparer avec l'absence d'épuration dans leur pays au lendemain de son occupation par les Japonais à la même époque.

Je repense à nos discussions d'alors chaque fois que resurgit la polémique sur le recyclage des franquistes dans la nouvelle Espagne de la fin des années 1970. Je me retiens de leur servir ces phrases bien senties du poète René Char, irréprochable résistant maquisard : « Nous sommes partisans, après l'incendie, d'effacer les traces, de murer le labyrinthe et de relever le civisme [...] Le spectacle d'une poignée de petits fauves, réclamant la curée d'un gibier qu'ils n'avaient pas chassé, l'artifice jusqu'à l'usure d'une démagogie macabre ; parfois la copie par les nôtres de l'état d'esprit de l'ennemi aux heures de son confort, tout cela me portait à réfléchir. »

Qui, alors ? Je ne vais tout de même pas veiller la nuit tout le mois d'août à l'entrée du cimetière militaire allemand de Cuacos de Yuste (Cáceres) afin d'y guetter la venue des néonazis espagnols pour papoter et célébrer avec eux à la lumière des torches l'anniversaire de la mort de Rudolf Hess, dauphin de Hitler et tout.

Il y a bien les gens du Cedade (Cercle espagnol des amis de l'Europe). À l'origine, lorsqu'il a été fondé en 1965 à Barcelone, ils le présentaient comme un cercle d'amateurs de musique classique particulièrement épris de Richard Wagner. Mais lorsque fut révélée la qualité de ses animateurs (Otto Skorzeny, Léon Degrelle...), on comprit qu'ils n'étaient pas que mélomanes.

« Laisse tomber cette piste, me conseille Paco, le groupe s'est dissous en 1993. Enfin, officiellement... »

Même pas envie de chercher du côté de l'officieux. Il y a bien le chef de Vox, Santiago Abascal, le Le Pen espagnol, mais pas plus que la chef du Front national, il ne se risquerait à parler des Juifs. De plus, il se flatte de toujours porter sur lui un Smith & Wesson, bonne marque certes, excellente fabrication, mais qui n'engage pas à la conversation. Or je n'ai rien de tel sur moi, bien qu'Alfonso Capone, ce grand philosophe, ait prévenu : « Lorsqu'on a quelque chose à demander à quelqu'un, il vaut mieux être poli et armé que juste poli. » Santiago Abascal paraît focalisé sur le financement des mosquées. De toute façon, il semble qu'il n'ait jamais entendu parler de l'existence des Juifs. À propos de l'Europe, il évoque d'un même souffle catholiques, protestants, musulmans (les bons uniquement), laïcs, athées et c'est tout. Quant aux populistes nationalistes de F-2000, à part « Les Espagnols d'abord ! », ils n'en disent pas grand-chose dans leur littérature.

« Il ne te reste plus que Pedro Varela, l'ancien président de la Cedade, dit Paco. Tu le trouveras à Europa, sa librairie à Barcelone. Lui est totalement judéophobe. »

Une vieille connaissance de la justice que ce Varela.

Elle l'a récemment coincé pour violation du droit d'auteur, après qu'il eut reconnu avoir édité et vendu 4 375 exemplaires de *Mein Kampf* en espagnol. Il a déjà été condamné à plusieurs reprises, à des peines de prison et à des amendes, pour négation de la Shoah, apologie de la haine raciale, diffusion de propagande nazie, organisation de conférences antijuives. À quoi bon me transporter dans le quartier de Gracia, le Soho de Barcelone, jusqu'à la calle Séneca, pousser la porte de sa librairie et lui demander : M'enfin, señor Varela, que vous ont donc fait les Juifs pour que vous vous mettiez dans des états pareils ?

À part des réunions chez les Antisémites Anonymes, je ne vois pas ce qui pourrait désintoxiquer des types comme lui de la haine du Juif. Car à ce stade, c'est une addiction. Il faut donc la traiter comme telle : effet rebond, sevrage, arrêt brutal, syndrome de discontinuation, thérapies de groupe, etc. On publierait leurs témoignages sur un site dédié à la suite de leurs réunions : « Je croyais être le seul... je n'étais plus antisémite pour être bien mais pour ne plus être mal. Il m'a été difficile d'accepter que j'avais un problème avec ma haine que je ne pouvais plus contrôler par moments, mais je m'arrêtais quand je voulais... Je suis antisémite mais aujourd'hui abstinent... Il me fallait mon Juif, je pouvais aller n'importe où, je devrais donc être prêt pour assister aux réunions... Pour un antisémite comme moi, un Juif c'est déjà trop, mais mille Juifs pas assez... J'ai cherché la solution qui me permettrait de vivre comme tout le monde. J'ai fait quatre cures. J'y ai commencé un travail personnel, que je ne savais pas encore être celui proposé par les Antisémites Anonymes. À ma sortie, l'équipe de thérapeutes m'a très fermement mis en garde : si je ne fréquentais pas assidûment les réunions la rechute serait inéluctable, très culpabilisante... »

Je n'allais tout de même pas non plus rendre visite à Guillermo Zapata pour l'interroger sur l'origine de son humour. Cet édile madrilène, alors conseiller à la mairie, est l'auteur de tweets assez glauques diffusés entre 2011 et 2014. « Comment faire rentrer cinq millions de Juifs à l'intérieur d'une Fiat 600 ? Dans le cendrier. » De toute façon, après le scandale que cela a suscité, il a présenté ses excuses en arguant que la phrase avait été sortie de son contexte, air connu, bien que d'autres tweets du même goût aient paru sous sa signature, moquant par exemple Irene Villa, victime du terrorisme de l'ETA, on ne se refait pas. Alors, monsieur Zapata, vous trouvez ça drôle, expliquez-moi...

Non franchement, je ne me vois pas faire ça. Ni demander des comptes à Izquierda Unida (car c'est là, du côté de la gauche radicale, que se manifeste désormais l'antisémitisme) pour avoir diffusé des caricatures associant les Juifs à l'argent lorsqu'il s'est agi de dénoncer la venue de Barack Obama en Espagne. Ni partir à la rencontre de ces cinquante-deux pour cent d'étudiants qui disent refuser de s'asseoir à côté d'un Juif, selon un sondage de 2011 pour la Fundación Caja Navarra à Madrid. Ni éplucher les liens de Burbuja.info, site conspirationniste à coloration économique, l'un des plus visités du pays : de l'extérieur, il se présente comme un organe d'information à peu près neutre sur l'actualité internationale des affaires, la finance, le marché de l'immobilier ; mais, dès qu'on gratte un peu, on retrouve tous les thèmes chers à la *conspiranoïa* amplifiés par un forum où les lecteurs s'expriment sans modération, notamment sur « les Juifs d'influence » en Espagne.

C'est peut-être une question d'âge mais, désormais, cela me décourage par avance de rendre visite à des anti-sémites. Ce que je faisais sans hésiter dans les années 1970 ne me dit plus rien aujourd'hui. Cette curiosité-là m'a déserté car j'en ai en trop lu, trop vu et trop entendu sur le sujet. On aurait pensé qu'avec l'étendue des moyens de communication le phénomène se tarirait, que les esprits s'ouvriraient, que la connaissance se diffuserait et que la bêtise à front de taureau reculerait. Or c'est l'inverse qui se produit en Europe centrale comme dans les pays arabes, là où se sont épanouies les civilisations ashkénazes et séfarades, là où elles ont aussi disparu. À croire que ce mal-là a quelque chose d'incurable. La patience me manque désormais pour discuter, argumenter, convaincre sur ce sujet précis. Mon goût des autres est intact, mais plus celui de *tous* les autres.

Le jour de mon examen de culture, le cartable de mon père m'accompagne. Sait-on jamais. J'ai tout imaginé. Ce sera plutôt quelque chose de ce genre-là, avec trois réponses proposées : À partir de quel âge le DNI est-il obligatoire ? Dans quelle ville se trouve la Sagrada Familia de Gaudí ? Quelle était la profession de Montserrat Caballé ? Combien y a-t-il actuellement de députés au Congrès ? Qui a le droit de s'inscrire à un syndicat ? Qui a reçu le prix Nobel de médecine en 1906 ? Laquelle de ces villes fut la capitale de l'Espagne avant le règne de Felipe II ? Que signifie Renfe ? En quelle année les Rois Catholiques ont-ils conquis Grenade ?... Ah, ça je sais à coup sûr.

Finalement tout se passe bien. Reste l'examen de langue. Trop tôt pour ranger le cartable de papa.

NO PROBLEMO

Tous ne cessent de me reprocher mes hésitations, mes contresens, mes faux amis. Travaille, étudie, progresse ! J'ai fini par croire qu'un bon Espagnol c'est quelqu'un qui parle bien espagnol. Il paraît que l'examen de langue n'est pas si difficile que cela. J'en ai fait un cauchemar. Il m'a suffi de penser à une épreuve imprévue à l'examen : soit le livre de Georges Perec *La Disparition* qui est, comme vous le savez, privé de la lettre « e » ; imaginez quelques phrases de sa version espagnole *El Secuestro* privées de la lettre « a »...

Le réveil fut lourd.

Heureusement il y a Laura. J'en parle comme s'il n'y en avait qu'une mais c'est le cas, car pour moi elle est unique. Laura Gil-Merino, mon professeur à l'Instituto Cervantes. Si douce, si allègre, si souriante, si pédagogue sans en avoir l'air, si communicative dans ses enthousiasmes et si patiente qu'elle ferait aimer le castillan à un catalan. Avec elle, on comprend tout de suite que la littérature consiste à penser rythmiquement dans la langue. Laura de Burgos, qui se tient à distance du flamenco comme souvent les gens du Nord, est une absolue *aficionada* de Paco de Lucía, passion qu'elle ne perd pas une occasion de nous faire partager. Réussi dans mon cas. C'est cela, un prof : quelqu'un qui vous fait découvrir ce qu'il y a derrière les mots, et la musique sous la musique. Un être de partis pris, d'exclusives, d'ardeurs sans mélange qui vous fait adorer ce qu'il adore, et abhorrer ce qu'il abhorre. Même si personnellement je m'enflamme plus spontanément pour le flamenco du guitariste Rafael Riqueni.

Laura est du genre à s'énerver très fort lorsqu'elle entend quelqu'un, généralement un Français, dire « *no problemo* » en lieu et place de *no hay problema* en croyant parler espagnol.

« Mais ça n'existe pas, cette horreur, ça ne veut rien dire ! »

Une horreur, c'est vrai, qui ne signifie rien dans aucune langue répertoriée, mais qui a du sens car on se comprend. Surtout les Américains qui en usent et en abusent sous l'influence des *Simpson*, de *Men in Black*, des *Tortues Ninja*, de *Batman*.

51. Du cartable de mon père pour les instants difficiles de la vie

Enfin, le moment de l'examen de langue arrive. Un grand jour pour moi. Je m'y rends en emportant mes affaires non dans mon sac à dos, comme d'habitude, mais, comme pour l'examen de culture, dans le cartable de mon père. Sa « serviette » comme il disait chaque matin en partant au bureau. Ce cadeau de ses employés et ouvriers lorsqu'il dut renoncer à ses responsabilités, la Régie Renault lui ayant fait une vie tellement impossible qu'il fut forcé de vendre et de s'éloigner alors qu'il était chez lui sans l'être vraiment, est un beau cartable en cuir à soufflet, qui fut bordeaux mais que le temps et les déménagements ont démodé, patiné, abîmé, pourri même. La poignée ne tient plus qu'à un fil. La chose est en fait assez misérable. Elle ne vaut plus rien mais elle est inestimable car c'est mon fétiche. Si on me dit que ce truc tel qu'il se présente ne vaut plus rien, je fais la réponse du jeune Jean Genet au juge qui lui demandait s'il se doutait du prix des livres de bibliophilie qu'il venait de voler : « Je n'en connais pas le prix mais j'en sais la valeur. » Porte-documents, comme on disait, ou plus joliment « sac à dépêches », ainsi que le présente encore le maroquinier, je ne m'en sers que dans les grands moments. Lorsque j'ai besoin de la présence de mon père à mes côtés, de ses conseils toujours sages et avisés ; c'est comme s'il était toujours là et m'accompagnait ; c'est bête mais cela me rassure encore. Ce qui a dû intriguer les responsables successifs du centre des impôts de mon quartier que j'ai eu à rencontrer car je le posais toujours sur le siège à côté du mien lorsque nous entrions en conversation, pour dire les choses ainsi.

Au début, je n'osais pas sortir avec ce cartable au cuir lépreux, à la peau écaillée, la mention Hermès discrètement gravée en petits caractères sur le fermoir. Orhan Pamuk m'y a autorisé. Du moins son émouvant discours de Stockholm lorsqu'on lui a remis le prix Nobel de littérature. L'écrivain turc avait pris pour thème et prétexte métaphorique la valise que lui avait laissée son père, un poète et romancier raté. Pleine de manuscrits inédits, elle pouvait être également pleine de surprises tant le fils craignait d'y découvrir que son père était un génie incompris, auteur d'une œuvre si puissante qu'elle le paralyserait, lui, dans toutes ses tentatives littéraires et lui révélerait un homme totalement différent de celui qu'il croyait connaître.

De la part des examinateurs, j'ai tout imaginé, y compris les pièges les plus pervers, les plus vicieux. Des choses que même l'Espagnol moyen ne doit pas savoir. Pourquoi *sanjurjada* est-il synonyme de « coup d'État » ? Parce que ce néologisme est bâti sur le nom du général Sanjurjo, l'un des chefs de la rébellion militaire à l'origine de la guerre civile. Même si, à la réflexion, je me demande si je ne me suis pas encombré la mémoire de données inutiles.

C'est bête mais une angoisse ne me quitte pas depuis longtemps déjà : que mon espagnol soit rattrapé par ce qui reste enfoui dans ma mémoire de lexique, d'expressions ou d'accent judéo-espagnol. Cela m'a pris en fait vers l'âge de vingt-cinq ans à l'occasion de mon premier retour là-bas depuis l'accident. Entre nous, avec mes parents, on dit « l'accident » comme s'il n'y en eût jamais qu'un. Celui de mon frère sur une route espagnole. L'accident.

52. D'une langue à laquelle manque la jota mais rien n'est dépeuplé, qu'alliez-vous imaginer

Comme je devais faire un reportage à Madrid, on m'avait réservé une chambre dans un petit hôtel de la

Puerta del Sol. J'arrive alors que le réceptionniste tourne le dos à l'entrée, tout affairé à ranger ses clés. Au bout de quelques minutes, je manifeste ma présence :

« *Señor*, il y a une réservation à mon nom pour une nuit... »

Je poursuis encore un peu jusqu'à ce qu'il se retourne enfin :

« Vous venez d'où ? demande-t-il avec un sourire bien-veillant.

— De France.

— Mais encore ???

— De Paris.

— Et avant ? insiste-t-il.

— Avant ? De Casablanca.

— Et encore avant ?

— Pourquoi ? je lui demande, assez intrigué.

— Parce que vous parlez le vieux castillan, avec une intonation et tout, qu'on n'entend plus depuis des siècles. »

La conversation s'engage car il semble très au fait de ces choses-là. Sûr que lui, avant d'être réceptionniste d'hôtel, il ne l'était pas.

« Mais à quoi vous le remarquez ?

— Surtout à la manière dont vous ne prononcez pas la jota. Quand vos ancêtres ont quitté l'Espagne, elle n'existait pas encore. »

Sacrée jota ! Elle a remplacé le *x* par un *ch* dans sa pro-nonciation dès le XVIIe ; et au siècle suivant, à l'écrit, le *j* a chassé le *x*. Depuis, pas depuis le XVIIIe mais depuis ma rencontre avec ce linguiste aux clés d'or, elle m'obsède. Line Amselem, précieuse traductrice, dit souvent que le rayonnement de la langue espagnole doit énormément aux séfarades, et que le *Romancero gitano* cette année au programme de l'agrégation de lettres modernes, dans *sa* traduction ce dont elle n'est pas peu fière, est une structure poétique et musicale, un rythme de la tradition séfarade médiévale en octosyllabes, García Lorca y ayant insufflé du flamenco.

J'aurais aimé être à Tétouan le 6 février 1860 à l'issue de la guerre hispano-marocaine, lorsque les soldats espagnols ont été accueillis en libérateurs par des Juifs en guenilles, tout juste rescapés d'un massacre perpétré par les musulmans dans leur ghetto, et qui s'adressaient à eux dans un castillan du XVe siècle. C'est à la suite de cette victoire que leur chef, le général Leopoldo O'Donnell y Jorris, sera fait duc de Tétouan, ce qui a une allure folle.

Le judéo-espagnol, il ne faudrait l'employer que pour parler du passé. D'ailleurs c'est le cas. C'est un peu devenu la langue propre au jadis et à l'autrefois. Ou alors à la cuisine. Elle nous tend les mots lorsqu'on se sent englouti dans les misères du présent. Ça me fait penser au paradoxe de la littérature israélienne vu par Amos Oz : « Utiliser la langue des prophètes pour dire que le héros descend les poubelles. » Le judéo-espagnol, qu'il soit *haketiya* mâtiné d'arabismes si l'on vient du Maroc ou *djudesmo* truffé de turqueries si l'on vient du côté ottoman, nous entretient dans une tenace illusion en nous donnant l'impression de demeurer attaché à ce dont on se sait irrémédiablement coupé. Au mieux, c'est la langue qui nous sort de l'âme, comme le dit l'écrivain Jaume Cabré à propos du catalan. À condition de ne pas se raconter d'histoires. Elias Canetti, Prix

Nobel de littérature 1981, « notre » Nobel, seul écrivain séfarade jamais couronné à Stockholm, fils d'un Canetti et d'une Arditi, descendant d'expulsés de Cañete (province de Cuenca), était né en Bulgarie, possédait un passeport britannique, résidait en Suisse, fut distingué comme auteur autrichien, et écrivait en allemand, la langue secrète de son père, celle qui lui sortait de l'âme.

Après le bac, j'avais pris conscience d'un manque, d'une lacune, d'un trou béant : j'étais né et j'avais vécu dans un pays arabe que je conservais en mémoire comme un pays de cocagne, une terre que je ne cessais d'aimer, mais dont j'ignorais tout du parler à l'exception des insultes, mes parents ayant accordé l'absolue priorité au français dans nos études et notre mode de vie ; quant à mes origines séfarades, j'en conservais une claire conscience par les mots du quotidien sans savoir à quelle langue les raccrocher. Aussi, parallèlement à des études d'histoire à Nanterre, destinées tant à assouvir une soif de connaître qui ne s'est depuis jamais démentie, qu'à rassurer mes parents avec la perspective d'un diplôme convenable, j'entreprenais une licence d'arabe classique aux Langues O' alors situées à Asnières, et des cours de judéo-espagnol au Centre Rachi à Paris. Comme deux ultimes avatars du retour du refoulé.

Un maître de chaque côté : M. Saadi pour l'un, dont la patience et la merveilleuse élocution me fascinaient ; et pour l'autre Haïm Vidal-Séphiha qui inaugurait alors son enseignement devant une poignée de nostalgiques avec une ferveur communicative. D'un côté, une langue en pleine expansion que la crise du pétrole allait furieusement mettre à la mode en la propulsant au-devant de l'actualité ; de l'autre une langue perdue, oubliée, désuète, que l'on aurait dite lancée dans une course contre la montre avec le yiddish pour savoir laquelle des deux allait mourir la première faute de locuteurs. Ces parcours ayant été interrompus au bout de deux ans par ma volonté, tout est resté en plan, inachevé mais certainement pas inutile. J'en ai conservé le goût de la recherche en archives et une familiarité avec ces langues.

J'avais vingt ans, je n'aurais peut-être pas dit que c'était le plus bel âge de la vie, en tout cas pas comme ça ni à ce moment-là, et une inépuisable curiosité me dévorait. Pour avoir renoncé aux études, je n'en avais surtout pas renoncé à étudier mais autrement. Les cours magistraux du sociologue Raymond Aron, de l'historien Georges Duby et de l'arabisant Jacques Berque dans le grand amphithéâtre du Collège de France comblaient mes lacunes. C'était un temps où il m'arrivait de suivre une conférence de Roland Barthes « en face du Vieux Campeur » sur le sens et la signification du Vouloir-Écrire, et d'avoir la surprise de le retrouver à côté de moi la nuit même accoudé à la rambarde du premier étage du Palace, regardant les danseurs se déhancher, sans que j'aie bien sûr l'audace de lui adresser la parole. Un temps où je pouvais assister l'après-midi à une leçon de Michel Foucault sur les Anormaux et, le soir même, assis par terre en raison de l'affluence dans un petit cinéma du Quartier latin, à la projection de *Moi, Pierre Rivière, ayant égorgé ma mère, ma sœur et mon frère...*, adapté de son livre par René Allio et découvrir soudain le même Foucault debout parmi les spectateurs pour participer au débat. Un temps où... C'était mieux avant car nous étions plus jeunes et basta !

53. Où je suis invité à un dîner madrilène qui devrait être décisif, mais on sait que toute comédie de ce genre est une aventure dont nul ne peut prédire l'issue

Était-ce une manifestation de son indéracinable snobisme parisien ? Toujours est-il que Luna Saltiel, madrilène depuis une vingtaine d'années et séfarade jusqu'au bout des ongles, met un point d'honneur à demeurer exclusivement française, sans jamais demander la naturalisation espagnole, et cultive cette coquetterie au-delà du raisonnable. « Moi, je m'en fiche des passeports, je suis ce que je ressens à l'instant où je le vis ! » Sa légèreté teintée de désinvolture est enviable. Surtout dans son milieu, ces créateurs de mode que l'air du temps tient pour les nouveaux artistes. Disons qu'elle a toujours eu les moyens de son charmant détachement. Mais que ne pardonnerait-on pas à une amie d'enfance, la complice des jeux d'autrefois, le genre d'amie avec qui on peut reprendre *naturellement* une conversation quinze ans après l'avoir interrompue. Une version mondaine du fameux « Comme je vous le disais hier... » de Fray Luis de León. Ayant eu vent de mes difficultés, elle m'appelle ce matin-là peu après mon arrivée à Madrid.

« Il faut absolument que je te présente Luis. Un

graaaand copain ! Il ne me refuse rien. C'est l'un des plus fameux avocats du pays. Je me suis permis de lui parler de ton affaire...

— Je t'arrête, Luna. Jamais je n'aurai les moyens de m'offrir ses services, c'est inutile, merci quand même.

— Qui te parle de ça !

— Je vois le genre et les honoraires.

— ¡ *Qué pesado !* Laisse-moi faire. Il a été secrétaire d'État truc dans un gouvernement machin et, depuis, il a gardé des antennes au ministère de la Justice. Sur une simple intervention, il peut faire en sorte que quelqu'un mette ton dossier au-dessus de la pile, c'est tout, rien de plus.

— Mais pourquoi le ferait-il ?

— Quand je lui ai dit ton nom, il m'a tout de suite interrompu : "J'adore ses livres..." »

Quelques jours plus tard, je reçois un bristol « Pour mémoire », une invitation à dîner en bonne et due forme que Luna me fait parvenir avec une carte de sa main : « Arrange-toi pour te rapprocher de lui pendant la soirée. Rappelle-lui ton problème, ton dossier de naturalisation qui n'avance pas. *Besitos.* Luna »

L'exploit est double. Julio, mon partenaire habituel aux échecs au premier étage du Café Comercial, n'en revient pas.

« Vraiment ? tu es invité à dîner chez eux ?

— Parfaitement. Pourquoi ?

— C'est exceptionnel. Un traitement de faveur. Les Espagnols reçoivent peu chez eux, ils préfèrent se retrouver au restaurant ou sur les terrasses. »

Une belle maison en lisière du Parque Conde de Orgaz qui en compte un certain nombre, dans une marge cossue de Madrid. La collection d'œuvres d'art, délicatement disposées un peu partout, jusques et y compris autour de la piscine que l'on aperçoit à travers les baies vitrées, témoigne d'une certaine réussite. Du moins matérielle et professionnelle. L'autre, morale, spirituelle, familiale demeure à jamais dans les replis de l'intime, à l'abri des regards et du jugement d'autrui, et c'est tant mieux ainsi. Nous sommes une dizaine. Tous me sont inconnus. Notre hôte, personnage au charisme et à l'autorité incontestables, s'est fait un nom par son seul mérite : il est le fils de ses œuvres, comme il est dit dans le *Quijote*, ce qui le rend tout de suite sympathique, plus que celui-ci à qui je viens de serrer la main ou celui-là à qui quelque chose me retient d'en faire autant, car ils ne se sont probablement donné que la peine de naître, et encore. Tout pour le mérite à condition qu'il ne sente pas l'effort. Sont-ils pesants ceux qui se disent harassés par leur travail, sont-ils légers ceux qui n'en disent mot mais dont les résultats témoignent de ce qu'ils ont accompli.

Nous passons à table à l'heure à laquelle les Anglais vont se coucher. J'y suis un étranger à tant de points de vue mais ma qualité d'écrivain m'autorise quand, dans d'autres lieux et d'autres circonstances, elle m'obligerait plutôt. À la droite de la maîtresse de maison donc. Les Castille s'échantillonnent autour de la table. Ça papote sur la marche du monde, ce qui me permet, retiré dans un silence poli mais très attentionné du regard et du geste, de détailler chacun des commensaux.

Ils me sont également étrangers. On me les a présentés un par un à mon arrivée mais la rumeur mondaine a tout aussitôt englouti leurs noms, prénoms, surnoms énoncés. Quant à la profession, ça ne se dit pas, même si cela se fait, hélas. Et comme j'ai été invité à la dernière minute, n'étant pas sûr d'être madrilène ce jour-là, j'ai la certitude que nul ne m'a googlisé, détestable pratique qui tue la surprise, l'inattendu, la spontanéité par lesquels naît parfois la grâce d'une rencontre.

De ce genre de personne, on se dit qu'elle ne sait rien mais devine tout ; qu'elle est certainement polyglotte et que, si on ignore combien de langues elle parle, on suppose qu'elle sait écouter et se taire en plusieurs. Celle-là, la quarantaine confortable, juste assez maquillée pour ne pas paraître fardée, heureusement car son visage gouverne toute sa beauté nerveuse. Le crayon n'a pas faibli dans son contour. La main de Dieu n'a pas tremblé lorsqu'elle l'a dessiné. Il paraît désormais placé à l'abri du temps. Plus rien ne peut lui arriver. Pas facile à désarçonner, elle donne le change à droite, en face et à gauche, quel que soit le sujet, et ne semble jamais meilleure que lorsqu'elle n'éprouve pas ce qu'elle joue, comme toute bonne comédienne. Elle doit rougir quand elle dit la vérité. Son mari de l'autre côté de la table semble avoir des difficultés avec la patience. Ses doigts tapotent la nappe en cadence, ses ongles sont rongés au sang. Quand sa main gauche lui échappe, elle est prise de tremblements. Il doit être conscient d'être miné de l'intérieur. Le corps n'est plus un complice quand la maladie ressemble à un complot. Il a la tête d'un délinquant en col blanc qui se retrouve au tribunal, entend qu'il risque quelques années de prison et une lourde amende mais hausse les épaules car il est le seul à savoir que, pour ce qui le concerne, la peine de mort a été rétablie et sera effective intérieurement. Pour donner le change, outre qu'il est impeccablement mis, il arbore une dentition d'un blanc trop éclatant, on ne voit qu'elle derrière le sourire mécanique et crispé, à en être aveuglé sans en être ébloui. Son visage est un palimpseste de fidélités successives. Il a dû porter tellement de masques que c'est un bal masqué à lui seul. Un homme d'affaires, à ce que je comprends. Il a tout d'un tueur. Dans l'arène de cette salle à manger où nous ne sommes que des toreros plus ou moins tendres, lui seul a une âme de matador. D'ailleurs, avant de passer à table, je l'ai entendu dire à voix basse à une invitée à propos de la cuisine : « Ici d'habitude, on vient en taxi, on repart en ambulance. »

Cette autre en face de lui a une pâleur de petit écran. À trop regarder la télévision, il arrive qu'elle déteigne sur vous. Elle semble manifestement ne pas être celle qu'on voit en elle. Je surprends au vol un échange avec notre hôte qui lui fait face :

« Et *Le Guépard* ? Non mais vous avez vu *Le Guépard* de Visconti ? l'interroge-t-elle en se lançant dans une envolée lyrique truffée de superlatifs et d'hyperboles, à propos d'un film sorti tout de même il y a un peu plus d'un demi-siècle, le temps pour tout spectateur bien né d'avoir largement calmé et canalisé ses propres ardeurs pour ce chef-d'œuvre qu'elle a manifestement découvert la veille au soir ; mais notre hôte a la courtoisie de ne pas l'interrompre, de l'écouter même accumuler les poncifs esthétiques et artistiques, avec la patience et l'élégance gattopardesques d'un prince Salina, avant de profiter de ce que ses lèvres sont occupées par son verre de Viña Sastre Pesus pour conclure froidement, en avocat et sans appel :

« C'est l'histoire d'un contrat de mariage. »

Cela suffit pour me sentir une fraternité d'âmes avec lui. Intelligent, cultivé, malicieux, il déploie ses atouts avec talent, mais sans génie particulier, ce qui est préférable à tout prendre. Avec le génie, on fait ce qu'on peut ; avec le talent, on fait ce qu'on veut, Ingres a noté quelque chose comme ça quelque part. Le premier, il est vrai, vous possède par fulgurances alors que le second, on le possède, et on l'utilise à sa guise.

De cet homme au bout de la table, j'ai cru comprendre qu'il est un de mes collègues de bureau. Quelqu'un du bâtiment. Un écrivain mais fort soucieux des questions de langue, qui plus est membre de la Real Academia Española. Tout à fait l'homme qu'il me faut : la langue, il n'y a que cela qui m'intéresse en ce moment, surtout ce soir-là, car ce serait le moyen de sortir par le haut du marais de l'insipide conversation. Pour autant, à la manière dont il répond aux curiosités très people de ses voisines sur les coulisses manœuvrières de son Académie, je ne me sens pas de lui confier mon sentiment du moment. À savoir que l'on a appris à se méfier de ce qui brille depuis que Christine de Suède a comparé l'Académie française à un vit de verre dont l'éclat est fort grand mais l'effet fort petit. Quelque chose me dit que ça ne passerait pas, alors autant s'abstenir. J'essaie de l'imaginer du temps de sa splendeur et du roman qui a fait sa gloire. Il faut toute une vie pour devenir un jeune écrivain, voilà ce qu'il doit méditer alors que son avenir est derrière lui.

De l'autre côté de la table, Luna Saltiel, « ma » Luna ravissante dans sa petite robe noire toute droite copiée de Givenchy (l'un des trois exemplaires originaux se trouve au Museo del Traje à Madrid) d'une simplicité ostentatoire, ressemble ce soir à Audrey Hepburn ; si à l'aise, si bien dans son élément, prompte à la repartie avec tant de délicatesse, on la sent prête à faire durer la soirée jusqu'à l'heure du petit déjeuner chez Tiffany's ; elle a déjà le collier de perles à trois rangs, le chignon extravagant, mais elle n'a pas osé les longs gants, ne lui manque que le fume-cigarette. Discrètement, elle m'observe depuis le début du repas, me couve de son regard protecteur comme une grande sœur alors qu'elle est plus jeune que moi et articule en silence quelque chose qui doit être : Ne t'inquiète pas, tu trouveras le bon moment, simplement n'oublie pas pourquoi tu es là, petit boulet...

De la personne à ma droite, je ne saurais rien dire. Il y a comme ça des gens près de qui vous pouvez vous retrouver pendant tout un repas, qui s'adressent à tous sans jamais vous regarder et ne vous posent pas une seule question. À croire que vous êtes transparent car ils ne vous voient pas. Ils vous donnent l'étrange impression que vous n'existez pas, ce qui est, à la réflexion, assez désagréable. De toute façon, entre cette dame et moi, c'était mal engagé. Son rire m'insupporte : il fait penser à l'aboiement d'un phoque rassasié. Un bruit vraiment très étrange. Mon hostilité grimpe d'un cran lorsque sonne son téléphone portable, émettant un atroce charivari. Un chef d'orchestre dont j'ai oublié le nom disait que, contrairement à ce que l'on prétend, les Anglais aiment beaucoup la musique, puis, après une pause calculée, il ajoutait : « Ils apprécient vraiment le bruit qu'elle fait. » Cette dame mériterait d'être anglaise. Comme elle est assez lente à le retrouver dans son sac et à le faire taire enfin, des regards se tournent vers elle. Croyant la mettre à l'aise, mais m'emmêlant un peu entre *vibro, vibra, vibración, vibrado, vibrando,* je lui glisse :

« Vous deviez le mettre sur le mode vibro... »

Sûr qu'elle l'a compris comme un *consolador* (vibromasseur) et non comme un vibreur. Une autre en aurait souri, peut-être même ri aux éclats et en aurait profité pour engager un aparté coquin sans conséquence. Celle-là se retient de m'envoyer son mari, ce qui ne m'effraie pas car, pour l'avoir un peu observé, je suis frappé par sa lâcheté : aussitôt après avoir lancé une pique, il change de sujet et d'interlocuteur, laissant la victime à terre les quatre fers en l'air incapable de répondre, et se réfugie derrière d'invisibles panneaux en bois pour se soustraire aux coups de corne. Chose remarquable, la colère de ma voisine est invisible car son visage ne peut plus rien exprimer tant les muscles en ont été remis sous tension, la peau adaptée à ses nouvelles courbes et la surcharge graisseuse lipoaspirée. Bref, une erreur de placement de table. Le genre de vérité que l'on constate cruellement dans les moments sans épaisseur.

Ils devaient savoir qu'on peut tout attendre d'un étranger à l'espagnol approximatif car il saura faire aller la langue là où elle n'est jamais allée avant lui. Après tout, ce n'est pas grave si l'on ne comprend pas, si un mot ou plusieurs nous échappent. L'important, ce n'est même pas le contexte, mais l'idée qu'on se fait de l'esprit de la conversation.

Notre hôtesse à ma gauche sent l'été, de partout pétillante, ce qui est rafraîchissant. Le vétérinaire qui s'obstine à ne parler qu'à sa voisine lui révélerait-il que le plat servi, concocté par un traiteur de renom, est en fait constitué de déchets de saumon élevé aux antibiotiques qu'elle le prendrait avec le sourire, et avec cette légèreté que je lui envie déjà. Même quand elle ne dit rien, son regard exprime un « Tout m'est bonheur » qui a pour effet de renforcer notre mélancolie des jours ordinaires. Tout en elle se conjugue pour participer d'un certain éclat. Bien dans son rôle, elle tente de ramener les cavaliers seuls et les tandems à la conversation générale. Sa voix s'impose sans mal car l'Andalouse en elle possède une octave au-dessus de la moyenne. Ses soupirs sonnent comme des orgasmes. Pour interpeller un convive, il lui arrive de hurler, ce qui est impressionnant pour quelqu'un comme moi mais pas pour un authentique Espagnol habitué à l'hystérisation permanente de la conversation. Par moments, c'est à se demander si elle n'est pas un peu timbrée. Folle mais toujours d'un chic fou. En viendrait-on à la faire interner de force qu'elle se plaindrait aussitôt de la couleur affreuse de la camisole, absolument pas seyante et si mal repassée, pensée qui me la rend immédiatement sympathique, malgré la pression des décibels.

D'une autre femme, que l'on entend peu depuis le début de la soirée, grand goût et regard velouté, on dira qu'on ne sait pas trop ce qui se passe entre sa tête et ses pieds. Elle trouble, ce qui est plus malaisé que de choquer. Parfois elle donne l'impression d'enfoncer des portes ouvertes sur une nuit vide. D'autres fois, la citation naturellement au bord des lèvres, son hypermnésie vient fort à propos. Ainsi, tout à trac, un peu de la huitième « Élégie de Duino » que je m'empresse de noter sur mon téléphone : « Cela nous submerge. Nous l'organisons. Cela tombe en morceaux. Nous l'organisons de nouveau et tombons nous-mêmes en morceaux. » Le cas de quelques-uns autour de cette table. On ramassera à la fin du repas.

La conversation est une représentation théâtrale, un instrument de musique, et non pas seulement une machine à communiquer. En France, c'est toujours une comédie ; en Espagne, cela peut tourner à la tragédie. Même la bonne société a le sang chaud. D'autant que le vin désinhibe si bien les langues de pute que toute la table s'empresse d'habiller les absents pour l'hiver avec une joie sauvage aux accents barbares. Les pires sont ceux qui médisent à voix basse tels des murmurateurs de l'ancien temps. Qui dira jamais la saveur qu'il y a à déchiqueter les autres à distance dès lors que l'action de meute dilue la responsabilité de chacun. Mais on ne peut passer toute une soirée sur ce pied. Ce serait usant.

Finalement, avant le dessert, je réussis à les amener là où je veux aller, ce qui ne va pas de soi. Non pas l'avancement de mon dossier au ministère de la Justice mais la langue. Car dans ce pays, c'est une question éminemment politique, plus encore qu'ailleurs. On l'a bien vu il y a peu à l'occasion de la parution du *Petit Prince* en andalou. Il fallait bien un anthropologue andalophile pour s'en emparer. Cela n'a pas suffi à empêcher l'incendie. Ceux qui se croient hispanisants pourront toujours s'y essayer dès l'incipit : « *Una beh, kuando yo tenía zeih z'añiyoh, bi un dibuho mahnífiko en un libro a tento'e la zerba bihen ke ze yamaba* "Histoires vécues" (*Ihtoriah bibiah*)... » Le responsable de cette adaptation de l'insubmersible succès de Saint-Exupéry recommande de le lire à voix haute tant l'andalou relève de la tradition orale.

« Mais l'andalou, ce n'est pas une langue, m'interrompt l'académicien de l'autre bout de la table. Même pas un dialecte !

— Pourtant, le traducteur, qui est lui-même originaire de Mijas, n'en démord pas : il assure que son travail repose sur les bases syntaxiques et lexicales de ce qui est parlé en Algarbie, dans la vallée du Guadalhorce...

— Où ça ?

— Dans la province de Málaga...

— Ah... Et comment s'appelle-t-il, votre traducteur ?

— Juan Porras Blanco, je crois. Il défend l'idée que "son" *Petit Prince* participe d'un combat idéologique pour la reconnaissance de la diversité.

— Encore faudrait-il savoir s'il a privilégié la phonétique la plus orientale de l'andalou tel qu'il s'entend dans les rues de Málaga, ou la plus occidentale qui a cours dans celles de Jaén.

— C'est compliqué, opine ma voisine.

— Ses collègues universitaires ont exprimé du respect pour son combat identitaire mais des réserves sur la prétention normative de son entreprise.

— Il devrait plutôt dessiner des moutons, ironise un autre.

— De toute façon, reprend le polyglotte académique, c'est facile avec un texte aussi bref. Qu'il essaie avec, au hasard, le *Quijote*. On aura la paix pour les vingt ans à venir.

— Un écrivain canarien du nom de Ravelo en dit

autant pour la langue parlée là-bas dans l'archipel, de sa variété lexicale et de sa musicalité inégalables.

— Oh mais si eux aussi s'y mettent... », fait-il en levant les bras au ciel.

Celui-là, s'il était de mon avis, j'aurais l'étrange impression de m'être trompé. J'ai d'autant moins envie de polémiquer que cette entreprise ne me convainc pas. Quand bien même, je me sens un peu comme l'homme du souterrain de Dostoïevski : « Moi, je suis seul et eux, ils sont tous. » Alors, soucieux d'éviter que la conversation verse dans le trivial commentaire de la politique ou la vaine exégèse sportive, j'embraie sur la poésie. Et là, miracle : tout le monde a un avis, et chacun son auteur de chevet, comme s'ils étaient tous convaincus que seul le poète invite à dépasser le plaisir fugitif de la circonstance. Ici on peut en venir aux mains pour défendre « son » poète. Javier Marías s'est fait lyncher dans les médias pour avoir écrit dans l'une de ses chroniques que, non, décidément non, il n'arrivait pas à considérer Gloria Fuertes comme une poétesse valable, et qu'il la trouvait même carrément médiocre. Il en est des poètes comme du reste : toute opinion à leur sujet ne peut être que tranchante et exclusive. Pas de demi-mesure.

Ici García Lorca inévitablement, là Machado bien sûr, mais plus loin un partisan de Guillén veut en découdre avec un autre d'Alberti tandis que l'académicien, en parfait gardien de l'orthodoxie de la langue, se replie sur ses fondamentaux, là où nul ne pourra l'atteindre, du côté de Lope de Vega et de Luis de León. Même si tout cela sent encore parfois un peu l'école ou l'université, on les sent prêts à déclamer sur-le-champ pour l'emporter.

À ma grande surprise, l'hôtesse à mes côtés m'invite à découvrir Pedro Salinas, dont je ne connaissais le nom qu'accroché à celui de Proust – il avait entrepris la traduction d'*À la recherche du temps perdu* en castillan dès 1920 ; et, baissant les paupières, le visage tourné vers moi, une certaine gravité chassant soudainement toute trace de mondanité, elle murmure afin que nul autre n'en profite :

> *Si toi tu n'avais pas de nom,*
> *Tout serait premier,*
> *Initial, tout inventé*
> *Par moi,*
> *Intact jusqu'à mon baiser.*
> *Jouissance, amour : délice lent*
> *De jouir, d'aimer, sans nom.*

Puis elle rouvre les yeux, les découvrant humides. Alors je me dis que j'ai bien fait de venir à ce dîner. Je suis ailleurs, très loin, cela n'échappe pas à Luna qui, de l'autre côté, me fait les gros yeux de crainte que je n'oublie le but de ma présence ici.

En rejoignant les convives éparpillés dans le jardin, j'imagine la présence parmi eux de Maria et Laura, les rayons de soleil de l'Instituto Cervantes à Paris. Ces deux-là font la paire. Rarement vu deux femmes aussi délicieusement espagnoles à Paris. D'un côté Valence dans son cœur et Barcelone dans sa tête, de l'autre absolument Burgos. L'ancien royaume d'Aragon face à la Vieille-Castille. Ça crie, ça rit, ça chante, ça danse aussi, ça s'embrasse mais qu'est-ce que ça parle ! Impossible de s'ennuyer à leurs côtés à condition de suivre le rythme. On les croirait échappées d'un film d'Almodóvar et pressées d'y retourner. Ça se passe pourtant à Paris, à l'Instituto Cervantes dont elles sont les indispensables égéries. Elles sont aussi la conversation à l'espagnole.

C'est alors que don Luis, notre hôte l'avocat, me sort de ma légère ivresse en me prenant par le bras.

« Savez-vous, cher Assouline, que j'adore vos livres. J'en ai plusieurs rayons, je vais vous montrer. »

Comme il m'emporte littéralement vers une vaste bibliothèque que j'avais déjà remarquée pour son absence de livres – que des bibelots d'artistes et des objets signés –, l'inquiétude me gagne. Mais en chemin, alors que nous croisons Luna, sa moue me rappelle dans l'instant à ma mission.

« Je crois que notre amie vous a parlé de mon projet, cela doit vous paraître un peu fou mais…

— Je sais, votre dossier, mais à une condition : vous allez d'abord m'en dédicacer quelques-uns. Tenez, je vous prête mon stylo », dit-il en me le tendant et en faisant signe au domestique qui le suit de m'avancer une chaise.

Tout en m'adressant un léger clin d'œil assorti de son sourire Hepburn (le seul élément de la panoplie qu'elle n'ait pas acheté, il n'a pas de prix), Luna le prend par la main pour l'emmener dans le jardin. Je me retourne vers le meuble mitoyen à la bibliothèque, le genre de chose sculptée sur mesure et très concept telle qu'on en voit dans les *corners* de Bergdorf Goodman, le grand magasin de la Cinquième Avenue à New York ; et là, une stupéfaction glacée me paralyse : *Swans. Legends of the Jet society… Maria by Callas… Fendi Roma… Cartier*

Panthère... Venetian chic... Il y en a bien une vingtaine de la même encre, objets splendides encore dans leur écrin. J'ai écrit ça, moi ? Pourtant, sur la couverture, ils sont bien tous signés Assouline, mais en bas et non en haut. Notre hôte m'a pris pour l'éditeur. Une telle méprise me fait généralement sourire, sauf lorsqu'elle porte à conséquence. Dans un grand hôtel de Genève, ville où je devais prononcer une conférence, une simple chambre était réservée à mon nom par l'institution qui m'avait invité ; or je m'étais retrouvé dans une suite somptueuse ; et comme je redescendais pour sortir, tout l'état-major de l'établissement m'attendait, le directeur m'en présentant les membres un par un, afin de m'inviter à vider un magnum de champagne rosé pour fêter « notre bébé », un livre de luxe consacré à l'histoire de la maison. L'autre Assouline avait encore frappé.

En cet instant-là à Madrid, comme à Genève, je ne trouve de recours que dans la fuite, étant moralement et physiquement incapable de dédicacer le moindre livre dont je ne suis pas l'auteur. La perspective même de plonger quiconque dans l'embarras m'insupporte.

« Vous pouvez m'indiquer les toilettes s'il vous plaît ? » je bafouille au domestique à qui je tends le stylo décapuchonné jusqu'à ce qu'il s'en saisisse et le tienne hiératique à la manière d'une hallebarde.

Ils sont déjà occupés. L'homme derrière qui je patiente, qui était assis en face de moi à table et n'a rien perdu de mon aparté poétique avec notre hôtesse, remarque mon sourire au coin des lèvres.

« Envoûtante, non ? tente-t-il comme pour créer une complicité.

— Non, ce n'est pas ça. »

Comme je n'ai guère envie de partager avec lui le cruel malentendu, je cherche à faire diversion :

— C'est l'endroit où nous sommes... ça me rappelle une histoire, ou plutôt une devinette.

— Allez-y.

— Non, ce n'est pas très...

— Allez !

— Savez-vous quel est le meilleur endroit pour repérer un antisémite ?... Les toilettes. »

Il fronce les sourcils, se demande probablement si je lui fais un procès d'intention, m'interroge d'un coup de menton :

« Enfin, les toilettes publiques, dois-je aussitôt corriger pour éviter toute méprise. L'antisémite, c'est celui qui fait toujours pipi sur Jacob, jamais sur Delafon. »

Il demeure de marbre, craint peut-être que je ne me paie sa tête. C'est alors qu'on entend la chasse d'eau, la porte s'ouvrir et un énorme éclat de rire d'un homme qui, emporté par son irrépressible hilarité, me serre les deux mains pour me remercier avant même de laver les siennes.

Mon dossier ne sera pas rangé sur le haut de la pile par un fonctionnaire du ministère de la Justice, je ne serai certainement pas invité à nouveau dans cette maison et je crains que quelques années ne passent avant que Luna Saltiel ne me donne de ses nouvelles. Ne me reste plus qu'à me faufiler pour m'éclipser de la soirée dans l'ombre des premiers invités sur le départ. Un reliquat de politesse, ou un excès de prudence, me retient de m'enfuir à toutes jambes dans ce quartier résidentiel déserté par les transports en commun et négligé des taxis tant la présence d'un piéton en pleine rue paraît incongrue. Si par miracle une station BiciMad se présentait à un coin de rue, j'éperonnerais mon vélo à l'égal de Rossinante. Il y a des jours, comme ça. Vivement demain !

54. Où l'on raconte comment une voix trop forte, envahissante et importune peut mener les pacifiques à la colère

C'est décidé : pour améliorer la fluidité de mon espagnol, je me jetterai désormais sans prudence dans les conversations. Risqué mais nécessaire. Si possible loin de la capitale, partout ailleurs. Pas d'autre moyen de progresser. Un soir mais au restaurant à Gijón, sur la côte des Asturies où les plages sont plus belles et moins connues que de l'autre côté. Je bavarde avec celles qui m'ont invité tout à l'heure à parler dans une librairie. Vers la fin de la causerie, lorsqu'elles ont appris mon projet de retour, l'une d'elles s'est levée et spontanément m'a pris dans ses bras en me lançant un vibrant « Bienvenue à la maison ! ». La conversation reprend mais en petit comité donc tandis que le garçon nous sert du vin avec effets de manche et grands écarts, l'embout du carafon le plus éloigné du verre que ses bras lui permettent. Il a l'air si sérieux et assuré qu'il s'accorderait une fin à la Vatel si une goutte devait s'échapper et maculer la nappe. Nous sommes les premiers à nous attabler en ce début de soirée à une heure que l'on dirait française. L'une de ces femmes ne s'exprime qu'à bas bruit sans que jamais le murmure ne soit une pose ; elles font du tort à leurs contemporains car ce qu'elles disent est souvent de toute beauté. C'est alors que s'installe à l'autre bout de la salle un personnage haut et volumineux bientôt rejoint par un autre qui paraît terriblement fluet en regard. Une voix de basse profonde s'échappe de son réservoir à décibels dès qu'il l'ouvre. Et il est bavard. Il nous assourdit quand il chuchote de son timbre sombre et puissant. Serait-il Don Carlos ou Boris Godounov que nous serions comblés, mais ce n'est pas le lieu. Pas gêné pour autant. Le genre de type qui est à lui-même sa fin dernière. Il ne doute pas, ne se préoccupe pas, ne s'inquiète pas. À croire qu'il ne s'entend pas tandis que se déversent sur les clients du restaurant ses décibels. Heureux les forts en gueule.

Il paraît enivré par la puissance de sa propre parole alors qu'il n'y a pas de quoi. Son mince interlocuteur, lui, assez mou des lèvres, on aimerait lui apprendre à poser sa voix, à se trouver un centre de gravité, à respirer pour éviter de partir dans l'extrême aigu, à repérer enfin son focus vocal. Mais son ami, quelle plaie ! Que ses os soient broyés ! Pas de résurrection pour lui !

Tout le restaurant, jusqu'alors relativement apaisé, se sent obligé de monter le son, ce qui rend tout échange impossible. À ma table, la colère gronde. Elle est familière aux Espagnols. Il leur en faut peu. Cela tue la conversation aussitôt qu'ébauchée, mais elle ne m'effleure pas. Le mot est pour moi si connoté que je ne peux l'entendre sans être renvoyé à l'expérience d'une colère très personnelle. Du moins à son souvenir. Celle de mon ami Daniel.

On se connaissait depuis nos débuts communs dans le journalisme dans les années 1970. On s'est toujours suivis fût-ce de loin, on se retrouvait jusqu'à la revoyure. Son calme en toutes circonstances ne laissait pas d'impressionner lorsque les conférences de rédaction frisaient l'émeute. Ses emportements étaient si exceptionnels que les murs s'en souviennent encore. Et à peine parvenu à la soixantaine, le mal l'emporta. À l'église Notre-Dame de Boulogne, sa femme l'évoqua en des termes d'une dignité exemplaire avant de nous confier son état d'âme dans ses derniers instants. La colère. Une colère tellurique.

« Je n'en reviens pas, ai-je dit à ma voisine sur le banc, aussi stupéfaite que moi. Jamais entendu une chose pareille.

— Tu veux dire que tu ne l'avais jamais envisagée ?

— C'est cela. Inenvisageable avant de partir, non ? »

Mourir en colère, mon Dieu. Nul ne sait qui en était l'objet, de la tumeur qui l'emporta ou du Créateur qui l'autorisa. Insoupçonnable, un tel état en de tels moments tant on les imagine apaisés ; l'heure de la réconciliation avec soi-même et avec les autres exclut ce type de violence ; l'agonie contredit une si puissante réaction ; tout devrait s'offusquer d'un tel contretemps ; et pourtant, Daniel trouva l'énergie nécessaire pour s'encolérer. Il en voulait au sort funeste qui allait le priver d'exercer l'art d'être grand-père selon Victor Hugo, le bonheur d'écrire des livres pour le plaisir, de lire sans crayon en main, de marcher en forêt, de courir encore, d'aimer... Il y avait du Job en lui en cet instant-là. La décoration intérieure de l'église, restaurée dans l'esprit du gothique international, ne donnait pas envie de s'y attarder. La silhouette du Juste souffrant et de nul autre se détachait où que se posât le regard sur les parois, jusque dans les replis des voûtes. Depuis, à l'aune de cette rage du dernier souffle, celle de l'intensément vivant face à la mort qui rôde comme une hyène, toute autre expression de cette violence me paraît dérisoire, insignifiante et, pour tout dire, ordinaire. L'ombre portée de la colère de Daniel face à l'infracassable noyau de sa nuit éternelle me préserve à jamais de toutes les autres.

Ma colère dans ce restaurant de Gijón serait de peu de poids face au baryton des *tertulias*. Pour me mettre à son niveau à seule fin de lui river son clou, il me faudrait m'exploser la gorge au risque de me coller des varices sur les cordes vocales. De toute façon la colère n'est pas un argument. Je me retiens de me lever et de le remettre à sa place. Le cas échéant, je lui offrirais volontiers une aération crânienne. S'il savait que je rumine le mot de Turenne que pourtant je me garderai bien de lui servir, histoire de ne pas l'ennoblir : Tu trembles, Carcasse, mais tu tremblerais bien davantage si tu savais où je vais te mener ! Julieta, qui a organisé cette sortie au restaurant en prévoyant tout sauf ça, me retient aussi, sa main posée sur mon bras. Craint-elle ma réaction ? Mais elle ignore que le souvenir de celle de mon ami Daniel étouffe en moi toute expression de rage. En fait, ce que je lis dans son regard muet me dissuade davantage : Pierre, vous n'êtes pas chez vous, pas encore...

Au fond, ce qu'il y a de bien avec les Espagnols lorsque, comme moi, on est tout prêt à les aimer, c'est qu'on ne risque pas de cristalliser. À peine se prend-on de passion pour leur singularité qu'on les exagère dans leurs qualités, qu'on orne leurs femmes de toutes les perfections, que le contre-modèle se manifeste et vient pondérer le jugement. On ne sent pas ce peuple loquace menacé par le laconisme. Il a du mal à imaginer que la vie impose parfois de dire sans pour autant raconter. Et si la cristallisation menace tout de même, on ne perd rien à relire Stendhal et son *De l'amour* (plus personne ne lit mais tout le monde relit), au chapitre 2 en particulier : « Ce que j'appelle cristallisation, c'est l'opération de l'esprit, qui tire de tout ce qui se présente la découverte que l'objet aimé a de nouvelles perfections. » Le phénomène se produit en plusieurs étapes où se succèdent l'admiration, le plaisir, la naissance de l'amour, l'invention de qualités imaginaires à l'objet de son amour, la passion, l'obsession, la perte de sens du réel et la recherche d'une logique des sentiments qui s'ensuit... Le problème, c'est la seconde cristallisation : lorsque l'amoureux croit être aimé en retour. Tout se gâte avec le surgissement du doute. Peut-être ai-je tort de prêter à l'Espagne un bonheur et des plaisirs qu'elle seule serait susceptible de donner (j'entends déjà au loin des Catalans crier : au fou !). Et si dans la passion que j'éprouve pour ce pays, j'aimais plus elle que lui ? Gloire à Stendhal qui me retient de trop cristalliser sur l'Espagne et les Espagnols ! De toute façon, si j'étais sur la pente, le sort qu'ils réservent à la conversation me freinerait. Jusque dans leur spécialité nationale : la *tertulia*.

55. De la tertulia, *spécialité nationale que le monde entier leur envie mais pas toujours, et de la délicate introduction du* temple *dans la conversation*

Difficile à traduire en français. Mais tant qu'à faire, plutôt que la traduction de Google (« talk-show »), j'opte pour celle de Paul Morand : « Tribunal de conscience et bureau d'esprit ».

« La *tertulia* ? Évidemment ! C'est ce qu'il te faut ! me lance triomphalement Julio au premier étage du Café Comercial, sans que je sache si c'est bien l'idée qui l'emballe ou l'échec et mat qu'il vient de m'asséner. J'aurais dû y penser avant, fait-il en se tapant le front de la paume de la main. Tu verras, tu seras un peu largué au début mais à force, ça te fera progresser et tu auras des notes remarquables à ton examen de langue... »

Si seulement cela pouvait se passer aussi bien. Régulièrement, des groupes de gens se réunissent dans des cafés pour débattre d'un thème. Comme on l'imagine, ils se rassemblent par affinités, ce qui n'empêche pas la discorde permanente. C'est un milieu où l'on n'est jamais sûr d'être accepté ; mais quand on en est rejeté, cela ne fait aucun doute. On y va surtout pour être ensemble, même si chacun repart avec ses idées. Cela me fait penser à un aphorisme d'Antoine Blondin : On boit pour être ensemble mais on est saoul tout seul. La conversation y est si théâtralisée, et la parole si mise en scène, qu'elle n'est plus de la conversation. Sa variante *coloquio* est ouverte au public. Soudain on oublie qu'on est comme les autres qui n'en sont pas, on met de côté sa vie ordinaire faite d'arrangements, on existe. Je parle donc je suis.

Car il y en a toujours pour donner leur avis sur tout, et surtout leur avis. Même celui qui se demande, malgré son visage fermé, pourquoi il appartient à ce type d'homme à qui on ne demande jamais l'heure dans la rue. Ici, discuter c'est être contre quelqu'un. Le ton monte vite, même les femmes parlent comme des camionneurs, on en vient vite au « Fils de pute, je vais te couper les couilles ! ». Nous avons d'ailleurs eu une discussion à ce sujet, l'autre jour pendant le cours de Laura, lorsqu'elle nous a raconté qu'à l'issue d'une dispute en sa présence, une femme avait été traitée de *hija de puta*, expression très courante en Espagne, alors que les Français ne diront jamais « fille de pute », ou c'est que je ne fréquente pas les bons quartiers.

À la *tertulia*, dès que ça s'emballe, et ça s'emballe immanquablement et rapidement, on est lâché. Mais qu'est-ce qu'ils parlent vite ! L'impression parfois qu'ils parlent d'un souffle, enchaînant les phrases plus vite que leur ombre. À moins que mon manque de pratique soit la cause de mes malentendus. Cela dit, il suffit de voyager en France par le chemin de fer pour être dubitatif quant à ce qu'un étranger, fût-il francophone, peut comprendre lorsque le micro grésille dans le wagon : « mesdamesetmessieursnousarrivonsengarederangdu fliersvertonbeckprenezgardeentrelemarchepiedetlequai lasncfvoussouhaiteunebonnejournée ».

En fait, rien.

Après tout, quand on parlait espagnol autour de lui, le marquis de Custine y entendait de l'arabe. J'avoue parfois mieux comprendre l'espagnol des Latino-Américains car ils s'expriment plus calmement, articulent davantage et semblent mieux respecter la langue. Même les « narcos » du cartel de Medellín.

Tertulia. Le terme est attesté depuis 1630 dans le sens qu'il conserve aujourd'hui. Devenu un nom commun et un verbe, c'est de toute évidence un néologisme créé à partir du nom propre de Tertullien, fameux écrivain et philosophe de l'Empire romain, débatteur redouté dans les controverses christologiques. Chaque fois que l'occasion s'en présente et que j'interroge autour de moi, l'énoncé de son nom suscite immanquablement des « Qui ça ? » décourageants. Quelle ingratitude ! A-t-il seulement une rue à son nom ? Puisqu'on débaptise à tout-va dans un grand élan d'oubli du franquisme, ce serait l'occasion de repérer cette lacune de la mémoire nationale en érigeant une statue à son effigie, le bonhomme saisi en pleine discussion.

Les trente premières années du XXᵉ siècle furent l'âge d'or des *tertulias*. À Madrid où elles se tiennent encore une fois par semaine, le café Gijón sur la Castellana en célèbre le culte avec force photos d'époque où l'on voit poètes, écrivains, peintres et artistes de tout poil boire, fumer, parler et parfois même écouter. On y lit des poèmes, certains y testent leur *work in progress*. C'est que la *tertulia* a tenu une place fondamentale dans les débats et la diffusion des idées. Dans le sillage de la Movida, la tendance des années 1980, d'autres ont également ressuscité le rite et la tradition, à la Cervecería Alemana, au Café de Ruiz, à La Aurora, au Manuela… L'ombre de García Lorca a longtemps embrumé la Cervecería de Correos, et celle de Gómez de la Serna, le Pombo. Les débatteurs ont leur coin et leur table, et gare à celui qui s'y installera par mégarde. Autant de types de *tertulias* que de conversationnistes, pas seulement dans la capitale mais dans toute l'Espagne. Et s'il en est parfois qui tiennent du « café philo », abordant des sujets très sérieux et gravement commentés, d'autres tertulisent allègrement comme on pétrarquisait en jonglant avec les métaphores et les jeux de mots du côté de chez Proust.

L'esprit de club y règne. Il faut être un membre inscrit. Autant dire que c'est assez fermé, même si le public est parfois admis à condition toutefois de ne pas l'ouvrir. Les jeunes y sont minoritaires. Si l'on m'acceptait, je tenterais d'introduire l'art taurin du *temple* dans la pratique de la conversation. Les aficionados désignent ainsi l'accord entre le rythme de l'homme et la charge de l'animal qui permet au premier de freiner la seconde, bien que Paco Camino ait jugé toute cette histoire digne d'une fumisterie : « Seul le fauve marque la mesure. » Pourtant, que ce soit du côté des aficionados, des experts comme des toreros, il en est pour évoquer le *temple* comme quelque chose qui ne s'apprend ni ne s'enseigne, une grâce sans égale, un don de Dieu. Imaginez la révolution que cela introduirait dans toute conversation espagnole si l'on y faufilait ce signe de la domination, cet art du temps et la capacité à l'arrêter à l'instant où la vie s'apprête à basculer dans la mort. Ça changerait tout.

L'air de rien, j'ai déjà tenté à plusieurs reprises. Non le *temple* mais la *tertulia*. Ce ne fut pas un franc succès. Mais comme dit le proverbe chinois : Sept fois à terre, huit fois debout ! Ou si l'on préfère dans la version de Samuel Beckett dans *Cap au pire* : « Essayer encore. Rater encore. Rater mieux encore. Ou mieux plus mal.

Rater plus mal encore. Encore plus mal encore. » Si j'avais vécu au XVIIᵉ j'aurais aimé être d'une *tertulia* littéraire fort séduisante dite Académie des Nocturnes. Le côté Chopin peut-être. Encore eût-il fallu que j'habitasse Valence, que j'adoptasse un pseudonyme puisé dans le lexique de la nuit (ombre, silence, rêve, peur) et que le maître des lieux, don Bernardo Catalan de Valeriola dont le palais abritait ces parleries, acceptât un Juif. En cas de refus, je me serais engrouché, attitude consistant à lancer une réplique de Groucho Marx pour se sortir d'affaire avec les honneurs, en la circonstance : « Je n'aimerais pas appartenir à un club qui m'accepterait pour membre. » Voilà qui serait dit et les renverrait in petto à une nuit dont ils n'auraient jamais dû sortir. Mᵉ Jean-David, mon avocat, a une blague pour chaque circonstance de la vie. Quelle qu'elle soit, il en trouve aussitôt une dans son inépuisable tiroir à histoires le plus souvent juives, qui colle parfaitement à la situation, l'explique, la mette en miroir et la solutionne à l'issue d'une négociation avec l'inconscient.

« Toi, dans une *tertulia* ?

— Et pourquoi pas ?

— C'est l'histoire de Moysche Liberskind si désireux de s'intégrer à l'Old England quelques mois à peine après avoir émigré à Londres ; il suit les conseils d'une de ses relations, se rend à Savile Row, se fait faire un costume rayé et des chemises sur mesure, noue à son cou une cravate club du meilleur effet, enfile des Church aux pieds, laisse le vendeur lui accrocher un parapluie au bras et le coiffer d'un chapeau melon ; mais comme celui-ci, le voyant verser une larme, s'enquiert de son chagrin, Moysche Liberskind ne peut s'empêcher de lui répondre dans un anglais châtié : "Quel dommage que nous ayons perdu les Indes..." »

En plein dans le mille une fois de plus. Même si, personnellement, je ne me souviens pas avoir jamais rêvé de la perte des Philippines. Et même si, après avoir visé si juste, il m'a demandé :

« Mais c'est quoi au fait, une *tertulia* ? »

La conversation exige ses échauffements. Chacun son rythme, étant entendu que l'on parle de mieux en mieux à mesure que la nuit avance. On vient ici lorsqu'on est convaincu qu'on n'a jamais raison tout seul. Il faut sans cesse frotter son intelligence à celle des autres, briser la rumination en solitaire, confronter sa vérité à l'arc-en-ciel des vérités. Ne jamais oublier qu'à l'origine *conversatio* s'entend comme étant le goût des autres, leur fréquentation, et pas nécessairement comme une prise de parole. Or entrer dans la conversation, c'est accepter tacitement de se mettre en société. Ce sentiment de la convivialité héritée du banquet philosophique, fût-elle nettement plus rude, implique l'appartenance à un groupe, une famille, une tribu, toutes choses qui se retrouvent aujourd'hui contenues dans le terme ambivalent de « réseau ». Il en est même qui parlent jusqu'à ce qu'ils trouvent quelque chose à dire. La dispute n'est jamais loin. Selon les points de vue, on la trouvera violente ou ensoleillée. Au fond, ils ne se parlent pas, ils s'entreglosent, comme disait Montaigne. Mais que l'on se rassure : une *tertulia* n'est pas nécessairement habitée par l'esprit. On peut aussi y entendre des raisonnements de pâquerette éplorée. Certains y ont l'air de réfléchir, juste l'air. Celui-ci, on le sent même prêt à penser de manière critique, c'est dire. Celui-là est des plus humbles, mutique tant il se sent écrasé par la culture des auteurs, l'esprit partagé entre l'infini de ce qu'il n'a pas lu et l'infini de ce qu'il n'a pas compris. On veut croire qu'ils viennent trouver des amis avec qui partager le souffle comme le destin. N'empêche que l'on recommande d'y aller car devant vous on ne peut pas dire du mal de vous. En principe. Et penser que la *tertulia* se veut la forme la plus achevée de la coexistence...

La France des salons est persuadée d'avoir inventé la conversation au xviie et d'en avoir prolongé l'esprit aux siècles suivants. L'Angleterre ignore ce qu'est la conversation car sa conception de la bienséance exige qu'en société elle se limite au *small talk*, au commentaire météorologique, au babillage anodin afin de conjurer la vulgarité du métier et de la politique. L'Italie réussit à entretenir des conversations parallèles au sein de la conversation générale dans lesquelles chacun se comprend, sauf s'il n'est pas italien. L'Allemagne aimerait bien mais ne pourra jamais pratiquer la conversation car, comme l'a fort bien démontré Mme de Staël, le verbe étant placé à la fin de la phrase, il faut attendre l'achèvement du monologue pour savoir au juste ce que veut dire le locuteur, ce qui impose de ne pas le couper, or l'interruption à bon escient est justement le sel de tout entretien digne de ce nom. Quant à l'Espagne, mon Dieu, l'Espagne...

Pour y réhabiliter cet art perdu, il faudrait n'en attendre aucun résultat efficace et n'espérer aucun retour sur investissement de la compagnie des autres. En lieu et place d'un colloque, c'est une discussion passionnée qui tourne vite à l'agressivité (un écrivain espagnol originaire d'Uruguay me dira qu'en fait de conversation c'est une succession de déclarations péremptoires). Ici elle part dans tous les sens, elle est indiscrète (il est préférable d'y participer, ne fût-ce que pour éviter d'y être déshabillé et voir sa vie privée révélée), anecdotique et rapidement violente. Tous les Espagnols ont le sang chaud, sauf Franco, qui était un poisson froid. Lorsque Yves Saint-Geours, le subtil et recherché ambassadeur de France en Espagne, a remis la médaille des Arts et des Lettres au metteur en scène Albert Boadella, celui-ci a prononcé un discours dans lequel il s'est plu à relever les trois atouts de la France par rapport à l'Espagne : la lumière (moche et raffinée chez eux), les fleurs (introuvables), la conversation (dont le bruit gagne vite en puissance en Espagne). La vocifération leur est tellement naturelle qu'ils réussissent à s'interpeller, se héler même lorsqu'ils discutent nez à nez. Ce n'est pas seulement qu'ils parlent fort : le ton monte très vite et ce n'est pas qu'une question de machisme ambiant car les femmes ne sont pas en reste. Elles aussi roulent des mécaniques avec la voix. Je gueule donc je suis. Alors ce ne sont plus que cris et tremblements. Almodovarissime ! Lorsqu'on observe et qu'on écoute des couples se parler face à face dans un restaurant, on a l'impression qu'ils sont tous sur le point de divorcer, mais souvent, ça s'arrange au moment où le garçon apporte l'addition. Là encore, tout est question de *temple*, d'accord entre les températures, d'appréciation de la vitesse de l'autre, de correspondance entre la rapidité de la charge et les mouvements de l'appât. C'est curieux mais on n'imagine pas qu'un couple à table se sépare sur les mots de Diderot à Sophie Volland : « La douceur de notre commerce me ravit. »

Signe des temps : si la chose se perpétue encore dans les cafés un peu partout dans le pays, elle recouvre désormais une réalité de la parlerie qui s'exerce principalement à la télévision, à la radio et sur les réseaux sociaux, lieux par excellence où l'on « échange » désormais quand autrefois l'on tertulait dans l'esprit de l'ancienne *disputatio*.

Ma tertulienne obsession n'a qu'un temps mais elle me ramène encore et toujours à la question de la langue. Son inaccessible maîtrise. Même les faits divers glanés dans les journaux la font resurgir. Ainsi l'histoire de ce Reuben Nsemoh âgé de seize ans, jeune footballeur américain tombé dans le coma à l'issue d'un violent choc pendant un match : lorsqu'il s'est réveillé, il parlait couramment espagnol alors qu'avant il n'en savait pas un traître mot. Mais cet exploit involontaire a entraîné un effet collatéral : désormais il ne parle plus l'anglais. Les neurologues appellent cela le syndrome de l'accent étranger. J'attends que ce trouble cognitif, qui témoigne de l'existence d'une capacité non consciente d'apprentissage d'une langue, me tombe dessus.

Le jour de l'examen arrive enfin. L'oral de langue. Le cartable de mon père est prêt depuis la veille. Je n'ai presque rien à y mettre mais j'en ai besoin. Sa présence tutélaire, son ombre portée. Il ne m'a jamais fait défaut dans les moments délicats. Je suis pourtant en terrain connu puisque les salles de cours de l'Instituto Cervantes me sont familières. Il y a affluence sur le trottoir de la rue

Quentin-Bauchart. La sécurité, l'organisation, le filtrage, les convocations. On patiente en bas avant de patienter en haut. Finalement je suis appelé. Ma dernière émotion de cet ordre remonte au baccalauréat. Quel saut !

Toujours étrange d'observer des adultes ramenés au rang d'étudiants. Certains des candidats sont âgés, mais on ne serait pas surpris de les voir sortir leur trousse et leur taille-crayon. Une souriante examinatrice me fait face derrière une table ; une autre est installée derrière moi. Tout se passe en espagnol : salutations, instructions, questions... On prend ses aises, on bavarde. Jusqu'à l'épreuve de vérité : voici la photo d'un restaurant à l'heure du repas... décrivez la situation, le lieu, les gens, leurs vêtements, les objets... Vous avez trois minutes... Bien. Maintenant vous entrez dans ce restaurant, vous voulez une table, vous demandez le menu, vous choisissez les plats, allez-y... Bon. Maintenant décrivez-moi votre lieu de travail, votre maison, vos vacances...

« Alors ? me demande depuis Hong Kong ma fille Kate dans un texto. Tu as réussi ?

— Ça devrait aller... »

Je n'ose pas lui confier que je me suis senti à l'aise jusqu'à ce qu'un élément de la photo vienne me troubler au risque de me déstabiliser : lorsqu'il m'a fallu décrire, suspendu au-dessus du bar, d'imposants jambons ; je craignais que l'on me demande s'il s'agissait de Serrano ou de Pata Negra. Le cauchemar toujours recommencé. À croire qu'ils me poursuivent. Pourtant, lors de mes révisions, j'avais surmonté mon dégoût pour me documenter là-dessus aussi, les premiers issus de porcs élevés de manière intensive dans des fermes, les seconds à l'air libre. J'avais mémorisé avec difficulté mais être calé pour tout ce qui touchait à la flexibilité de la graisse, à la nourriture aux glands, à la brièveté de l'affinage, à la couleur, non, il y a des limites.

Quelque temps après, quand mes notes me parviennent, j'ouvre l'enveloppe avec la même appréhension que j'éprouve à l'arrivée de résultats d'analyse de sang ; le soulagement n'est pas feint, surtout vis-à-vis de mes enfants qui se posent des questions sur ce père étrange aux soudaines angoisses de collégien attardé. 38,41/50 pour « Compréhension de lecture » et « Expression et interaction écrites » ; 43,33/50 pour « Compréhension auditive » et « Expression et interaction orales ». Résultat : « Apte ».

Finalement, c'était moins ardu que je ne le craignais. Le plus dur reste à venir. La réponse administrative et l'avancement du dossier. Un calvaire pour l'impatient. Un chemin de croix pour qui se sent déjà hispanocompatible.

J'attends mais toujours rien. Même dans mes rêves éveillés. Qu'importe puisque dans ces moments-là m'envahit l'image de ma mère quand j'étais petit, assise au bord de mon lit à l'heure du coucher dans la nuit marocaine, séchant ses larmes d'avoir trop écouté sur des microsillons tout juste arrivés de Paris, comme autant de lettres personnelles, les accents nostalgiques de sa sœur Josette reprenant, en leur donnant la couleur de son timbre mélancolique, des chansons connues, *Buenas noches mi amor* et *L'Histoire d'un amour* de Gloria Lasso, « le rossignol madrilène », et d'autres, *L'Arlequin de Tolède* ou encore le répertoire français d'Amália Rodrigues *Aïe !*

mourir pour toi, et s'y mettant à son tour en caressant doucement les cheveux de celui qu'elle appelle *mi vida,* pour qui elle fredonne la *Malagueña salerosa* jusqu'à l'arrivée du sommeil, persuadée à raison comme tant de femmes que les chansons disent la vérité même si elle est toute simple.

PAPIERS D'IDENTITÉ

Cette nuit en rêve, ou plutôt en cauchemar, j'ai pris conscience de ce que mon histoire n'a vraiment rien d'épique. Mon dossier n'avance pas, les démarches se rejouent et se ressemblent, la procédure est tellement répétitive qu'elle résonne comme du Philip Glass, la Reconquista de mon passé séfarade me paraît toujours au point mort. Le *Quijote* aurait-il à ce point déteint sur moi que la mort serait l'unique événement de nature à bousculer ma destinée ? Tant pis si autour de moi on sourit déjà de l'échec annoncé ; mon héros a connu ça déjà et plusieurs siècles après il n'est pas de personnage romanesque plus adulé, plus loué, plus commenté dans les sociétés alphabétisées. Il a changé non le monde, comme il le voulait, mais sa représentation, et cela n'a pas de prix.

En fait, le tableau n'est pas si noir. Mon dossier s'étoffe tout de même. Des personnalités espagnoles ont accepté de m'apporter leur soutien par écrit. De se porter caution de ma moralité. Un écrivain de Barcelone, une universitaire de Madrid et une autre de Salamanque, un historien et même, le dernier mais pas le moindre, un ancien ministre de la Culture. Cinq lettres qui ont du poids. À les lire et les relire, j'en rougis. Si j'étais notaire, je n'hésiterais pas un instant et j'accorderais mon tampon à un homme de cette qualité.

Mon extrait de casier judiciaire est arrivé, vierge. Encore faut-il faire traduire ce grand blanc dans mon passé criminel. Par traducteur assermenté. Puis le faire apostiller auprès de la cour d'appel de Paris, laquelle me renvoie du côté de la cour d'appel de Rennes qui tamponne enfin. Pour mon certificat de judaïsme et de séfardité, cela n'alla pas de soi puisqu'ils me demandaient toujours plus de papiers. Finalement, ça s'est débloqué. Il faut croire que vient forcément le jour où tout individu doit trancher le spectre d'incertitude identitaire.

56. Comment une idée des plus belles est devenue une notion des plus maudites et de ce que le candidat à la nationalité peut en faire

Que quelqu'un se proclame citoyen du monde m'a toujours fait sourire. Comme si l'on pouvait décider d'être sans origine, sans racine, sans passé familial. Ces choses-là vous tombent dessus. Libre à chacun de se sentir le maillon d'une chaîne sans se croire enchaîné, d'en faire autre chose ou rien. N'appartenir à aucun courant humain tout en relevant de la plus simple humanité, le rêve quand on y pense mais quelle puérile utopie !

L'identité fondatrice brandie comme une armure exclut ceux qui n'en sont pas. On peut participer d'un doute identitaire sans relever d'une hystérie collective identitaire. Quand comprendront-ils que l'identité peut être dynamique ? On va finir par la croire coupable de naissance, de fondation. On a tant discrédité la notion d'identité, on l'a si puissamment arrimée à sa dimension meurtrière et à sa réduction nationaliste, on l'a si durablement assimilée à une régression, on en a tant fait un étrécissement que toute quête des origines est devenue suspecte. On cite souvent le beau passage de Marc Bloch dans *L'Étrange défaite* : « Il est deux catégories de Français qui ne comprendront jamais l'histoire de France, ceux qui refusent de vibrer au souvenir du sacre de Reims ; ceux qui lisent sans émotion le récit de la fête de la Fédération », mais la suite, hélas, est rarement rapportée : « Peu importe l'orientation de leurs préférences. Leur imperméabilité aux plus beaux jaillissements de l'enthousiasme collectif suffit à les condamner. »

D'un beau mot ils ont fait un gros mot. J'aime bien ceux qui le parent de vertus. René Roudaut, que j'avais connu lorsqu'il représentait la France à Berne, et que je retrouve à l'ambassade de Suisse à Paris pour une réunion amicale autour du nouveau commandeur Kopp, l'ambassadeur donc, a cette belle formule : « L'identité, ce n'est pas l'empreinte Bertillon ! » Et de faire l'éloge du multiple, lui qui est le plus breton et le plus catholique de nos excellences au point de rendre cette double qualité pléonastique, singularité profonde que ne saurait refléter un passeport quel qu'il fût.

Je ne m'y fais pas et je crois que jamais je ne m'y ferai. Ah, cette hantise d'être assigné à une identité comme si elle était nécessairement figée, intransformable, inadaptable et que c'était là le fléau des Temps modernes !... Il suffirait pourtant d'être vaste, de contenir des multitudes en soi et de ne pas verser dans ce que Freud appelait « le narcissisme de petites différences » pour rapprocher les dieux et les hommes. Faudra-t-il maudire le mot même d'« identité » pour complaire au nouveau puritanisme distillé par la pensée dominante ? L'historien Fernand Braudel a bien montré que l'identité d'un pays est une construction sociale, une superposition d'images. C'est le récit commun que l'État est chargé de donner qui fait d'un ensemble hétérogène de mœurs et de langues une nation. C'est la langue qui nous rend français ou espagnol. Et les bilingues ? Une identité cosmopolite induit autant une richesse qu'un trouble. L'un ne va pas sans l'autre. Toute nation est une construction historique qui se prétend formée à la suite de phénomènes naturels. Comme si les frontières n'étaient pas le résultat de guerres recommencées et de traités violés mais du doigt de Dieu posé sur des limites. Le récit national relève de la poésie, qui parle à l'âme, mais il serait cruel de le contrarier en lui faisant croire qu'il appartient à l'Histoire, qui parle à la raison. Loin du spectre de la fatalité, de l'inéluctable et du déjà-écrit.

57. *De l'auberge espagnole dans ses rapports avec la folie*

Si être espagnol, c'est n'être que cela, alors je ne saurais l'être. Ça ne peut suffire à qui a le cœur innombrable. Espagnol ? Rien de moins mais un peu plus. Toute quête d'identité est une auberge espagnole. Au XVIIIe siècle, on y mangeait ce qu'on y apportait car le taulier garantissait le gîte mais pas le couvert ; avec le temps, c'est devenu un lieu qui ne cesse de se remplir de nouveaux arrivants sans critères contraignants ; par extension et en l'espèce, une recherche dans laquelle s'accumulent continuellement de nouveaux éléments. La mienne est vouée à l'inachèvement. Creuser, approfondir, ressasser. Un écrivain ne fait rien d'autre. Il faudra juste éviter de basculer un jour des Séfarades Anonymes à Sainte-Anne. En Espagne, le film de Cédric Klapisch ne s'intitule pas *L'Auberge espagnole* mais *Una casa de locos* (« Une maison de fous »)... Mais comment redevenir pleinement espagnol sans risquer de l'être à la manière dont Paul Morand l'évoquait dans le *Flagellant de Séville*, l'un de ses plus beaux romans : « Tous les Espagnols sont fous : s'ils ne l'étaient pas, ils seraient de simples Latins, ce qui est fort vulgaire. » Fous, mais encore ? D'authentiques insensés. Soit, mais après ? « Déments de mélancolie, d'orgueil, de gloire, de haine, de taureaux ou d'armoiries. » Me voilà prévenu. Saurai-je un jour, tel le narrateur de *Si rude soit le début* de Javier Marías, détecter dans certains lieux et chez certaines personnes le parfum de l'extrême droite, l'odeur du franquisme ? Parviendrai-je jamais à repérer dans le quartier de Salamanca en quoi et pourquoi il grouille de nationalistes nostalgiques ? Ce sera plus difficile que d'appeler « Lista » la calle José Ortega y Gasset, avec le naturel d'un vrai Madrilène. Mais moi, contrairement aux chauffeurs de taxi, je ne pesterai pas contre cette minuscule calle de Watteau au nom jugé si imprononçable, par les autres.

Si ma quête enchante ma curiosité, c'est justement parce que l'identité est mouvante et dissonante. Un authentique ensemble flou. Un concept vague et fuyant. Un soulèvement d'émotions. Aucune envie pourtant d'enfermer quiconque dans son origine. Ils finiront par me faire croire que mon attitude relève d'une pathologie en raison d'une passion irraisonnée pour le passé, mais d'une passion envisagée à la manière de Racine comme un pays éloigné. Exactement ce que demeure pour moi Séfarad : le plus proche des pays lointains.

58. Où l'on rencontre d'éminents personnages tels que Claude Lévi-Strauss, François Truffaut, Sylvie Germain, mon ami José sous la douche

Sa propre identité, chacun se la construit et cela peut prendre toute la vie. Claude Lévi-Strauss, le type même de l'Israélite assimilé, a un jour raconté dans ses entretiens avec Didier Eribon son embarras lors de son seul séjour en Israël au cours de ses dernières années. Encore eut-il besoin d'un alibi professionnel (une invitation à présider un symposium sur l'art, moyen de communication dans les sociétés sans écriture). Son impression ? Il s'est dit plus que jamais déconcerté par l'idée d'une continuité entre le départ de Judée de ses ancêtres supposés après la destruction du second Temple (70 après J.-C.) et l'établissement des siens en Alsace au XVIIIe siècle. Entre les deux, le vide, l'abstraction, l'inconnu. Un interstice insaisissable de près d'une quinzaine de siècles. Ce grand blanc dans son roman familial, lequel ne l'a de toute façon jamais passionné au-delà de l'est de la France, l'empêche de se trouver des racines au Moyen-Orient. Aussi avoue-t-il sans fard que si Israël l'a intéressé, ce n'est pas parce qu'il se serait trouvé un peuple de petits-cousins chez des intellectuels de Tel-Aviv mais parce que le pays lui est apparu comme la tête de pont de l'Occident en Orient. Pourtant, au-delà de l'expression provocatrice dont il use pour la désigner (« la neuvième croisade, si vous voulez »), ce que j'en retiens, c'est surtout le terme « déconcerté ». C'est exactement cela. On l'imagine bien déconcerté par cette perspective historique de la très longue durée dans laquelle il est appelé à inscrire la généalogie des Lévi-Strauss, nonobstant le fait que sa moitié Lévi s'inscrit d'office dans la lignée de l'une des douze tribus d'Israël, dédiée au service de Dieu et du Temple. En fait, le grand ethnologue qui en savait tant sur les cultures, mythes et mythologies les plus éloignés, et avec une intelligence d'une acuité qui ne laisse pas de fasciner, ne savait pas grand-chose du judaïsme ; et pourtant, adolescent durant la Première Guerre mondiale, il fut réfugié pendant quatre ans chez son grand-père maternel, rabbin de Versailles... Il est demeuré sourd au sentiment religieux ; non à son mystère car il lui arrivait de mieux se comprendre avec des croyants qu'avec des rationalistes par attrait pour ce vertige, mais foncièrement à distance de leurs préoccupations, indifférent à ce type d'inquiétude.

Dans toute vie, l'identité est centrale. Baptisez-la autrement si le mot vous révulse à ce point car de cette question, nul ne peut faire l'économie, et plus encore s'agissant d'un artiste. Si j'avais à écrire la biographie de François Truffaut, ce qu'à Dieu ne plaise, c'est par là qu'elle s'ouvrirait, grâce à cette clé : en 1968, la mort de sa mère le ramena aux doutes, aux angoisses, aux questions sans réponse de son enfance ; en vidant l'appartement de la défunte, il retrouva quantité de documents et de lettres inconnus ou oubliés. Le cinéaste, qui avait été élevé par des femmes, sa mère, sa tante, sa grand-mère, voulut alors comprendre comment et pourquoi il n'avait jamais pu connaître son père biologique (Truffaut était le nom de son beau-père) et chargea un détective de lui fournir les pièces manquantes du roman familial. Ses biographes Baecque et Toubiana rapportent qu'il apprit alors que sa famille maternelle, les Montferrand, noble, traditionaliste, antisémite, antidreyfusarde, avait fait le nécessaire pour écarter définitivement son père. François Truffaut se rendit alors à Belfort, muni d'une description très précise de son père biologique et de son emploi du temps. Il l'attendit un soir au pied de son immeuble, boulevard Carnot. Mais quand l'homme en poussa la porte au retour de sa promenade rituelle, le cinéaste n'osa pas se révéler à lui de crainte de bouleverser sa vie. Au lieu des retrouvailles tant attendues, il prit une chambre en ville puis s'enferma dans un cinéma de quartier pour revoir *La Ruée vers l'or* de Chaplin. Dans sa poche, il conservait l'identité de son père biologique : Roland Lévy, dentiste en Franche-Comté, descendant des Lévi Alvares, séfarades expulsés d'Espagne puis du Portugal et réfugiés à Bayonne au XVIIe. Oui, c'est par cette séquence que j'aurais ouvert la biographie du réalisateur du *Dernier métro*, né de père inconnu.

Ce printemps-là, alors que je bavarde avec Sylvie Germain sur l'île d'Oléron éclairé par l'étrange et douce lumière d'un ciel de traîne, la question revient, pure clause de style car jamais elle ne s'éloigne. Sylvie qui, à juste titre, ne veut pas être enfermée dans la désignation « écrivain catholique » (comme Graham Greene et François Mauriac autrefois, qui se voulaient « écrivain et catholique »), d'autant qu'elle se dit avant tout évangélique, bondit au seul énoncé d'« identité » jugé trop fermé et enfermant.

« C'est figé, c'est mort. Il faut arrêter avec cette obsession du passé. »

Puis, après un temps, et la pause de la réflexion au-delà de la réaction épidermique :

« La quête d'identité, on l'a tous eue en nous à un moment de notre vie, mais une fois qu'elle est assouvie, il faut à tout prix la dépasser. »

Cela dit, et bien dit, fermement, nettement, ce qui l'exaspère le plus dans cette recherche, c'est autre chose :

« L'obsession de soi que cela reflète, un insupportable narcissisme ».

La phrase qui la mène depuis longtemps, elle l'a trouvée, jeune, du côté de Thérèse de Lisieux, non dans l'un de ses recueils mais à la fin du *Journal d'un curé de campagne* de Bernanos, citée sans être nommée, appelons cela un hommage subliminal :

« La grâce, c'est de s'oublier. »

Cette phrase va longtemps résonner en moi. Je n'ai rien à lui opposer, sinon la leçon tirée de la lecture, et surtout de l'écoute, des récits de survivants de l'univers concentrationnaire : la capacité de résistance de l'homme s'y est si souvent fondée sur un mélange de dignité et de solidarité, rempart de l'identité dressée en un ultime sursaut vital, lorsqu'elle interdit de s'oublier complètement.

Si l'oubli de soi est vraiment la condition, ce n'est pas avec ce livre que je vais atteindre la grâce.

N'allez pas croire qu'il y ait quoi que ce soit de confortable dans cette quête. Il faut s'attendre à en être troublé, déconcerté, inquiété tant elle est incertaine. Combien de fois me suis-je demandé là-bas si j'y trouverais un jour quelqu'un avec qui partager mon bonheur de savourer la gouaille d'Arletty et le français à l'œuvre dans chacune des phrases d'Antoine Blondin ? Combien de fois me suis-je demandé ici si j'y trouverais quelqu'un avec qui, sans m'efforcer de traduire l'intraduisible, parler du *duende*, sorte de transe rencontrée dans cet autre état de la grâce auquel parvient le flamenco, ineffable qui prend possession des entrailles dans un combat à mort avec l'imposture en chacun de nous.

Après notre partie de jeu de paume hebdomadaire, mon ami José me chante les louanges d'un poème d'Antonio Machado si cher à son cœur. Car non, tous les vestiaires de sport ne sont pas tous virils, machistes, grossiers ; le poncif a la vie dure ; il arrive que s'y tiennent de véritables conversations et que l'on y entende flotter des vers échappés de « Rives du Douro » :

> *Je m'en vais rêvant par les chemins*
> *Du soir. Les collines*
> *Dorées, les pins verts,*
> *Les chênes poussiéreux !...*
> *Où peut-il aller, ce chemin ?*

Oui, c'est bien, je le lui concède sous la douche, et plus encore en espagnol avec son bel accent de Saragosse, mais comment lui dire, surtout sous la douche alors que le savon m'échappe et qu'en dépit de la promiscuité créée par la mystique saponaire j'ai encore les sens pleins de la « Présentation de la Beauce à Notre-Dame-de-Chartres » et que rien ne me touche autant que ces vers de Péguy.

Rien, *nada*.

59. *Des deux Espagne mais avec la mienne ça ne fera pas trois, n'ayez crainte*

Parfois, on peut assister à ce spectacle inattendu où les deux pays se rejoignent. Il n'est d'Espagnol que catholique. On connaît des Français qui en pensent autant de leurs compatriotes, même s'ils l'avoueront plus difficilement. Après tout, un député français, Pierre de Bénouville, pouvait sans susciter de remous au soir de sa vie, c'est-à-dire au tout début du XXIe siècle, réaffirmer publiquement ce qu'il n'avait jamais renié depuis sa jeunesse d'Action française, à savoir : « Il n'est de Français que chrétien. » À noter une nuance entre les deux car la phalange espagnole a été si obsédée par l'idée de débarrasser le pays de ses ennemis supposés que, à côté des juifs et des francs-maçons, elle n'a jamais omis de faire figurer les protestants.

L'évocation de la journée du 12 avril 1869 à Madrid est encore un bon reflet de ce qu'a été, et de ce qu'est encore, l'affrontement des deux Espagne. Les Cortes sont en ébullition au lendemain de la révolution de septembre dite « la Glorieuse », qui a renversé le régime monarchique d'Isabelle II. Ce jour-là, à l'heure de la nouvelle Constitution libérale, monarchistes et républicains se lancent dans une véritable *disputatio* sur la liberté religieuse, les relations entre l'Église et l'État, l'unité catholique, la tolérance vis-à-vis des autres cultes, toutes choses au cœur de l'article 21. En fait, c'est toute l'histoire de l'Espagne médiévale et moderne qui est revisitée et révisée par ce biais tant l'objet du débat la résume. Deux hommes croisent le fer : d'un côté, le libéral Emilio Castelar y Ripoll, républicain et catholique, ce qui n'allait pas de soi ; de l'autre, le conservateur Vicente Manterola, député carliste de San Sébastián, théologien et prêtre intégriste. Très vite, la question juive s'impose et ils débattent sur l'Inquisition et l'expulsion. La joute est d'autant plus excitante que l'on a rarement comme ici l'occasion d'assister à un véritable exercice de réécriture de l'Histoire en direct.

« À part quelques connaissances de chimie apprises des Arabes, en dehors de quelques savoir-faire en matière d'orfèvrerie et de la menue confection des babouches, j'ignore en quoi consiste le savoir des Juifs. M. Castelar sait parfaitement que les Juifs n'ont jamais été importunés par l'Église, assure non sans aplomb Manterola, avant de se lancer dans une défense de l'institution. De toute façon, rien de bon n'est jamais venu d'eux, et il n'y a rien de bon à en attendre. Ils ont toujours agi selon leurs lois avec un fanatisme sacré qui a fini par provoquer et exacerber le ressentiment du peuple espagnol à leur égard, lequel s'est soulevé contre eux, en commettant des crimes affreux et abominables. Oui, je rejette ces crimes et je les ai en horreur mais ils s'expliquaient par la conduite des Juifs et par le tempérament des chrétiens espagnols.

— La responsabilité de notre Église est considérable, lui répond en substance Castelar y Ripoll. Elle a les mains pleines de sang. Et si notre pays accuse un tel retard depuis des siècles par rapport à ses voisins, c'est aussi sa faute. Ce n'est pas parce qu'ils sont plus capables ou plus intelligents que nous mais parce qu'ils n'ont pas été soumis au joug infâme de l'Inquisition. M. Manterola affirme que les Juifs n'ont rien apporté. Au vol, je citerai des noms qui brillent en Europe et qui auraient brillé en Espagne sans l'expulsion des Juifs : Spinoza, Disraeli, Manin... Si l'université de Salamanque ne peut soutenir la comparaison avec celle d'Oxford, de Cambridge ou de Heidelberg, ce n'est pas parce que leurs professeurs sont plus intelligents : c'est parce que, chez nous, l'Inquisition est passée par là. »

L'atmosphère est d'une grande intensité car les deux députés sont des orateurs, ils maîtrisent tous deux remarquablement les tours et détours de la rhétorique parlementaire, ils savent atterrir après chaque envolée lyrique avant de repartir de plus belle. À croire que chaque camp a délégué son champion. D'un côté, le prêtre en Manterola a aussi l'expérience de ses homélies en chaire ; de l'autre le polémiste en Castelar y Ripoll a même eu l'audace dans l'un de ses articles de s'en prendre directement à la reine Isabelle II, ce qui lui valut d'être bruyamment destitué de sa chaire d'histoire philosophique et critique de l'Espagne.

Ce jour-là aux Cortes, dans son infatigable plaidoirie pour la séparation de l'Église et de l'État, il se permet de citer dans le texte le grand Tertullien dans sa lettre à Esculape : « *Non est religionis cogere religionem.* » Il invoque les mânes de la Révolution française, prend à témoin Barnave et Robespierre, désigne du doigt son adversaire, « el señor Manterola », lui demande instamment de préciser dans quel endroit de la vallée de Josaphat, où le vulgaire pense que doit se faire le Jugement dernier, l'âme de l'État espagnol sera-t-elle jugée, suscitant la bronca.

« [...] Monsieur Manterola croit-il que les Juifs d'aujourd'hui sont ceux qui ont tué le Christ ? Moi, je ne le crois pas, je suis plus chrétien que cela. Dieu est grand au Sinaï : le tonnerre le précède, la foudre l'accompagne, la lumière l'enveloppe, la terre tremble, les montagnes s'écartent... Mais il est un Dieu plus grand, plus grand encore, qui n'est pas le Dieu majestueux du Sinaï mais le Dieu humble du Calvaire, cloué sur une croix, blessé, transi de froid, couronné d'épines, le fiel aux lèvres, qui dit "Mon Père, pardonne-leur..." Au nom de cette religion du pardon, au nom de l'Évangile, je viens ici vous demander d'écrire la liberté religieuse au fronton de votre code fondamental, autrement dit : Liberté, Fraternité, Égalité entre tous les hommes ! »

Les Cortes résonnent alors d'un grondement plus laïc, celui des applaudissements frénétiques auxquels se mêlent cris, hurlements et vociférations tandis qu'une grande partie des députés encerclent l'orateur afin de le féliciter. Vicente Manterola peut bien réactiver la légende pourtant usée de l'enfant de La Guardia sacrifié rituellement par des Juifs, appeler à la rescousse le « Juan Jacobo Rousseau » des *Lettres écrites de la montagne*, s'abriter derrière l'antijudaïsme de Luther, rappeler qu'il n'y avait pas de protestants (et pour cause !) à la fondation des grandes universités occidentales, rien n'y fait. Les députés ont été conquis. Cette clameur qui porte ses fruits, c'est l'immédiate rançon du succès lorsque l'ancienne *disputatio* des Rois Catholiques, qui était tout aussi politique, se transporte dans l'univers démocratique. Malgré une pétition longue de trois millions de signatures, les carlistes et le clergé ont perdu. Une forte majorité l'emporte en faveur du principe de la liberté religieuse. Si des juifs et des protestants espagnols veulent rentrer au pays et y pratiquer leur religion, désormais, ils le pourront. Mais ils devront se dépêcher car ce qu'un régime a fait, un autre régime peut le défaire.

Sept ans après ce débat d'une exceptionnelle ferveur, la Restauration bourbonienne fait proclamer Alfonso XII roi par le Parlement. La question religieuse revient à l'ordre du jour aux Cortes. Cette fois, l'éloquence et la force de conviction d'Emilio Castelar y Ripoll n'y suffisent pas. Un article de la nouvelle Constitution, adopté à une écrasante majorité, stipule que le catholicisme romain est la religion d'État. Il exprime une certaine tolérance dont il limite aussitôt la portée : les autres religions sont admises... à condition de respecter la morale chrétienne et de ne pas se manifester publiquement ! À suivre bien sûr. Au moins la *disputatio* parlementaire aura-t-elle eu le mérite de se cristalliser sur l'éternelle question de fond : le catholicisme constitue-t-il un trait permanent de l'identité espagnole ?

Ce fut le cas incontestablement. Mais qu'en reste-t-il dans l'haleine du temps ?

60. De ma théorie du 23-F, d'une autre relecture des événements et de leur capacité à bouleverser mes nouveaux compatriotes

Aujourd'hui, un Espagnol se distingue du reste de ses contemporains à un détail : s'il se présente à peu près comme eux physiquement, il a, lui, la particularité d'avoir sa propre théorie sur le coup d'État avorté du 23 février 1981. L'écrivain Javier Cercas assure même que c'est à cela qu'on reconnaît un Espagnol dans une foule indistincte. Si je veux le devenir, il faut absolument que je me trouve une théorie là-dessus. La mienne, originale, à laquelle nul n'avait encore songé. Quelque chose de plus fort encore que le *kairos* à la sauce 23-F. Je crois avoir trouvé : je vais proposer une relecture du coup de Tejero par le prisme de l'instant décisif de Cartier-Bresson. Javier Cercas m'assure que le film de la nuit tragique aux Cortes est l'image la plus diffusée dans le Royaume :

« Rentre à ton hôtel, mets la télé et zappe, tu as neuf chances sur dix de tomber dessus, il y a toujours une occasion. »

Je ne vais pas le faire de peur que ce soit vrai. La perspective de revoir ces clowns grotesques et arrogants avec leur chapeau en cuir bouilli m'accable à l'avance. Mais Adolfo Suárez, quelle allure, quel panache, quel sang-froid et quelle inconscience ! N'empêche que le coup d'État reste un mystère, surtout l'attitude du roi :

que savait-il au juste des préparatifs ? a-t-il secrètement soutenu l'armée ? On n'en a pas fini avec cette histoire. Il serait temps que j'y mette mon grain de sel, un jour. J'y développerais un détail que je ne trouve nulle part, et pour cause, mais par prudence, disons que je suis loin d'avoir tout lu. Au moment du coup d'État, la communauté juive, un peu plus inquiète que les autres Espagnols en vertu d'un réflexe multiséculaire acquis à l'épreuve des troubles, envisage le pire. Isaac Querub, alors son jeune responsable de la sécurité, organise la mise à l'abri des archives. Deux ans plus tard, il est contacté par le ministère de l'Intérieur qui lui confie sa découverte : une liste, établie par les putschistes, d'une centaine de noms de familles juives à éliminer.

Il est vrai que les deux Espagne n'ont en commun que le refus du verdict des urnes. D'où les putschs et les guerres civiles. Leur spectre hante l'inconscient de ce peuple. « D'une façon ou d'une autre, tout a encore à voir avec la guerre », fait dire Javier Marías à l'un de ses personnages dans *Si rude soit le début*. Une partie du pays ne veut pas partager l'idée de nation avec l'autre. En usant du mot « patrie » et en se disant « patriotes », ils s'affirment non pas nationalement mais régionalement. La nuance est essentielle tant est puissant le rejet de tout ce qui peut relever du patriotisme (drapeau, hymne, récit national), systématiquement associé au franquisme dans l'inconscient collectif. Il est permis, voire recommandé, de se dire nationaliste basque ou catalan, mais très mal vu de s'affirmer nationaliste espagnol, au risque de passer pour *españolista*, synonyme de « fasciste ». Comme si une fois victorieux, un nationalisme régional paré de toutes les vertus n'avait pas vocation à devenir un nationalisme d'État accablé de tous les vices.

Catholicisme versus libre-pensée, autorité versus anarchisme, tradition versus modernité. Le tout couronné d'intolérance, trait également partagé. Car c'est un règlement de comptes sans fin auquel chacun des deux protagonistes est convaincu d'avoir apporté une solution sans appel. Un mot historique en a résumé l'esprit dans les années 1830 pendant la première guerre carliste : « Ci-gît la moitié de l'Espagne ; l'autre moitié l'a tuée. »

On pourrait imaginer que la double nationalité rassemblerait, pour une fois apaisées et réconciliées, les deux Espagne en un seul individu, mais non. Ma double nationalité de rêve et de papier est bien franco-espagnole. Rien de tel pour dépayser sa faculté de raisonner, faire un pas de côté, se dédoubler. Quand je serai doublement national, je continuerai à célébrer le Bloomsday, en levant mon verre chaque 16 juin à la santé de l'écrivain et en participant à une lecture publique de son immortel *Ulysse* ; mais comme le pub James Joyce de la porte Maillot a fermé, hélas, je sacrifierai à l'indispensable rituel dans celui qui porte également son nom, calle Alcalá, à Madrid.

Risque-t-on de frôler l'état de solitude en passant de 66 millions à 46 millions de compatriotes ? Pas vraiment dans la mesure où mes deux pays respectent le principe de la double nationalité. Me voilà nanti de 112 millions de compatriotes, ce qui élargit considérablement mes perspectives sans diminuer mon angoisse pour autant. Que faire de toutes leurs névroses d'identité ? Il faudrait n'être que le sujet de son royaume intérieur, de son propre territoire de l'imaginaire, de son Macondo à soi mâtiné de Yoknapatawpha, condition indispensable pour faire de ce tas un tout. Il me faut impérativement me mettre dans la peau de mon personnage, mon autre moi-même, mon double sincère ; on devrait me sentir prêt à retourner l'angoisse en extase avant de m'engager dans l'action. Au fond, la double nationalité reflète bien ma situation. Encore que pour en renvoyer une image plus fidèle encore, il me faudrait une triple voire une quadruple nationalité. La poétesse Anna de Noailles disait avoir le cœur innombrable ; moi, c'est l'âme. Faut-il s'inscrire à un parti spécial ? Me regardera-t-on comme un traître ? Devrai-je faire soigner ça en quelques séances de thérapie de groupe chez les Traîtres Anonymes ?

61. *De la merveilleuse île des Faisans comme d'une idéale thébaïde pour quelqu'un comme moi*

Désormais, je suis d'ailleurs et deux fois plutôt qu'une, ici et là-bas. Étrange étranger. Peut-être finirai-je mes jours sur l'île des Faisans ou sur la Isla de los Faisanes, c'est la même, tout dépend du calendrier. Certes minuscule, encore que 6 820 mètres carrés sur 210 mètres de long et 40 mètres de large suffisent au bonheur de tout être capable de passer ses journées à lire un livre assis dans l'herbe adossé contre un arbre, cet îlot vierge de tout faisan convient parfaitement à mon imminente retraite, équipé de la seule et irremplaçable *Anthologie bilingue de la poésie espagnole* en peau de Pléiade, méditant à loisir ces vers placés par Fray Luis de León à la fin d'« À la vie de retraite », justement :

> *Tandis que misérable-*
> *ment les mortels se veulent consumer*
> *En l'insatiable soif*
> *D'un pouvoir éphémère,*
> *Couché à l'ombre il me plaît de chanter.*

> *Parmi l'ombre couché,*
> *De lierre et de laurier éternel couronné,*
> *Et l'oreille attentive*
> *Au son doux, harmonieux,*
> *Du plectre par la main savante gouverné.*

Ce morceau de terre frontalier hésitant entre la France et l'Espagne est une rareté sur la Bidassoa, non loin de la ligne de chemin de fer Hendaye-Irun : un condominium, ainsi que le droit international public désigne un territoire à la souveraineté partagée, administré six mois par l'une, six mois par l'autre.

Louis XI et Henri IV de Castille s'y sont rencontrés ; François Ier fait prisonnier à Pavie par Charles Quint y a été libéré contre ses deux fils ; des ambassadeurs des deux pays y ont troqué leurs fiancées royales inspirant *L'Échange des princesses* à la romancière Chantal Thomas ; le traité des Pyrénées y a été négocié et d'autres encore, ainsi que des conventions. Difficile à croire mais il s'y passe des choses. On ne connaît pas d'autre exemple de souveraineté alternée. Bref, un endroit pour moi. Il est administré par deux officiers de marine des deux pays gratifiés du titre ô combien romanesque de vice-roi. Un peu comme Mountbatten aux Indes, mais en modèle réduit. Pierre Loti en fut un ici même, Victor Hugo visita l'endroit, ma place est là de toute évidence. Et bien que son statut ne permette à quiconque d'y habiter, j'attends que Paris et Madrid me nomment conjointement consul général de France et d'Espagne, deux pays venus du fond des âges, à l'île des Faisans, non-lieu parvenu à être hors d'âge. Ce serait la moindre des choses. Ou alors, c'est à désespérer du pouvoir de la littérature.

62. Où le prophète *Philippulus* échappé de L'Étoile mystérieuse *réapparaît près des Champs-Élysées*

Fin du semestre à l'Instituto Cervantes à Paris. Le champagne catalan est offert par Bernard et le *turrón* d'Alicante par Laura, la prof bien-aimée car bien aimable. On se sépare tous gaiement avec force *abrazos* comme à l'issue de vacances mais en se retenant d'échanger des adresses. Je laisse derrière moi la façade du Cervantes, et son logo qui se confond si étrangement de loin avec celui de la Croix-Rouge suisse. Comme je remonte l'avenue George-V pour gagner la station de métro sur le haut des Champs-Élysées, un type à l'allure excentrique, tout de blanc vêtu, déboule dans l'autre sens. Beau regard bleu habité se détachant sur une peau mate encadré d'une barbe blanche à laquelle son allure générale accorde quelque chose de prophétique, il brandit ce qui ressemble à une canne à pommeau, objet encore plus délicieusement déplacé sous le soleil de plomb de juin, et s'arrête pile devant moi :

« Assouline ! Je le savais, ça devait arriver aujourd'hui. Ah, je suis heureux, heureux ! »

Le personnage, aussi embarrassant que sympathique, esquisse quelques pas de danse.

« Vous ne vous souvenez pas de moi ? Un jeudi au Sélect, vous m'avez dédicacé *Le Dernier des Camondo* il y a une quinzaine d'années à 6 h 57 du matin... Vous vous souvenez, bien sûr !

— Sûr ! » je murmure par prudence, on ne sait jamais à qui on a affaire, je guette déjà l'arrivée des infirmiers essoufflés à le poursuivre.

Non que ce soit invraisemblable puisque, du temps que j'officiais aux matinales de France Culture, l'émission était effectivement délocalisée en direct tous les jeudis dans ce bistro de Montparnasse où je prenais l'antenne à 7 heures pile mais d'ordinaire, on me sert cette remarque qui tue dans les Salons du livre, et les lecteurs se vexent si vous n'avez pas été frappé par leur rencontre douze, seize ou vingt ans auparavant dans leur ville, voire dans leur village. Mais en pleine rue, tout à trac, c'est la première fois.

« Vous vous souvenez de ce que vous m'avez écrit ? »

Et l'homme, qui ressemble de plus en plus à un mage peu après l'atterrissage de sa lévitation transcendantale, de me citer une formule dans laquelle j'évoquais paraît-il la grandeur et la chute de cette illustre famille.

« Ah, oui j'ai dû écrire quelque chose comme ça. Mais à 6 h 57 du matin, vous savez, on écrit de ces choses dans les bistros...

— Eh bien voyez-vous, c'est à l'image des séfarades expulsés en 1492 : quand ils étaient au plus haut, il leur a manqué l'humilité pour imaginer ce qui allait leur arriver.

— Mais comment savez-vous que...

— Allez Assouline, l'an prochain ici ou là-bas ! À propos, *chabbat shalom* ! »

Il s'était déjà éloigné que, se retournant et marchant à reculons, il allait en répétant tel un vieux fou plein de sagesse, à la manière du prophète Philippulus de *L'Étoile mystérieuse* :

« L'humilité, surtout n'oubliez pas la leçon qu'ils ont oubliée : l'humilité quand on est au plus haut !... »

En effet, nous étions vendredi, de cela je suis certain. L'humilité, l'humilité, allais-je le rattraper pour lui dire que cela réveillait un tout autre souvenir, plus récent et moins personnel, puisque l'humilité avait été le maître mot de la motion de synthèse censée concilier Iglesias et Errejón, les deux chefs schismatiques de Podemos, à l'issue d'un énième conclave fratricide, « unité et humilité », mais non, ce serait trop, on n'en sortirait pas si on mêlait aussi les gauchistes à Tintin et les Camondo, c'était déjà assez embrouillé. De quoi me ramener au réel tandis que sa silhouette toute de blancheur immaculée s'ennuageait entre des migrants syriens voilés la main tendue, adossés contre la haute vitrine ruisselante d'or de Louis Vuitton, et des femmes tout aussi voilées mais émergeant du grand magasin les bras chargés de paquets dans l'indifférence et l'insouciance.

D'où sortait cet homme et où allait-il, je ne le saurai jamais, pas plus que je ne saurai qui me l'a envoyé si ce n'est Lui, fracassant le staccato de l'actu par une apparition aussi éphémère qu'irréelle. Taguerait-il sur un haut mur des Champs-Élysées « Je cherche la vérité et un appartement » que je n'en serais pas étonné outre mesure.

L'humilité, à coup sûr. Même si, n'en doute pas un seul instant, lecteur oisif, à l'instar de mon *Quijote*, il m'importera toujours autant de préparer la scène qui me révélera à toi que d'espérer le moment qui me révélera à moi-même.

ET SI J'AVAIS TOUT RÊVÉ ?

Ça y est, c'est fait. Enfin, presque... Me voici bientôt espagnolgnolgnolgnol, me voilà sous peu espagnoooooool ! Offenbach ne me lâchera donc pas et qui y a-t-il de plus français, le Second Empire fait homme, que le fils du cantor de la synagogue de Cologne. Ce que cela change, je l'ignore encore. Je sais juste que de toute façon la vraie patrie d'un écrivain, c'est sa langue. Le français est la mienne. Je ne saurais mettre à nu ma pensée par écrit dans une autre langue que celle de ma naissance. Je n'imagine pas que mes derniers mots auront une origine autre que mes premiers mots.

L'autre jour à Madrid, à la terrasse d'un café de Malasaña, j'ai entraperçu une petite brune au sourire malicieux qui ne m'était pas inconnue. M'étant rapproché, je n'en croyais pas mes yeux : la Pinto du Consulat ! Parfaitement à l'aise dans son fauteuil, une pinte de bière à la main, enveloppée dans le même poncho que le jour où je l'avais entendue pester contre les notaires, elle riait avec des amis, si bruyante qu'elle était une bande de jeunes à elle toute seule :

« Vous vous souvenez ? lui ai-je lancé en manière de défi.

— Bien sûr ! Alors, c'est fait ?

— Pas tout à fait. L'administration, vous savez ce que c'est...

— Combien de temps ?

— Ça doit faire un an. Et vous ? »

Pour toute réponse, elle a sorti un passeport de la poche arrière de son jean et l'a fièrement exhibé. Elle avait l'air chez elle, vraiment chez elle. Ça m'a fait plaisir mais en m'éloignant, alors que je levais mon pouce dans sa direction, un goût amer m'a envahi. Ni envie ni jalousie. Juste des doutes. Pourquoi elle et pas moi. Tout de même pas une question de décolleté. Peut-être l'insistance. Ou mieux la *chutzpah*, ce culot, cet aplomb, cette insolence que je n'ai pas, que je n'aurai jamais, que je ne veux pas avoir. L'audace, oui, pas la *chutzpah* qui mène à l'arrogance. Mais je suis capable de pire. C'est décidé : si avant la fin de l'année je ne reçois pas de réponse positive du ministère espagnol de la Justice, quitte à provoquer un incident diplomatique, j'envoie une tribune incendiaire au *Monde* et à *El País*. L'Espagne ne s'en remettra pas.

Cette Espagnole que je suis dans le quartier de Salamanca à Madrid ne serait-elle pas ma Nadja ? Reculant son point de fuite au-delà des limites ordinaires, André Breton, modèle de toute filature littéraire, avait truffé son texte de photos afin d'éliminer toute description. J'en ai fait autant mais je me garde bien de les publier. Jardin privé, domaine de l'intime, espace clos. D'autant que cette femme que j'ai prise en filature n'est pas espagnole ; elle m'est proche ; il ne m'en est pas de plus proche. Elle a pris le parti de l'errance en solitaire pendant que j'écrivais à la terrasse d'un café, mais comme je l'ai aperçue de loin une heure après, un désir irrépressible me fait aussitôt mettre mes pas dans les siens, à une distance raisonnable, afin de l'observer dans les magasins à la recherche d'un chemisier qui n'existe pas, téléphonant lors d'une pause les yeux clos et la tête renversée en arrière sur le banc d'un square un rayon de soleil posé sur son épaule nue, et plus longuement près de la plaza de Colón au Museo arqueológico, lieu géométrique de toutes ses passions quelle que soit la ville, s'attardant à déchiffrer les inscriptions permettant de comprendre l'organisation politique des colonies romaines sur les tablettes en bronze de la *Lex ursonensis* ou à scruter l'impénétrable regard calcaire de la Dame d'Elche dans le fol espoir d'en percer le secret de fondation. La suivre non pour l'épier, l'espionner, la surprendre, la confondre. Juste pour la couvrir de mon regard, retrouver ses gestes et son allure, deviner ses étonnements de l'autre côté de sa chevelure face à ces vestiges morts et déterrés, confits dans leur silence éternel mais par elle soudain libérés de leur mutisme tant elle en sait sur leur vie d'avant, leurs dates, leur famille, leurs amis, leurs mœurs, leurs émotions même. Mais de ma présence elle ne saura rien. Si l'intrusion est une faute, son aveu est une faute de goût. À cet instant-là, prise sur le vif dans l'esprit d'un procès-verbal, la beauté s'impose partout dans ce coin du musée, et bien convulsive tant elle est saisissante de naturel. On dirait que le doux rayon de soleil accroché à son épaule nue la suit depuis le square, Nathalie.

Adol... pardon, Alfonso s'évertue à devenir français quand je m'emploie à devenir espagnol par son entremise, et pour le symbole en plus ! C'est peut-être cela qui me trouble le plus. L'administration a refusé sa demande car le fonctionnaire n'a pas vraiment lu le dossier. Il a juste relevé la possibilité d'une double allégeance qui ferait problème pour un « diplomate » ou un « fonctionnaire » espagnol. Ce qu'il n'est pas. Un examen attentif lui aurait révélé que ce candidat à la nationalité n'est pas fonctionnaire des Affaires étrangères de son pays mais contractuel. Comme j'ai adressé au ministère une lettre attestant de sa parfaite moralité, et de ce que la France s'honorerait en l'accueillant en son sein, lui qui y vit depuis de nombreuses années déjà, je reçois un double de la lettre de rejet que lui a adressée le bureau des naturalisations à la préfecture de police : « [...] votre qualité d'employé administratif par l'État dont vous êtes ressortissant sous-tend un lien particulier avec votre pays d'origine qui ne m'apparaît pas compatible avec l'allégeance française [...] » Qu'en termes choisis...

C'est peu dire qu'il est déçu, attristé, humilié, encoléré même. Mais il repart à l'attaque. Je le raccompagne à pied jusqu'à son domicile. Dire qu'il vit rue des Rosiers au-dessus d'un magasin de *mezouzot* et qu'il n'y en a pas une apposée dans son immeuble ;

« Ce doit être le seul tout à fait catholique de ma rue ! Et je te jure que je n'ai pas fait exprès... »

Il ne place rien au-dessus des poèmes d'amour de Jean

de la Croix. Il suffit de les évoquer sans même les réciter. Alors ses yeux s'illuminent, rue des Rosiers.

63. De la difficulté d'appartenir à quoi que ce soit et même à la Grande Garabagne

Être français, c'est faire partie de la France d'une manière ou d'une autre. Tout est dans la manière et elle est innombrable. J'aimerais tant qu'Alfonso devienne français au moment où je deviens espagnol. Pour le symbole, rien de plus. Et peut-être plus ensuite.

Tout se joue dans le sentiment d'appartenance. Lorsqu'il vivait aux États-Unis, Georges Simenon se vit offrir la citoyenneté américaine par les autorités. Ce qu'il refusa. Son argument ? Il ne se sentait même pas belge, même pas liégeois mais citoyen d'Outremeuse, le quartier populaire de sa naissance, et il ne fallait pas y voir une boutade, c'était vrai. Alors américain... Mais y revenant par la suite, il confia que ce qui le retenait plus que tout de profiter de ce fameux passeport qui fait tant rêver à travers le monde, c'était un détail de la vie quotidienne : dans ce pays, où il avait tout de même passé dix années au lendemain de la guerre, principalement dans des petites villes d'Arizona et du Connecticut, il ne s'était jamais cru accepté parce qu'il n'appartenait pas, il le disait ainsi, intransitif. Là-bas, « *you have to belong* », s'excusait-il, incapable de l'expliquer autrement qu'en anglais car l'idée passait mieux ainsi, vous devez appartenir à un mouvement, un parti, une Église, un cercle, un club de pêcheurs à la ligne si vous voulez, mais vous ne pouvez rester isolé, ce qui heurtait profondément sa propre sensibilité d'individualiste absolu.

À force, je finirai peut-être par me ranger sous le pavillon de complaisance de la Grande Garabagne. Sous ce nom le poète Henri Michaux s'inventait un pays imaginaire afin de soustraire au spectre honni de l'appartenance toute parenté de son œuvre avec un genre littéraire, et de son origine avec l'identité belge.

64. De Patria, d'une improbable SéfPride et de l'énigmatique Cantinflas dans leurs rapports avec le psaume 62

Il serait peut-être temps que je me mette à lire *Patria* comme tout le monde. Même le chef du gouvernement Rajoy, qui ne doit pas lire grand-chose sinon il se bougerait un peu plus, ne ferait pas le don Tancredo en permanence, ce personnage farcesque de corrida auquel le poète José Bergamín fit un sort, qui se tient immobile sur un piédestal au centre de l'arène persuadé de venir à bout du *toro* par son seul pouvoir de magnétiseur quand tout et tous le pressent de se remuer, même Rajoy a lu le best-seller de Fernando Aramburu. Il l'a qualifié de fiction réelle très utile pour distinguer le bien du mal. Ça, c'est envoyé !

« Mais qu'est-ce que tu attends pour le lire ? »

Ils insistent, mes camarades attablés à la cafétéria de la Casa de Velázquez, le havre de paix qui m'a accordé l'asile poétique pour faire mes recherches en bibliothèque. Je vais finir par croire qu'un bon, un vrai, un authentique Espagnol se doit d'avoir lu *Patria* s'il ne veut pas passer pour antipatriotique.

« J'attends que ça passe... »

Cette foule de lecteurs me rappelle ceux qui font la queue devant les expositions avant de former un mur infranchissable devant les tableaux. Interloqués, mes interlocuteurs :

« Vraiment, tu ne l'as pas lu, *Patria* ?

— Feuilleté, ça a l'air effectivement très bien.

— Pas davantage ?

— Et vous, vous avez lu *Españoles sin Patria* ?

— C'est quoi ça ?

— Ángel Pulido, éditions Teodoro, Madrid 1905. »

Juste un accès de mauvaise humeur. Allez savoir pourquoi, ça a jeté un froid. Ce doit être la date. Vieux, trop vieux. Et certainement introuvable, malgré les rééditions en fac-similé car c'est un classique dans son genre. *Patria*, lui, est partout, et dans les librairies devant la caisse, une place de choix généralement réservée aux livres légers, drôles et bon marché. Si ça continue, on le trouvera aussi à l'heure du petit déjeuner dans les *churrerías* et on en parlera accoudé au guéridon de marbre en trempant ses *churros* dans la tasse de chocolat chaud. Tant que je ne l'aurai pas lu je ne serai pas considéré comme espagnol. Rien ne presse. Peut-être que je lui en veux pour un phénomène dont l'auteur n'est en rien responsable : *Patria* a vitrifié l'année littéraire 2016-2017. Les autres, même les meilleurs, ont souffert de son ombre portée. Ça me rappelle les rentrées littéraires françaises écrasées par Michel Houellebecq ou Jonathan Littell. *Tabula rasa*.

La conversation roule vers d'autres horizons mais je

me demande toujours ce que je peux bien leur apporter. L'ambition d'inscrire mon nom dans la lignée de ces étrangers qui ont enrichi notre intelligence de l'Espagne, de Washington Irving et Prosper Mérimée à Hugh Thomas et Paul Preston, ne m'a jamais effleuré. Ajouter ma petite touche à leurs querelles d'interprétation, leur proposer une lecture différente de la journée du 2 mai 1808, et de la rébellion madrilène contre la répression napoléonienne, en tant que Français *aussi*, ce serait mal venu. Même dans un commentaire purement artistique du *Dos de mayo* de Goya, la suspicion l'emportera. On ne comprendrait pas que je préfère manquer de charité que de me rendre coupable de pitié. À défaut de les préoccuper, cela me préoccupe pour deux. Qui suis-je pour prétendre leur dire que l'Espagne n'est pas toujours à la hauteur de son histoire ? Juste un séfarade de retour d'un très long exil doublé d'un indécrottable *afrancesado*. Pas sûr qu'ils soient sensibles à ma version des choses. Ni que l'évocation du psaume 62 suffise : « Dieu a dit une chose, j'en ai entendu deux. »

On peut lire, parler, écouter, regarder, respirer des mois et des années dans ce pays sans jamais être sûr d'en capter la *casta* authentique, son caractère national, son orgueil populaire, son essence et plus encore son âme même, célébration de la Castille en matrice de la nation et de la monarchie espagnoles comme Miguel de Unamuno l'entendait dans son essai sur le « casticisme », cette chose si proprement espagnole qu'elle devrait être interdite de traduction,

Je les juge ? Parfaitement, et alors ? Il en est dans la vie en société comme au tribunal : un jugement, c'est un doute qui décide. La somme de mes jugements et de mes doutes sur ce pays et ses habitants a surgi des effets de transparence entre l'Espagne d'autrefois et celle qui me saute aux yeux aujourd'hui.

Rarement comme là-bas j'ai le sentiment d'appartenir à une minuscule minorité ; mais je le suis doublement à Madrid en ma qualité de Juif hétérosexuel ce jour de juin où la ville, qui se veut capitale européenne de la Gay Pride, est recouverte de drapeaux arc-en-ciel. Allez savoir pourquoi, l'idée d'être fier de ce que je suis ne me traverse pas l'esprit puisque je n'y suis pour rien. Une SéfPride serait déplacée.

Il y a des sonorités qui ne me parlent qu'à moi quand chez les uns, je suis l'autre, et chez les autres, je suis l'un, perçu comme très français en Espagne, et de plus en plus espagnol en France. L'autre jour sur la ligne 1 du métro, à partir de Champs-Élysées-Clemenceau, mon voisin de banquette légèrement éméché répandait un babil intempestif sur moi, une logorrhée qui résistait à l'analyse tant elle mêlait Le Pen, Fernand Raynaud et Leroy Merlin. Impossible de m'en défaire et de me plonger dans la lecture d'*Opération Shylock* de Philip Roth ; je n'ai pu m'empêcher de le traiter de *cantinflas*, ce qui eut pour effet de le faire taire, si interloqué qu'il me toisa alors comme si c'était moi le délirant ; je me surpris même à insister, vous êtes complètement *cantinflas*, mon pauvre vieux, et les voisins de me regarder comme si je parlais un idiome issu du cerveau génial de Burgess pour *Orange mécanique*. C'est d'autant plus absurde que *Cantinflas* ne veut absolument rien dire : c'est juste le nom d'un célèbre acteur mexicain dont la sonorité m'a toujours fait sourire !

Peut-être finirai-je mes jours sur La Barrosa, une longue plage à moitié sauvage non loin de Cadix, allongé sur une serviette et plongé dans *Astérix y los juegos olímpicos.* Si c'est le cas, alors toute cette histoire n'aura obéi qu'à un secret désir de dépaysement en un temps où tout en France pousse à l'empaysement. Le fait est que l'appartenance m'intrigue moins que la provenance.

65. *Nul n'est à l'abri du grain de sable de dernière minute*

Ce bonheur non seulement de travailler des journées entières dans une bibliothèque mais de l'habiter, sensation rare déjà éprouvée à l'abbaye d'Ardenne près de Caen et au couvent Saint-Étienne Protomartyr où est sise l'École biblique de Jérusalem, je le retrouve à la Casa de Velázquez à Madrid. Non seulement de vivre de plain-pied parmi les livres, de me mouvoir dans leur contenu comme un peintre dans le motif, de baigner dans la langue même de mes personnages, mais aussi de retrouver deux étages plus haut ou plus bas à la cantine à l'heure du déjeuner certains des auteurs que je viens de lire et de pouvoir prolonger leur livre à table, ineffable privilège. Avec une différence toutefois : Jérusalem est une ville aussi toxique que Madrid se la coule douce. Encore que le souvenir de la guerre civile qui en avait fait un champ de bataille, l'immense photo de la Casa en ruine accrochée dans le couloir à l'entrée et le souvenir de l'autodafé des livres de Freud, Lamartine (oui, ils ont même brûlé Lamartine !), Marx, Rousseau, Voltaire organisé par la phalange franquiste à l'université tout à côté rappellent que nul n'est à l'abri. N'empêche que ces bibliothèques correspondent à l'idée que l'on peut se faire de la thébaïde moderne où le chercheur s'épanouit discrètement, silencieusement dans l'oubli de tous, protégé des agressions, miasmes et vulgarités du dehors, retranché derrière des murailles de savoir et d'intelligences, de celles qui permettent de vivre en autarcie, hors du monde sans vraiment le quitter. Mais pas à l'abri des surprises. Elles surviennent immanquablement en fin de parcours. On se fait une idée et soudain tout paraît s'écrouler du bel édifice de papier que l'on croyait solide. Un détail suffit pour dérégler l'ensemble.

Que l'écrivain se décourage à mi-chemin de son travail, c'est normal, classique, attendu. L'inverse serait même inquiétant. La moitié du parcours est une étape dans l'écriture. Avec l'expérience accumulée, on sait qu'on finira par la franchir. À la lecture de certains livres, on peut parfois deviner à quelle heure et dans quel état telles de leurs pages ont été écrites. Jean Clair le dit avec finesse dans son *Journal atrabilaire* : « Le plus curieux est sans doute la façon dont chaque cadran du jour apporte sa note. Le matin propose le mot juste. Le soir, avec sa légère ébriété, offre le mot vrai. »

Ce qui demeure plus aléatoire, c'est l'ultime obstacle, tout aussi invisible et immaîtrisable : le grain de sable qui grippe toute la machinerie édifiée avec d'infinies précautions pendant des années. Il se faufile vers les derniers temps, au pire moment, lorsque le paysage s'éclaire soudain, que les champs de fouilles dont on a tant et tant retourné la terre crachent enfin leurs vérités et que l'on croit avoir compris. Autant avouer qu'on ne s'y attend pas.

Ce matin-là, il prend la forme de Gérard Chastagnaret, l'ancien directeur de la Casa de Velázquez attablé à la cafétéria, venu compléter ses recherches avant de corriger les épreuves de son livre *De fumées et de sang. Pollution minière et massacre de masse. Andalousie XIXᵉ siècle.* La conversation roule lorsque inopinément s'y glisse le nom d'Ángel Pulido, le pionnier du philoséfardisme.

« Ah, vous connaissez ? lui dis-je.

— Un peu, oui ! »

Si je n'avais pas entendu le point d'exclamation dans son regard malicieux, je l'aurais pris pour argent comptant. Mais il me faut savoir ce que cela dissimule car c'est lourd de sous-entendus.

« Pas un ange, votre Pulido. Désolé si c'est votre héros, mais je l'ai croisé au cours de mes travaux en histoire économique.

— Ah... et alors ?

— Un gynécologue ambitieux qui a occupé des fonctions dans la haute administration de la Santé avant de se faire élire sénateur à vie, un homme de causes successives bruyamment portées sur la place publique : il présente le profil parfait pour les attentes de compagnie minière Rio Tinto qui exportait massivement son cuivre. Disons que le personnage suscite des doutes à la mesure de son entregent et de ses affirmations péremptoires. Mon sentiment, sans aucune preuve, est qu'il a pu se comporter pour la cause séfarade comme il l'a fait pour Rio Tinto : un emballement suscité par la perspective d'un "coup" médiatique, voire par un intérêt d'autre nature. »

Jamais je n'aurais eu l'idée d'aller chercher du côté du Rio Tinto. C'est le premier coup de massue du petit déjeuner. Le second m'est asséné quelques heures plus tard alors que je déjeune en solitaire à la cantine, l'esprit ailleurs, précisément dans les sous-sols aux voûtes octogonales d'Alacava à Tolède, quartier où, d'après ce qu'on m'a dit, l'universitaire Jean Passini, l'un des meilleurs experts de l'archéologie de cette ville, ne désespère pas de faire de grandes découvertes. Cela me fait rêver.

« Vous permettez ? »

Nicolas Morales, l'un des deux directeurs des études, installe son plateau près du mien. La conversation roule sur la préparation d'une prochaine journée que des chercheurs vont bientôt consacrer en ces murs à un projet transdisciplinaire sur la caractérisation du pouvoir des listes au Moyen Âge, comment on indexait et rangeait le savoir en ce temps-là.

« Passionnant, lui dis-je, et je le pense vraiment, car vu de l'extérieur, penser/classer les listes au XIIIᵉ siècle, cela paraît légèrement abscons et assez limité, il en va toujours ainsi avec les intitulés de thèses et d'articles savants, mais il ne faut pas se laisser impressionner, on est rarement déçu par la moisson.

— Et vous ?

— Les séfarades, en long, en large, en travers, en quelque sorte.

— Passio... Vous connaissez Davide Aliberti ?

— Un Italien, je suppose.

— Il a travaillé ici pour une thèse sur le sujet. Vous devriez... »

Ce genre de choses, on ne me les dit pas deux fois.

Surtout une thèse. Plus c'est fouillé, rébarbatif, repoussant, et plus c'est rigoureux, riche, fécond. Tous mes livres doivent à des thèses de doctorat et à des articles savants voués à des sujets minuscules propres à ouvrir des perspectives immenses. Ce sont les seuls textes dont l'écriture laisse indifférent. Mais celle-là, lorsque j'en ai lu le résumé sur theses.fr, j'ai failli tomber de ma chaise :

« Le décret royal de 1924 est souvent considéré comme le point culminant de la campagne séfardiste du sénateur espagnol Ángel Pulido. Il s'agit d'une initiative qui reflète l'ambiguïté de toutes les dynamiques espagnoles envers les séfarades. La loi de 2015, relative à l'octroi de la nationalité aux descendants des Juifs expulsés au XVe siècle, et le décret royal de 1924 ont été choisis respectivement comme le point d'arrivée et le point de départ de ce travail. Durant cette période a eu lieu une série d'événements qui ont constitué l'épine dorsale de cette communauté imaginée appelée Séfarad. Séfarad correspond à un espace indéfini résultant d'une erreur d'interprétation biblique. Cependant, pendant des siècles, l'idée de Séfarad a continué à être associée à l'espace géographique connu comme l'Espagne et, à partir de la seconde moitié du XXe siècle, le gouvernement espagnol s'est de plus en plus identifié à cet espace idéal. Ce processus de superposition vise à soutenir les intérêts nationaux. La loi de 2015 ainsi que le décret royal de 1924 sont deux initiatives qui s'adressent à l'opinion publique internationale plutôt qu'aux séfarades. Ces deux lois sont révélatrices d'une tendance politique espagnole fondée sur des argumentations séfardistes. L'objectif de ce travail est donc de montrer comment le gouvernement espagnol, à travers la reproduction de cette rhétorique séfardiste, a réussi à reconstruire une communauté imaginée connue comme Séfarad. »

Elle a été soutenue le 3 décembre 2015 à l'université d'Aix-Marseille en cotutelle avec l'Università degli studi di Napoli dite l'« Orientale », et son titre donne le coup de grâce : « Sefarad : une communauté imaginée : 1924-2015 ». Il en faut moins pour qu'un monde s'écroule. L'expérience aurait dû me pousser à anticiper la catastrophe puisqu'elle survient toujours en fin de parcours, mais je me sentais si bien dans mes allers et retours avec le Moyen Âge ; mon inconscient avait fini par acquérir un vécu intime des travaux et des jours des *juderías*, de leurs moments heureux et de leurs tragédies à huis clos, des grandes heures et des massacres. Et voilà qu'un jeune Italien inconnu au bataillon, qui n'avait rien écrit d'autre, un Davide de l'Orientale venait annoncer que cette histoire relevait des contes, mythes et légendes. Comme si tout avait été inventé pour des nécessités de propagande. Des années de recherches soudain barrées d'un trait. Tout cela aurait reposé sur une illusion comme le *Quijote* en produisait à mesure qu'il avançait dans ses pérégrinations. Nous aurions tous été l'objet d'une instrumentalisation politique doublée d'une hallucination collective. La nostalgie nous tend des pièges que la méiancolie ravive. Des années que l'on se bat pour expliquer que la mémoire n'est pas l'Histoire, et l'on serait tombé dans la trappe de la reconstruction, et l'on n'aurait rien vu de tous ces leurres madrilènes, des tours de passe-passe gouvernementaux sous tous les régimes, quelle misère. Tout cela pour rien. Mais de quoi se mêlent-ils, à Naples ?

Un mythe, Séfarad ? Certainement à condition de ne pas le voir comme l'inverse du réel mais comme son indispensable compagnon de route. À fréquenter le réel, vaste abattoir des illusions, le mythe se donne consistance jusqu'à constituer une représentation qui prend valeur de fait. Il faut savoir imposer son mythe. N'empêche que cette révélation me trouble, m'ébranle et m'accable.

66. *Où l'ingénieux séfarade est rongé par le doute*

Et si j'avais rêvé tout cela ? Et si je m'étais trompé d'identité ? À force de m'identifier à l'ingénieux hidalgo, je suis peut-être devenu à mon insu un être de papier et de langage, et ma vie, une illusion d'optique. Je n'imaginais pas mon besoin d'illusion si profond. Quand la réalité nous désenchante, et que le temps est insomniaque, on est pardonné de changer de vision du monde. Après tant d'autres, je ne suis peut-être que l'instrument d'une politique, la victime d'une habile mise en scène, l'idiot utile de la tradition politique espagnole qui a longtemps brandi son philoséfardisme autrefois pour soutenir sa pénétration coloniale en Afrique du Nord, désormais pour améliorer son image à l'étranger. Piégé par mon propre romantisme. Quelle désillusion ! Ce serait absurde. Mon territoire est celui de l'imaginaire, mon état celui de la veille hypnotique et ma démarche de l'ordre du symbolique. Là où sont les écrivains les gouvernements ne vont pas.

Je dois absolument m'entretenir avec ce Davide de

l'Orientale. Une fois que je l'ai retrouvé entre Aix, Marseille et Naples, nous convenons d'un rendez-vous par Skype un dimanche matin. Un jeune historien fort sympathique, une bonne tête, une éducation catholique vite dépassée par un militantisme associatif du côté de l'extrême gauche des squats, un français parfait doté d'un accent charmant. Au fait, au fait !

« Cela m'a fichu un coup, votre thèse. Enfin, ce que j'ai pu en lire : la synthèse que vous en avez faite en français dans une cinquantaine de pages...

— En italien, l'original est beaucoup plus long, fourni, détaillé.

— Mais j'ai l'impression que vous avez avancé dans l'idée de renforcer un parti pris de départ car vous ne cessez d'y revenir...

— Pas d'idée fixe. Juste une volonté de démontrer la *manipulation* gouvernementale de longue date, j'insiste sur le mot car il est fort. Et de démystifier le prétendu âge d'or des trois religions.

— Mais Davide, à vous lire, on a l'impression que le moment séférade de l'Espagne n'a pas existé et que c'est une invention du ministère du Tourisme espagnol ! »

Tout est une question d'interprétation, de ton aussi. On se parle d'abondance. On s'explique. On confronte les sources. On dissipe toute ambiguïté sur le « révisionnisme » historique à l'œuvre dans le réseau des *juderías*, son instrumentalisation du passé afin de l'exploiter à des fins touristiques. Il y a au moins un point sur lequel notre accord est total :

« L'édit royal d'expulsion n'a jamais été abrogé, insiste-t-il. Pratiquement, il n'est pas valide, c'est vrai. Mais si dans un avenir dystopique l'Espagne devait retomber dans un régime de monarchie absolue, les Juifs seraient mis dehors.

— Mais pourquoi n'est-il pas abrogé ?

— Un roi ne demande jamais pardon. Le reste, c'est de la rhétorique. »

Un romancier part d'un doute fragile, se pose une question en avançant dans l'inconnu et cherche avec intensité la réponse en sachant qu'il n'y en aura pas. La réponse, c'est le roman, somme de ses incertitudes. Au moins aurai-je essayé de chercher des moments de vérité, d'en faire des isolats, quitte à m'accorder le luxe singulier de vérités ambiguës. À toi, lecteur oisif, de t'engouffrer dans la brèche qu'elles auront créée.

Rarement je me serai senti aussi libre qu'en écrivant ce livre, dans un étrange état de somnambulisme lucide, tâtonnant dans l'art de maîtriser la chose passée et le tremblement du temps, mais en parfaite conscience que de cette liberté on ne s'évade pas. Certains disent que lorsqu'on a réussi à se déprendre de son passé ou qu'il s'est dépris de nous, c'est signe que nous nous donnons tout simplement à nous-même l'autorisation de vivre. Surtout lorsque ledit passé est mort, sinistre et douloureux par bien des aspects et que rien n'est morbide comme de s'y lover.

Fray Luis de León s'était absenté pendant près de cinq ans lorsque, reprenant ses cours, il commence par son fameux : « Comme je vous le disais hier... » Moi, près de cinq siècles. Certaines personnes rencontrées au hasard des conférences, je me suis plu à leur dire :

Comme je vous le disais hier... mais ça n'a eu guère d'effet. Pourtant que sont cinq siècles à l'aune du Temps ? À peine un instant. Mais il nous fallait encore accorder nos rythmes. À Séville d'où nous venons peut-être, je me suis retenu de leur dire : Comme vous avez changé...

Désormais, je ne m'enfuis plus du métro les larmes aux yeux quand résonnent les accords de *Jeux interdits* dans les couloirs. Si le guitariste est bon, il m'arrive même de ralentir pour l'écouter. Cela m'a pris un bon demi-siècle. Mais que ce fut long.

Ne plus avoir le passé pour horizon, on peut se retrouver chez le psy pour moins que ça. J'ai préféré aller chez les Espagnols. Juste pour mieux les connaître avant d'entrer dans le cercle. Il faudrait pouvoir aimer les gens non pour leurs qualités mais malgré leurs défauts. J'ai cru qu'en me retournant à seule fin de ne pas me perdre de vue, le souci de ma vie ne serait pas réduit à ma seule survie, et qu'après cela, elle puiserait ses raisons d'agir non dans la peur, non dans l'intérêt, mais dans le sentiment que de plus hautes valeurs existent. On peut tricher y compris avec soi-même mais ça ne fait jamais longtemps illusion. Un jour vient où la vie se venge. Il faudrait avoir la force de regarder la sienne bien en face, la reconnaître pour ce qu'elle est puis la mettre derrière soi.

On m'a souvent interviewé sur l'avancement de *Retour à Séfarad* au cours de mes pérégrinations en Espagne. J'aime bien les interviews : ça me permet de savoir ce que je pense. Mais pas ce que je suis. Un homme peut changer, il a bien le droit d'évoluer comme on dit, ses fantômes n'en continueront pas moins à lui faire cortège. D'autant que j'en suis un à ma manière : si on revient quelque part, c'est bien qu'il y a du revenant en nous. Il faut être loyal avec ses obsessions dès lors que ce que l'on a à écrire vient du plus profond de soi. À condition de ne pas en faire trop, car quand un auteur se demande pourquoi il écrit, le lecteur se demande pourquoi il le lit. N'empêche que parfois, j'ai l'impression de vivre dans la peau d'un personnage de Philip Roth, d'être Nathan Zuckerman dans *La Contrevie* quand Maria lui demande : « Tu ne peux pas les oublier un peu, tes Juifs ? » Moi, c'est juste les séfarades, qui plus est dans un esprit séfardoresponsable, ce qui est peut-être plus facile à soigner.

Ce que je trouve m'apprend ce que je cherche. Il faudra donc aller au bout pour le savoir enfin. Tous mes livres sont faits de cette inquiétude. Vous pouvez me secouer sans crainte : si j'ai longtemps été plein de larmes, je suis désormais plein de fantômes, c'est plus commode à vivre car beaucoup me visitent le sourire aux lèvres et une lueur d'allégresse dans la prunelle. Mais comme dans *La Maison de Bernarda Alba*, celle-ci, dans un océan de deuil, refuse qu'on pleure : « La mort, on la regarde en face, les larmes [...], quand tu seras seule ! [...] Silence, Silence, j'ai dit ! Silence. »

Combien étaient partis pour écrire une longue élégie à un monde perdu, une Atlantide engloutie, une civilisation disparue, Séfarad en somme, et qui ont fini par verser dans l'universel reportage ?

Philip Roth est un géant, je ne prétends pas écrire *Toledano et son complexe*, et l'admiration que j'éprouve pour le grand roman d'André Schwarz-Bart m'interdit de me lancer dans une version séfarade du *Dernier des Justes*.

Il faut se contenter d'être soi-même sans se prendre pour sainte Thérèse lorsqu'on sent monter en soi la savoureuse douleur d'écrire. C'est déjà bien d'aller dans la chair du réel pour dissiper son nuage d'inconnaissance.

Pour bien faire, il aurait fallu revenir en Espagne comme on en est partis : à pied. Les ânes et les charrettes, c'était pour porter les sacs, les coffres, les vieillards. Mais pour la plupart, ils ont marché sur des routes hostiles et dangereuses. Pour certains, cette évacuation fut une marche de la mort, non d'un camp d'extermination à un camp de concentration, mais d'une ville où des générations d'ancêtres étaient ensevelies à un port où ils prendraient un bateau vers l'inconnu. Ils sont partis à pied et les gens sur les côtés de la route les regardaient dans un silence de mort. Rien n'a impressionné les chroniqueurs de l'exode comme ces paroles suspendues. Seule la voix des femmes, que des rabbins exhortaient à chanter ce nouvel exode, rompait ce silence.

67. Où je finirai un jour peut-être moi aussi par me précipiter aux Invalides pour m'assurer que Napoléon est bien mort

Peut-être n'aurai-je effectué ce voyage que pour m'assurer que ce passé-là a encore un avenir. De toute façon, j'y ai gagné la confirmation du mot merveilleux de George Eliot selon lequel le but de l'art est l'élargissement de nos sympathies. Et puis qui sait, peut-être l'Espagne m'a-t-elle « rendu la France » comme disait Aragon. Oser la légèreté. Depuis le temps que je la cherche... Il faudrait juste cesser de lui courir après pour qu'elle advienne enfin mais en aurais-je jamais le goût, le courage aussi, car cette quête de l'inaccessible étoile, n'est-ce pas au fond ce qui me fait avancer ? En Espagne me manque l'exquis petit bruit de la coque de l'œuf dur cassée sur l'arête du comptoir en zinc à l'aube.

Peut-être serai-je un jour dénoncé comme un *afrancesado*, ainsi que l'on qualifiait autrefois ceux qui subissaient trop l'influence des idées et des modes venues de France, ironie de l'Histoire qui me comblerait. Ici, on en veut aux Français depuis la victoire de l'armée de Picardie menée par le duc d'Enghien sur l'armée espagnole à la bataille de Rocroy. C'était en 1643 mais à leurs mines défaites on croirait que c'était hier. Avec l'Empereur, ça s'est aggravé. Une fois, pour tester leur sens de l'humour, moins cervantisé que je l'aurais espéré tant le sens de l'honneur a engendré un plombant esprit de sérieux, j'ai lancé une devinette dans une sympathique assemblée : À quoi reconnaît-on un Espagnol dans le flot de touristes le jour de leur arrivée à Paris ? C'est celui qui se précipite aux Invalides pour s'assurer que Napoléon est bien mort. Allez savoir pourquoi, ça a jeté un froid.

Quand d'autres traînent la tradition comme un boulet en fonte couleur de granit attaché à leur pied, certains la font voler comme un ballon aux nuances pastel gonflé à l'hélium. C'est un don.

Les navigateurs disent que, dès que l'objectif se détache nettement sur la ligne d'horizon, alors l'énergie prend du volume, fait boule de neige, pulvérise les obstacles et à chaque fois, ils n'en reviennent pas. Pris dans la moelle de mon histoire, je suis revenu ces dernières années dans mon pays d'avant, celui des miens, animé de la secrète résolution de résoudre le paradoxe réversible de l'œuf et de la poule au cœur du grand œuvre de Cervantès ; et dire que je ne sais toujours pas si l'Espagne est née du *Quijote*, ou si celui-ci a inventé celle-là.

Alfonso Iglesias, l'homme de l'état civil au consulat d'Espagne à Paris, est plus que jamais décidé à devenir français *aussi*. La secrétaire d'État à la Justice a annoncé en juillet 2017 qu'à ce jour, en un peu moins d'un an, 1 091 séfarades avaient obtenu la nationalité espagnole grâce à la nouvelle loi. J'ai soigneusement rangé, à titre provisoire, le cartable de mon père, sa chère serviette, mon porte-documents fétiche. Quant à la seule question qui m'ait taraudé tout le long de mon retour, elle n'est pas près d'être résolue : Don Quichotte était-il vraiment fou ou n'est-ce pas plutôt à notre époque qu'il manque une case ?

Plus de distance entre l'Espagne et moi : elle est en moi. Plaignons ceux qui ont eu tout jeunes le sentiment complet de la vie, envions ceux qui mettent toute une vie à y parvenir car cela préserve de l'ennui. Un problème subsiste, celui de cet édit d'expulsion maudit des dieux mais pas des juristes. On peut penser, en donnant cours au hors-limite de l'interprétation, que l'édit est implicitement abrogé ; mais il est impossible de dire qu'il l'est explicitement.

La nouvelle Constitution de 1978 précise bien qu'aucune religion n'est religion d'État. Quatre ans après, une réforme du Code civil étendait aux séfarades les facilités d'acquisition liée à la résidence, les mettant ainsi à égalité avec les Guinéens, les Philippins et les Latino-Américains. Les décisions symboliques sont souvent les plus longues et les plus difficiles à obtenir. Il en a fallu du temps pour que l'Espagne consente en 1986 à reconnaître l'existence de l'État d'Israël qui existait tout de même depuis trente-huit ans, ce qui n'avait pas échappé au reste du monde. Il est vrai que le ministère des Affaires étrangères à Madrid avait toujours été frileux de ce côté-là par peur d'ébrécher la belle architecture de sa politique arabe en Méditerranée. Ce qui explique l'extrême discrétion avec laquelle Franco a favorisé l'Opération Yakhin, lorsque, aux lendemains de l'indépendance du Maroc, le Mossad entreprit le transfert clandestin de dizaines de milliers de Juifs de ce pays vers Israël.

L'abrogation de cet édit d'expulsion n'a jamais cessé d'être à l'ordre du jour ces derniers siècles. La requête fut examinée, commentée, ignorée, balayée, différée, rejetée soit par les rois soit par les Cortes au fil des changements de régimes. Même le gouvernement socialiste de Felipe González a répondu qu'il n'était pas nécessaire d'abroger l'édit royal puisque de fait la Constitution de 1869 y dérogeait. On en est toujours là. Mais de quelque côté que l'on envisage la question, rien n'est plus humiliant pour un séfarade que de se savoir interdit de séjour dans le pays de ses ancêtres. Pure question de principe.

Mais qu'est-ce qui m'a pris de vouloir redevenir espagnol ? Depuis qu'elle a appris la nouvelle ma mère n'en revient pas. Elle l'a accueillie avec le sourire, toujours étonné des idées de son fils, pas mécontente de cette ironie du destin, l'air réjoui chaque fois qu'on en parle, les expressions de judéo-espagnol lui revenant naturellement en bouche comme si soleil de Séville venait l'illuminer, mais le fait est qu'elle n'en revient toujours pas alors que je ne suis même pas encore parti. Y croit-elle vraiment, je n'en jurerais pas lorsque je l'entends fredonner « Heureux qui comme Ulysse a fait un beau voyage... puis est retourné plein d'usage et de raison vivre entre ses parents le reste de son âge... » Quelle idée j'ai eue au moment où tant d'Espagnols ne veulent plus l'être ! Il ne faut pas rêver : je vous le dis, l'arrivée des séfarades ne suffira pas à compenser le départ des Catalans. La tendresse des séfarades pour leur Espagne si lointainement natale, jamais démentie à travers les siècles en dépit de la mémoire de la catastrophe, comme s'ils ne s'étaient jamais enracinés nulle part depuis, demeure un profond mystère qu'aucune étude, et Dieu sait qu'il y en a eu et des plus brillantes, n'a jamais réussi à mettre à nu.

On peut toujours revenir, mais il y a des choses sur lesquelles on ne peut revenir. Surtout après une catastrophe de l'ampleur de l'expulsion. Si longtemps après, l'identité séfarade s'est muée en une identité espagnole en exil. Lorsqu'ils vivaient en Espagne, ils s'étaient construit un imaginaire, un récit, une légende d'une noblesse biblique enracinée en terre ibérique. Mais une fois loin de leur terre, tout s'estompa au profit d'une identité d'exil aux accents nostalgiques.

68. Où il apparaît que les notaires espagnols sont d'inaccessibles roitelets dans leur domaine

Un courriel vient d'atterrir sur ma messagerie. Encore un tracas administratif de nature à retarder la procédure. Un problème technique empêche que mon attestation de bonne pratique de la langue, indispensable pour boucler le dossier, ne me parvienne. Ce qui me fait tenir ? Une capacité de résistance aux événements acquise au fil des épreuves mais aussi, en la circonstance, la pensée du découragement de ces vieux séfarades d'Izmir ou de Buenos Aires, qui ont toute leur vie rêvé de redevenir espagnols, de rentrer en Espagne y finir leurs jours, de s'éteindre paisiblement sur la terre des leurs après une si longue attente et qui renoncent faute déjà de pouvoir vaincre les démons d'Internet avant d'affronter ceux de la bureaucratie.

Je ne vais tout de même pas déranger Francisco Javier Gomez Gàllido. Non, ce n'est pas *encore* un poète ni *encore* un romancier, juste le directeur général des inscriptions et certifications au ministère de la Justice. Il m'a réveillé l'autre matin. Il est vrai que mon réveil était branché sur Radio Sefarad. Le fonctionnaire y annonçait des bonnes nouvelles. En gros : des facilités pour les candidats les plus âgés. Au-delà de soixante-dix ans, ils sont désormais exemptés d'examens de langue et de civilisation ; de plus, des aménagements vont être faits pour que l'informatique ne leur soit pas un obstacle. Franchement ça me fait plaisir pour eux et ça me donnerait envie d'attendre quelques années. Mais dans le même temps, ce rappel de mon âge et des égards qui y sont dus me fiche le cafard. Le genre de concession qui vous ramène à votre humaine condition, et à votre embarras lorsque, dans le métro, une étudiante dont le sourire vous paraissait si prometteur se lève pour vous laisser son siège en vous invitant d'un geste de la main à vous y poser. Cela part d'un bon sentiment, et d'une éducation louable, mais entre nous : suis-je malade ? ai-je l'air si fatigué ? et si vieux ? Ce doit être l'effet de mes projections dans le temps, de cette longue marche de cinq siècles, sur les traits de mon visage et la voussure de ma silhouette.

N'empêche, cette histoire de notaire ne me passe pas. Quelle mouche les a piqués pour que l'on dessaisisse soudainement le ministère des Affaires étrangères au profit du ministère de la Justice, lequel s'est empressé de balancer le bébé aux notaires. J'en ai parlé à l'un de leurs collègues, un ami mais un Français :

« Ils te demandent vraiment de témoigner de ton attachement historique pour l'Espagne ? Mais qu'en savent-ils et qui sont-ils pour en juger ? Cela me paraît extravagant. Ils n'ont d'autre expertise que juridique. Mais quelle sorte de papier peut avoir valeur de preuve et comment oser demander cela sans les blesser à des universitaires qui ont parfois écrit des livres et des articles de référence sur ce sujet ?

— C'est pourtant le cas. Et ça prend un temps fou. Je n'ai pas eu besoin de leur autorisation pour suivre jour après jour la farce du coup d'État catalan, défendre pied à pied le respect de la Constitution et l'État de droit comme tout Espagnol bien né.

— Combien de temps ?

— Le notaire que le consulat m'a affecté, quelqu'un qui a un nom ronflant à rallonges, dont la charge est située dans un quartier chic de Madrid, n'a même pas répondu à mon courriel. Alors je lui ai envoyé une lettre. Toujours rien. Peut-être qu'il appartient à la section antisémite de la chambre des notaires. À moins qu'il n'éprouve une aversion exclusive pour les séfarades de Casablanca. En tout cas je suis mal tombé.

— Je crois que cette histoire les gonfle de leur soudaine importance, alors ils freinent, ajournent, ergotent. Ne jamais oublier qu'un notaire est un roitelet, voire un petit dieu sur terre, mais de droite.

— Oui mais il a l'autorité à défaut de la qualité pour en juger.

— Tout cela est affaire d'esprit, d'âme, de mémoire et non de droit ! tranche mon ami. Ceux qui leur ont confié l'affaire se sont mépris : ils ont dû confondre l'identité avec l'état civil. »

Le mien a le culot de ne pas me répondre du tout malgré mon insistance et de me faire savoir par sa secrétaire qu'il a autre chose à faire, que sais-je, la sécession catalane certainement, que mon audition lui prendrait du temps sans lui rapporter grand-chose, et qu'après tout quand on a attendu cinq siècles, on peut bien patienter cinq mois de plus. Mais ce n'est pas le moment de me mettre la profession à dos. Ça devient obsessionnel. Quelques symptômes inquiéteraient quiconque les connaîtrait. La liste de mes favoris sur mon ordinateur s'est allongée depuis quelques mois. Le blog des notaires espagnols, franchement... Quand je pense que lorsque les convertis étaient jetés derrière les barreaux par le Saint-Office, ils étaient interrogés par l'inquisiteur en présence d'un notaire du secret lequel l'avait déjà accompagné pour recueillir dénonciations et informations. Vous avez bien lu : un notaire ! Déjà... Décidément, rien n'a changé depuis 1498, le cauchemar continue.

À ce jour, pas plus de quatre mille séfarades sont redevenus espagnols. Principalement des Vénézuéliens fuyant le chaos, des Israéliens en quête d'un passeport européen et puis des Argentins, des Français, des Marocains, des Québécois anciennement marocains et moi. Ma convocation finira bien par arriver, de préférence avant que je ne sois le pied à l'étrier en proie aux angoisses de la mort. Quel ultime obstacle pourrait survenir ? À part un coup d'État, je ne vois pas. Ce passeport, je ne l'ai toujours pas, je guette chaque matin l'arrivée du courrier, ils ont intérêt à me le donner. Car on ne m'a pas à l'usure. Il n'est pas né le notaire qui me fera renoncer.

L'ABROGATION

Si le roi n'abroge pas l'infâme décret qui nous fait honte et nous humilie, je ne dis pas que... L'attachement est trop puissant, trop ancien. De toute façon on ne pose pas ses conditions à Sa Majesté sauf à être un roitelet sans éducation en sa Catalogne. Mais enfin la prochaine fois qu'un roi me fera des propositions, je réfléchirai à deux fois. Je n'en vois que deux : celui du Maroc, par fidélité à ma naissance, et celui de Belgique pour sévices rendus à leurs gloires nationales Simenon et Hergé (j'ai calé pour Brel et Magritte, ils l'ont échappé belle).

69. D'un ultime détail qui fait tache

Nul ne m'a délégué pour réclamer des comptes à l'Espagne. Il n'a échappé à personne que la peur était le moteur du consensus et que l'amnistie des crimes de l'ETA allait de pair avec celle des crimes du franquisme. L'épuration de 1944-1945 a conféré aux Français une manière d'expertise en la matière : qui veut reconstruire un pays pour l'avenir doit renoncer à régler des comptes. Nul n'exige réparation pour l'expulsion, ni condamnation pour l'Inquisition. La grande broyeuse du passé a déjà inscrit tout cela dans la colonne de droite des Profits & Pertes de l'Histoire. Il s'agit juste de supprimer un détail qui fait tache.

Foin des lois, du droit, des textes ! Ce qu'un roi a fait, seul un roi peut le défaire.

Abrogez, Majesté ! De Vous seule ce geste peut venir. Ne consentez pas au cours des choses, Vous en avez le pouvoir. Ne croyez pas ceux qui Vous disent que vous n'avez pas à en tenir compte, que tout ceci n'est que du roman, avec ou sans fiction il ne porte pas à conséquence, ce ne sont que des personnages, pas de vraies gens, allez savoir si l'auteur lui-même n'est pas un être de papier, effronté avec cela, pas encore espagnol qu'il se permet déjà de Vous interpeller... N'oubliez jamais le proverbe castillan du temps des massacres car nous, nous l'avons encore dans le creux de l'oreille : *Mata, que el rey perdona.* / (« Tue, que le roi pardonne. ») Mais au fond, peut-être que si nos sociétés consacraient à l'oubli du passé une part infime de l'énergie qu'elles déploient à se souvenir, nous nous en porterions mieux.

Il y a un certain génie à surprendre avec ce que l'on attend. Georges Feydeau a bâti son œuvre là-dessus, et Feydeau, c'était quelqu'un, mais peut-être que la comparaison ne sera pas de votre goût. Votre entourage Vous dira certainement qu'en politique tout ce qui relève du symbolique est de l'ordre du divertissement, qu'il y a d'autres urgences dans le royaume, et qu'on a eu honte jadis de pincer la lyre pendant que Rome brûlait. Or par Votre geste, tout de hauteur et d'élégance, dans le droit fil de votre discours, Vous éviteriez justement à une mystique de se dégrader en politique, comme Vous y êtes parvenu lorsque Vous vous êtes adressée à la nation le soir du 3 octobre 2017, peu après les événements dramatiques de Barcelone.

Majesté, ne nous manquez pas !

Je comprends que mon vieil ami Ralph mette une clause suspensive à son éventuel retour à Séfarad alors qu'en sa qualité de Toledano, il y serait si naturellement bienvenu. Il Vous reproche de n'avoir pas renoncé, dans Votre abondante titulature, à Votre titre de roi de Jérusalem que les Bourbons ont reçu en héritage ainsi que les Habsbourg. Mais pour lui qui vit vraiment à Jérusalem, cette prétention est insupportable, bien qu'un tel titre ne porte pas vraiment à conséquence.

Si Vous vouliez bien, Majesté, abroger ce maudit décret d'expulsion des Juifs d'Espagne du 31 mars 1492, ainsi qu'il Vous l'est instamment demandé, à Vous et aux monarques qui vous ont précédée depuis des siècles, cela changerait tout. Naturellement, si Vous-même n'y prêtez guère plus attention qu'eux, je ne dis pas que je me détournerais de la lumière de l'Espagne pour aller vivre dans le paysage désolé d'une nuit infinie. Je Vous le demande, Majesté, solennellement, d'homme à homme et les yeux dans les yeux malgré les trente centimètres qui nous séparent ce qui ne facilite pas le face-à-face : abrogez, sans quoi il me faudra renoncer car ce serait une tache sur mon passeport tout neuf que cette ombre sur mon identité.

Puissent mes yeux voir ce décret abrogé et qu'après je meure ! Si Vous daignez et en convenez, alors je me sentirai pleinement espagnol et Vous promets de ne plus jamais être l'un de Vos sujets de mécontentement. *Vale.*

Reconnaissance de dettes

Sans le soutien et l'amitié de quelques-uns, je n'aurais pu mener ce livre à son terme. Que soient vivement remerciés Yves Saint-Geours, Juan Manuel Bonet, Miguel de Lucas, Jérôme Clément.

De même qu'Esther Bendahan, Laura Gil-Merino, Maria Martinez Menendez

ainsi que José Alvarez, Michel Bertrand, Fernando Castillo, Javier Cercas, Amelia Gamoneda, Philippe Godoy, Alfonso Iglesias Núñez, Patricia Martinez Garcia, César Antonio Molina, Mercedes Monmany, José Muñoz,

et les auteurs des livres, articles et travaux auxquels je dois tant,

Francisco Abad Nebot, *Historia general de la lengua española*, Tirant lo Blanch, DL 2008 / Is. D. Abbou, *Musulmans andalous et judéo-espagnols*, Casablanca, Éditions Antar, s.d. / Michel Abitbol, « Juifs d'Afrique du Nord et expulsés d'Espagne après 1492 », in *Revue de l'histoire des religions*, 1993, vol. 210, n° 1 / Davide Aliberti, *Sefarad : une communauté imaginée : 1924-2015*, thèse de doctorat en études romanes, soutenue le 03-12-2015 à Aix-Marseille en cotutelle avec l'Università degli studi di Napoli, l'« Orientale » / Ángel Alcalá Galve, *Los Judeoconversos en la cultura y sociedad españolas*, Trotta, 2011 ; *Judíos. Sefarditas. Conversos. La expulsión de 1492 y sus consecuencias* (actes du colloque international tenu à New York en novembre 1992), Ámbito,

1995 / Line Amselem, *Petites histoires de la rue Saint-Nicolas*, Allia, 2006 / Jean-Christophe Attias, « Du thème du lignage dans le judaïsme en général, et dans le judaïsme sépharade en particulier », *in* Raphaël Carrasco *et alii*, *La Pureté de sang en Espagne. Du lignage à la « race »*, PUPS, 2011 / Jean-Christophe Attias et Esther Benbassa, *Dictionnaire de civilisation juive*, Larousse, 1997 / Thérèse d'Ávila, *Je vis mais sans vivre en moi-même*, traduit de l'espagnol par Line Amselem, Allia, 2008 / Yitzhak Baer, *Historia de los judíos en la España cristiana*, Altalena, 1981 ; *Galout. L'imaginaire de l'exil dans le judaïsme*, Calmann-Lévy, 2000 / Patricia Banères, *Histoire d'une répression : les judéo-convers dans le royaume de Valence aux premiers temps de l'Inquisition (1461-1530)*, thèse de doctorat soutenue le 24-11-2012 à l'université de Montpellier-3 / « Témoins et réseaux dans les premiers procès contre les "judaïsants" de Valence », *Atalaya* [en ligne], 14/2014, http://atalaya.revues.org/1283 / Haïm Beinart, « Vuelta de judíos a España después de la expulsión », in Alcalá Galve, *Judíos. Sefarditas. Conversos* / Esther Benbassa (éd.), *Les Sépharades. Histoire et culture du Moyen Âge à nos jours*, PUPS, 2011 / Esther Benbassa et Aron Rodrigue, *Histoire des Juifs sépharades. De Tolède à Salonique*, Seuil, 2002 / Esther Bendahan Cohen, *Sefarad es también Europa. El* otro *en la obra de Albert Cohen*, Prensas de la universidad de Zaragoza, 2016 / Abraham Bengio, *Quand quelqu'un parle, il fait jour*, La passe du vent, 2007 ; « Kuando muncho eskurese es para amaneser », *Atalaya*, 14/2014, http://atalaya.revues.org/1238 / Bartolomé Bennassar, *Histoire des Espagnols, VIe-XXe siècle*, « Bouquins », Robert Laffont, 1992 ; « Franco, portrait d'un dictateur », *L'Histoire*, 31, juin 2006 ; « García Lorca, une tragédie espagnole », *L'Histoire*, 387, mai 2013 ; « L'Inquisition espagnole au service de l'État », *L'Histoire*, 15, septembre 1979 ; « Les deux Espagne », *L'Histoire*, 200, juin 1996 ; « Portrait d'un fanatique, Torquemada », *L'Histoire*, 259, novembre 2001 / Albert Bensoussan, « Les Marranes », *Atalaya* [en ligne] 14/2014, http://atalaya.revues.org/1330 / Robert Bérard (éd.), *La Tauromachie. Histoire et dictionnaire*, « Bouquins », Robert Laffont, 2014 / José Bergamín, *En tauromachie, tout est vérité et tout est mensonge*, traduit de l'espagnol par Yves Roullière, Éditions de l'éclat, 2012 / Beth Hatefutsoth-Musée de la Diaspora, *Guide des patronymes juifs*, Solin-Actes Sud, 1996 / Vicente Blasco Ibáñez, *Luna Benamor*, Prometeo, 1919 / Juan Manuel Bonet, *Via labirinto*, La Veleta, Grenade, 2016 / Jean-Luc Bonniol, « Races sans couleur », *La Vie des idées.fr*, 27 janvier 2007 / Juan Antonio Cabezas, *Madrid y sus judíos*, Ediciones La Librería, 2007 / Louis Cardaillac (éd.), *Tolède XIIᵉ-XIIIᵉ siècles. Musulmans, chrétiens et Juifs : le savoir et la tolérance*, Autrement, 1991 / Raphaël Carrasco, Annie Molinié, Béatrice Perez (dir.) *La Pureté de sang en Espagne. Du lignage à la « race »*, PUPS, 2011 ; « Limpieza à Grenade dans la seconde moitié du XVIᵉ siècle », in Carrasco *et alii* / Fulgencio Castañar, « Cambios en la celebración del Peropalo », *El Peropalo* [en ligne], 6 février 2012, peropalo.es/spip.php? article 47 ; « Desvelando al Peropalo », *Revista de folklore*, 351, http://bit.ly/2wwxJpj / Javier Castaño (éd.), avec la collaboration de Ricardo Izquierdo et Santiago Palomero, *¿ Una sefarad inventada ? Los problemas de interpretación de los restos materiales de los judíos en España*, Ediciones El Almendro, Cordoba, 2014 / Emilio Castelar, « Discursos parlamentarios en la Asamblea constituyente (Edición aumentada con el discurso del señor Manterola en 12 de abril de 1869), http://bit.ly/2fk6NWF / Michel del Castillo, *La Tunique d'infamie*, Fayard, 1997 ; *Dictionnaire amoureux de l'Espagne*, Plon, 2005 ; *Le Temps de Franco*, 2008 ; *Mamita*, 2010 ; *Goya*, Fayard, 2015 / Miguel de Cervantes, *El Ingenioso Hidalgo Don Quijote de la Mancha*, édition en ligne d'Enrique Suarez Figaredo ; traduit de l'espagnol par Louis Viardot, 1836, en ligne ; traduction sous la direction de Jean Canavaggio, la Pléiade, 2001 ; traduction d'Aline Schulman, Seuil, 2001 ; traduction de Jean-Raymond Fanlo, La Pochothèque, 2008 / Gérard Chastagnaret, *De fumées et de sang. Pollution minière et massacre de masse. Andalousie-XIXᵉ siècle*, Casa de Velázquez, Madrid, 2017 / Rudy Chaulet, *Crimes, rixes et bruits d'épées. Homicides pardonnés en Castille au Siècle d'or*, Montpellier, Presses universitaires de la Méditerranée, 2007, p. 34 / Robert Chazan, *Barcelona and beyond. The disputation of 1263 and its aftermath*, University of California Press,

1992 / Cécile Codet, « Hernando de Talavera : de la conversion idéale à l'utopie de la conversion », *Atalaya* [en ligne], 14/2014, http://atalaya.revues.org/1259 / Jaime Contreras, *Pouvoir et inquisition en Espagne au XVIᵉ siècle*. « *Soto contre Riquelme* », traduit de l'espagnol par Bernard Vincent, Aubier, 1998 / Joan Corominas, *Breve diccionario etimológico de la lengua castellana*, Gredos, 1987 / Sophie Coussemacker, « Convertis et judaïsants dans l'ordre de saint Jérôme : un état de la question », *Mélanges de la Casa de Velázquez*, t. XXVII no 2, 1991 / Michèle Escamilla, « La polémique autour de la pratique du "statut de pureté de sang" », *in* Carrasco *et alii*, *La Pureté de sang en Espagne. Du lignage à la « race »*, *op. cit.* ; « L'inquisition espagnole et ses archives secrètes (XVᵉ-XVIᵉ siècles) », *Histoire, économie et société*, 1985, vol. 4, nᵒ 4 / Antonio Espina, *Las Tertulias de Madrid*, Alianza, 1995 / Benjamin R. Gampel, « Lettres à un maître indocile. Les mutations de la culture séfarade en Ibérie chrétienne », *in* David Biale (éd.), *Les Cultures des Juifs*, Éditions de l'éclat, 2005 / Federico García Lorca, *Complaintes gitanes*, édition bilingue, traduit de l'espagnol par Line Amselem, Allia, 2003 ; *Juego y teoría del duende (1933)*, Nortesur, 2010 / Ian Gibson, *Vida, pasión y muerte de Federico García Lorca. 1898-1936*, Plaza & Janes, 1998 ; *Le Cheval bleu de ma folie. Federico García Lorca et le monde homosexuel*, traduit de l'espagnol par Gabriel Iaculli, Seuil, 2011 / Roland Goetschel, *Isaac Abravanel, conseiller des princes et philosophe*, Albin Michel, 1996 / Sara Gonzalez-Vasquez, *Représentation et théorisation de la noblesse dans les traités castillans du XVᵉ siècle : une édition du Nobiliario Vero de Ferrán Mexía*, thèse de doctorat soutenue le 06-12-2013 à l'École normale supérieure de Lyon ; « La question converse et le débat sur l'origine de la noblesse », *Atalaya* [en ligne] 14/2014, http://atalaya.revues.org/1270 / Araceli Guillaume-Alonso, « Sangre guzmana. De Alonso Pérez de Guzman El Bueno à Olivares », *in* Carrasco *et alii*, *La Pureté de sang en Espagne. Du lignage à la « race »*, *op. cit.* / Gérard Imbert, « Cafés, trottoirs et tertulias », *Autrement*, hors-série, nᵒ 24, avril 1987 / Henry Kamen, « Las Expulsiones de los judíos y la decadencia de Espana » in *Judíos. Sefarditas. Conversos*, *op. cit.* / Maurice Kriegel,

« Heureux comme un juif andalou ? Entretien », *L'Histoire*, n° 364, mai 2011 ; « Histoire sociale et ragots : sur l'ascendance juive de Ferdinand le Catholique », *Movimientos migratorios y expulsiones en la diáspora occidental. Terceros encuentros judaicos de Tudela*, 14-17 juillet 1998, Pamplona, Universidad Pública de Navarra, 2000 ; « Autour de Pablo de Santa Maria et d'Alfonso de Cartagena : alignement culturel et originalité converso », *Revue d'histoire moderne et contemporaine*, t. XXXI, n° 2, avril-juin 1994 ; « Paul de Burgos et Profiat Duran déchiffrent 1391 », *Atalaya*, 14/2014, http://atalaya.revues.org/1240/ ; « La prise d'une décision : l'expulsion des Juifs d'Espagne en 1492 », *Revue historique*, 260, 1978 / Abraham I. Laredo, *Les Noms des Juifs du Maroc. Essai d'onomastique judéo-marocaine*, Hebraica Ediciones, Madrid, 2008 / Béatrice Leroy, *L'Expulsion des Juifs d'Espagne*, Berg international, 1990 ; *L'Aventure séfarade. De la péninsule Ibérique à la diaspora*, Flammarion, 1991 ; *Tudela. Une ville de Navarre au Moyen Âge*, Atlantica, 2009 / E. Lévi-Provençal, *Histoire de l'Espagne musulmane*, Maisonneuve et Larose, 1999 / Claude Lévi-Strauss, *De près et de loin. Entretiens avec Didier Eribon*, Odile Jacob, 1988 / Peter Linehan, *Les Dames de Zamora. Secrets, stupre et pouvoirs dans l'Église espagnole du XIIIe siècle*, traduit de l'anglais par Sylvain Piron, Les Belles Lettres, 1998 / José Antonio Lisbona, *Más allá del deber. La respuesta humanitiaria del Servicio Exterior frente al Holocausto*, ministerio de Asuntos exteriores y de Cooperación, Gobierno de Espana, 2015 / Nadine Ly (éd.), *Anthologie bilingue de la poésie espagnole*, la Pléiade, 1995 / Joaquin Madruga Méndez, *Miguel de Unamuno. Profesor y político*, Salamanca, 2005 / Victor Malka, *Les Juifs sépharades*, « Que sais-je ? », PUF, 1986 / González-Albo Manglano, *El V Centenario de la expulsión de los judíos. Un análisis histórico y periodístico*, Facultad de ciencias de la comunicación Universidad Rey Juan Carlos, 2014-2015 / Vicente de Manterola, « Discurso pronunciado en las Cortes Constituyentes », 12 avril 1869, http://bit.ly/2wknepV / Gabriel Martinez-Gros, « García Lorca, une tragédie espagnole », *L'Histoire*, 387, mai 2013 ; « Le crime de l'Espagne », *L'Histoire*, 364, mai 2011 / Annie Molinié, « Les ordres religieux et "la pureté de sang" dans l'Espagne moderne », *in* Carrasco *et alii, La pureté de sang…, op. cit.* / Jean-Noël Mouret, *Le Goût de Séville*, Mercure de France, 2003 / Antonio Muñoz Molina, *Séfarade*, traduit de l'espagnol par Philippe Bataillon, Seuil, 2003 ; *Sefarad*, édition de Pablo Valdivia, Cátedra, 2013 / Nahmanide, *La Dispute de Barcelone*, traduit de l'hébreu par Éric Smilévitch, Verdier, 1984 / Maite Ojeda Mata, *Identidades ambivalentes. Sefardíes en la España contemporánea*, Sefarad editores 2013 / Jean Passini, « La juiverie de Tolède : bains et impasses du quartier de Hamanzeit », *in* Luis Suárez *et alii, El Legado material hispanojudío, VII Curso de cultura hispanojudía y sefardí de la Universidad de Castilla-La Mancha*, Toledo, 1997-1998, Universidad de Castilla-La Mancha, « La sinagoga del Sofer en Toledo, *Sefarad*, vol. 64, nº 1, 2004 ; « La Colación e San Bartolomé, Toledo, en los siglos XV y XVI », *Anales Toledanos*, 2005 ; « El urbanismo de Toledo entre 1478 y 1504 : el convento de San Juan de los Reyes y la Judería, Ciclo de conferencias sobre Isabel la Catolica, Real Academia de Bellas Artes y Ciencias Historicas de Toledo, Tolède, 11 mai 2004, *Toletum*, 50, 2005 ; « La sinagoga del barrio de Caleros », *Sefarad*, vol. 66, nº 1, 2006 ; « Les *mesones* à Tolède au bas Moyen Âge », *Mélanges de la Casa de Velázquez*, Nouvelle Série, t. XXXVII, nº 1, 2007 ; « Nuevos descubrimientos en la judería de Toledo » in « ¿ Una Sefarad inventada ? Problemas de identificación de los materiales hispano-judíos, XVII Curso de Verano Universidad de Castilla-La Mancha, Toledo, 3 al 6 septembre 2007 ; Essai sur la limite nord de la juiverie de Tolède aux XIVᵉ et XVᵉ siècles, *El Antisemitismo en España*, Universidad de Castilla-La Mancha, Cuenca, 2007 ; « Topografía medieval de la casa toledana de los Laso de la Vega en la parroquia de San Román », *Hispania sacra*, t. LX, 121, 2008 ; « El barrio de Arriasa y tres elementos de la aljama judía de Toledo en el siglo XV : la carniceria, la "sinagoga vieja" y el castillo viejo », *Sefarad*, vol 68, nº 1, 2008 ; « El Alacava, barrio alto de la Judería de Toledo, *Madrider Mitteilungen*, 50, 2009 / Jésus Peláez del Rosal (éd.), *Les Juifs à Cordoue Xᵉ-XIIᵉ siècles*, Ediciones El Almendro, 1990 / Klara Perahya et Elie Perahya, *Dictionnaire français-judéoespagnol*, Langues & Mondes-L'Asiathèque, 1998 / Joseph Perez,

« Les derniers jours de l'islam espagnol », *L'Histoire*, 157, juillet-août 1992 ; « Chrétiens, juifs et musulmans en Espagne : le mythe de la tolérance religieuse VIIIe-VXe siècles », *L'Histoire*, 137, octobre 1990 ; « Franco a-t-il sauvé les Juifs ? », *L'Histoire*, 216, décembre 1997 / Ángel Pulido, *Los Israelitas españoles y el idioma castellano*, Riopiedras, 1992 (fac-similé de l'édition de Madrid, Sucesores de Rivadeneyra, 1904 ; *Españoles sin patria y la raza sefardí*, Universidad de Granada, 1993 / Francisco Indalecio Quevedo Sánchez, « Nobles judeoconversos : los oscuros origenes del linaje Córdoba-Ronquillo », *Sefarad*, vol. 76, n° 2, juillet 2016 / Real Academia española, *Diccionario de Autoridades*, fac-similé de l'éd. de 1737, Madrid, Gredos, 1990 / Pilar Romeu Ferré, « Sefarad ¿ la "patria" de los sefardíes ? », *Sefarad*, vol. 71, janvier-juin 2011 / Danielle Rozenberg, *L'Espagne contemporaine et la question juive. Les fils renoués de la mémoire et de l'histoire*, Presses universitaires du Mirail, 2006 / Juan José Saer, *Lignes du Quichotte*, traduit de l'espagnol par Michèle Planel, Verdier, 2003 / Martiria Sánchez López, « Los judíos en la comarca de la Vera, según "El Fuero" de Plasencia », *Alcántara*, 69, 2008 / Simon Schama, *L'histoire des Juifs. Trouver les mots de 1000 avant notre ère à 1492*, Fayard, 2016 / Juliette Sibon, *Chasser les Juifs pour régner. Les expulsions par les rois de France au Moyen Âge*, Perrin, 2016 / Enrique Soria Mesa, *La Realidad tras el espejo. Ascensio social y limpieza de sangre en la España de Felipe II*, Universidad de Valladolid, 2016 / Ignacio Szmolka et Judit Zsolnai, *España y los supervivientes hungaros del Holocausto. Memorias contadas*, ambassade de Hongrie à Madrid, 2016 / Eva Touboul Tardieu, *Séphardisme et hispanité. L'Espagne à la recherche de son passé (1920-1936)*, PUPS, 2009 / Miguel de Unamuno, *L'Essence de l'Espagne*, traduit de l'espagnol par Michel Bataillon, Gallimard, 1967 / Mariona Vernet Pons, « The Origin of the Name Sepharad : A New Interpretation », *Journal of Semitic Studies*, vol. 59, n° 2, 1er juillet 2014 / Haïm Vidal Sephiha, *L'Agonie des Judéo-Espagnols*, Entente, 1977 / Beatrijs De Wandel « La representación del pasado en *Sefarad* de Antonio Muñoz Molina », master de lettres en littérature espagnole, 2008/2009, Université de Gand /

Yosef Hayim Yerushalmi, *Zakhor. Histoire juive et mémoire juive*, traduit de l'anglais par Éric Vigne, La Découverte, 1984 ; *De la cour d'Espagne au ghetto italien. Isaac Cardoso et le marranisme au XVIIᵉ siècle*, traduit de l'anglais par Alexis Nouss, Fayard, 1987 ; *Sefardica. Essais sur l'histoire des Juifs, des marranes et des nouveaux-chrétiens d'origine hispano-portugaise*, Chandeigne, 1998 / Haïm Zafrani, *Juifs d'Andalousie et du Maghreb*, Maisonneuve & Larose, 1996.

Références des ouvrages cités

P. 35 : Luis Cernuda in *Los Caminos del alma, memoria viva de los poetas del 27* / *Les Chemins de l'âme, mémoire vive des poètes de la Génération de 27*, traduit de l'espagnol par Jeanne Marie, Éditions Paradigme, Orléans, 2017.

P. 131 : Robert Musil, *Journaux*, traduit de l'allemand par Philippe Jaccottet, Seuil, 1981.

P. 167 : À cause de son orthographe défaillante et de son absence de ponctuation, la phrase peut signifier : « Si je n'avais pas été un ouvrier ma situation serait tout autre » mais aussi « Comme je suis un ouvrier ce qui compte est sans importance » ou « Ma situation est sans importance car je suis un ouvrier »...

P. 195 : Antonio Machado, traduit de l'espagnol par Bernard Sesé, in *Anthologie bilingue de la poésie espagnole*, Bibliothèque de la Pléiade, Gallimard, 1995.

P. 250 : Juan Trejo, *La Fin de la guerre froide*, traduit de l'espagnol par Amandine Py, Actes Sud, 2017.

P. 256 : Nahmanide, *La Dispute de Barcelone*, traduit de l'hébreu par Éric Smilévitch, Verdier, 1984.

P. 262 : García Lorca, traduit de l'espagnol par Pierre Darmengeat, in *Anthologie, op.cit.*

P. 294 : Carlos Álvarez, *Poemas para un análisis*, traduit de l'espagnol par Nadine Ly.

P. 320 : René Char, *Billets à Francis Curel*, Gallimard.

P. 347 : Pedro Salinas, traduit de l'espagnol par Bernard Sesé, in *Anthologie, op. cit.*

P. 378 : Antonio Machado, traduit de l'espagnol par Bernard Sesé, in *Anthologie, op. cit*

P. 388 : Fray Luis de León, traduit de l'espagnol par Pierre Darmangeat in *Anthologie, op. cit.*

touristes (p. 174). *26. De ces terrasses de café, à Tolède comme dans le reste du pays, où l'on voit souvent des gens seuls, pas plus esseulés que solitaires, juste sans compagnie mais sans avoir l'air d'en souffrir* (p. 185). *27. Pourquoi je n'irai pas à La Guardia sur les traces de l'enfant martyr, ces histoires de meurtres rituels ne sont plus dignes d'être racontées* (p. 191). *28. Qui traite encore et encore de cette légende noire qui empoisonne l'Espagne, souvent à juste titre, à Grenade surtout* (p. 192). *29. De l'ahurissante et traditionnelle « cérémonie juive » du mannequin Peropalo livré à la foule en liesse de Villanueva de la Vera qui le vouera aux flammes de l'enfer* (p. 197). *30. Où l'on se demande s'il faut à nouveau s'encolérer cette fois aux Baléares, où récemment encore l'on ostracisait des Majorquins en raison de leur péché de naissance et d'origine* (p. 200). *31. De l'extravagante capacité d'imagination des gens dès lors qu'ils laissent libre cours à leurs fantasmes dans tout ce qui touche aux maux et maladies de groupes humains et pourquoi pas les séfarades* (p. 203). *32. De l'origine du nom des Sananes telle qu'elle s'est manifestée dans l'archipel des Canaries, de la terreur qu'y faisait régner leur rabbin et de la malédiction des films sur mon seigneur et maître, Don Quijote de la Mancha* (p. 208). *33. Où il est question de la présence spectrale de Julio Iglesias parmi les fidèles, et de Rafael Nadal entre autres fameux événements* (p. 212). *34. Qui traite de la merveilleuse histoire de ce minuscule coin de terre de Castille-León qui a métaphoriquement tué les Juifs pendant des siècles et qui désormais les aime au point de les inscrire sur son drapeau* (p. 222) *35. Qui raconte comment j'en suis venu à vénérer la haute figure de Miguel de Unamuno, loué soit-il, l'homme à qui je dois de savoir dire « non »* (p. 229). *36. D'un couvent et de la débauche à laquelle des dames se livrèrent* (p. 234). *37. Comment j'ai sauté d'un train en marche en y oubliant ma valise tant le livre que je lisais m'emportait* (p. 237). *38. Où l'on reparle du jambon, jambon ! le cauchemar ne cessera donc jamais* (p. 241). *39. Des rapports inattendus entre Thérèse d'Ávila et Fanny Ardant* (p. 243). *40. Qui raconte la fameuse dispute de Barcelone par laquelle le vénéré maître Nahmanide tint la dragée haute à un renégat parvenu à la face du roi* (p. 245). *41. De la propreté de Cordoue* (p. 259). *42. Où je rejoue avec une émotion sans mélange le travelling mémorable de*

Profession : reporter *d'Antonioni sur les lieux mêmes et d'autres encore grâce à un maniaque de la cinéphilie* (p. 260). *43. De la plus triste de toutes les Espagne, la plus abandonnée, l'Espagne vide, et de la musique du silence qu'on peut écouter en ses ruines* (p. 265). *44. De la peine, du chagrin et de la souffrance que l'Espagne m'infligea* (p. 274).

ET SI J'AVAIS TOUT RÊVÉ ?

L'ABROGATION

Œuvres de Pierre Assouline (suite)

Récit

LE FLEUVE COMBELLE, Calmann-Lévy, 1997, « Folio » n° 3941.

Documents

DE NOS ENVOYÉS SPÉCIAUX : LES COULISSES DU REPORTAGE, avec Philippe Dampenon, Jean-Claude Simoën, 1977.

LOURDES, HISTOIRES D'EAU, Alain Moreau, 1980.

LES NOUVEAUX CONVERTIS : ENQUÊTE SUR DES CHRÉTIENS, DES JUIFS ET DES MUSULMANS PAS COMME LES AUTRES, Albin Michel, 1981, « Folio actuel » n° 30. Édition revue, augmentée et actualisée en 1992.

GERMINAL : L'AVENTURE D'UN FILM, Fayard, 1993.

L'ÉPURATION DES INTELLECTUELS, Complexe, 1996, nouvelle édition Perrin/Tempus, 2017.

BRÈVES DE BLOG. LE NOUVEL ÂGE DE LA CONVERSATION, Les Arènes, 2008.

LA NOUVELLE RIVE GAUCHE, avec Marc Mimram, Alternatives, 2011.

DU CÔTÉ DE CHEZ DROUANT. 110 ANS DE VIE LITTÉRAIRE CHEZ LES GONCOURT, Gallimard, 2013.

Entretiens

SINGULIÈREMENT LIBRE, AVEC RAOUL GIRARDET, Perrin, 1990.

LE FLÂNEUR DE LA RIVE GAUCHE, AVEC ANTOINE BLONDIN, François Bourin, 1994, rééd. La Table ronde, 2004.

Dictionnaires

AUTODICTIONNAIRE SIMENON, Omnibus, 2009, Le Livre de Poche, 2011.

AUTODICTIONNAIRE PROUST, Omnibus, 2011.

DICTIONNAIRE AMOUREUX DES ÉCRIVAINS ET DE LA LITTÉRATURE, Plon, 2016.

Rapport

LA CONDITION DU TRADUCTEUR, Centre national du livre, 2011.

Composition : Nord Compo.
Achevé d'imprimer
sur Roto-Page
par l'Imprimerie Floch
à Mayenne, en décembre 2017.
Dépôt légal : décembre 2017.
Numéro d'imprimeur : 92009.

ISBN 978-2-07-019700-2 / Imprimé en France.

302469